Conspiração Mortal

J. D. ROBB
SÉRIE MORTAL

Nudez Mortal
Glória Mortal
Eternidade Mortal
Êxtase Mortal
Cerimônia Mortal
Vingança Mortal
Natal Mortal
Conspiração Mortal
Lealdade Mortal
Testemunha Mortal
Julgamento Mortal
Traição Mortal
Sedução Mortal
Reencontro Mortal
Pureza Mortal
Retrato Mortal
Imitação Mortal
Dilema Mortal
Visão Mortal
Sobrevivência Mortal
Origem Mortal
Recordação Mortal
Nascimento Mortal
Inocência Mortal
Criação Mortal
Estranheza Mortal
Salvação Mortal
Promessa Mortal
Ligação Mortal
Fantasia Mortal
Prazer Mortal
Corrupção Mortal
Viagem Mortal
Celebridade Mortal
Ilusão Mortal
Cálculo Mortal
Celebração Mortal
Esconderijo Mortal
Festividade Mortal

Nora Roberts
escrevendo como
J. D. ROBB

Conspiração Mortal

5ª EDIÇÃO

Tradução
Renato Motta

Rio de Janeiro | 2024

Copyright © 1999 by Nora Roberts

Título original: *Conspiracy in Death*

Capa: Leonardo Carvalho

Editoração: DFL

2024
Impresso no Brasil
Printed in Brazil

CIP-Brasil. Catalogação na fonte
Sindicato Nacional dos Editores de Livros, RJ

R545c
5ª ed.
	Robb, J. D., 1950-
	    Conspiração mortal / Nora Roberts escrevendo como J. D. Robb; tradução Renato Motta. – 5ª ed. – Rio de Janeiro: Bertrand Brasil, 2024.
	    448p.
	
	    Tradução de: Conspiracy in death
	    ISBN 978-85-286-1283-7
	
	    1. Ficção americana. I. Motta, Renato. II. Título.

07-3186	CDD – 813 CDU – 821.111 (73)-3

Todos os direitos reservados pela:
EDITORA BERTRAND BRASIL LTDA.
Rua Argentina, 171 – 3º andar – São Cristóvão
20921-380 – Rio de Janeiro – RJ
Tel.: (21) 2585-2070

Não é permitida a reprodução total ou parcial desta obra, por quaisquer meios, sem a prévia autorização por escrito da Editora.

Atendimento e venda direta ao leitor:
sac@record.com.br

*As pessoas acham que todos são mortais,
exceto elas mesmas.*
— EDWARD YOUNG

Vamos nos enturmar com a Morte.
— TENNYSON

Prólogo

Nas minhas mãos está o poder. O poder de curar ou destruir. Conceder a vida ou provocar a morte. Eu venero este dom e o aperfeiçoei ao longo do tempo até transformá-lo em um tipo de arte tão magnífico e surpreendente quanto qualquer pintura do Louvre.

Eu sou arte, sou ciência. De todas as formas que importam, eu sou Deus.

Deus deve ser implacável e perspicaz. Deus estuda as Suas criações e as seleciona. As melhores devem ser tratadas com carinho, protegidas e sustentadas. A grandiosidade merece a perfeição.

No entanto, até mesmo os imperfeitos servem para alguma coisa.

Um Deus sábio testa, avalia, usa o que Lhe cai em mãos e forja maravilhas. Muitas vezes sem misericórdia, muitas vezes por meio de uma violência que os comuns condenam.

Nós, que temos o poder, não podemos nos distrair com as condenações dos comuns, nem pelas leis mesquinhas e patéticas dos homens simples. Eles são cegos, suas mentes são fechadas pelo medo

— o medo da dor, o medo da morte. São limitados demais para compreender que a morte pode ser conquistada.

Eu mesmo estou perto disso.

Se o meu trabalho fosse descoberto, eles, com suas leis e atitudes tolas, iriam me amaldiçoar.

Quando o meu trabalho estiver completo, vão me adorar.

Capítulo Um

Para alguns, a morte não era inimiga. A vida, sim, era uma oponente muito menos misericordiosa. Para os fantasmas que vagavam pelas noites como sombras, para os drogados com seus olhos em tom de rosa-claro, para os viciados em drogas químicas com suas mãos trêmulas, a vida era simplesmente uma viagem descuidada de uma dose para outra entre dois focos de sofrimento.

A viagem em si era muitas vezes cheia de dor, desespero e, ocasionalmente, terror.

Para os pobres e desabrigados nas entranhas de Nova York no alvorecer gelado do ano 2059, a dor, o desespero e o terror eram companheiros constantes. Para os deficientes mentais ou para os fisicamente incapacitados que se entranhavam pelas frestas da sociedade, a cidade era apenas um tipo diferente de prisão.

Havia programas sociais, é claro. Afinal, aquela era uma época iluminada. Pelo menos era isso que os políticos afirmavam, com o Partido Liberal brigando por novos abrigos, melhores e mais elaborados, bem como instalações médicas e sanitárias, centros de reabilitação e treinamento, sem na verdade explicar como tais planos seriam custeados. O Partido Conservador alegremente cortava as verbas dos programas que já estavam implantados para em seguida fazer declarações definitivas sobre a importância da qualidade de vida e dos valores familiares.

Mesmo assim, os abrigos continuavam disponíveis para aqueles que se qualificavam e conseguiam agüentar a mão pegajosa e magra da caridade pública. Os programas de assistência e treinamento eram oferecidos àqueles que conseguiam manter a sanidade por um bom tempo para insistir em seguir as vias engarrafadas da rotina burocrática, que muitas vezes estrangulavam os candidatos à assistência antes de salvá-los.

E, como sempre, as crianças passavam fome, as mulheres vendiam o corpo, e os homens matavam por um punhado de fichas de crédito.

Embora os tempos fossem iluminados, a natureza humana continuava tão previsível quanto a morte.

Para os sem-teto que dormiam pelas calçadas de Nova York, o mês de janeiro trazia noites terríveis, sempre acompanhadas por um frio que quase nunca era derrotado por uma garrafa de bebida quente ou algumas drogas ilegais adquiridas pelas ruas. Alguns desistiam e escapavam para os abrigos públicos, onde roncavam em camas portáteis com colchões desconfortáveis, sob cobertores finos demais, tomando sopa aguada e comendo pão sem gosto, feito de farinha de soja, servidos por estudantes de sociologia com olhos brilhantes. Outros agüentavam as intempéries e ficavam ao relento, perdidos ou teimosos demais para abrir mão do espaço conquistado na calçada.

E muitos deles cruzavam a linha tênue entre a vida e a morte durante essas noites amargas.

Era a própria cidade que os matava, mas ninguém dava a isso o nome de homicídio.

* * *

Enquanto dirigia pelas ruas em direção à cidade, em meio ao nebuloso alvorecer, a tenente Eve Dallas batucava no volante, impaciente. Um mendigo morto na rua Bowery era caso de rotina e não devia ser problema dela. Era um caso típico daquilo a que os seus colegas de departamento se referiam como "homicídio light" — pelo menos os patrulheiros durões que circulavam pelas conhecidas áreas de mendicância da cidade, separando os vivos dos mortos, recolhendo os últimos e encaminhando os seus corpos inertes para o necrotério para exame, identificação e eliminação.

Era um trabalhinho banal e ingrato, executado normalmente por policiais que alimentavam esperança de se ligar à Divisão de Homicídios, mais elitizada, mas também por aqueles que já haviam desistido de ver um milagre desses acontecer em suas vidas. Alguém da divisão só era chamado ao local da ocorrência quando a morte era claramente suspeita ou violenta.

Eve refletiu que se não estivesse em sua noite de prontidão para tais chamados, em uma manhã terrível como aquela, poderia continuar em sua cama quentinha ao lado do marido igualmente aquecido.

— Provavelmente é algum recruta nervoso com a esperança de ter esbarrado com um *serial killer* — murmurou.

— Acho que estou sobrando nessa história. — Peabody, ao lado de Eve, soltou um imenso bocejo. Por trás das pontas da franja reta, lançou um olhar significativo para Eve. — Você bem que podia me largar no primeiro ponto de ônibus, e eu estaria de volta na cama em dez minutos.

— Se eu sofro, você também tem que sofrer.

— Puxa, isso faz com que eu me sinta tão... querida, Dallas.

Eve bufou com ar de deboche e lançou um sorriso para Peabody. Ninguém, pensou, era mais forte, determinada ou confiável do que a sua auxiliar. Mesmo atendendo a um chamado de emergência àquela hora da manhã, Peabody estava com o uniforme de inverno bem passado e impecável, com os botões brilhando e os sapatos pretos, típicos de tira, lustrosos. Em seu rosto de formato quadrado emoldurado por cabelos castanhos em um corte de cuia, os seus olhos talvez estivessem meio sonolentos, mas veriam o que Eve precisaria que vissem.

— Você não esteve em uma festa daquelas badaladas ontem à noite? — perguntou-lhe Peabody.

— Estive, e foi em Washington. Roarke tinha um jantar seguido de baile para levantar fundos para uma causa ecológica. "Vamos salvar as toupeiras" ou algo desse tipo. Tinha tanta comida que daria para alimentar todos os mendigos do Lower East Side, aqui em Nova York, por um ano.

— Nossa, que vida dura a sua... Aposto que você teve que vestir um daqueles vestidos longos maravilhosos, e depois não houve como escapar do jatinho particular de Roarke, sem falar em todo o champanhe que foi obrigada a tomar.

— Sim, a noite foi mais ou menos assim. — Eve levantou uma sobrancelha ao perceber o tom seco na voz de Peabody. Ambas sabiam que o lado glamouroso da vida de Eve, desde que Roarke surgira em sua vida, era um enigma e uma frustração para ela. — Depois de tudo, ainda tive que dançar com Roarke. Dançar muito, por sinal.

— Ele estava de smoking? — Peabody já vira Roarke usando um smoking. Aquela imagem ficara em seu cérebro como se tivesse sido gravada em vidro jateado.

— Estava, claro... — Até o momento, lembrou Eve, em que eles chegaram em casa e ela arrancara o smoking dele à força. Roarke era tão lindo fora do smoking quanto dentro dele.

— Nossa! — Peabody fechou os olhos, deixando-se envolver por uma técnica de visualização que aprendera ainda criança, no colo dos pais pacifistas e partidários da Família Livre. — Minha nossa! — repetiu.

— Sabe de uma coisa, Peabody...? Um monte de mulheres ficaria muito pau da vida ao saber que o seu marido estrela as fantasias de sua ajudante.

— Ora, mas você está acima dessas coisas, tenente. Gosto disso em você.

Eve grunhiu alguma coisa e flexionou os ombros duros. Era culpa unicamente dela o fato de ter sido tomada pelo desejo e acabar dormindo só três horas a noite toda. O dever a chamava e Eve precisava estar a postos.

Agora observava os prédios decadentes e as ruas imundas. Cicatrizes, verrugas e tumores que rasgavam ou pulsavam nas ruas, em meio ao concreto e ao aço.

Uma onda de vapor subiu de uma grade no chão, testemunha da agitada meia-vida de movimento e comércio que funcionava nos subterrâneos da cidade. Dirigir por ali era como cortar com facão a bruma espessa sobre um rio sujo.

Sua casa, desde que conhecera Roarke, era um mundo completamente diferente daquilo ali. Eve morava entre madeiras envernizadas, cristais reluzentes, o doce perfume de velas e flores cultivadas em estufa. Um mundo de riqueza.

Mas ela sabia bem o que era pertencer a um mundo como aquele que desfilava diante de si. Sabia o quanto os lugares como aquele eram iguais — de cidade em cidade —, gêmeos nos cheiros, nas rotinas e na desesperança.

As ruas estavam quase desertas. Poucos moradores daquela área asquerosa da cidade se aventuravam por ali de manhã tão cedo. Os traficantes e prostitutas de rua, depois de encerrarem a jornada noturna, já haviam rastejado de volta para as suas tocas antes de o sol raiar. Os comerciantes que tinham coragem suficiente de manter lojas na região ainda não haviam chegado para desmontar as placas de metal à prova de conflitos que serviam de proteção para suas vitrines e portas. Até as carroças de churrasquinho e seus vendedores desesperados para manter o ponto só trabalhavam ali em duplas, e sempre com uma arma de atordoar ao alcance da mão.

Eve viu a patrulhinha preta e branca e armou uma cara feia ao reparar o trabalho porco que os policiais haviam feito na tentativa de preservar o local da ocorrência.

— Por que diabos eles não acabaram nem mesmo de passar os sensores pelo local, pelo amor de Deus? — reclamou. — Os caras me tiram da cama às cinco da manhã, me fazem vir até aqui e nem mesmo se deram ao trabalho de manter a cena do crime protegida? Não é de espantar que esses idiotas ainda sejam patrulheiros.

Peabody não comentou nada quando Eve freou o carro com espalhafato, quase encostando na traseira da patrulhinha, e saiu da viatura com raiva, batendo a porta com força. Os idiotas, pensou ela, com um pouco de pena, iam levar uma esculhambação especial, dada por uma especialista nisso.

Quando Peabody saltou, Eve já fora para a outra calçada em passos largos e determinados, dirigindo-se para os dois tiras que estavam juntos, tiritando ao vento.

Reparou quando os dois policiais levantaram os ombros e se colocaram em posição de sentido. A tenente provocava esse efeito em todos os tiras, refletiu Peabody enquanto pegava o kit de serviço. Sempre deixava todos em estado de alerta.

Não era apenas por causa do jeito da tenente, decidiu Peabody, com aquele seu corpo magro, esbelto e com os cabelos em corte simples e desordenado, onde se viam fios louros, outros ruivos e traços de todas as cores. Eram os olhos, com ar intenso e marcial de policial tarimbada e o tom de uísque irlandês de boa qualidade, além da covinha escavada no queixo firme sob a boca de lábios carnudos que podiam se mostrar duros como pedra.

Peabody considerava o rosto de Eve forte e notável, em parte devido ao fato de que sua dona não exibia vaidade alguma.

Embora o seu jeito de olhar conseguisse atrair a atenção imediata de qualquer policial, o que os colocava automaticamente em posição de sentido era a pessoa que Eve claramente demonstrava ser.

Era a melhor tira que Peabody jamais conhecera. Uma policial em estado puro, em companhia de quem era possível arrombar uma porta sem nenhum temor. Uma policial capaz de defender os mortos e os vivos.

E era também o tipo de tira, refletiu Peabody enquanto chegava perto o bastante para ouvir o fim da bronca, que dava esculhambações indiscriminadas em quem merecia.

— Agora, recapitulando... — disse Eve, com um tom frio. — Se vocês ligam para a Divisão de Homicídios, arrastam uma oficial para fora da cama e a obrigam a vir até aqui, é bom que estejam com o local da ocorrência bem protegido e um relatório completo na ponta da língua. Não podem ficar aqui feito dois retardados, chupando o dedo. Vocês são policiais, pelo amor de Deus. Ajam como tais!

— Sim, senhora... tenente. — Essa reação, expressa em uma voz trêmula, veio do mais novo da dupla. Era pouco mais que um menino, e essa foi a única razão de a reprimenda não ter sido maior. A sua parceira, no entanto, que não era mais uma recruta, recebeu um olhar especialmente gélido de Eve.

— Sim, senhora — disse a policial mais antiga, entre dentes. O nítido tom de ressentimento em sua voz fez com que Eve inclinasse a cabeça ao olhar melhor para ela.

— Há algum problema, policial... Bowers?

— Não, senhora.

Seu rosto tinha o tom de cerejeira envelhecida, e os olhos azuis muito claros faziam um contraste marcante. Os cabelos escuros estavam presos sob o boné, conforme mandava o regulamento. Faltava um botão no paletó de sua farda, e os sapatos estavam foscos e arranhados. Eve poderia tê-la reprendido por causa disso, mas decidiu que estar presa a uma função desagradável como a de patrulhar as ruas talvez fosse uma boa desculpa para não se arrumar demais antes de sair para o trabalho.

— Ótimo! — Eve simplesmente acenou com a cabeça, mas o aviso em seus olhos foi claro. Desviou o olhar para o parceiro mais novo e sentiu uma espécie de simpatia por ele. Estava branco como uma folha de papel, parecia abalado e devia ter saído há tão pouco tempo da academia que ainda cheirava a talco de bebê.

— Policial Trueheart, a minha auxiliar vai lhe ensinar a forma correta de isolar e proteger a cena de uma ocorrência. Preste muita atenção às suas palavras.

— Sim, senhora.

— Peabody! — Imediatamente o kit de serviço já estava em sua mão estendida. — Agora, policial Bowers, relate o que temos aqui.

— Indigente do sexo masculino, branco. Atendia pelo nome de Snooks. Este era o seu abrigo.

Ela apontou para um pequeno barraco feito de caixotes, muito bem montado, enfeitado com estrelas e flores pintadas e que exibia, à guisa de teto, uma folha de zinco ondulada, retirada provavelmente de uma lata receptora de embalagens para reciclagem. Um cobertor cheio de buracos estava atravessado na entrada do lugar, e uma tabuleta onde se lia *Snooks* permanecia pendurada um pouco acima.

— Ele está aí dentro?

— Sim. Parte do nosso trabalho é dar uma olhada nesses pequenos barracos todas as noites, para ver se alguém virou presunto, e providenciar a remoção. Snooks virou um grande presunto esta noite — disse Bowers, com um tom de voz no qual Eve reconheceu, depois de instantes, uma leve intenção de humor.

— Aposto que sim. Nossa, que aroma agradável! — murmurou ao chegar tão perto que o vento não conseguiu mais impedir o cheiro.

— Foi isso que atraiu a minha atenção, tenente. Esse pessoal sempre fede a suor, lixo e coisas piores, mas um presunto tem um cheiro bem característico.

Eve conhecia o cheiro muito bem. Doce, enjoativo. E ali, disfarçado sob a mistura de urina e carne podre, havia também o fedor inconfundível da morte, acompanhado, conforme notou com um franzir de cenho, de um forte aroma de metal que denotava sangue.

— Ele foi esfaqueado? — Eve quase suspirou ao abrir o kit de serviço para pegar a lata de Seal-It, o spray selante. — Por que alguém faria isso? Esses sem-teto não possuem nada de valor para ser roubado.

Pela primeira vez, Bowers permitiu que um leve sorriso aparecesse em seus lábios. Seus olhos, porém, permaneceram frios e duros, cheios de ressentimento.

— Pois saiba que roubaram alguma coisa dele sim, tenente. — Satisfeita consigo mesma, deu um passo para trás. Torceu para que a tenente durona tivesse um tremendo choque ao ver o que estava por trás da cortina.

— Já chamou o médico-legista? — quis saber Eve, cobrindo as mãos e as botas com o spray selante.

— Isso fica a critério do primeiro oficial a chegar ao local — explicou Bowers, com expressão profissional e um ar de malícia brilhando nos olhos. — Optei por deixar esta decisão para a Divisão de Homicídios.

— Mas, afinal de contas, o cara está morto ou não? — Com ar contrariado, Eve foi em frente e se agachou para abrir a cortina.

Sempre era um choque, embora aquele não fosse tão grande quanto o que Bowers esperava. Eve já vira cenas como aquela muitas vezes. O que um ser humano era capaz de fazer a outro, porém, jamais era rotina para ela. E o sentimento de pena que circulou por baixo da carapaça de tira era algo que a mulher ao lado de Eve jamais poderia sentir ou compreender.

— Pobre-diabo... — disse, baixinho, e se agachou ainda mais para fazer um exame visual.

Bowers estava certa a respeito de uma coisa. Snooks estava indubitavelmente morto. Era pouco mais que um amontoado de ossos e cabelos compridos e despenteados. Seus olhos e a boca estavam escancarados e dava para ver que ele tinha menos da metade dos dentes. Gente daquele tipo quase nunca recorria aos serviços públicos médicos e dentários.

Seus olhos já estavam opacos e exibiam um tom borrado de castanho. Eve avaliou que ele tinha pouco mais de cem anos, e, mesmo que não tivesse sido assassinado, jamais teria alcançado os vinte e poucos anos a mais, pela média da população, que uma alimentação decente e os avanços da ciência poderiam ter lhe proporcionado.

Eve reparou também que as suas botas, embora rachadas e arranhadas, ainda poderiam ser usadas por um bom tempo, da mesma forma que o cobertor que jazia largado em um canto do pequeno barraco. Havia também algumas bugigangas espalhadas por ali. Uma cabeça de boneca com os olhos esbugalhados, uma lanterna no formato de um sapo e uma xícara quebrada que ele enchera de flores feitas de papel, com muito capricho. As paredes estavam cobertas de mais formas em papel recortado. Árvores, cães, anjos e suas imagens favoritas: estrelas e flores.

Não eram visíveis sinais de luta, não havia arranhões nem cortes suspeitos em sua pele. Quem quer que fosse, a pessoa que assassinara o velho cumprira a tarefa de forma eficiente.

Não, pensou Eve, analisando o buraco do tamanho de um punho que havia em seu peito. A tarefa fora cumprida de forma cirúrgica. Quem retirara o coração de Snook provavelmente usara um bisturi a laser.

— Temos um homicídio, sem dúvida, Bowers.

Eve deu um passo para trás e deixou a cortina cair de volta. Sentiu o sangue ferver, e seus punhos se cerraram ao notar o risinho de satisfação no rosto da policial.

— Muito bem, Bowers, já percebi que nós não fomos com a cara uma da outra. Isso é chato, mas às vezes acontece. Quero apenas que você se lembre de que eu posso ser muito mais dura com você do que você comigo. — Deu um passo em sua direção, até encostar a ponta da bota na dela, só para reforçar sua posição. — Por isso, Bowers, seja esperta, tire esse sorrisinho debochado da cara e fique fora do meu caminho.

O riso se desmontou na mesma hora, mas os olhos de Bowers lançaram pequenas fagulhas de animosidade.

— É contra o regulamento uma oficial usar linguagem ofensiva ao falar com uma policial.

— Sério mesmo? Ora, então não se esqueça de colocar isso em seu relatório, Bowers. Aliás, eu o quero pronto, em três vias e em cima da minha mesa antes das dez da manhã. Agora, para trás — acrescentou, em voz baixa.

Nos dez longos segundos que se seguiram, os olhos das duas mulheres travaram uma batalha, mas, por fim, Bowers baixou a cabeça e se moveu para o lado.

Sem lhe dar mais atenção, Eve virou de costas para ela e pegou o comunicador.

— Aqui fala a tenente Eve Dallas. Temos um homicídio.

Ora, mas por que, perguntou-se Eve quando tornou a se agachar dentro do abrigo para examinar o corpo, *alguém arrancaria um coração tão obviamente desgastado?* Lembrou que por um período, depois das Guerras Urbanas, órgãos roubados eram uma mercadoria de muito valor no mercado negro. Muitas vezes os traficantes não tinham paciência para esperar que um doador morresse para fazer o transplante, mas isso ocorrera décadas antes, no tempo em que os órgãos artificiais ainda não estavam tão aperfeiçoados.

Doação de órgãos e intermediários nessa área continuavam sendo muito comuns. Eve se lembrou de que havia novidades a respeito de fabricação de órgãos para transplante, mas a verdade é que não prestava muita atenção ao noticiário científico nem às reportagens desse tipo.

Não confiava em médicos.

Algumas pessoas muito ricas não gostavam da idéia de implantar órgãos manufaturados artificialmente, imaginou. Um coração ou rim humano obtido de uma pessoa jovem vítima de acidente alcançava preços elevadíssimos, mas o órgão tinha de estar em perfeitas condições. Nada em Snooks estava em perfeitas condições.

Eve torceu o nariz diante do fedor, mas chegou mais perto do cadáver. Quando uma mulher detestava hospitais e ambulatórios, como era o caso dela, o cheiro distante de anti-sépticos já provocava protesto em suas narinas.

Ela sentiu aquele cheiro ali, ainda que leve, e franzindo o cenho agachou-se e apoiou o corpo nos tornozelos.

Seu exame preliminar lhe disse que a vítima morrera por volta das duas da manhã, considerando-se a temperatura durante a noite. Ela ia precisar dos exames de sangue e do relatório toxicológico para saber se havia drogas em seu organismo, mas já dava para perceber que ele gostava de bebidas fermentadas.

Uma garrafa típica para levar bebida no bolso estava largada em um canto, quase vazia. Eve encontrou também uma quantidade ridiculamente pequena de drogas ilegais. Um cigarro fino de Zoner, enrolado à mão, duas cápsulas cor-de-rosa, provavelmente Jags, e um saquinho sujo com pó branco que Eve percebeu, depois de cheirar de leve, que se tratava de Grin misturado com um pouco de Zeus.

Havia uma teia de pequenos vasos sanguíneos arrebentados em seu rosto enrugado, sinais óbvios de má nutrição, além de pequenas crostas provocadas provavelmente por alguma doença de pele repulsiva. O sujeito era um bêbado, fumava, comia lixo e estava pronto para morrer dormindo.

Por que matá-lo?

— Senhora...? — Eve nem mesmo se virou quando Peabody puxou a cortina para o lado. — O médico-legista chegou.

— Por que levar o coração dele? — murmurou Eve para si mesma. — Por que removê-lo assim, de forma cirúrgica? Se foi um homicídio comum, por que o assassino não o surrou e chutou por aí, antes de liquidá-lo? Se o objetivo do crime foi apenas mutilá-lo, por que não o fizeram por completo? Isso aqui foi um trabalho de profissional.

— Bem, eu nunca tinha visto alguém com o coração arrancado, mas acredito em sua palavra — comentou Peabody, observando o corpo e fazendo uma careta.

— Olhe só para o corte — disse Eve, com impaciência. — Ele deve ter sangrado muito, não? Um buraco desse tamanho no peito, pelo amor de Deus. Eles, porém, sei lá... foram cauterizando a ferida para estancar o sangue, exatamente como fariam em uma cirurgia. O assassino não queria sujeira aqui, não viu necessidade disso. Não... ele tem orgulho do seu trabalho — acrescentou, arrastando-se de volta para a entrada e forçando os pulmões a inspirarem profundamente uma golfada fresca do ar lá de fora.

— Ele é um especialista muito habilidoso. Teve treinamento. E não creio que uma pessoa conseguisse fazer isso sozinha. Você já mandou os patrulheiros em busca de possíveis testemunhas na área?

— Já. — Peabody perscrutou com os olhos a rua deserta, observou as janelas quebradas, as caixas de papelão e caixotes amontoados no fundo do beco do outro lado da rua. — Tomara que tenham sorte.

— Tenente!

— Olá, Morris. — Eve levantou uma sobrancelha ao ver que tinham enviado o mais qualificado médico-legista da cidade para a cena do crime. — Não esperava conseguir os serviços de um bambambã como você para averiguar a morte de um mendigo.

Satisfeito com o elogio, ele sorriu e seus olhos expressivos pareceram dançar de alegria. Ele usava os cabelos presos atrás da cabeça em uma trança que saía de um boné vermelho-fogo. Seu casaco na mesma cor drapejava solto na brisa. A roupa de Morris, conforme Eve sabia, sempre chamava a atenção.

— Eu simplesmente estava disponível, e o seu mendigo me pareceu muito interessante. O coração dele sumiu?

— Bem, pelo menos eu não consegui encontrá-lo.

— Vamos dar uma olhada. — Ele riu, aproximando-se do imenso caixote.

Ela tiritou de frio e sentiu inveja do sobretudo de Morris, muito comprido e obviamente quente. Eve tinha um casacão daqueles — Roarke lhe dera um no Natal e era lindo —, mas ela evitava usá-lo para trabalhar. Não ia permitir, de jeito nenhum, que ele se sujasse de sangue e outros fluidos corpóreos, manchando a fabulosa caxemira em tom de bronze.

Ao tornar a se agachar para acompanhar o legista, percebeu que era quase certo que as suas luvas novas estivessem bem protegidas em sua casa, no fundo do bolso do fantástico casacão. Isso explicava o estado de congelamento iminente que sentia nas mãos.

Enfiou-as nos bolsos do casaco de couro, encurvou um pouco os ombros para se proteger do vento penetrante e observou Morris desempenhar suas funções.

— Foi uma beleza de trabalho. — Suspirou ele. — Absolutamente lindo.

— O cara teve treinamento para fazer isso, certo?

— Ah, com certeza! — Colocando os óculos com microlentes sobre os olhos, Morris examinou com cuidado o peito aberto. — Sim, teve um bom treinamento, sem dúvida. Esta não foi a sua primeira cirurgia. E usou equipamento de primeira linha também. Nada de bisturis caseiros nem separadores de costelas improvisados. Nosso assassino é um cirurgião magnífico. Chego a invejar a sua perícia.

— Existem cultos que gostam de usar partes do corpo em suas cerimônias — disse Eve para si mesma. — Só que geralmente eles destroem e mutilam a vítima depois de matá-la. E eles gostam de rituais, de criar um clima. Não há nada disso aqui.

— Não me parece algo de fundo religioso não. É mais como uma atividade médica.

— Sim. — Isso batia com os pensamentos de Eve. — Isso foi feito por uma pessoa sozinha?

— Duvido muito. — Morris puxou o lábio inferior com a ponta dos dedos e tornou a soltá-lo. — Para executar um procedimento cirúrgico tão preciso, ainda mais sob estas condições desfavoráveis, ele ia necessitar de um assistente muito qualificado.

— Você tem alguma idéia da razão de eles tirarem o coração dele, sem ser para oferecer em sacrifício ao demônio da semana?

— Nem uma pista — respondeu Morris, de forma descontraída, e fez um gesto para que Eve se afastasse um pouco. Ao saírem lá de dentro, ele expirou com força. — Estou surpreso é pelo fato de o velho não ter morrido de asfixia no meio daquela fedentina. De qualquer modo, pelo exame do corpo, meu palpite é de que esse coração não ia muito longe não... Você já colheu as impressões digitais e a amostra para exame de DNA, a fim de identificá-lo?

— Já. Está tudo lacrado e pronto para o laboratório.

— Então vamos ensacá-lo e levá-lo daqui.

Eve concordou e perguntou:

— E então...? Sua curiosidade foi aguçada o suficiente para colocá-lo no alto da pilha dos cadáveres para análise?

— Para falar a verdade, sim. — Ele sorriu e apontou para a sua equipe. — Você devia estar usando um gorro, Dallas. Aqui está frio pra cacete.

Eve olhou com desdém, mas a verdade é que daria um mês de salário em troca de uma xícara de café bem quente. Deixando Morris entregue ao trabalho, virou-se e foi em direção a Bowers e Trueheart.

Bowers rangeu os dentes. Ela estava com frio, com fome e com inveja do papo cheio de camaradagem que testemunhara entre Eve e o chefe dos médicos-legistas.

Provavelmente ela anda trepando com ele, pensou Bowers. Ela conhecia tipos como Eve Dallas, e conhecia muito bem. Uma mulher como aquela só conseguia subir na carreira abrindo as pernas para todo mundo pelo caminho. O único motivo de Bowers continuar sem promoções era por se recusar a fazer isso.

É assim que a coisa rola, é exatamente desse jeito. Seu coração começou a batucar dentro do peito e o sangue ferveu em sua cabeça. Ela ia conseguir subir por mérito próprio, um dia.

Piranha, vadia. As palavras ecoavam em seu cérebro e quase lhe escaparam pela boca. Mas ela conseguiu engoli-las a tempo. Era Eve, lembrou Bowers, que estava no comando.

Aquele ódio que Eve viu nos olhos azul-claros de Bowers era um enigma. Pareceu-lhe feroz demais para ser o resultado de uma simples e merecida repreensão de alguém de patente mais alta. Eve sentiu uma sensação instintiva de se preparar para um ataque ou de colocar a mão na arma. Em vez disso, ergueu as sobrancelhas e esperou um segundo antes de cobrar:

— Qual é o seu relatório, policial Bowers?

— Ninguém viu nada, ninguém sabe de nada — respondeu Bowers, com rispidez. — É assim que a coisa rola com essa gente. Eles ficam em suas tocas.

Embora Eve estivesse com os olhos grudados em Bowers, sentiu um leve movimento no corpo do recruta ao seu lado. Seguindo o instinto, enfiou a mão no bolso, pegou algumas fichas de crédito e ordenou:

— Vá buscar um café para mim, policial Bowers.

O ar de desdém da policial se transformou tão depressa em um choque provocado pelo insulto que Eve foi obrigada a fazer força para segurar o riso.

— Buscar um café para a senhora?

— Exato, vejo que você entendeu. Quero café. — Pegando Bowers pelo braço, despejou as fichas em sua mão. — Minha auxiliar quer um copo, também. Você conhece as redondezas. Vá até o bar mais próximo e me traga café.

— Trueheart é quem tem o posto mais baixo aqui.

— Eu estava falando com Trueheart, Peabody? — perguntou Eve, com ar satisfeito.

— Não, tenente. Creio que a senhora estava se dirigindo à policial Bowers. — Como Peabody também não tinha ido com a cara da mulher, sorriu. — Eu quero o meu com creme e açúcar. A tenente prefere o dela puro. Acho que a um quarteirão daqui tem um desses bares que ficam abertos as vinte e quatro horas. Você não vai levar muito tempo.

Bowers ficou em pé olhando para elas por mais um instante; por fim girou o corpo sobre os calcanhares e saiu a passos largos. A palavra "piranha", que ela resmungou ao se afastar, foi ouvida nitidamente, trazida pelo vento frio.

— Puxa vida, Peabody! Bowers acabou de chamar você de piranha.
— Creio que ela estava se referindo à senhora, tenente.
— É... — O sorriso de Eve foi cruel. — Provavelmente você tem razão. Muito bem, Trueheart, pode soltar a língua.
— Como, senhora...? — O rosto pálido do rapaz ficou ainda mais branco ao ver que Eve se dirigia diretamente a ele.
— O que acha de tudo isso? O que você sabe?
— Eu não...

No instante em que ele lançou um olhar nervoso para Bowers, que se afastava dali rapidamente, com os ombros tensos, Eve se colocou em sua linha de visão. Seus olhos eram frios e autoritários.

— Esqueça-se dela. É comigo que você está lidando agora. Quero o seu relatório sobre a ocorrência.
— Eu... — Seu pomo-de-adão subiu e desceu. — Ninguém nas imediações admite ter testemunhado qualquer distúrbio na área, nem viu visitantes junto do abrigo da vítima durante a noite.
— E...?
— É que... eu ia contar à policial Bowers — continuou ele, falando depressa —, mas ela me cortou.
— Então conte a mim — sugeriu Eve.
— É um lance a respeito do Manco. Esse é o apelido dele. É um cara que tem um abrigo parecido com o de Snooks, do mesmo lado da calçada, logo adiante. Dorme lá desde que começamos a patrulhar a área. Tem só uns dois meses, mas...
— E vocês patrulharam esta área ontem? — interrompeu Eve.
— Sim, senhora.
— E havia um abrigo ao lado do de Snooks?
— Sim, senhora, como sempre. Agora ele se transferiu para o outro lado da rua, perto do beco.
— E vocês o interrogaram?
— Não, senhora. Ele está doidão. Nem mesmo conseguimos acordá-lo, e a policial Bowers disse que também não valia a pena, porque o cara estava completamente bêbado.

Eve avaliou o rapaz com ar pensativo. Um pouco de cor voltara ao seu rosto, o sangue bombeado para as suas bochechas pelo nervoso que sentia e também pelo chicotear do vento. O jovem tinha um bom olho, reconheceu Eve. Atento e objetivo.

— Há quanto tempo você saiu da Academia de Polícia, Trueheart?

— Três meses, senhora.

— Então é compreensível que não consiga reconhecer uma idiota em farda de policial. — Inclinou a cabeça de leve ao pressentir um leve riso que se insinuou em sua boca. — De qualquer modo, tenho o palpite de que você vai acabar aprendendo. Chame um camburão e leve o seu amigo Manco para a Central de Polícia. Quero conversar com ele assim que passar a bebedeira. Esse cara conhece você?

— Sim, senhora.

— Então fique com ele e traga-o para me ver quando estiver falando coisa com coisa. E quero que você acompanhe o interrogatório.

— A senhora quer que eu... — Os olhos de Trueheart se arregalaram e ficaram mais brilhantes. — Mas eu estou subordinado à policial Bowers, que é minha instrutora.

— E é isso que você quer, policial Trueheart?

— Não, senhora — disse ele, expirando com força depois de hesitar um segundo. — Não é o que eu quero, tenente.

— Então por que ainda não começou a cumprir as minhas ordens? — Eve se virou e foi apressar a equipe de campo, deixando-o sorrindo atrás dela.

— Isso foi muito comovente, tenente — disse Peabody no instante em que elas voltaram para o carro, levando os copos de café quente e horrível.

— Não comece, Peabody.

— Ora, mas não é verdade, Dallas? Você foi muito legal com o carinha.

— Só fiz isso porque ele nos conseguiu uma testemunha em potencial, além de ser mais uma maneira de sacanear aquela policial idiota. — Sorriu de leve. — Na primeira oportunidade que tiver, Peabody, faça uma investigação completa a respeito dela. Gosto de saber tudo sobre as pessoas que sentem vontade de retalhar a minha cara.

— Vou fazer isso assim que chegarmos à Central. Você quer as informações impressas?

— Quero. Investigue Trueheart para mim também, só para aproveitar a viagem.

— Eu não me preocuparia com ele. — Peabody elevou e abaixou rapidamente as sobrancelhas. — Ele é um gatinho.

— Você é patética, Peabody, além de ser muito velha para ele — reagiu Eve, lançando-lhe um olhar de lado.

— Ora, eu sou mais velha do que ele apenas dois anos, no máximo três — reclamou Peabody, demonstrando ter ficado insultada. — Além do mais, tem caras que preferem uma mulher mais experiente.

— Pensei que você ainda estivesse com Charles.

— Nós não estamos juntos, simplesmente temos encontros a dois. — Peabody levantou os ombros, ainda pouco à vontade ao discutir sobre aquele homem, em particular, com Eve. — Mas não somos exclusivamente um do outro.

É difícil esperar exclusividade de um acompanhante licenciado, pensou Eve, mas se segurou. Ao oferecer a sua opinião sobre o relacionamento de Peabody com Charles Monroe, Eve quase acabara com a amizade delas algumas semanas antes*.

— Você se sente numa boa com relação a isso? — perguntou, mudando de tática.

— É desse jeito que nós dois queremos que as coisas permaneçam, por enquanto. Gostamos um do outro, Dallas. Curtimos muito o tempo que passamos juntos. Eu queria tanto que você... — Parou de falar e fechou a boca com firmeza.

---

*Ver *Natal Mortal*. (N.T.)

— Eu não disse nada, Peabody...!

— Mas está pensando muito alto.

Eve rangeu os dentes. Elas não iam, prometeu a si mesma, voltar àquele assunto.

— O que estou pensando — afirmou, com a voz firme — é em tomar o desjejum na lanchonete, antes de mergulharmos na papelada.

Peabody exercitou os ombros para dissolver a rigidez que sentia ali e concordou:

— Por mim está ótimo, especialmente se você pagar a conta.

— Fui eu que paguei na última vez.

— Acho que não, mas posso conferir nos meus registros. — Com ar mais alegre, Peabody pegou a sua pequena agenda eletrônica e fez Eve rir.

Capítulo Dois

O melhor que podia ser dito a respeito da gororoba servida na lanchonete da Central de Polícia era que ela servia apenas para tapar os buracos que a fome abria no estômago. Entre duas garfadas do que era para ser uma omelete com espinafre, Peabody acessou alguns dados em seu computador portátil.

— Ellen Bowers — relatou ela. — Sem nome do meio. Graduou-se pela Academia da Polícia aqui de Nova York em 2046.

— Eu estava na academia em 2046 — refletiu Eve. — Ela devia estar um ou dois anos na minha frente. Não me lembro dela.

— Não posso investigar os seus registros pessoais sem autorização.

— Não esquente a cabeça com isso. — Com ar de desdém, Eve mordeu um pedaço de panqueca de seu prato que mais parecia um papelão. — Ela já está na força há uns doze anos e até hoje recolhe mendigos mortos pela rua? Será que pisou no calo de alguém?

— Ela está lotada na centésima sexagésima segunda delegacia há dois anos, mas já passou outros dois servindo na quadragésima sétima. E antes disso trabalhava como guarda de trânsito. Puxa, Dallas, ela já circulou por toda parte, um tempinho em cada lugar. Trabalhou aqui na Central, arquivando registros, e passou outro período na vigésima oitava, trabalhando como patrulheira no parque, a maior parte do tempo a pé.

Como nem mesmo o melado no qual Eve mergulhara a panqueca conseguira amolecê-la, Eve desistiu e engoliu o café, que estava pelando.

— Parece que a nossa amiga está com problemas em arrumar um lugar para chamar de seu aqui na polícia ou, então, é o departamento que a está jogando de um lado para outro.

— É preciso uma autorização para acessar os seus documentos de transferência e os relatórios pessoais sobre o seu avanço na carreira.

Eve considerou a idéia de requerer uma autorização para isso, mas acabou balançando a cabeça.

— Não. Fica meio estranho fazer isso, e provavelmente já encerramos mesmo os nossos contatos com ela.

— Aqui diz que ela é solteira. Jamais se casou e não tem filhos. Tem trinta e cinco anos, seus pais moram no Queens e ela tem dois irmãos e uma irmã. Se quer a minha opinião — acrescentou Peabody, enquanto colocava seu notebook de lado —, espero mesmo que não tenhamos mais contato com Bowers, porque ela adoraria atingir você de alguma forma.

— Sim, e vai ficar frustrada por não conseguir. — Eve simplesmente sorriu. — Você tem algum palpite do porquê de ela se sentir assim em relação a mim?

— Não faço a mínima idéia, a não ser pelo fato de você ser tudo o que ela não é. — Sentindo-se desconfortável, Peabody moveu os ombros. — Eu ficaria atenta. Ela é o tipo de pessoa capaz de atacar pelas costas.

— Não vamos mais nos cruzar. — Eve encerrou a conversa e esqueceu o assunto. — Coma logo. Quero saber se esse tal de Manco que Trueheart encontrou sabe de alguma coisa.

* * *

Eve decidiu usar a sala de interrogatório, sabendo que o ar muito formal do lugar normalmente tornava as línguas mais soltas. Uma simples olhada no homem conhecido como Manco e Eve percebeu que embora ele estivesse falando coisas de forma mais coerente agora, graças a uma dose dupla de Sober-Up, seu corpo esquelético ainda tremia e os olhos se agitavam sem parar.

Uma rápida passagem pelo tubo de descontaminação provavelmente aniquilara todos os parasitas de seu corpo e adicionara um leve aroma de limão ao fedor que vinha dele.

Um viciado, reconheceu Eve, ligado a tantas drogas que certamente boa parte de seus neurônios estava extinta.

Ela lhe trouxe um pouco de água, pois sabia que a maioria dos alcoólatras ficava com a boca seca depois de passar pela limpeza.

— Quantos anos você tem, Manco?

— Não sei, talvez cinqüenta.

Ele aparentava ter oitenta e tantos, mas Eve estimou que a sua resposta era mais ou menos exata.

— E você tem algum outro nome?

Ele encolheu os ombros. Os policiais haviam levado as suas roupas velhas para jogar fora. O guarda-pó cinza e as calças de fio grosso que usava tinham quase a mesma cor da sua pele.

— Outro nome? Não sei. O pessoal me chama de Manco.

— Certo. Você conhece o policial Trueheart aqui, não conhece?

— Sim, conheço. — Subitamente, o rosto abatido se iluminou com um sorriso puro como o de um bebê. — Oi! Você me deu algumas fichas de crédito e me mandou comprar uma sopa.

Trueheart ficou vermelho como um tomate e, muito sem graça, moveu ligeiramente os sapatos pretos, dizendo:

— Aposto que em vez disso você comprou bebida.

— Não sei. — O sorriso desapareceu no instante em que seus olhos, nervosos, pousaram novamente em Eve. — Quem é a senhora? Por que eu vim parar aqui? Não fiz nada. Alguém vai roubar as minhas coisas, se eu não ficar vigiando.

— Não se preocupe com as suas coisas, Manco. Vamos tomar conta delas. Meu nome é Dallas. — Ela manteve a voz baixa e amigável e o rosto tranqüilo. Exibir um ar de tira só serviria para assustá-lo. — Eu só queria bater um papo rápido com você. Quer comer alguma coisa?

— Não sei. Talvez.

— Vamos providenciar algo gostoso e quente, depois que conversarmos. Vou ligar o gravador para fazermos tudo direitinho.

— Eu não fiz nada.

— Ninguém está achando que você fez. Ligar gravador! — ordenou ela. — Entrevista com a testemunha conhecida como Manco e relacionada com o caso número 28913-H. Entrevistadora: tenente Eve Dallas. Também presentes a policial Delia Peabody e o policial... Qual é o seu primeiro nome, Trueheart? — perguntou ela, olhando para trás.

— Troy. — Ele tornou a ficar vermelho.

— Troy Trueheart? — perguntou Eve, com a língua na bochecha. — Certo, então. — Virando o rosto, pousou os olhos no sujeito de aspecto lamentável que estava do outro lado da mesa. — A testemunha não está sob suspeita de ter feito nada errado. Esta investigadora agradece antecipadamente pela sua cooperação. Você compreendeu tudo, Manco?

— Sim, acho que sim. Compreendi o quê...?

Eve não suspirou, mas por um momento sentiu receio de que talvez a detestável policial Bowers estivesse certa a respeito do mendigo.

— Você não está em apuros aqui. Obrigada por conversar comigo. Eu soube que você mudou o seu pequeno barraco de lugar, ontem à noite.

— Não sei. — Ele molhou os lábios rachados e bebeu um pouco de água.

— Você antes dormia em um abrigo do outro lado da rua, ao lado do de Snooks. Você conhecia Snooks, não, Manco?

— Talvez tenha conhecido. — Sua mão começou a tremer e ele derrubou um pouco de água em cima da mesa. — Ele fazia desenhos. Lindos desenhos. Eu troquei um pouco de Zoner por um quadro lindo, de uma árvore. Ele fazia flores também. São muito bonitas.

— Eu vi as flores dele. São lindas. Ele era uma espécie de amigo seu?

— Sim. — Seus olhos se encheram de lágrimas, que logo transbordaram pelas bordas vermelhas das pálpebras. — Talvez. Não sei.

— Alguém feriu o seu amigo, Manco. Você sabia disso?

Dessa vez ele se encolheu todo, levantou um dos ombros e começou a olhar em torno da sala. As lágrimas continuavam a lhe descer pelo rosto, mas seus olhos pareciam vidrados e confusos.

— Como foi que eu vim parar aqui? Não gosto de estar aqui dentro. Quero as minhas coisas. Alguém vai acabar roubando as minhas coisas.

— Você viu quem o feriu?

— Posso ficar com essas roupas? — Inclinando a cabeça meio de lado, começou a acariciar a manga do guarda-pó. — Vou ficar com elas?

— Sim, você pode ficar com elas. — Estreitando os olhos, Eve seguiu seu instinto. — Por que você não ficou com as botas de Snooks, Manco? Ele já estava morto, e as botas me pareceram em bom estado.

— Eu não roubava coisas de Snooks — explicou, com um ar de dignidade. — Mesmo ele estando morto. Não se deve roubar nada de um companheiro, de jeito nenhum. Como foi que vocês acham que eles fizeram aquilo com ele? — Parecendo genuinamente intrigado, inclinou-se para a frente. — Como foi que eles fizeram aquele buracão nele?

— Não sei. — Eve se inclinou para a frente também, como se os dois estivessem tendo uma conversa calma e pessoal. — Eu estou encucada com isso. Alguém estava revoltado com ele?

— Com Snooks? Não, ele não fazia mal a ninguém. Nós cuidamos apenas da nossa vida. Pedimos esmola, quando conseguimos passar sem chamar a atenção dos andróides da patrulha. Não temos a porra da licença para mendicância, mas dá para conseguir algumas fichas de crédito quando os andróides não estão por perto. Snooks vendia suas flores de papel também, às vezes, e depois comprávamos birita, alguma coisa para fumar e cuidávamos da nossa vida. Não havia motivo para fazerem um buracão daquele tamanho no peito dele, havia?

— Não, foi muito errado isso que fizeram com Snooks. Você os viu na noite passada?

— Não sei. Não sei o que eu vi. Ei! — Lançou outro sorriso para Trueheart. — Talvez você me dê algumas fichas de crédito novamente, certo...? Para eu tomar uma sopa?

Trueheart olhou de relance para Eve e viu que ela concordava com a cabeça.

— Claro, Manco. Eu lhe dou uns trocados antes de você ir embora. Mas você tem que conversar com a tenente mais um pouco.

— Você gostava do velho Snooks, não gostava? — perguntou Manco.

— Sim, eu gostava muito dele. — Trueheart sorriu e, percebendo o sinal de Eve, se sentou. — Ele desenhava lindas flores. Chegou até a me dar de presente uma das flores de papel que ele fez.

— Ele só dava essas flores para as pessoas de quem gostava — informou Manco, com empolgação. — Ele gostava de você e me disse isso, uma vez. Mas não gostava daquela outra policial não, e eu também não gosto. Ela tem olhos maus. Se pudesse, arrebentava com os nossos dentes. — Sua cabeça se lançou para a frente e para trás, como a de uma boneca. — O que um cara como você faz em companhia dela?

— Ela não está aqui agora — disse Trueheart, com gentileza. — É a tenente que está, e os olhos dela não são maus.

Manco fez um biquinho de apreciação e analisou o rosto de Eve antes de afirmar:

— Talvez não, mas é uma tira durona. Tem olhos de tira. Tiras, tiras, tiras... — Riu, bebeu mais água, depressa, olhou para Peabody e continuou: — Tiras, tiras, tiras. — Disse isso quase cantando.

— Eu fiquei muito triste pelo que aconteceu ao velho Snooks — continuou Trueheart. — Aposto que ele ia querer que você contasse à tenente Dallas tudo o que aconteceu, Manco. Ele ia querer isso, porque vocês eram amigos.

— Será...? — Manco ficou parado e puxou o lóbulo da orelha.

— Acho que sim. Por que não conta a ela o que viu ontem à noite?

— Eu não sei o que vi. — Com a cabeça novamente de lado, Manco começou a bater com a lateral do punho na mesa. — Veio um pessoal. Nunca tinha visto gente chegar daquele jeito, de noite. Vieram num carrão preto. Um supercarro! Brilhava no escuro. Não disseram nada.

Eve levantou um dedo, indicando a Trueheart que ela ia continuar a partir dali.

— Quantas pessoas eram, Manco?

— Duas. Usavam casacos compridos, pretos. Pareciam estar bem aquecidas. Usavam máscaras também, e acho que só dava para ver os olhos. Pelo menos me pareceu... *Ei! Nós nem estamos no Halloween!*, eu pensei. — Soltou uma gargalhada, rindo com vontade. — Nem estamos no Halloween — repetiu, urrando de rir —, mas elas usavam máscaras e levavam sacolas para pegar doces.

— E como eram essas sacolas?

— Uma delas era grande, preta e também brilhava. A outra tinha alguma coisa dentro, era branca e fazia uns barulhos esquisitos quando o cara andava, como um barulho de água dentro do sapato. Eles foram direto até o abrigo de Snooks, parecia até que tinham sido convidados. Depois disso eu só ouvi o vento forte e acho que dormi.

— Eles viram você?

— Não sei. Tinham casacos grossos, sapatos caros e um carro grande. Quem é que poderia imaginar que iam fazer um buraco daquele tamanho no Snooks? — Ele se inclinou na direção de Eve novamente, com o rosto rude muito sério e lágrimas que ameaçavam voltar. — Se eu soubesse, iria tentar impedi-los, ou talvez corresse para chamar os andróides patrulheiros, porque Snooks e eu éramos amigos.

Começou a chorar. Eve se lançou para a frente e colocou a mão sobre a dele, apesar de todas as perebas que a cobriam.

— Você não sabia, Manco. Não foi culpa sua. Foi culpa deles. O que mais você viu?

— Não sei. — As lágrimas continuavam e o seu nariz escorria. — Eu dormi, acho. Depois, quando acordei, tornei a olhar para fora. Não tinha mais carro nenhum. Será que havia mesmo um carro? Não sei. Já começava a amanhecer e eu fui até lá para ver Snooks. Ele saberia dizer se havia mesmo um carrão parado ali. E então eu o vi, vi o buracão no peito dele e o sangue. Vi a sua boca aberta e os seus olhos esbugalhados. Eles abriram um buracão nele e talvez quisessem voltar para fazer o mesmo comigo. Eu não podia mais ficar ali. Não mesmo, de jeito nenhum! Tive que levar as minhas tralhas todas para longe dali. Todas as minhas tralhas para longe dali. Então, foi o que eu fiz, pode crer; depois, bebi o resto todo da birita e voltei a dormir. Não consegui ajudar o velho Snooks.

— Você o está ajudando agora — disse Eve, recostando-se na cadeira. — Agora, vamos conversar um pouco mais a respeito das duas pessoas com casacos compridos.

Ela trabalhou ainda mais uma hora com Manco, puxando-o de volta sempre que ele se perdia nos assuntos por muito tempo. Embora não tenha conseguido arrancar mais nenhuma informação dele, Eve não considerou a hora perdida. Manco já a conheceria bem, caso ela precisasse recorrer a ele novamente. Ele se lembraria bem dela, e lembraria também que o contato não fora desagradável. Especialmente depois de lhe providenciar uma refeição quente e dar cinqüenta fichas de crédito, que ela sabia que ele ia torrar em bebida e em drogas.

Um sujeito como aquele deveria ter acompanhamento psicológico, pensou, ou morar em uma casa particular em convênio com o Estado. Mas ele não ia querer ficar em um lugar desses. Eve já aceitara há muito tempo o fato de não poder salvar a todos.

— Você fez um bom trabalho aqui, Trueheart.

Ele ficou vermelho novamente, e apesar de Eve achar isso uma característica cativante esperava que ele aprendesse a controlá-la. Os outros tiras iam comê-lo vivo antes mesmo de os bandidos darem a primeira dentada.

— Obrigado, senhora. Agradeço a chance que a senhora me deu, permitindo que eu o ajudasse.

— Foi você quem o encontrou — disse Eve, simplesmente. — Imagino que tenha planos para o futuro, fora da área de homicídios "light" em que atua no momento.

— Quero um distintivo de detetive e espero fazer por merecê-lo. — Dessa vez ele se empertigou.

Era raro encontrar um recruta que não tivesse essa aspiração, mas Eve concordou.

— Pode começar a merecer esse futuro distintivo ficando onde está. Eu posso e estou disposta a mexer alguns pauzinhos para conseguir a sua transferência... quem sabe você consegue outra função ou outro instrutor. Por enquanto, porém, quero que agüente firme onde está. Você tem um olho bom, Trueheart, e quero que o use em seu posto atual até encerrarmos este caso.

Ele ficou tão empolgado com o oferecimento e com o pedido, que seus olhos quase saltaram das órbitas.

— Pode deixar, tenente, eu fico onde estou.

— Ótimo. A policial Bowers vai lhe passar uma descompostura pelo que aconteceu.

— Já estou acostumado — garantiu ele, com uma careta.

Aquela era uma abertura para puxar por ele e descobrir mais detalhes sobre Bowers. Eve, porém, deixou passar, pois não queria colocar um recruta na desconfortável posição de falar mal de sua instrutora pelas costas.

— Muito bem, então — disse ela. — Volte para a sua estação de trabalho e faça o seu relatório. Se descobrir alguma coisa que possa ser útil neste caso, entre em contato comigo ou com Peabody.

Eve foi direto para a sua sala e já chegou dando ordens para Peabody codificar o disco com a gravação do interrogatório.

— Vamos passar o pente-fino em todos os traficantes conhecidos da área. Não podemos descartar de cara a conexão com drogas. Não consigo imaginar um traficante de drogas químicas que apaga seus clientes caloteiros através da remoção cirúrgica de um órgão vital, mas já vi coisas ainda mais estranhas do que essa acontecerem. Vamos pesquisar também os cultos — continuou, enquanto Peabody registrava as ordens na agenda portátil. — Não me parece que o caminho seja esse, mas vamos dar uma olhada.

— Posso entrar em contato com Ísis — sugeriu Peabody, referindo-se à sacerdotisa da seita wicca que elas haviam conhecido em outro caso*. — Talvez ela saiba se existe algum culto de magia negra que siga uma rotina dessas.

Eve deu um grunhido, concordou com a cabeça e pegou a passarela aérea tendo Peabody ao lado.

— Sim, use esse contato. Vamos eliminar logo esse ângulo.

Olhou para fora do prédio, onde os elevadores de vidro que costumava evitar como se fosse veneno transportavam tiras, empregados e civis para cima e para baixo pelo lado de fora do prédio. Mais além, observou duas unidades de apoio aéreo que passaram ventando e seguiram para oeste, fazendo estardalhaço para conseguir passar entre um dirigível publicitário a baixa altura e um bonde elétrico de baldeação.

Do lado de dentro, a pulsação do prédio era mais forte e rápida. Vozes, pés que passavam apressados e uma multidão de gente com tarefas para cumprir. Aquele era um ritmo que ela compreendia. Olhou para o relógio de pulso e ficou estranhamente feliz por ver

---

* Ver *Cerimônia Mortal*. (N.T.)

que ainda eram nove horas. Ela já estava trabalhando há quatro horas, mas seu dia estava apenas começando.

— Vamos ver se conseguimos fazer a identificação real da vítima — continuou Eve, ao saírem da passarela. — Já temos as digitais e a amostra de DNA. Se Morris estiver fazendo a autópsia, já deve ter pelo menos a idade aproximada da vítima.

— Vou verificar. — Peabody virou para a esquerda e seguiu direto para a sala de registro de queixas, enquanto Eve foi para a sua própria. Apesar de ser um ambiente pouco confortável, ela gostava que o seu local de trabalho fosse daquele jeito. A única janela era estreita, deixava pouca luz entrar e o barulho do tráfego aéreo do lado de fora era exagerado. Mas o AutoChef funcionava e estava abastecido com o café impecável de Roarke.

Eve ordenou uma caneca e então suspirou ao sentir o aroma forte e encorpado que fez seu organismo se agitar. Sentando-se, ligou o *tele-link* com a intenção específica de apressar Morris.

— Eu sei que ele está no meio de uma autópsia — disse Eve à assistente que tentou bloquear a ligação. — Tenho informações para lhe transmitir e elas estão relacionadas com o corpo que ele está examinando. Transfira-me para ele, por favor.

Recostando-se na cadeira, Eve presenteou a si mesma com o sabor inigualável do café, tamborilou em volta da caneca e esperou.

— Oi, Dallas. — O rosto de Morris surgiu na tela. — Você sabe o quanto eu odeio ser interrompido quando estou com a mão na massa encefálica de alguém.

— É que eu consegui uma testemunha que viu duas pessoas na cena do crime. Chegaram em um carrão brilhante e usavam sapatos bonitos e novos. Um deles carregava uma sacola de couro preto, e o outro levava uma embalagem branca que fazia... palavras da testemunha... barulho de sapato com água dentro. Você faz idéia do que possa ser?

— Tenho um leve palpite — disse Morris, franzindo o cenho.

— Essa testemunha viu o que aconteceu?

— Não, estava bêbada e dormiu quase o tempo todo. Quando acordou, os caras já haviam saído, mas de acordo com o cronograma que montamos foi ela quem descobriu o corpo. Será que essa sacola com barulho de água pode ser o que eu estou imaginando?

— Sim, talvez seja uma bolsa especial para transporte de órgãos. O trabalho foi de primeira linha, Dallas, coisa de profissional. Uma remoção de órgão feita com a maior competência. Já consegui alguma coisa no resultado dos exames de sangue também. Sua vítima recebeu uma dose pesada de anestesia. Não sentiu nada. Porém, se o que sobrou do resto do corpo serve de indicação, o coração não tinha valor algum. O fígado está um desastre, os rins estão em estado deplorável. Os pulmões estão com a cor das paredes de uma mina de carvão. O cara não se dava ao trabalho de tomar as doses recomendadas de vacina anticâncer nem fazia exames médicos de rotina. Seu corpo era um livro de medicina vivo, estava cheio de doenças. Aposto que em seis meses, talvez até menos, ele teria batido as botas por causas naturais.

— Quer dizer então que eles levaram um coração inútil — refletiu Eve, em voz alta. — Talvez eles planejassem passá-lo adiante como se fosse novo.

— Se estava como os outros órgãos dele, qualquer estudante de medicina do primeiro ano ia perceber de cara as péssimas condições do coração.

— Mas eles queriam esse coração. Tiveram uma trabalheira danada, e o motivo não pode ser apenas matar um mendigo que dorme na calçada.

As possibilidades começaram a circular dentro da sua cabeça. Vingança, algum culto esquisito, uma fraude no mercado negro. Empolgação com um trabalho bem-feito, pura diversão. Treino profissional.

— Você disse que foi trabalho de primeira linha. Quantos cirurgiões nesta cidade poderiam realizá-lo?

— Bem, eu sou médico de gente morta — afirmou Morris, com a sombra de um sorriso. — Médicos de gente viva e eu não freqüentamos os mesmos círculos sociais. De qualquer modo, o hospital particular mais bem equipado de Nova York é o Drake Center. Eu começaria a procurar por lá.

— Obrigada, Morris. Envie-me os relatórios finais assim que puder.

— Sim, agora preciso trabalhar um pouco com o cérebro. — Dizendo isso, desligou.

Eve se virou para o computador, estreitando os olhos. O sistema estava fazendo um zumbido estranho e ela já reclamara duas vezes com a manutenção. Chegou bem perto do monitor, arreganhando os dentes.

— Computador, seu monte de merda, pesquisar dados a respeito do Drake Center, uma instalação hospitalar da cidade de Nova York — ordenou.

Processando...

A máquina começou a engasgar, rangeu e a tela mostrou um vermelho alarmante que agredia os olhos.

— Volte para a tela azul, droga!

Erro interno. Tela azul indisponível. Continuar a pesquisa?

— Odeio você. — Mas os olhos dela se ajustaram ao vermelho. — Continue a pesquisa.

Processando... O Drake Center para Ciências Médicas fica localizado na Segunda Avenida, cidade de Nova York. Foi inaugurado em 2023, em homenagem a Walter C. Drake, conhecido como o descobridor da vacina anticâncer. Trata-se de uma instituição particular que inclui laboratórios de pesquisas e hospitais para tratamentos de saúde e foi reconhecida como Classe A pela Associação Médica Americana. As instalações para ensino e treinamento são também Classe A. Os laboratórios de pesquisas e desenvolvimento foram igualmente avaliados como Classe A. Deseja uma lista dos membros da diretoria em todas as suas instalações?

— Sim, na tela e impresso.

Processando... Erro interno.

Houve um aumento no nível do zumbido e a tela começou a tremer.

Por favor, repita o comando.

— Vou fazer picadinho dos idiotas da manutenção e comê-los no almoço.

Esse comando não tem registro. Deseja encomendar outra coisa para o almoço?

— Rá-rá... — debochou ela. — Não. Simplesmente imprima a lista com os nomes dos membros da diretoria em todas as seções do Drake Center para Ciências Médicas.

Processando... Diretoria do Centro de Saúde: Colin Cagney, Lucille Mendez, Tia Wo, Michael Waverly, Charlotte Mira...

— A dra. Mira — murmurou Eve. Aquela era uma boa conexão. A psiquiatra, além de ser uma das mais importantes consultoras para perfis criminosos da cidade, prestava serviço para a polícia e para a Secretaria de Segurança de Nova York. Eve a considerava também uma amiga pessoal.

Tamborilando sobre a mesa com impaciência, Eve ouviu os nomes da diretoria das instalações para ensino. Um ou dois nomes lhe pareceram vagamente familiares, mas essa familiaridade aumentou quando o computador começou a nomear os diretores do Departamento de Pesquisas e Desenvolvimento:

Carlotta Zemway, Roarke...

— Ei, ei, ei! Pausar programa! — Os dedos agitados se fecharam com força. — Roarke? Droga, droga, droga! Será que ele não fica fora de nenhuma atividade?

Por favor, repita a pergunta.

— Ah, cale a boca! — Eve pressionou os dedos sobre os olhos e suspirou. — Continue a listagem — ordenou, sentindo o estômago embrulhar. — Imprima tudo e depois desligue o sistema.

Erro interno. Não é possível atender a comandos múltiplos neste momento.

Ela não gritou, mas bem que teve vontade.
Depois de frustrantes vinte minutos de espera, durante os quais os dados foram sendo emitidos a conta-gotas, Eve atravessou a sala de registros e foi até o minúsculo espaço onde os ajudantes e o pessoal de apoio técnico ficavam lotados, em cubículos do tamanho de uma máquina de secar o corpo.

— Peabody, vou ter que sair.

— Estou recebendo alguns dados neste instante. A senhora quer que eu os transfira para o meu notebook?

— Não, fique por aqui e termine as pesquisas. Não devo demorar mais de duas horas. Quando acabar, quero que você me consiga uma marreta.

Peabody pegara o memorando eletrônico e já dava início a uma ordem de pedido de material quando parou e franziu o cenho, olhando para Eve.

— Uma... marreta, senhora?

— Exato. Uma marreta daquelas bem grandes e pesadas. Quando ela chegar, quero que você vá até a minha sala e transforme em mil pedacinhos aquele inútil cuspidor de dados que está em cima da minha mesa, disfarçado de computador.

— Ah... — Como era uma mulher esperta, Peabody pigarreou com força, em vez de dar uma gargalhada. — Como alternativa para essa opção de ação, tenente, eu posso ligar para a manutenção.

— Ótimo, faça isso então, e diga aos rapazes que na primeira oportunidade eu vou até lá embaixo para matar todos eles. Assassinato em massa. E depois que estiverem bem mortos, vou chutar seus cadáveres pelo salão, dançar em cima deles e entoar uma canção alegre. Nenhum júri do mundo vai ter coragem de me condenar.

Como a simples idéia de ver Eve dançando e cantando em qualquer lugar provocou um princípio de sorriso em seus lábios, Peabody mordeu a bochecha e disse:

— Vou informá-los a respeito da sua insatisfação com os serviços da manutenção.

— Faça isso, Peabody. — Girando o corpo, Eve ajeitou o casaco de couro e saiu, dando passadas largas.

Seria mais lógico procurar a dra. Mira antes de qualquer outra pessoa. Como psiquiatra, médica clínica e criminologista, Mira teria um valor inestimável no caso. Eve, porém, entrou no carro e foi dirigindo até o prédio que parecia uma lança brilhante e onde ficava a central de operações de Roarke em Nova York.

Havia outros prédios dele em outras cidades, e até fora do planeta. Seu marido colocava os dedos ágeis em todo tipo de negócio. Eram negócios milionários, Eve bem sabia, e muito complicados. No seu passado havia até mesmo negócios extremamente questionáveis.

Eve imaginou que seria inevitável que o nome dele tivesse algum tipo de ligação com a maioria dos casos que ela investigava. Só que ela não era obrigada a gostar disso.

Estacionou o veículo na vaga que Roarke deixara reservada para ela na garagem de vários níveis. Na primeira vez em que estivera naquele prédio, quase um ano atrás, ela não teve essa mordomia. Na ocasião, a sua voz e as suas impressões palmares também ainda não haviam sido cadastradas no sistema de segurança do elevador privativo. Sendo assim, ela foi obrigada a entrar pelo saguão principal, com seus acres de piso em lajotas nobres, através dos canteiros de flores, dos mapas e das telas em 3-D, e teve de ser acompanhada até os escritórios dele para interrogá-lo a respeito de um assassinato*.

Agora, a voz computadorizada que a saudava chamando-a pelo nome desejou-lhe um bom dia e convidou-a a entrar no elevador, pois Roarke seria informado de imediato sobre a sua visita.

Eve enfiou as mãos nos bolsos e ficou andando dentro da cabine que subia suavemente até o topo da lança. Imaginou que ele devia estar em meio a uma meganegociação extremamente complexa, cuja finalidade seria a aquisição de um planeta de porte médio ou talvez um país arrasado financeiramente. Pois bem, ele teria de segurar a sua onda e atrasar o ganho do seu próximo milhão, pelo menos até responder a algumas das suas perguntas.

Quando as portas se abriram com um sussurro, a assistente de Roarke já estava à espera com um sorriso educado. Como sempre, estava impecavelmente arrumada, com os cabelos brancos como neve presos em um penteado estiloso.

— Tenente, que bom tornar a vê-la. Roarke está em reunião. Ele manda perguntar se a senhora poderia esperá-lo em sua sala durante alguns minutos.

— Claro, eu espero, tudo bem.

— Posso servir-lhe algo enquanto espera? — perguntou a assistente, levando Eve através da passarela envidraçada de onde se via

---

* Ver *Nudez Mortal*. (N.T.)

a agitação de Nova York, uns sessenta andares abaixo. — Se a senhora ainda não almoçou, posso adiar o próximo compromisso de Roarke para vocês poderem almoçar juntos.

Aquele tipo de consideração sempre a fazia se sentir tola... imperfeita, pensou Eve consigo mesma.

— Não, não é necessário. Eu não vou tomar muito do tempo dele, obrigada.

— Simplesmente me avise se precisar de alguma coisa. — Discretamente, ela fechou as portas e deixou Eve sozinha.

O escritório era imenso, é claro. Roarke adorava lugares espaçosos. As numerosas janelas em volta da sala tinham vidro tratado para cortar a claridade sem tirar a visão atordoante da cidade. Roarke também apreciava lugares altos — um gosto que Eve não compartilhava. Sendo assim, ela não chegou perto das janelas para apreciar a vista e, em vez disso, ficou passeando de um lado para outro sobre o mar de carpete espesso.

Os detalhes decorativos da sala eram especiais e únicos. A mobília era sofisticada e muito confortável, em tons densos de topázio e esmeralda. Ela sabia também que a mesa em ébano maciço era apenas um dos centros de autoridade para um homem que exalava poder a cada vez que expirava.

Eficiência, elegância, poder. Nenhum desses três elementos faltava a Roarke.

E quando, dez minutos depois, ele surgiu por uma porta lateral, era fácil ver o porquê daquilo.

Roarke ainda conseguia fazer o coração dela parar só de olhar para ele: aquele rosto glorioso, como uma estátua renascentista perfeitamente esculpida, destacada pelos olhos incrivelmente azuis e a boca desenhada para fazer uma mulher desejar ardentemente um contato dos próprios lábios com ela; seu cabelo preto descia-lhe quase até os ombros, acrescentando um ar vilanesco; e ela sabia como aquele corpo era forte e viril, apesar de, naquele momento, estar coberto por um elegante terno preto cortado sob medida.

— Olá, tenente. — O sotaque da Irlanda pareceu sussurrar de modo sedoso e romântico em sua voz. — Que prazer inesperado!

Eve não percebeu que estava com as sobrancelhas franzidas, nem desconfiava que fazia exatamente isso sempre que se sentia invadida pela combinação de luxúria e amor que ele provocava nela.

— Preciso conversar com você.

— Sobre o quê? — perguntou ele, erguendo uma sobrancelha ao chegar perto dela.

— Assassinato.

— Ah, sim... — Ele já tomara as mãos dela entre as suas e se inclinava para a frente, pronto para um longo e lento beijo de boas-vindas. — Estou sendo preso?

— O seu nome apareceu em uma investigação criminal. O que você está fazendo na diretoria do Departamento de Pesquisas e Desenvolvimento do Drake Center?

— Estou sendo um cidadão virtuoso. Estar casado com uma policial faz essas coisas com um homem. — Ele passou as mãos de forma carinhosa pelos braços dela até os ombros, sentiu a tensão instalada ali e suspirou. — Eve, eu participo de todo tipo de diretorias e comitês tediosos. Quem morreu?

— Um mendigo chamado Snooks.

— Não creio que tenhamos sido apresentados. Sente-se e conte-me o que isso tem a ver com a minha participação da diretoria do Drake Center.

— Possivelmente nada, mas eu preciso começar a investigação a partir de algum lugar. — Mesmo com o convite, ela não sentou e ficou vagueando pela sala.

Roarke a observou e notou o nervosismo e a agitação que pareciam cintilar quase de forma visível em torno de Eve. Como a conhecia bem, compreendeu que aquela energia já estava focada em buscar justiça para o morto.

Aquela era apenas uma das razões do fascínio que sentia por ela.

— O coração da vítima foi removido cirurgicamente quando dormia em seu barraco de tábuas e caixotes na rua Bowery — disse-lhe ela. — O legista garantiu que o procedimento demonstra ter sido feito por um cirurgião de primeira linha, e o Drake Center foi o meu primeiro palpite.

— Boa escolha. É o melhor da cidade, provavelmente o melhor de toda a Costa Leste. — Refletindo sobre o que ouvira, Roarke se encostou na mesa. — Eles levaram o coração da vítima?

— Isso mesmo. O sujeito era um bêbado, e viciado ainda por cima. Seu corpo estava um bagaço. Morris, o legista, garante que o coração não ia servir para nada. O cara ia acabar morrendo em menos de seis meses. — Parou de andar e olhou para ele, enfiando os polegares nos bolsos da frente das calças. — O que você sabe a respeito de tráfico de órgãos humanos no mercado negro?

— Bem, eu nunca circulei por essa área, nem mesmo nos meus dias mais... flexíveis do passado — acrescentou ele, com um sorriso leve. — Porém, o avanço tecnológico dos órgãos artificiais, o suprimento ainda disponível de doações por mortes acidentais e os avanços na área da saúde e da construção de órgãos acabaram por reduzir o mercado para órgãos de procedência duvidosa quase a zero. Esse tipo de comércio alcançou o seu pico uns trinta anos atrás.

— E quanto valeria um coração desses conseguido na rua? — quis saber Eve.

— Não faço idéia. — Suas sobrancelhas se ergueram, e um sorriso se insinuou na boca sexy de poeta. — Você quer que eu descubra?

— Não, eu consigo descobrir sozinha. — Ela começou a circular pela sala novamente. — Qual é a sua função nesse quadro de diretoria?

— Sou consultor. O Departamento de Pesquisas e Desenvolvimento das minhas indústrias possui uma seção médica que coopera e dá assistência à área médica do Drake. Temos um contrato com o centro. Fornecemos equipamentos médicos, máquinas, computadores — tornou a sorrir — ... órgãos artificiais. O Departamento de Pesquisas e Desenvolvimento do Drake Center lida basicamente com medicamentos, próteses e produtos químicos. E tanto nós quanto eles fabricamos órgãos para substituição.

— Vocês fabricam corações?

— Entre outras coisas. Mas não trabalhamos com tecidos vivos.

— Quem é o melhor cirurgião da equipe deles?

— Colin Cagney é o chefe da equipe. Você já foi apresentada a ele — acrescentou Roarke.

Eve simplesmente grunhiu alguma coisa. Como é que ela podia se lembrar de todas as pessoas que conhecera nos círculos sociais de Roarke desde que ele entrara em sua vida?

— Será que ele... como é mesmo que se diz... faz consultas domésticas?

— O nome é atendimento domiciliar — corrigiu Roarke, com um leve sorriso. — Não consigo imaginar o distinto dr. Cagney realizando uma cirurgia ilegal em um mendigo em plena calçada de uma rua suja.

— Talvez eu tenha uma visão diferente da sua, depois de encontrá-lo. — Soltou um longo suspiro e passou os dedos pelos cabelos. — Desculpe eu vir até aqui atrapalhar você.

— Atrapalhe mais um pouco — sugeriu e deu a si mesmo o prazer de atravessar a sala até onde ela estava só para esfregar o polegar no seu lábio inferior. — Almoce comigo.

— Não posso. Tenho que bater perna por aí, investigando. — A leve fricção que sentiu no lábio a fez armar um sorriso. — E então, o que você está comprando hoje?

— A Austrália — respondeu ele e riu ao vê-la boquiaberta. — Apenas um pedacinho dela, na verdade. — Adorando a sua reação, ele a agarrou com força e a trouxe para junto de si, dando-lhe um beijo rápido, mas forte. — Nossa, eu adoro você, Eve.

— Sim. Bem... que bom! — Ouvir aquilo e saber que era verdade sempre a deixava quente por dentro e com as pernas fracas. — Agora, tenho que ir.

— Quer que eu veja o que consigo encontrar a respeito de pesquisa de órgãos no Drake?

— Essa tarefa é minha e eu sei como realizá-la. Seria bom se você não se envolvesse nesse caso, só para variar um pouco. Simplesmente vá... comprar o resto da Austrália ou algo desse tipo. A gente se vê em casa.

— Tenente! — Ele se virou para a mesa e abriu uma gaveta. Sabendo como era o seu ritmo de trabalho, atirou na direção dela uma barra de cereais. — Isto aqui vai ser o seu almoço, eu imagino.

— Obrigada — disse ela, sorrindo enquanto guardava o presente no bolso.

Assim que ela fechou a porta, ele olhou para o relógio de pulso. Faltavam vinte minutos para a próxima reunião, calculou Roarke. Era tempo suficiente.

Sentou-se diante do computador, sorriu de leve ao pensar na esposa e então solicitou dados a respeito do Drake Center.

Capítulo Três

Eve descobriu que fora melhor não ter ido procurar a dra. Mira antes. Ela estava fora. Eve enviou um e-mail solicitando uma consulta relacionada com o caso para o dia seguinte e seguiu em direção ao Drake.

O edifício era um daqueles imponentes, cheio de alas e anexos, que ela já vira centenas de vezes, mas sem jamais prestar atenção. Pelo menos até conhecer Roarke. Desde então ela já fora arrastada por seu marido à força ou carregada no colo até as salas de emergência e tratamento do lugar, e isso acontecera um monte de vezes. Muitas delas sem necessidade, pensou, pois um curativo e um cochilo para recuperar as forças teriam sido suficientes.

Eve detestava hospitais. O fato de estar entrando em um como policial e não como paciente não fazia diferença.

A construção original era um antigo e respeitável prédio de tijolinhos que fora preservado de forma admirável, a um custo provavelmente astronômico. Estruturas vazadas e transparentes saíam dele, de vários locais, uniam-se por passarelas tubulares reluzentes que, por sua vez, se conectavam a anéis espiralados em tons de prata.

Havia plataformas brancas que constituíam, talvez, restaurantes, lojas de presentes ou outras áreas onde funcionários, visitantes ou pacientes pudessem se encontrar e aproveitar a vista. Iludindo-se ao esquecer, por alguns momentos, que estavam em um local cheio de gente doente e sofrendo.

Como o computador de seu carro era mais confiável do que o de sua sala, Eve conseguiu acessar alguns dados genéricos. O Drake Center era mais uma espécie de cidade com vida própria do que um centro médico. Havia instalações para treinamento, outras para estudo, laboratórios, unidades para tratamento de traumas, cirurgias, quartos e suítes particulares, além de uma variedade de salas de estar e áreas para visitantes, como era de esperar em um centro médico.

Além de tudo isso, porém, havia uns dez restaurantes — dois deles classificados como de cinco estrelas —, quinze capelas, um elegante hotel para os familiares e amigos dos pacientes que desejassem ficar próximos de seus entes queridos, além de um pequeno e exclusivo centro comercial, três teatros e cinco salões de beleza totalmente equipados.

Havia inúmeros mapas em 3-D e centros de informação para atender os visitantes e ajudá-los a achar o local que buscavam. Pequenos veículos circulavam saindo dos centros para estacionamento até as várias entradas, e os elegantes tubos de vidro cintilavam sob o fraco sol de inverno, enquanto subiam e desciam como gotas de água pelas gigantescas estruturas brancas.

Impaciente para chegar logo e sabendo que aquela era a seção que conhecia melhor, Eve estacionou o carro perto do setor de emergência, deixando-o em uma das vagas do nível da rua, e então torceu o nariz ao dar de cara com um painel que lhe perguntou a gravidade das lesões que sofrera.

Esta é uma área para estacionamento apenas em casos de emergência. Seus ferimentos ou enfermidades deverão ser confirmados para que o seu veículo possa permanecer nesta área. Por favor, informe a natureza e a extensão de seus ferimentos ou enfermidades e dê um passo à frente para o seu corpo ser escaneado.

— Estou sofrendo de impaciência terminal — respondeu ela e mostrou o distintivo para a câmera. — Estou aqui a serviço da polícia. Resolva o caso.

Ouvindo o scanner guinchar, ela se virou e seguiu em frente através das portas duplas de vidro que tanto odiava.

A sala de emergência estava cheia de gente gemendo, soluçando e reclamando. Pacientes em diferentes estágios de aflição se amontoavam em cadeiras, preenchiam formulários em telas portáteis ou esperavam pela sua vez com os olhos vidrados.

Um servente estava muito ocupado, enxugando sangue ou sabe Deus o quê, a fim de manter o piso cinza-escuro desinfetado. Enfermeiras se moviam de um lado para outro em uniformes azul-claros. Ocasionalmente um médico passava com o guarda-pó esvoaçante, tomando cuidado para não dar de cara com os que sofriam.

Eve localizou o primeiro mapa e perguntou pelo setor de cirurgias. O caminho mais rápido era usando o carrinho subterrâneo. Então ela se juntou a um paciente que gemia, amarrado a uma maca, dois internos com ar exausto e um casal que sentou comentando baixinho a respeito de alguém chamado Joe e suas chances de sobreviver com o fígado novo.

Ao chegar à ala direita, subiu um andar pela escada rolante.

O andar principal era silencioso como uma catedral e quase tão enfeitado, com tetos revestidos de mosaicos e suntuosos painéis mostrando flores e arbustos exuberantes. Havia várias áreas de espera, todas dotadas de centros de comunicação. Andróides-guias estavam a postos, envergando simpáticos macacões em tom pastel, prontos para prestar assistência no que fosse necessário.

Era caríssimo ter o corpo aberto por um bisturi a laser ou os órgãos internos consertados ou substituídos em uma instituição particular com o gabarito daquela. O Drake Center providenciara uma área de recepção adequada para os que podiam pagar pelos seus serviços.

Eve escolheu um dos consoles de recepção e exibiu de imediato o distintivo para o atendente, a fim de evitar respostas evasivas.

— Preciso falar com o dr. Colin Cagney.

— Um momento, por favor, enquanto eu o localizo. — O atendente vestia um terno cinza-claro e uma gravata com nó impecável. De forma eficiente, rodou o programa de localização em seu painel e em seguida ofereceu a Eve um sorriso educado. — O dr. Cagney está no décimo andar, onde fica a sala de consultas. No momento ele está atendendo a um paciente.

— Há uma sala de espera exclusiva no décimo andar?

— Sim, temos seis salas de espera particulares no local. Deixe-me ver se há alguma disponível para a senhora no momento. — Ele digitou alguma coisa em outro painel e imediatamente surgiram luzes piscando, vermelhas e verdes. — A Sala Três está vazia. Ficarei feliz em reservá-la para a senhora.

— Ótimo. Avise ao dr. Cagney que estarei esperando para conversar com ele lá e que tenho pouco tempo.

— É claro. Pegue o elevador número seis, tenente. Desejo-lhe um bom dia e muita saúde.

— Obrigada — resmungou Eve. Qualquer pessoa obsessivamente educada daquele jeito a fazia estremecer. O treinamento que o pessoal da área não-médica recebia ali devia incluir uma drenagem total de personalidade, concluiu Eve. Ligeiramente irritada, subiu pelo elevador indicado e saiu diretamente na sala a ela reservada.

Era um aposento pequeno, mas decorado com bom gosto; tinha um telão de relaxamento onde se moviam cores suaves. A primeira coisa que ela fez foi desativar o aparelho. Ignorando o sofá baixo e as duas poltronas confortáveis, começou a circular pela sala.

Queria sair dali. O melhor substituto para aquele desejo foi a janela, de onde dava para ver a Segunda Avenida.

Lá embaixo, pelo menos, tanto o movimento de pedestres quanto o tráfego eram previsivelmente lentos e desagradáveis. Eve observou um helicóptero de porte médio voando em círculos, em sua trajetória para pousar em um dos heliportos. Contou outros dois, uma CTI a jato e cinco ambulâncias, antes de a porta se abrir atrás dela.

— Tenente! — O médico surgiu com um sorriso deslumbrante. Tinha os dentes tão brancos e alinhados quanto uma banda de fuzileiros navais e os exibiu ao atravessar a sala na direção dela.

Era apropriado, pensou Eve, aquele rosto suave e liso, os olhos cinza pacientes e com ar inteligente que se colocavam sob sobrancelhas dramaticamente negras. Seus cabelos eram brancos e brilhantes, marcados nas têmporas por uma faixa negra.

Ele não usava um guarda-pó, mas um terno maravilhosamente bem talhado e no mesmo tom cinza dos olhos. Sua mão, quando ele a cumprimentou, era macia como a de uma criança, mas firme como uma rocha.

— Dr. Cagney.

— Espero que se lembre de me chamar de Colin. — Seu sorriso se ampliou novamente ao cumprimentá-la e em seguida liberar a sua mão. Nós já nos encontramos algumas vezes, em várias ocasiões. Imagino, porém, que com o seu trabalho e as relações sociais de Roarke a senhora deve ser apresentada a uma quantidade espantosa de pessoas.

— É verdade, mas eu me lembro do senhor. — E lembrava mesmo, tendo reconhecido o seu rosto assim que ele entrou. Não era um semblante fácil de esquecer. Maçãs do rosto salientes, queixo quadrado, testa alta. E a cor da pele era marcante. Um tom dourado que contrastava com o preto e o branco das sobrancelhas e dos cabelos. — Agradeço muito o senhor tirar alguns minutos do seu tempo para conversar comigo.

— Fico feliz em fazê-lo. — Ele indicou-lhe uma das poltronas. — Espero, no entanto, que não tenha vindo em busca dos meus préstimos profissionais. A senhora não está doente, está?

— Não, estou ótima. Foi a minha atividade profissional que me trouxe até aqui. — Embora preferisse ficar em pé, Eve se sentou. — Estou trabalhando em um caso. Um mendigo foi morto hoje de madrugada. Por alguém com excelentes habilidades cirúrgicas.

— Não compreendo. — Suas sobrancelhas se uniram e ele balançou a cabeça.

— O coração da vítima foi removido e levado do local do crime. Uma testemunha afirmou que um dos suspeitos carregava uma embalagem especial para órgãos.

— Por Deus! — Ele cruzou as mãos sobre os joelhos. Sua preocupação se misturou com um certo ar confuso. — Estou espantado por ouvir uma coisa dessas, mas continuo sem compreender. A senhora está me dizendo que o coração do mendigo foi removido cirurgicamente e transportado para outro lugar?

— Exato. Ele foi anesteciado e assassinado em seu próprio barraco de tábuas. Duas pessoas foram vistas entrando lá; uma delas levava o que parecia uma maleta de médico, e a outra uma sacola para transporte de órgãos. A operação foi realizada por alguém muito habilidoso. As grandes artérias, como penso que elas são chamadas, foram cauterizadas e seladas, e a incisão foi muito precisa. Não foi trabalho de amador.

— Mas qual a finalidade disso? — murmurou Cagney. — Não ouvia a respeito de um roubo de órgão, pelo menos dessa natureza, há vários anos. Um mendigo? A senhora já determinou qual era o seu estado de saúde antes disso acontecer?

— O médico-legista me garantiu que ele ia morrer, provavelmente dormindo, daqui a poucos meses. Creio que eles não levaram um coração em bom estado.

Soltando um suspiro profundo, ele se recostou na poltrona.

— Suponho que a senhora já tenha visto tudo o que um homem pode fazer a outro em seu ramo de atividade, tenente. Eu também já reconstituí pedaços de corpos que haviam sido rasgados, quebrados e esmagados. Por um lado, a gente acaba se acostumando.

Precisamos nos acostumar. Por outro lado, porém, um caso como esse nunca deixa de me chocar e desapontar. Os homens continuam a encontrar novos meios de matar uns aos outros.

— E sempre encontrarão — concordou Eve. — Mas o instinto me diz que a morte deste homem foi aleatória. Eles simplesmente conseguiram o que procuravam nele. Preciso perguntar, dr. Cagney... onde o senhor estava nesta madrugada, entre uma e três da manhã?

Ele piscou e a sua boca bem desenhada se abriu de forma involuntária, antes de conseguir se recuperar.

— Entendo — disse ele, levantando-se. — Eu estava em casa, dormindo ao lado da minha mulher, mas não tenho como provar isso. — Sua voz ficou fria e os olhos, gélidos. — Vou precisar de um advogado, tenente?

— Depende do senhor — disse Eve, no mesmo tom de voz. — Mas não vejo razão para os serviços de um profissional no momento. Só que vou precisar conversar com a sua esposa.

— Compreendo. — Com a boca fechada e séria, ele balançou a cabeça.

— As nossas profissões apresentam rotinas que são, muitas vezes, desagradáveis. É o meu caso no momento. Preciso de uma lista dos mais habilidosos cirurgiões da cidade, começando com os especialistas em transplantes.

Ele se levantou e caminhou até a janela.

— Os médicos apóiam uns aos outros, tenente. Há questões de orgulho e lealdade envolvidas aqui.

— Os policiais apóiam uns aos outros. E quando um se suja, acaba respingando em todos. Eu posso procurar por outros canais para conseguir a lista de que preciso — acrescentou, levantando-se —, mas agradeceria muito a sua cooperação. Um homem foi assassinado. Alguém decidiu que não lhe seria permitido aproveitar a sua vida até o fim. Isso me deixa revoltada, dr. Cagney.

Os ombros do médico se moveram no instante em que ele soltou um suspiro.

— Vou lhe enviar uma lista de nomes, tenente — disse ele, olhando pela janela e sem virar para trás. — A senhora vai recebê-la ainda hoje.

— Obrigada.

Eve voltou dirigindo para a Central de Polícia, mas só se lembrou da barra de cereais ao entrar na garagem. Comeu-a a caminho de sua sala, mastigando os nutrientes junto com as impressões que tivera de Cagney.

O médico possuía um rosto capaz de inspirar confiança em um paciente e talvez até um pouco de medo. A tendência de qualquer pessoa era a de acreditar em sua palavra, pelo menos para assuntos médicos, como se fosse lei. Eve pretendia investigá-lo com detalhes, mas pelos seus cálculos ele devia ter uns sessenta e poucos anos. O que significava que já era médico por mais da metade de sua vida a essa altura.

Ele seria capaz de matar. Eve aprendera que qualquer um seria capaz disso, dependendo das circunstâncias. Mas seria ele capaz de matar alguém de forma tão fria? E será que protegeria, sob o disfarce da lealdade profissional, outra pessoa que tivesse feito isso?

Ela não tinha certeza das respostas.

A luz verde do seu computador estava piscando, indicando a chegada de dados. Peabody, pensou, devia estar trabalhando duro. Depois de tirar o casaco, ligou o monitor. Passaram-se mais de cinco minutos frustrantes, cheios de barulhos e chiados antes de os dados finalmente aparecerem.

A vítima foi identificada como Samuel Michael Petrinsky, nascido a 6 de maio de 1961, em Madison, Wisconsin. Identidade número 12176-VSE-12. Pais falecidos. Nenhum irmão conhecido. Estado civil: divorciado desde junho de 2023. Nome da ex-esposa: Cheryl Petrinsky Sylva, de noventa e dois anos. Nomes dos três filhos desse

casamento: Samuel, James e Lucy. Dados disponíveis mediante petição para pesquisa cruzada.
Sem dados de emprego nos últimos trinta anos.

O que houve com você, Sam?, perguntou-se Eve. Por que você abandonou mulher e três filhos e veio até Nova York para explodir os neurônios e destruir o corpo com bebidas e fumo?

— Que forma terrível de terminar a vida! — murmurou e então pediu a pesquisa cruzada com os nomes dos filhos. Ela devia informar a morte ao parente mais próximo.

Você executou uma função ilegal. Por favor, cancele o pedido e informe o número da sua identificação funcional imediatamente ou todos os dados não arquivados serão apagados.

— Seu filho-da-mãe! — Furiosa, Eve se levantou e socou a lateral do equipamento com o punho fechado. Mesmo com a dor que sentiu nos nós dos dedos, ela se preparou para socá-lo novamente.

— Há algum problema com o seu equipamento, tenente?

Ela bufou, rangeu os dentes e empinou o corpo. Era raro o comandante Whitney ir visitá-la em sua sala. E não era agradável perceber que o momento feliz que ele escolhera para fazer essa visita era o mesmo em que Eve resolvera agredir uma máquina que era propriedade do departamento.

— Com todo o respeito, senhor, esse meu computador é uma bosta.

Talvez o pequeno brilho que cintilou nos olhos dele fosse a semente de um sorriso, mas Eve não tinha certeza.

— Sugiro que entre em contato com a manutenção, Dallas.

— A manutenção, comandante, é composta por imbecis.

— E as verbas andam mais curtas do que nunca. — Ele entrou e fechou a porta atrás de si, o que fez o estômago de Eve se contorcer, pouco à vontade. Ele olhou em volta e balançou a cabeça. — Sua patente lhe dá o direito de trabalhar em uma sala, Dallas, não em um calabouço.

— Este espaço me satisfaz, comandante.

— Sim, você sempre diz isso. Aquele AutoChef está abastecido com o seu café ou com o do departamento?

— Com o meu, senhor. Quer um pouco?

— Certamente que sim.

Ela se virou e ordenou ao aparelho uma caneca de café para o comandante. A porta fechada significava que ele queria privacidade. O pedido de café indicava que queria deixá-la à vontade.

A combinação dessas duas coisas deixou Eve nervosa. Sua mão, porém, estava firme quando ela lhe entregou a caneca, e seus olhos estavam fixos nos dele.

O rosto do comandante era largo, com tendência a parecer severo. Era um homem grande, com ombros largos, mãos imensas e um ar de fadiga que muitas vezes colocava sombras em seus olhos.

— Você atendeu a um caso de homicídio hoje de manhã — começou ele, fazendo uma pausa longa o bastante para sorver e apreciar o genuíno café preparado com os grãos verdadeiros e de alta qualidade que o dinheiro de Roarke podia comprar.

— Sim, senhor. A vítima acabou de ser identificada. Vou informar a morte ao parente mais próximo. — Lançou um olhar feroz para o computador — ... Assim que conseguir arrancar os dados desse monte de lixo. Vou lhe apresentar um relatório atualizado até o fim da tarde.

— Acabei de receber o relatório da primeira policial que chegou ao local do crime. Veio acompanhado de uma queixa. Você e Bowers, ao que parece, bateram de frente.

— Eu lhe passei uma descompostura. Ela mereceu.

— No formulário de queixa ela alega que você usou linguagem abusiva e imprópria contra ela. — Quando Eve jogou os olhos para o teto, de impaciência, ele sorriu. — Nós dois sabemos que esse tipo de queixa serve apenas para chatear e geralmente faz o reclamante parecer um tolo de peito empinado. Entretanto... — seu sorriso desapareceu — ela também alegou que seu trabalho no local do crime foi negligente e descuidado. E afirmou que você usou de forma inadequada o recruta que ela está treinando, além de ameaçá-la fisicamente.

Eve sentiu o sangue começar a fervilhar por baixo da pele.

— Peabody registrou toda a investigação no local, em vídeo, senhor. Vou mandar uma cópia da gravação para a sua sala imediatamente.

— Sim, vou precisar disso para desconsiderar a queixa oficialmente. Extra-oficialmente, saiba que estou certo de que tudo isso é papo-furado.

Havia duas cadeiras na sala de Eve. Como ambas estavam muito surradas e um pouco bambas, Whitney lançou um olhar desconfiado antes de se acomodar em uma delas.

— Gostaria de ouvir a sua versão do ocorrido, antes de agir.

— Minha investigação permanecerá no rumo em que está, e o meu relatório será o mesmo.

— Dallas... — foi tudo o que ele disse, vendo-a bufar novamente. Entrelaçando os dedos, ele manteve a expressão impassível no rosto largo.

— Eu já resolvi o problema. Não gosto dessa história de alguém correr para um oficial superior a fim de fazer queixinhas, nem de preencher formulários relatando desavenças tolas entre tiras. — Como ele continuava a olhar para ela sem expressão, Eve enfiou as mãos nos bolsos. — A policial de quem estamos falando estava na cena do crime, mas ainda não tinha resguardado o local até a hora em que cheguei. Foi devidamente repreendida pelo seu descuido em executar o procedimento correto. A policial Bowers demonstrou, nesse momento, uma forte tendência à insubordinação, fato com o qual eu igualmente lidei de forma adequada, na minha opinião. Por iniciativa própria, o recruta em treinamento informou-me que ao patrulhar a rua em outras ocasiões vira um outro abrigo ao lado do da vítima, o qual, desde a véspera, fora removido. O recruta já relatara isso à policial Bowers, mas sua observação foi sumariamente desconsiderada. No entanto, eu o escutei com atenção, e a dica, quando pesquisada, levou-nos a uma testemunha do crime. Convidei esse recruta, o policial Trueheart, para nos acompanhar durante o interrogatório da testemunha, pois ela o conhecia. Trueheart, como ficará claro em meu relatório, demonstra um excelente potencial.

Eve pausou a sua recitação monocórdica, e a raiva surgiu em seus olhos pela primeira vez quando continuou:

— Nego todas as acusações, comandante, com exceção da última. Pode ser que eu tenha ameaçado fisicamente a policial Bowers e vou pedir à minha auxiliar para verificar isso. Meu arrependimento, nesse momento, é o de não ter cumprido a ameaça que possa ter feito e não ter dado umas porradas nela... Senhor.

Whitney levantou as sobrancelhas, mas conseguiu esconder bem o quanto aquilo o divertia. Era raro que a sua tenente acrescentasse observações pessoais a um relatório oral.

— Se você tivesse feito isso, tenente, teríamos um pequeno problema nas mãos. Como eu sei o quanto é detalhista, imagino que você ou a sua auxiliar já fez uma pesquisa completa na ficha profissional da policial Bowers. Mesmo que tenha sido uma busca superficial, devem ter reparado no seu incomum histórico de transferências. Ela é o que chamamos de criança-problema. O departamento geralmente troca as crianças-problema de lugar a toda hora.

Fez uma pausa e então massageou a nuca, como se tentasse aliviar alguma dor.

— Bowers é recordista de queixas — continuou. — Não há nada que aprecie mais do que preencher formulários de reclamação. E parece ter desenvolvido uma forte antipatia por você, Dallas. Extra-oficialmente, devo avisá-la de que provavelmente ela tentará lhe trazer outros problemas, sempre que tiver chance.

— Não estou preocupada com ela.

— De qualquer modo, vim até aqui para avisá-la de que ela pode fazer isso. É o tipo de pessoa que se alimenta à base de problemas, provocando os colegas. No momento, o alvo dela é você. Enviou uma cópia da queixa para o departamento dela e outra para o secretário Tibble. Pegue a gravação da cena, faça o seu relatório e acrescente uma resposta cuidadosa à queixa dela. Peça a Peabody para ajudá-la nisso — acrescentou, sorrindo de leve —, pelo menos na última parte. Ela vai estar com a cabeça bem mais fria.

— Sim, senhor. — O ressentimento transparecia em sua voz e em seus olhos, mas ela manteve a boca fechada.

— Tenente Dallas, eu jamais tive uma policial sob o meu comando que fosse melhor do que você, e vou expressar isso por escrito na minha resposta a essa queixa. Policiais como Bowers não vão muito longe na carreira. Ela está cavando a própria saída do departamento, Dallas. É apenas uma pedra em seu caminho. Leve-a a sério, mas não gaste o seu tempo nem a sua energia além do que seria necessário.

— Gastar mais de cinco minutos do meu tempo e energia nesse assunto quando estou com um caso para resolver já me parece excessivo. De qualquer modo, agradeço o seu apoio.

Ele concordou com a cabeça e se levantou.

— Sabe, Dallas, este seu café é magnífico — elogiou ele, com ar sonhador, enquanto recolocava a caneca vazia sobre a mesa. — Espero o relatório até o fim da tarde — acrescentou ao sair.

— Sim, senhor.

Ela não deu um chute na mesa. Bem que teve vontade, mas os nós dos dedos de sua mão ainda estavam latejando pelo golpe que aplicara no computador. Em vez de se arriscar a conseguir novos machucados, chamou Peabody, pediu que ela resolvesse o problema do equipamento e que também acessasse os números de contato do parente mais próximo de Snooks.

Conseguiu encontrar a filha, que, embora não visse o pai há quase trinta anos, chorou amargamente ao saber da notícia.

Aquilo não ajudou muito a levantar o astral de Eve. O mais perto que chegou de alegrá-la foi a reação de Peabody ao ler a queixa de Bowers.

— Aquela piranha de cara chata e cérebro minúsculo é muito cara-de-pau! — Com o rosto vermelho e as mãos pousadas nos quadris, Peabody engatou a terceira e seguiu em frente com sua indignação: — Dá vontade de arrancá-la do buraco em que se esconde só para chutar a sua bunda caída. Ela é uma tremenda mentirosa, mas o pior é ser uma tira de merda. Aonde planeja chegar, espalhando queixinhas chorosas por aí? De onde essa idiota veio?

Peabody pegou a sua agenda eletrônica e começou a fazer pesquisas.

— Vou até lá embaixo agora mesmo só para mostrar a ela como uma reclamação pode se transformar em um soco na cara.

— Whitney disse que você estaria com a cabeça bem mais fria — comentou Eve, com um sorriso. — Fico feliz ao ver o quanto o comandante conhece bem a sua tropa. — Então riu abertamente ao ver que os olhos de Peabody só faltavam saltar das órbitas. — Respire fundo duas vezes, Peabody, antes que alguma coisa exploda dentro do seu cérebro. Precisamos lidar com o problema da maneira certa, usando as vias adequadas.

— *Então* vamos lá para dar um soco na cara da piranha, certo?

— Você devia exercer uma boa influência sobre mim. — Balançando a cabeça, Eve se sentou. — Preciso de uma cópia da gravação da cena para enviar ao comandante e também do seu relatório. Conte a história de forma simples e objetiva, Peabody, usando apenas os fatos. Vamos escrever nossos dois relatórios em separado. Vou redigir uma resposta à queixa e depois que você estiver com a cabeça fria que Whitney espera quero que dê uma olhada nela.

— Não sei como é que você aceita isso com essa calma toda.

— Não estou calma — murmurou Eve. — Pode acreditar em mim. Agora, vamos à luta.

* * *

Eve conseguiu redigir o relatório e manteve o tom frio e profissional em todo o texto. Quando estava revisando sua resposta, a lista que solicitara a Cagney chegou. Ignorando a dor de cabeça que começava a fazer um estrago por trás dos olhos, ela copiou todos os discos que tinham relação com o caso, fez o que imaginava ser uma ligação razoável para a manutenção — só os chamou de idiotas duas vezes — e levou tudo consigo. Era fim de expediente e, por Deus, ia conseguir chegar em casa cedo, para variar, embora pretendesse trabalhar um pouco mais em seu escritório particular.

Sua raiva, porém, começou a transbordar e pinicar enquanto dirigia. Suas mãos se abriam e fechavam sobre o volante. Ela trabalhara muito duro para virar tira. Treinara muito, queimara as pestanas de tanto estudar, observava tudo com atenção e estava disposta a trabalhar até cair dura, a fim de continuar sendo uma boa policial.

Seu distintivo não definia simplesmente o que ela fazia, mas quem era. E, de certo modo, como bem sabia, aquele distintivo e o seu significado também eram a sua salvação.

Os primeiros anos de sua vida haviam desaparecido em um borrão de dor, sofrimento e abuso. Mas ela sobrevivera a tudo aquilo, sobrevivera a um pai que a espancava, estuprava e a machucava tanto que, ao ser encontrada sangrando e com o braço quebrado em um beco, ela nem mesmo se lembrava do seu nome.

Foi assim que ela se transformara em Eve Dallas, um nome dado por uma assistente social, um nome que ela tentara transformar em algo bom. Ser uma policial significava que ela já não era mais uma menina indefesa. Mais que isso, significava que ela era capaz de se colocar ao lado dos indefesos.

Toda vez que Eve se debruçava sobre alguém morto, lembrava-se do que era ser uma vítima. Toda vez que ela encerrava um caso era uma vitória para os mortos, e também para uma garotinha sem nome.

E agora uma patrulheira cheia de onda e atitude tentara manchar o seu distintivo. Para os tiras, em geral isso era apenas um contratempo sem importância, uma irritação. Para Eve, porém, representava um insulto forte e pessoal.

Uma vez que era uma mulher que definia tudo pelas sensações físicas, tentou se distrair imaginando como seria sair no braço com Bowers, em uma luta limpa, mano a mano. Sentiu o som agradável de osso contra osso e o cheiro doce do primeiro jato de sangue.

Tudo o que a imagem conseguiu, porém, foi enfurecê-la ainda mais. Suas mãos estavam amarradas e ela não poderia tomar esse rumo. Uma oficial superior não podia sair por aí embolachando uma policial, por mais que ela merecesse a surra.

Assim, ela passou com o carro entre os portões de sua casa e seguiu pela graciosa alameda até a casa estonteante, feita de pedra e vidro, que pertencia a Roarke. Deixou o carro em frente à escada da entrada, esperando, torcendo mesmo para que o antipático e sisudo Summerset comentasse alguma coisa desagradável a respeito.

Ela mal sentiu o vento frio quando subiu os degraus com agilidade e abriu a porta da frente. Ao chegar ali esperou por um segundo... e outro. Normalmente o mordomo de Roarke não levava mais do que dois segundos para surgir do nada em pleno saguão e começar a insultá-la, ao seu modo. Naquele dia ela esperava por ele, queria-o ali.

Quando viu que a casa permaneceu envolta em um silêncio completo, soltou um grunhido de frustração. O dia, pensou, estava indo de mal a pior. Ela não tinha nem mesmo a chance de descontar um pouco do estresse em cima do seu pior inimigo.

Ela queria, e queria de verdade, golpear alguma coisa ou alguém.

Tirou o casaco de couro e deliberadamente o deixou pendurado no pilar do corrimão da escada. Nem isso fez o mordomo se materializar.

Cretino, pensou, chateada, enquanto subia as escadas. O que ela ia fazer com aquela descontrolada fúria que borbulhava por dentro dela se nem ao menos podia descontar em Summerset? Ela não queria lutar um round com o andróide boxeador; o que precisava mesmo era de contato humano, e do tipo violento.

Entrou no quarto com a idéia de ficar embaixo da ducha quente para curtir o mau humor, antes de mergulhar no trabalho. E viu Roarke. Olhou para ele com os olhos semicerrados. Pelo visto, ele também acabara de chegar e estava guardando o paletó no closet.

Ele se virou e inclinou a cabeça para o lado. Os olhos brilhantes, o rosto afogueado e a pose agressiva lhe informaram de imediato o humor dela. Fechou a porta do closet e sorriu, perguntando:

— Olá, querida, como foi o seu dia?

— Uma droga. Onde está Summerset?

Roarke levantou uma sobrancelha enquanto atravessava o quarto na direção dela. Dava para sentir as ondas de frustração e raiva que emanavam dela.

— Summerset está de folga.

— Ótimo, que maravilha! — Ela se afastou dele. — No único dia em que eu queria me encontrar com o filho-da-mãe ele não está em casa.

A sobrancelha de Roarke permaneceu levantada e ele lançou um olhar meio de lado para o gato cinza que estava enroscado em cima da cama. Trocaram um olhar silencioso e breve, e então Galahad, que preferia evitar a violência, pulou para o chão e saiu do quarto de fininho.

Cauteloso, Roarke passou a língua sobre os dentes e perguntou:

— Há algo que eu possa fazer por você?

— Gosto do seu rostinho e só por isso não vou quebrar a sua cara — disse Eve, virando-se para trás de cara feia.

— Que sorte a minha! — murmurou Roarke. Ele a acompanhou por um momento, vendo-a andar de um lado para outro, vagueando pelo quarto, até chutar sem muito entusiasmo o sofá da saleta de estar, enquanto resmungava sozinha. — Você está com muita energia acumulada aí dentro, tenente. Posso ajudá-la com relação a isso.

— Se você vier me dizer que eu devia tomar um tranqüilizante, eu... — Foi só o que conseguiu falar antes de perder a respiração quando ele a empurrou de costas sobre a cama, prendendo ao mesmo tempo os seus braços. — Não se meta comigo não, espertinho. — Corcoveou e tentou se libertar. — Hoje eu estou com muito mau humor.

— Dá para perceber. — Ele conseguiu escapar de uma cotovelada e prendeu os dois pulsos dela com uma das mãos, usando o peso do próprio corpo para mantê-la colada na cama. — Vamos transformar toda essa energia em algo útil?

— Quando eu quiser sexo, pode deixar que aviso — disse ela, entre dentes.

— Tudo bem. — Enquanto ela rugia, ele baixou a cabeça e mordiscou-lhe a garganta. — Enquanto eu espero, vou me divertir um pouquinho. Você tem um sabor de... fruta madura quando fica revoltada.

— Droga, Roarke. — Mas a língua dele já estava fazendo coisas incríveis na lateral do seu pescoço, e os fluidos concentrados pela raiva começaram a mudar de direção. — Corta essa! — murmurou, mas quando a mão livre dele se fechou sobre o seu seio, seu corpo se arqueou em sua direção.

— Estou quase acabando — avisou ele. Sua boca roçou-lhe o maxilar para, por fim, esmagar-se de encontro à dela no beijo feroz e primitivo que o seu estado exigia. Saboreou a raiva, o fio da violência e o açoite da paixão. O corpo dele se retesou e sua carência começou a aumentar de tamanho. De repente, porém, ele se afastou dela, lançando-lhe um sorriso suave. — Bem, se você prefere ficar sozinha...

— Agora é tarde demais, meu chapa. — Ela conseguiu soltar uma das mãos e o agarrou pelo colarinho da camisa. — Agora eu quero sexo.

Sorrindo, ele deixou que ela o jogasse de costas na cama. Ela se colocou por cima dele, com uma perna para cada lado, e plantou as mãos em seu peito.

— Estou me sentindo cruel — avisou ela.

— Bem, eu disse que aceitaria as horas boas e as más. — Erguendo o corpo, ele desafivelou o coldre dela antes de começar a desabotoar-lhe a blusa.

— Já avisei que estou me sentindo realmente *cruel*. — Sua respiração já estava começando a ficar ofegante e os dedos se fechavam contra a seda preta da camisa dele. — Quanto custa essa roupa?

— Não faço idéia.

— Pois bem — decidiu, rasgando a camisa com força. Antes de ele decidir se ria ou praguejava, ela pulou e enterrou os dentes no seu ombro. — A coisa vai ser bem bruta. — Sentindo-se poderosa pelo sabor da carne dele, prendeu-lhe os cabelos com os punhos fechados. — E vai ser rápida também.

Sua boca se lançou sobre a dele, tomando-a com sofreguidão, e levando o beijo a um nível de quase violência. Sentindo-se glorificada, colocou as unhas nele e rasgou-lhe as roupas enquanto os dois rolavam sobre a cama.

Lutando agora, suas mãos apalpavam o que podiam e suas bocas se mostravam vorazes. Gemidos frenéticos e leves sobressaltos surgiam de ambos os corpos, enquanto seus pontos fracos eram perseguidos e explorados. Eles conheciam muito bem o corpo um do outro e também suas fraquezas específicas.

Toda a energia frustrada foi se expandindo até se transformar em pura fome, uma necessidade de tomar, e tomar depressa, tomar tudo. Os dentes dele em seu seio nu e as mãos que circulavam sobre a sua carne, apressadas em possuí-la, só serviram para aumentar ainda mais o apetite. A respiração dela vinha em ondas frágeis, e sua mente pareceu explodir em frangalhos quando ela arqueou o corpo, pressionando sexo contra sexo.

Ouviu-se um som selvagem que saiu da garganta dela no instante em que ele a puxou, colocando-a de joelhos sobre a cama e seus corpos se encontraram, torso contra torso e boca contra boca.

— Agora, droga! — As unhas dela se enterravam nas costas úmidas de suor dele, arranhando-as e arrancando lascas de pele. Desejos do tipo mais obscuro e perigoso giravam-lhe por dentro em torvelinho. Ela notou algo semelhante nos brilhantes olhos azuis de Roarke no instante em que os dois novamente se arrastaram para os lençóis.

Ela ficou por cima e se pressionou contra ele, recebendo-o dentro com movimentos ágeis, e então arqueou as costas em meio a um gemido no instante em que o prazer a lancetou de forma implacável.

Então tudo começou novamente a acelerar. Velocidade, movimento e mais avidez. *Mais e mais* era só o que ela conseguia pensar enquanto ele a golpeava por dentro em estocadas cada vez mais firmes e rápidas. O orgasmo tinha garras.

Ele sentiu quando ela se entregou àquela sensação, cedendo-se a ele por completo, o corpo ainda mais arqueado para trás agora, brilhante de suor, os olhos escuros e cegos para tudo, exceto para o que eles proporcionavam um ao outro.

E quando ela estremeceu e gritou, ele a puxou para mais perto de si e a virou de costas na cama, ainda dentro dela. Então, levantando-lhe os quadris e puxando-os na direção dele, enterrou-se fundo, mais fundo, fazendo com que ambos transbordassem.

Capítulo Quatro

Com um jeito preguiçoso, Roarke esfregou o nariz na garganta de Eve. Ele adorava o cheiro denso e rico que o sexo bom e saudável colocava em sua pele.

— Sente-se melhor agora?

Ela conseguiu emitir um som que ficava entre um grunhido e um suspiro, e seus lábios se entreabriram. Em um giro lento, tornado suave pela prática, ele reverteu suas posições, acariciou-lhe as costas e esperou.

Ela ainda parecia ouvir o badalar de sinos, e seu corpo estava tão lânguido que imaginou que não conseguiria nem combater um bebê com uma espingarda de água. As mãos que continuavam a deslizar para cima e para baixo a levavam lentamente em direção ao sono. Ela já estava quase cochilando no instante em que Galahad, decidindo que o campo estava livre, voltou silenciosamente ao quarto e pulou alegremente sobre as suas nádegas expostas.

— Ei!... — Sua sacudida em sinal de protesto fez com que o animal perdesse o equilíbrio e tentasse mantê-lo cravando nela as pequenas garras afiadas. Eve gritou, corcoveou, saltou e por fim saiu de cima de Roarke para se proteger. Quando virou a cabeça para ver se havia sangue no local, pegou o sorriso de Roarke e viu o gato ronronando como um tarado, movimentando as pequenas patas.

Não havia nada a ser feito, a não ser lançar um olhar severo para os dois.

— Aposto que vocês estão achando isso muito engraçado.

— Nós dois, cada um ao seu modo, gostamos de lhe dar as boas-vindas quando a vemos em casa. — No momento em que os lábios de Eve se abriram em um sorriso, ele se sentou e pegou o rosto dela com as mãos. Dentro dessa moldura, viu que as bochechas dela estavam rosadas, a boca lisa e os olhos sonolentos. — Você me parece atraentemente... usufruída, tenente. — Sua boca se chocou contra a dela, deu-lhe pequenas mordidas e quase a fez esquecer que estava chateada com ele. — Por que não tomamos um banho e depois, durante o jantar, você me conta o que a está incomodando?

— Eu não estou com fome — murmurou ela. Agora que a raiva começava a voltar, ela preferia ficar ali, matutando.

— Pois eu estou — disse ele, pegando-a no colo e levando-a para fora da cama.

Ele a deixou ficar de cara amarrada e permitiu-se especular a razão disso até chegarem à cozinha. Conhecendo Eve tão bem quanto conhecia, Roarke decidiu que o problema que estava fazendo o seu sangue ferver tinha relação com o trabalho. Ela ia acabar lhe contando, pensou, ao escolher rolinhos recheados para ambos no cardápio do AutoChef. Compartilhar as suas preocupações não era algo natural para Eve, mas ela acabaria se abrindo.

Ele serviu o vinho e então se sentou em frente a Eve no pequeno nicho para refeições junto à janela.

— Você já identificou o seu mendigo?

— Já. — Passando o dedo sobre a borda do cálice, ela encolheu os ombros. — Ele era um dos caras que perderam tudo na época que se seguiu às Guerras Urbanas. Dificilmente alguém será capaz de explicar o porquê de ele ter renunciado à vida comum que levava para abraçar a miséria.

— Talvez a vida comum que levava antes também fosse miserável.

— É... Pode ser. — Ela mudou de assunto. Precisava fazê-lo. — Vamos liberar o corpo para a filha dele, depois de terminarmos os exames.

— Isso está deixando você triste — murmurou Roarke, fazendo com que a cabeça dela se elevasse e seus olhos se encontrassem.

— Esse problema não pode atingir você, Roarke.

— Isso está deixando você triste — repetiu ele. — E a forma de canalizar isso é achar quem o matou.

— Esse é o meu trabalho. — Ela pegou o garfo e espetou um dos rolinhos recheados em seu prato, sem interesse. — Se mais gente se preocupasse em fazer o seu trabalho, em vez de se meter com o dos outros, a vida seria bem melhor.

Ah, aí está, pensou Roarke.

— Então, quem se meteu com você, tenente?

Eve começou a encolher os ombros novamente, querendo demonstrar que não dava a mínima para o que acontecera. Mas algo lhe veio subindo pela garganta e saiu antes que ela conseguisse impedir:

— A babaca de uma patrulheira cheia de pose. Não foi com a minha cara desde que me viu, sabe Deus por quê.

— Imagino que uma patrulheira babaca e cheia de pose deve ser tão pitoresca quanto a descrição, mas ela tem nome?

— Tem. Bundona Bowers, da centésima sexagésima segunda DP. Ela fez queixa de mim para o comandante, depois de eu tê-la esculhambado pelo seu trabalho desleixado. Estou há mais de dez anos na polícia e jamais tive uma reclamação oficial na minha ficha. Droga! — Pegando o vinho, ela o bebeu de uma vez só.

Não foi a raiva que o fez colocar a mão com carinho sobre a dela, mas o ar de infelicidade em estado puro que viu em seus olhos.

— Isso é uma coisa séria?

— Não, não vale de nada — garantiu ela —, mas está lá, na minha ficha...

— Conte-me tudo. — Roarke virou a mão dela com a palma para cima e a apertou de leve.

As palavras saíram de dentro de Eve com muito menos cuidado do que no relatório informal que fizera verbalmente ao comandante. Enquanto colocava tudo para fora, porém, ela começou a comer, sem perceber.

— Quer dizer, então — disse Roarke, quando ela acabou a história —, que você, basicamente, deixou uma causadora de problemas pau da vida, e ela, como retaliação, fez uma queixinha chorosa, algo que costuma fazer regularmente, mas apesar disso o seu comandante se mostrou profissional e pessoalmente do seu lado.

— Sim, mas... — Eve fechou a boca e refletiu em silêncio sobre o resumo perfeito que Roarke fizera. — Não é assim tão simples quanto você faz parecer.

Jamais seria, avaliou Roarke, *não para Eve*.

— Talvez não seja — concordou ele com a cabeça —, mas o fato é que, se alguém for comparar a sua carreira com a dela, a coitada vai parecer ainda mais idiota do que é.

Ouvir isso a alegrou um pouco.

— Ela manchou a minha ficha — insistiu Eve. — Os bobalhões da Divisão de Assuntos Internos adoram manchas desse tipo e eu ainda fui obrigada a perder um tempo que deveria estar dedicando ao caso para responder às acusações idiotas dela. Se eu não tivesse perdido tanto tempo, já poderia ter rodado o programa de pesquisas com os nomes que Cagney me enviou. Ela está pouco ligando para o caso. Queria apenas me atingir porque eu a censurei com firmeza e depois mandei que ela fosse pegar café para mim. O lugar dela não é na polícia.

— Provavelmente ela jamais cometeu o erro de atacar uma policial de ficha limpa e tão respeitada quanto você. — Ele olhou as sobrancelhas dela se unirem em estranheza diante desse comentário e sorriu de leve quando a viu fazer uma careta, afirmando:

— Quero dar um soco na cara dela.

— Claro que quer — concordou Roarke, com descontração. — Se não quisesse, não seria a mulher que eu adoro. — Pegou a sua mão, beijou-lhe os dedos e ficou satisfeito ao ver um sorriso relutante suavizar a rigidez dos seus lábios. — Quer ir atrás dela agora para lhe dar uma surra? Eu seguro o seu casaco.

Desta vez ela riu.

— Você está a fim de ver duas mulheres brigando. Por que vocês, homens, curtem tanto isso?

— Pela esperança de que, durante a briga, uma rasgue as roupas da outra. — Com um ar divertido nos olhos muito azuis, Roarke tomou um gole de vinho. — Nós nos entretemos com qualquer coisa.

— Se você está dizendo... — Eve olhou com uma certa surpresa para o prato vazio. Talvez estivesse com fome, afinal. Sexo, comida e um bom ouvinte. Aquelas eram apenas algumas das maravilhas do casamento, pensou. — Obrigada. Acho que já estou me sentindo bem melhor.

Como ele preparara a refeição, Eve achou que seria justo lavar os pratos. Carregou-os até a lavadora de louça, jogou-os lá dentro e considerou o trabalho feito.

Roarke não se deu ao trabalho de mencionar que ela colocara os pratos do lado errado da máquina, além de se esquecer de dar as ordens para que o aparelho funcionasse. A cozinha realmente não era território de Eve, pensou. Summerset resolveria aquilo mais tarde.

— Vamos para o meu escritório, querida. Tenho uma coisa para você.

Uma suspeita cautelosa a fez estreitar os olhos.

— Já disse logo depois do Natal que eu não quero mais presentes.

— Mas eu gosto de lhe dar presentes — disse ele, e optou por usar o elevador em vez de pegar as escadas. Passou o dedo de leve sobre a manga do suéter de caxemira que lhe dera e completou: — Gosto de ver você usá-los. Só que não se trata desse tipo de presente.

— Tenho trabalho pela frente. Preciso recuperar o tempo perdido.

— Hum-hum...

Ela mudou de posição quando sentiu o elevador alterar o rumo, do vertical para o horizontal.

— Não se trata de uma viagem, nem nada desse tipo, não é? Não posso tirar dia nenhum de folga depois que perdi todos aqueles dias de licença médica por ferimento, no outono.

A mão que Roarke pousara de leve sobre o ombro de Eve formou um punho sem que ele conseguisse impedir. Ela sofrera ferimentos terríveis alguns meses antes, e ele não gostava de se lembrar disso*.

— Não, não é uma viagem. — Apesar disso, ele pretendia arrastá-la para longe dali, ao menos por uns dois dias, a fim de descansar em algum lugar tropical assim que suas agendas permitissem.

Ela costumava ficar relaxada na praia, pensou ele, de um jeito que não parecia conseguir em nenhum outro lugar.

— Muito bem. Então, o que é? Estou precisando muito trabalhar ainda mais umas duas horas.

— Você poderia pegar um pouco de café para nós? — sugeriu ele, de forma descontraída, assim que entrou no escritório. Isso a fez ranger os dentes. Precisou lembrar a si mesma que ele a deixara desabafar algumas das suas frustrações e que escutara a sua versão dos fatos, além de se oferecer para segurar o casaco dela.

Mas seus dentes ainda estavam cerrados de irritação quando ela colocou o café sobre o console.

Roarke lhe lançou um grunhido de agradecimento e já estava brincando com os controles. Poderia ter simplesmente utilizado comandos de voz, conforme ela bem sabia, mas gostava de trabalhar em seus equipamentos — brinquedinhos, como ela gostava de se referir a eles — manualmente. Era para manter a agilidade dos dedos que no passado pertenceram a um ladrão, refletiu.

Seu escritório doméstico combinava com ele tanto quanto o exuberante quartel-general no centro da cidade. O sofisticado e

---

* Ver *Vingança Mortal*. (N.T.)

imenso console cheio de controles coloridos e luzes brilhantes em forma de U formava uma moldura excelente para a sua figura quando ele se instalava ali para trabalhar.

Além da tecnologia de ponta, dos aparelhos de fax a laser e do avançado centro de comunicações, opções e telas holográficas, havia ainda um quê de elegância na sala, do mesmo tipo que parecia acompanhá-lo quando ele estava em uma reunião de diretoria ou em um beco.

Os maravilhosos lajotões do piso, as caríssimas janelas tratadas para preservar a privacidade, as peças de arte e artefatos caríssimos, as máquinas e gabinetes enfileirados, prontos para oferecer comidas e bebidas exclusivas em resposta a um comando simples, davam charme ao lugar.

Às vezes era desconcertante olhar para ele ali, enquanto trabalhava. Confirmar dia após dia o quanto ele era lindo e saber que pertencia a ela. Isso a fazia sentir-se sem forças nos momentos mais estranhos. E como se sentia fraquejar naquele momento fez com que sua voz parecesse fria e cortante.

— Vai querer sobremesa também?

— Talvez depois. — Virou-se para trás e lançou um olhar rápido para ela antes de apontar com o queixo para a parede oposta. — Olhe para as telas.

— O que foi?

— A lista de cirurgiões que você queria, juntamente com seus dados pessoais e profissionais.

Ela girou o corpo e em seguida se virou de volta tão depressa que poderia ter entornado o café em cima dos controles, se ele não tivesse tirado a sua caneca fora do caminho a tempo.

— Tenha cuidado, querida.

— Droga, Roarke, *droga*! Eu lhe dei um aviso bem específico para que você permanecesse fora disso.

— Deu? — Em contraste direto com a dela, a sua voz era suave e divertida. — Pois tenho a impressão de que eu desobedeci você.

— Isso é trabalho meu e eu sei como realizá-lo. Não quero que você fique por aí acessando nomes e dados.

— Entendo. Bem... — Ele passou a mão sobre algum sensor, e todas as telas da sala apagaram ao mesmo tempo. — Sumiu tudo! — disse ele, com um tom alegre enquanto observava, aparentemente deliciando-se com aquilo, a boca de Eve, que se apresentava de queixo caído. — Muito bem, agora vou voltar ao livro que estava lendo enquanto você passa as próximas horas tentando acessar os dados que eu já tinha reunido. Isso faz muito sentido.

Ela não conseguiu pensar em nada para dizer que não soasse idiota. Então se limitou a emitir sons de frustração. Realmente ela ia levar uma hora, no mínimo, para fazer aquele trabalho, e, muito provavelmente, não conseguiria reunir tantos dados quanto ele.

— Você é muito espertinho...

— Sou mesmo, não sou?

Ela conseguiu engolir a risada que teve vontade de soltar e cruzou os braços.

— Traga os dados de volta. Você pode fazer isso que eu sei.

— Claro que posso, mas isso tem um preço. — Inclinando a cabeça para o lado, chamou-a com o dedo indicador.

O orgulho lutou com o seu senso prático. Como sempre, o trabalho ganhou, mas ela manteve a cara amarrada ao passar ao longo do console até chegar onde ele estava, do outro lado.

— Qual é o preço? — perguntou ela, e praguejou quando ele a puxou com força e a colocou em seu colo. — Não vou aceitar nenhum desses seus joguinhos de tarado não, meu chapa.

— E eu tinha tantas esperanças... — Passou a mão novamente sobre o sensor, e os dados surgiram mais uma vez nas telas. — Há sete cirurgiões na cidade que se enquadram, pois têm as especificações que o seu caso exige.

— E como é que você sabe quais são essas especificações? Não dei mais detalhes quando estive com você, hoje de manhã. — Girou a cabeça até ficar cara a cara com ele. — Você andou xeretando nos meus arquivos pessoais relacionados com o caso?

— Não respondo a essa pergunta sem a presença de meu advogado. Sua testemunha viu duas pessoas — continuou ele, enquanto ela o analisava com os olhos semicerrados. — Imagino que você não esteja descartando a possibilidade de uma delas ser mulher.

— Eu xereto em seus arquivos? — quis saber ela, cutucando-lhe o ombro com a ponta do dedo, para enfatizar cada palavra. — Por acaso eu costumo vasculhar as suas carteiras de ações ou coisas desse tipo?

Ela não conseguiria ter acesso aos seus arquivos pessoais nem com a ajuda de uma bomba caseira, mas ele simplesmente sorriu.

— Minha vida é um livro aberto para você, querida. — Já que ela estava tão perto, ele mordeu-lhe o lábio inferior, de leve, e apertou-lhe o corpo com carinho. — Você quer ver a gravação da última reunião de diretoria da qual participei?

Ela podia lhe dizer que ficara mordida com aquilo, mas era uma coisa óbvia.

— Deixa pra lá! — Ela tornou a se virar para a frente e tentou não demonstrar muito prazer quando os braços dele a envolveram de forma aconchegante. Mesmo assim, recostou-se nele e se deixou ficar. — Tia Wo, cirurgiã geral especializada em transplante e recuperação de órgãos, médica particular associada ao Drake Center, à Clínica Cirúrgica do East Side e à Clínica Nordick, em Chicago.

Eve leu a lista completa dos seus dados básicos.

— Descrição física e imagem na tela — ordenou. — Ela tem um metro e oitenta e dois e é muito corpulenta — reparou. — Seria fácil para um bêbado de rua confundi-la com um homem, no escuro, especialmente se estivesse usando um casacão. O que sabemos a respeito dessa dra. Wo?

Respondendo ao seu comando de voz, o computador começou a listar detalhes, enquanto Eve analisava a imagem de uma mulher sisuda, de cinqüenta e oito anos, com cabelos pretos lisos, olhos azuis muito frios e queixo pontudo.

Sua formação profissional fora excelente e seu treinamento era de nível elevadíssimo. Sua carreira de quase trinta anos como arrancadora de órgãos lhe garantia um salário anual astronômico, que ela complementava fazendo propaganda para a empresa NewLife Substituição de Órgãos Ltda., empresa que fabricava órgãos artificiais e que, conforme Eve notou com um leve suspiro, pertencia e era operada pelas Indústrias Roarke.

A médica se divorciara duas vezes, uma delas de um homem e outra de uma mulher, e estava solteira há seis anos. Não tinha filhos, nem ficha criminal, e apenas três processos pendentes, por negligência médica.

— Você a conhece? — perguntou Eve.

— Humm... Apenas de vista. É fria, ambiciosa, muito focada. Tem fama de possuir mãos divinas e cérebro de máquina. Como pode ver, ela foi presidente da Associação Médica Americana há cinco anos. É uma mulher muito poderosa em seu ramo de atividade.

— Ela é do tipo que curte retalhar as pessoas — murmurou Eve.

— Imagino que sim. Por que outra razão faria isso?

Encolhendo os ombros, solicitou o resto dos nomes e os analisou, prestando atenção aos dados e aos rostos.

— Quantas dessas pessoas você conhece?

— Todas elas — disse-lhe Roarke. — Na maior parte dos casos, apenas socialmente. Felizmente eu jamais precisei dos seus serviços profissionais.

Os instintos dele, pensou Eve, eram tão afiados quanto a sua saúde, e por isso ela perguntou:

— Quem é o mais poderoso deles?

— Em termos de poder, eu diria que Cagney, Wo e Waverly.

— Michael Waverly — murmurou Eve, solicitando que seus dados aparecessem na tela. — Quarenta e oito anos, solteiro, chefe do setor de cirurgia no Drake Center e atual presidente da Associação Médica Americana. — Analisou o rosto elegante, os olhos verdes muito intensos e a juba dourada.

— Quem é o mais arrogante? — perguntou a Roarke.

— Creio que essa é uma exigência básica para todos os cirurgiões, mas se eu tivesse que separar por escalas de arrogância escolheria Wo, seguida de Waverly, e colocaria Hans Vanderhaven na panelinha... ele é o chefe de pesquisas no Drake Center e também um arrancador de órgãos associado com os três maiores centros médicos do país, com sólidas relações no exterior. Tem sessenta e cinco anos e está no quarto casamento. Cada esposa que arruma tem dez anos a menos que a anterior. A atual é uma modelo de escultura corporal que mal tem idade para votar.

— Dispenso as fofocas — disse Eve, com certa rigidez, mas acabou rindo. — O que mais você sabe dele?

— Suas três ex-esposas têm ódio profundo dele. A última tentou realizar uma cirurgia improvisada no rosto dele com um afastador de cutículas quando o pegou brincando de médico com a modelo. A comissão de ética e moral da AMA ralhou com ele, mas fez pouco mais que isso.

— Esses são os que eu vou investigar primeiro — decidiu. — O que o assassino fez com Snooks demonstra arrogância e poder, além de habilidade.

— Você vai encontrar um monte de portas fechadas nessa investigação, Eve. Eles vão fechar a guarda para proteger uns aos outros.

— Eu tenho um caso de assassinato em primeiro grau, com mutilação e roubo de órgão para piorar as coisas. — Passou os dedos pelos cabelos. — Quando a coisa esquenta, as pessoas abrem a guarda. O que um desses açougueiros souber vou conseguir arrancar dele.

— Se quiser dar uma olhada mais de perto em cada um, podemos comparecer ao desfile de moda e baile para arrecadação de fundos em prol do Drake Center. Vai ser no fim desta semana.

Eve franziu o cenho. Preferia sair no braço com um viciado em Zeus.

— Desfile de moda. — Ela quase estremeceu ao pensar na idéia e acrescentou, com ar desanimado: — Uau, mal posso esperar...

Tudo bem, podemos ir a esse desfile, mas eu devia receber um adicional trabalhista.

— Leonardo é um dos estilistas que vão apresentar novos modelos — disse-lhe Roarke. — Mavis vai estar lá.

A idéia de ver a sua amiga descontraída e de jeito extravagante no meio de uma sofisticada recepção para médicos metidos a besta ajudou a animar Eve.

— Espere só até eles colocarem os olhos nela.

Se não fosse por seu problema com a policial Bowers, Eve teria preferido trabalhar em seu computador doméstico, no dia seguinte, porque ele nunca a deixava na mão. No entanto, por uma questão de orgulho, queria que todos a vissem trabalhando normalmente na Central de Polícia, pois as fofocas já haviam começado.

Depois de passar a manhã depondo no tribunal, em um caso que encerrara alguns meses antes, ela chegou à Central logo depois de uma da tarde. A primeira coisa que fez foi procurar Peabody. Em vez de ir direto para a sua sala e convocar a assistente pelo comunicador, Eve foi andando pela sala de registro de queixas em busca dela.

— Oi, Dallas. — Baxter, um dos detetives que mais curtia pegar no pé de Eve, ofereceu-lhe uma piscadela e um sorriso de apoio. — Tomara que você ponha aquela idiota a nocaute.

Aquilo era, Eve sabia, uma demonstração de apoio contra Bowers. Embora isso a deixasse satisfeita, ela simplesmente encolheu os ombros e seguiu em frente. Vários outros comentários vieram de outras mesas e estações de trabalho individuais, todos mais ou menos nessa linha. A primeira coisa a fazer quando um dedo-duro apontava para um colega era quebrar-lhe o dedo.

— Oi, Dallas. — Ian McNab, um detetive promissor que trabalhava na Divisão de Detecção Eletrônica, circulava junto ao cubículo onde Peabody ficava. Era bonito como uma pintura, com uma trança de cabelos compridos muito louros, seis brincos de argola na orelha esquerda e um sorriso cativante no rosto. Eve já trabalhara com ele em alguns casos e sabia que o exterior de garotão boa-pinta com senso de humor e língua ferina escondia um cérebro rápido com instintos sólidos.

— Você está com pouco serviço lá na DDE, McNab?

— Quem dera... — Ele lançou-lhe o sorriso cativante. — É que acabei de ajudar em uma investigação para um dos rapazes daqui e pensei em dar uma passadinha só para irritar Peabody, antes de voltar para onde os policiais de verdade trabalham.

— Quer tirar esse pentelho do meu pé, tenente? — reclamou Peabody, mostrando-se realmente aborrecida.

— Eu nem toquei no pé dela. Ainda. — McNab sorriu. Deixar Peabody irritada era um dos seus passatempos favoritos. — Talvez você precise da minha ajuda para pesquisas eletrônicas a respeito desse problema que pintou, Eve.

Conseguindo ler nas entrelinhas, Eve levantou uma sobrancelha. Ele estava se oferecendo para decodificar arquivos secretos do passado de Bowers.

— Estou resolvendo o problema sozinha, obrigada. Preciso falar com Peabody, McNab. Xô!...

— Você é quem sabe. — Ele olhou para dentro do cubículo com um olhar malicioso e se despediu de Peabody: — A gente se vê depois, coisinha linda. — Quando ela sibilou com raiva, ele já saíra dali, assobiando.

— Babaca! — Foi tudo o que Peabody conseguiu dizer ao se levantar. — Meus relatórios estão arquivados, tenente. As descobertas do legista chegaram há cerca de uma hora e estão esperando pela senhora.

— Envie tudo o que se relaciona com este homicídio para a dra. Mira. A secretária dela vai me encaixar entre dois clientes para uma consulta rápida. Arquive isto aqui também — acrescentou Eve, entregando um disco para Peabody. — É a lista dos maiores cirurgiões da cidade. Livre-se do máximo possível de papelada nas próximas duas horas. Vamos voltar à cena do crime.

— Sim, senhora. Está tudo bem...? — Peabody se referia a Bowers.

— Está. Não tenho tempo a perder com idiotas. — Eve virou as costas e foi em direção à sua sala.

Ao chegar lá, encontrou um bilhete dos idiotas da manutenção, dizendo que não havia nada de errado com o seu equipamento. Ela era a personificação da irritação no momento em que pegou o *telelink* e ligou para Feeney, da DDE.

Seu rosto confortavelmente amarrotado encheu a tela e a ajudou a ignorar o zumbido esquisito no sinal de áudio.

— Dallas, que monte de merda é essa? Quem é essa tal de Bowers? E por que você a deixou viva até agora?

Eve teve de sorrir. Não havia ninguém mais confiável do que Feeney.

— Não tenho tempo a perder com ela. Tenho um mendigo morto com um buraco no peito no lugar onde ficava o coração.

— Um buraco onde ficava o coração? — As sobrancelhas de Feeney, muito cheias e com cor de ferrugem, se ergueram. — Por que ninguém me contou isso?

— Devem ter esquecido — disse ela, sentindo-se à vontade com ele. — É muito mais divertido fofocar a respeito de tiras que tentam sacanear uns aos outros do que falar de mais um mendigo que morreu na cidade. Só que este aqui é interessante. Deixe-me colocar você a par dos fatos.

Eve contou tudo em poucas palavras, no jargão rápido e típico dos tiras, que o usam como uma espécie de dialeto. Feeney concordava com a cabeça enquanto ouvia, apertava os lábios e dava grunhidos de solidariedade.

— Este mundo está cada vez mais doente — afirmou quando Eve acabou de falar. — Você precisa que eu a ajude em quê?

— Dá para fazer uma pesquisa rápida sobre crimes desse tipo?

— Em nível municipal, nacional, internacional ou interplanetário?
— Que tal em todos? — Eve lançou um sorriso de vitória. — Desde que você consiga mandar tudo hoje mesmo, antes do fim do meu turno.

Seu rosto habitualmente rabugento ficou um pouco mais carrancudo.

— Você nunca me pede coisas simples, não é, garota? Tudo bem, vamos cair dentro.

— Obrigada. Eu poderia pesquisar pessoalmente no CPIAC — continuou Eve, referindo-se a uma das paixões de Feeney, o Centro de Pesquisas Internacionais sobre Atividades Criminais —, só que o meu equipamento está rateando novamente.

— Isso não aconteceria se você o tratasse com o devido respeito.

— É fácil para você dizer isso quando sabe que a DDE recebe todo o equipamento de primeira linha. Vou sair em trabalho de campo daqui a pouco. Se conseguir achar alguma coisa, entre em contato.

— Se existir algo para ser achado, pode crer que eu encontro. Até mais... — disse ele, desligando.

Eve levou algum tempo analisando o relatório de Morris e não encontrou nenhuma surpresa nem dados novos. Snooks podia ter voltado para casa, no Wisconsin, pensou Eve, para morar com a filha que não via há trinta anos. Não era triste ele ter preferido passar o fim da vida sem ninguém, longe da família e do passado?

Embora no caso de Eve não tivesse sido uma questão de escolha, ela fizera o mesmo. Por outro lado, foi esse afastamento e essa amputação do que acontecera em sua vida antes que a haviam transformado no que ela era. Será que não acontecera o mesmo com ele, da forma mais patética possível?

Tentando tirar isso da cabeça, ela persuadiu o seu computador a trabalhar — golpeando-o duas vezes com a base do punho — até ele cuspir a lista dos traficantes e viciados em drogas químicas que atuavam nas áreas próximas à cena do crime. Um simples nome a fez exibir um sorriso fino e penetrante.

O velho Ledo, refletiu, recostando-se na cadeira. Eve pensava que o conhecido traficante de fumos diversos e da droga conhecida como Jazz era hóspede na penitenciária do Estado. Pelo que via ali, ele saíra da prisão havia três meses.

Eve decidiu que não seria difícil rastrear Ledo e ir até lá para convencê-lo — se necessário, do mesmo modo que convencera o computador — a bater um papo com ela.

Mas antes precisava ver a dra. Mira. Reunindo todo o material que poderia precisar para os dois encontros, Eve saiu de sua sala. Chamou Peabody ao passar pelo corredor e ordenou à sua auxiliar que a encontrasse junto de seu veículo, na garagem do prédio, dali a uma hora.

A sala de Mira era uma espécie de lavanderia de problemas mentais e emocionais. Talvez fosse, tecnicamente falando, apenas um centro para difusão, exame e análise de mentes criminosas, mas mesmo assim não deixava de ser um lugar tranqüilizador, elegante e cheio de classe.

Eve jamais descobrira como é que o consultório conseguia ser as duas coisas ao mesmo tempo. Nem como era possível que a médica fosse capaz de trabalhar dia após dia com o pior que a sociedade apresentava e mesmo assim manter o semblante calmo e equilibrado.

Eve a considerava a única dama genuína e completa dentre todas as mulheres que conhecia.

Mira era uma mulher esbelta, com cabelos negros que se lançavam sobre os ombros, emoldurando um rosto suave e adorável. Ela gostava de usar terninhos elegantes em cores pastéis e acessórios clássicos, como colares de pérolas de uma só volta.

Era um desses que usava naquele dia, acompanhado de discretos brincos de pérola que combinavam com o blazer verde-claro sem gola. Como sempre, ofereceu a Eve uma de suas poltronas confortáveis e aconchegantes, e em seguida programou chá no AutoChef.

— Como está, Eve?

— Estou bem. — Eve sempre tinha que se lembrar de diminuir o ritmo ao se encontrar com Mira. A atmosfera, a mulher e o seu estilo não permitiam que ela mergulhasse de cabeça no assunto. As pequenas coisas eram importantes para Mira. E, ao longo do tempo, Mira se tornara importante para Eve. Ao aceitar educadamente o chá que ela ia fingir que bebia, Eve perguntou: — Ahn... Como foram as suas férias?

Mira sorriu, satisfeita ao ver que Eve lembrou que ela estivera fora por alguns dias e teve a gentileza de perguntar.

— Foi maravilhoso. Nada serve para revitalizar mais o corpo e a alma do que uma semana no spa. Eu fui amassada, lixada, polida e paparicada. — Riu ao experimentar o chá. — Você teria detestado cada minuto, Eve.

Mira cruzou as pernas, equilibrando a xícara sobre o pires usando apenas uma das mãos, da forma graciosa e casual que Eve pensava ser inata em algumas mulheres. Aquela porcelana fina com motivos florais sempre a fazia se sentir desajeitada.

— Eve, eu soube dos problemas que você teve com uma das policiais da força. Sinto muito por isso.

— O caso não teve tanta importância — disse Eve, mas logo em seguida suspirou. Afinal, estava diante de Mira. — Eu fiquei pau da vida. Trata-se de uma policial negligente e cheia de atitude, e agora ela deixou uma mancha na minha ficha.

— Eu sei o quanto essa ficha representa para você. — Mira se inclinou para a frente e tocou as mãos de Eve com as suas. — Você já deveria saber que quanto mais a pessoa sobe e a sua reputação brilha, mais ela serve de alvo para certo tipo de gente que vai sempre tentar maculá-la. Não vai ser esse o seu caso. Não tenho permissão para lhe dizer muita coisa, pois trata-se de informação confidencial, mas posso lhe afirmar que essa policial em particular é conhecida por apresentar queixas frívolas que quase nunca são levadas a sério.

— A senhora já fez testes nela? — perguntou Eve, com olhar atento.

— Não devo tecer comentários a respeito disso. — Inclinando a cabeça para o lado, Mira levantou uma sobrancelha, mas fez questão de fazer Eve saber que a resposta era sim. — Eu simplesmente desejo lhe oferecer, como amiga e companheira de trabalho, o meu apoio irrestrito. Agora — completou ela, recostando-se e tomando mais um gole de chá —, vamos ao seu caso.

Eve refletiu sobre aquelas palavras por alguns instantes, até se obrigar a lembrar que os assuntos pessoais não deveriam interferir no trabalho.

— O assassino só pode ser bem treinado e tem uma habilidade admirável em cirurgia a laser e remoção de órgãos.

— Sim, li o relatório do dr. Morris e concordo com você. Isso, entretanto, não significa que você deva procurar exclusivamente por um membro da comunidade médica. — Levantou um dedo antes de Eve conseguir protestar. — Pode ser que ele seja um profissional aposentado ou esteja, como muitos cirurgiões, afastado da profissão por algum outro motivo. Obviamente o assassino perdeu o rumo na vida, pois em sã consciência jamais violaria o mais sagrado dos juramentos, tirando uma vida. Se ele tem ou não uma licença válida e se continua praticando a medicina, não tenho como saber.

— Mas a senhora concorda que, mesmo que não esteja praticando agora, no passado ele foi um profissional da área.

— Sim. Com base nas suas descobertas na cena do crime e nos exames *post-mortem,* você está em busca de alguém com habilidades específicas que exigem anos de treinamento e prática. Quanto a isso, não há dúvida.

Considerando o que a doutora disse, Eve inclinou a cabeça.

— O que a senhora me diria a respeito de uma pessoa que consegue assassinar de modo frio e com muita habilidade uma pessoa que basicamente já estava morrendo e se dispõe a pegar um órgão, praticamente inútil, para em seguida salvar outro paciente sob os seus cuidados à espera em uma mesa de operações?

— Diria que se trata, possivelmente, de um caso de megalomania. O complexo de Deus que muitos médicos têm. E muitas vezes precisam disso — acrescentou —, a fim de conseguir a coragem e até mesmo a arrogância para cortar o corpo humano.

— Aqueles que o fazem curtem muito.

— Curtem? — perguntou Mira, como se cantarolasse. — Talvez. Sei que você não liga muito para médicos, mas a maioria deles tem uma vocação, uma grande necessidade de curar. Em todas as profissões que exigem um grau de qualificação e habilidade muito elevado existem aqueles que são... ríspidos — disse ela. — Esquecem que deviam ter humildade. — Sorriu de leve. — Não é a sua humildade que a torna uma policial excepcional, Eve, e sim o fato de acreditar de forma inata no seu próprio talento para desempenhar o trabalho.

— Certo. — Aceitando aquilo, Eve se recostou, concordando com a cabeça.

— Entretanto, é também a sua compaixão que a faz esquecer por que o seu trabalho é tão importante. Algumas pessoas na sua área de atuação, como também na minha, perdem essa noção.

— Quando isso acontece com tiras, o seu trabalho vira rotina, talvez com algum sentimento de poder envolvido — comentou Eve.

— No caso de médicos, teríamos que acrescentar o dinheiro como um fator decisivo.

— Sim, o dinheiro é um grande motivador — concordou Mira. — Mas leva anos até um médico conseguir cobrir o investimento financeiro representado pela sua educação e treinamento. Existem outras compensações mais imediatas. Salvar vidas é algo muito poderoso, Eve; ter o talento e a capacidade de fazer isso é, para alguns, uma espécie de revelação. Como eles podem ser iguais aos outros depois de colocarem as mãos em um corpo humano e o curarem?

Ela fez uma pausa e ficou olhando de forma contemplativa para o próprio chá.

— Para alguns com este tipo de personalidade — continuou, com o mesmo tom de voz suave e tranqüilo —, é uma espécie de defesa a postura de distanciamento emocional. Não é um ser humano que está sob o meu bisturi, e sim um paciente, um caso clínico.

— Os tiras fazem o mesmo.

— Nem todos. — Mira olhou diretamente para os olhos de Eve. — E os que não o fazem, os que não conseguem ser assim, talvez sofram, mas conseguem fazer uma diferença muito maior. Nesta investigação, creio que podemos assegurar alguns pontos básicos. Você não está atrás de alguém com um tipo de mágoa pessoal contra a vítima. Ele não é levado a fazer o que faz por raiva ou violência. Ele é controlado, tem um objetivo, organiza-se bem e se mantém distanciado.

— Não é assim que todo cirurgião deve ser? — perguntou Eve.

— Sim. Ele executou uma cirurgia e foi bem-sucedido dentro do seu propósito. Ele se importa com o trabalho, e isso ficou demonstrado pelo tempo e o esforço que dedicou à operação. Remoção e transplante de órgãos é algo muito distante da minha área, mas sei que, quando a vida do doador não é uma preocupação específica, tal procedimento não é feito de forma tão meticulosa, nem com tanto cuidado. A incisão precisa, a forma como a ferida foi cauterizada. Ele tem orgulho do que é, provavelmente em um nível além da arrogância. Na minha opinião, não teme as conseqüências porque não acredita que vá haver alguma. Ele está acima disso.

— Então ele não tem medo de ser apanhado?

— Não, não tem. Ou então se sente protegido, no caso de seus atos serem descobertos. Diria que é uma pessoa bem-sucedida no que faz, esteja ele praticando a medicina ou não, e também é seguro, devotado à tarefa que desempenha, e provavelmente tem alguma proeminência em seu círculo profissional.

Mira tomou mais um gole de chá e franziu o cenho, completando:

— Eu deveria dizer *eles*. Seu relatório diz que havia duas pessoas envolvidas. É comum levar um anestesista ou assistente treinado para lidar com essa parte do procedimento cirúrgico, ou talvez um segundo cirurgião com alguma prática de anestesiologia, para servir de auxiliar.

— Eles não precisavam se preocupar em manter o paciente vivo — assinalou Eve —, mas acho que ele não aceitaria ninguém que não fosse o melhor. E teria que ser também uma pessoa em quem ele confiasse.

— Ou alguém que ele controlasse. Alguém que ele sabia que se manteria leal ao objetivo almejado.

Eve levantou a xícara e teve de se esforçar para não fazer uma careta ao lembrar que aquilo não era café.

— Qual seria esse objetivo, doutora?

— Como motivo para o ato de arrancar o coração, eu só vejo duas possibilidades. Uma é o lucro, e essa é uma possibilidade pequena, haja vista a avaliação que o dr. Morris fez da saúde da vítima. A segunda hipótese seria um experimento.

— Que tipo de experimento?

Mira acenou vagamente com a mão.

— Não sei, Eve, mas posso lhe dizer, na condição de médica, que essa possibilidade me assusta. Durante as Guerras Urbanas, as experiências ilegais com mortos e moribundos foram implicitamente aceitas. Não foi a primeira vez na história que atrocidades desse tipo se tornaram comuns, mas sempre torcemos para ter sido a última. A desculpa, nas outras vezes, era a de que havia muito a ser aprendido, e inúmeras vidas poderiam ser salvas, mas essa não é uma justificativa aceitável.

A médica colocou o chá de lado e cruzou as mãos sobre o colo.

— Estou rezando, Eve, para que este tenha sido um incidente isolado. Porque, se não for, você estará lidando com algo muito mais perigoso do que assassinato. Você poderá estar lidando com alguém empenhado em cumprir uma missão e encoberto pelo véu do "bem maior".

— Sacrificar alguns para salvar muitos? — Eve balançou a cabeça lentamente. — Essa é uma postura que já foi assumida, e sempre se esfacelou.

— Sim. — Havia um quê de pena e talvez um pouco de medo nos olhos calmos de Mira. — Sempre se esfacela, mas nunca de forma rápida.

Capítulo Cinco

A maioria das pessoas era movida pela força do hábito. Eve imaginou que um traficante de segunda classe que lidava com drogas químicas e curtia consumir os próprios produtos iria seguir o padrão.

Se ela lembrava bem, Ledo gostava de passar seus dias inúteis depenando idiotas que se divertiam jogando Compu-Pool ou Sexcapades em uma espelunca chamada Gametown.

Ela imaginava que alguns anos na cadeia não deviam ter modificado as suas opções de lazer.

Nas entranhas do centro da cidade os edifícios estavam abarrotados de sujeiras diversas entulhando as ruas. Depois que um grupo que trabalhava nas máquinas de reciclagem fora atacado, os operários tiveram os ossos quebrados e o caminhão destruído, o sindicato tirara aqueles quatro quarteirões da escala de trabalho. Não havia sequer um empregado do departamento de limpeza do município que se aventurasse pelo que era agora conhecido como o Quadrado sem usar equipamento de combate e armas de atordoar. Isso estava em seu contrato de trabalho.

Eve usava um colete à prova de bala e de fogo por baixo do casaco e ordenou Peabody a fazer o mesmo. Isso não as protegeria contra gargantas cortadas, mas impediria uma faca de atingir o coração.

— Ajuste a arma de atordoar para longo alcance — ordenou Eve, e embora Peabody soltasse um longo suspiro não disse nada.

Ela pesquisara cultos que de algum modo pudessem estar ligados ao tipo de assassinato que estavam investigando, mas não conseguira nada. Peabody ficou aliviada com isso. Depois de ter lidado com aquele tipo de terror e carnificina, ela viveria feliz se nunca mais precisasse enfrentar tal horror novamente*.

Ao entrar em contato com a realidade do Quadrado, porém, achou preferível lutar contra alguns adoradores do Diabo sedentos de sangue a dar de cara com qualquer residente daquela área.

As ruas não estavam vazias, mas permaneciam silenciosas. A ação ali começava ao anoitecer. Os poucos gatos-pingados que se encostavam nos portais ou circulavam pelas calçadas tinham os olhos em estado de alerta contínuo, além de trazerem as mãos nos bolsos, segurando a arma de sua preferência.

A meio caminho do centro do quarteirão, um táxi da empresa Rápido estava virado na rua e jazia como uma tartaruga com as patas para cima. Suas janelas estavam quebradas, os pneus haviam se transformado em tiras de borracha, e várias sugestões interessantes de cunho sexual tinham sido pintadas nas laterais com spray.

— Esse taxista devia ter problemas mentais para trazer um passageiro aqui — murmurou Eve, passando ao lado do táxi abandonado.

— E o que dizer de nós, então? — perguntou Peabody.

— Somos tiras duronas. — Eve sorriu e notou que, embora a tinta dos grafites que cobriam o carro ainda estivesse fresca, não havia sinais de sangue.

Eve reparou em dois andróides antitumulto devidamente equipados que patrulhavam a área em uma radiopatrulha blindada toda

---

* Ver *Cerimônia Mortal*. (N.T.)

preta e branca. Fez sinal para eles, parou ao lado e exibiu o distintivo pela janela.

— O motorista conseguiu escapar?

— Estávamos nas imediações e dispersamos a multidão. — O andróide que estava sentado no banco do passageiro sorriu de leve. De vez em quando um programador dotava um andróide antitumulto com senso de humor. — Conseguimos salvar o taxista e o transportamos até o limite externo deste setor.

— O táxi sofreu perda total — comentou Eve, mas logo deixou o assunto de lado. — Vocês conhecem Ledo?

— Sim, senhora — confirmou o andróide. — Fabricante e distribuidor de substâncias ilegais, já condenado — exibiu o leve sorriso novamente — ... e reabilitado.

— Sim, eu sei... Ele é um dos pilares da comunidade agora. Continua freqüentando a Gametown?

— É a sua área de lazer.

— Escute, vou deixar o meu carro aqui e quero que ele esteja inteiro quando eu voltar. — Ativou todas as proteções anti-roubo, antivandalismo e diversos alarmes antes de sair do carro e escolher um dos transeuntes.

O rapaz que viu era magro e alto, tinha olhos cruéis e bebia algo de uma garrafa marrom, de forma mecânica; estava encostado em uma parede de aço muito arranhada e pintada com várias imagens de atividades sexuais, todas na mesma linha das que decoravam o táxi virado. Várias palavras estavam escritas de forma errada, mas os desenhos até que não eram maus.

Enquanto Peabody tentava fazer o coração parar de bater dentro da garganta, Eve foi andando sem pressa até onde o homem estava e se inclinou até ficar cara a cara com ele.

— Está vendo aquele carro?

— Estou. Parece o carro de uma tira piranha.

— Exato. — Eve segurou a mão livre do homem pelo pulso e a torceu com força antes que ele tivesse a chance de enfiá-la no bolso.

— Se na volta eu descobrir que alguém mexeu nele, essa tira piranha vai chutar o seu saco com tanta força que seus ovos vão bater na garganta, e depois ela vai amarrá-los em volta do seu pescoço até você perder o ar. Anotou tudo?

O risinho debochado desapareceu do seu rosto. Ele ficou muito vermelho e um ar de fúria encheu os seus olhos, mas simplesmente fez que sim com a cabeça.

— Ótimo! — Soltando a mão dele, ela se afastou um pouco, virou-lhe as costas e caminhou em direção a Peabody sem olhar para trás.

— Caramba, Dallas, puxa vida! Por que fez isso?

— Porque agora ele vai fazer questão de garantir que nós tenhamos um meio de transporte intacto ao sairmos. Gente daquele tipo não se mete com tiras. Simplesmente os xinga mentalmente. Quase sempre — acrescentou Eve com um sorriso cruel no momento em que elas começaram a descer a escadaria imunda de metal que levava para o subsolo.

— Isso foi uma piada, certo? Rá-rá. — Os dedos de Peabody se lançaram em direção à arma presa no coldre.

— Cuidado para não ser atacada pelas costas — sugeriu Eve, com a voz calma, enquanto mergulhavam nas luzes cor de urina por entre as sombras do mundo subterrâneo de Nova York.

O lodo, refletiu Eve, sempre achava um jeito de proliferar em algum lugar, e aquele era o terreno ideal para isso, pois ficava por baixo das ruas, longe do ar puro, nas profundezas. Um mundo úmido, povoado por prostitutas sem licença e viciados condenados.

De tempos em tempos, a prefeitura falava em limpar os subterrâneos da cidade. De tempos em tempos, os canais de entrevistas debatiam e condenavam o lugar. Ocasionalmente, uma leva de policiais idiotas e uma firma de segurança eram contratadas, um punhado de perdedores era recolhido ou levado para a prisão e alguns dos locais de distribuição eram fechados por um ou dois dias.

Eve participara de uma dessas operações em seus dias de recruta e não se esquecera do terror capaz de mexer com os intestinos, nem do fedor, dos gritos, do brilho das lâminas, nem das armas de fabricação caseira.

Ela não se esquecera de que Feeney fora o policial designado para treiná-la, como ela estava fazendo agora com Peabody. E Feeney a levara a toda parte.

Agora ela mantinha o passo firme, enquanto vasculhava em volta com o olhar, de um lado para outro.

Música ecoava: sons conflitantes e pesados que golpeavam as paredes e portas fechadas dos clubes. Os túneis não eram mais aquecidos como antigamente e a sua respiração saía em nuvens brancas que desapareciam na luz amarela.

Uma prostituta com ar cansado vestia um casacão muito puído e discutia seu pagamento com um sujeito com cara cansada. Ambos olharam para Eve, em seguida para o uniforme de Peabody e saíram discretamente para acabar de combinar o preço.

Alguém acendera um fogo dentro de um latão, em um dos becos estreitos. Homens encurvados se reuniam em torno dele, trocando fichas de crédito por pequenos pacotes de drogas ilegais. Todos ficaram imóveis no instante em que viram Eve na entrada do beco, mas ela foi em frente.

Ela poderia se arriscar a ter alguns ossos quebrados e perder sangue para em seguida solicitar uma unidade de apoio e acabar com aquela farra. Só que eles, ou outros como eles, estariam novamente vendendo morte em torno de fogueiras fedorentas antes do anoitecer.

Eve já aprendera a aceitar que nem tudo podia ser modificado, muito menos consertado.

Seguindo pelo túnel que serpenteava, Eve parou para analisar as luzes piscantes de Gametown. As luzes vermelhas e azuis em néon não lhe pareceram muito festivas ao se refletirem sobre os visitantes com cara amarelada e doentia. Por algum motivo eles exibiam o rosto com uma expressão astuta, mas desesperada, como a prostituta decadente por quem haviam passado pouco antes nos túneis.

Tudo aquilo a fez lembrar de outra luz vermelha pulsante que refletia na janela suja do último quarto imundo em que ela morara com o pai. Antes de ele estuprá-la pela última vez.

Antes de ela o matar e deixar para trás a garotinha espancada que ela fora.

— Senhora?

— Eu não me lembro dela — murmurou Eve ao sentir que as lembranças ameaçavam inundá-la.

— Quem? Tenente?... Dallas? — Sentindo-se inquieta diante do olhar perdido de Eve, Peabody olhou em volta, como se quisesse ver tudo ao mesmo tempo. — Quem você está vendo?

— Ninguém — reagiu Eve, furiosa por sentir os músculos do estômago retesados devido à lembrança súbita. Acontecia de vez em quando. Algo trazia as imagens à tona e junto vinham nadando o medo e a culpa. — Ninguém — repetiu. — Vamos entrar juntas. Fique perto de mim e acompanhe os meus movimentos. Se a coisa esquentar, não ligue para as regras. Jogue sujo.

— Puxa, pode apostar. — Engolindo em seco, Peabody subiu até o nível da porta e entrou ombro a ombro com Eve.

Havia videogames ali, em grande quantidade. Explosões, gritos, gemidos e gargalhadas saíam das máquinas. Havia dois equipamentos holográficos naquele andar e um deles estava sendo usado por um menino magrinho com olhar distante que pagara para lutar com o oponente de sua escolha, que poderia ser um gladiador romano, um terrorista das Guerras Urbanas ou um capanga de um dos chefões do crime organizado. Eve não se deu ao trabalho de assistir nem mesmo ao primeiro round.

Para quem se interessava por shows ao vivo havia um fosso para lutas onde, naquele momento, duas mulheres com enormes bustos siliconados e o corpo completamente besuntado de óleo soltavam grunhidos e se atracavam, para delírio da multidão.

As paredes estavam cheias de telas que transmitiam dezenas de eventos esportivos ao vivo, dentro e fora do planeta. Ali as apostas eram feitas, o dinheiro mudava de dono e os punhos voavam.

Eve os ignorou também, caminhando por todos os grupos de freqüentadores, seguindo além das cabines privativas onde os clientes bebiam e curtiam jogos de azar ou de habilidade em mesquinha solidão; foi andando pelo bar onde muitos se sentavam com cara de poucos amigos até chegar à sala seguinte, onde a música era mais baixa e a escuridão servia de pano de fundo para outros jogos.

Umas doze mesas de bilhar estavam alinhadas como caixões, e as luzes dos cantos da sala piscavam ao ritmo das bolas que eram golpeadas e se chocavam umas contra as outras. Metade das mesas estava vazia. Nas que estavam em uso, porém, as apostas eram sérias.

Um homem negro com a brilhante cabeça calva decorada com uma tatuagem dourada que retratava uma serpente enroscada testava a sua habilidade contra uma das andróides da casa. Ela era alta, musculosa e vestia retalhos em verde-néon que mal cobriam o busto e a região da genitália. Trazia um punhal de lâmina fina como um lápis preso à altura do quadril e embainhado.

Eve avistou Ledo em uma mesa dos fundos, jogando uma partida que parecia estar acontecendo há muitas horas com outros três homens. Pelo sorriso de satisfação de Ledo e pela expressão sombria no rosto dos oponentes, dava para avaliar com segurança que era ele quem estava ganhando.

Antes, porém, Eve passou ao lado da andróide, viu quando ela colocou a mão no punhal, como advertência ou simplesmente pela força do hábito, e ouviu o homem com a serpente tatuada resmungar alguma coisa a respeito de policiais com xereca.

Eve podia ter reagido e criado um caso com o sujeito, mas isso daria a Ledo uma oportunidade de escapar. Ela não queria ser obrigada a persegui-lo novamente.

A conversa foi parando, mesa a mesa, e os comentários murmurados iam de expressões de irritação a xingamentos diretos. Com o mesmo ar descontraído da andróide que apalpara o punhal e com igual naturalidade, Eve abriu o casaco e passeou com os dedos por sobre a arma.

Ledo se inclinou sobre a mesa, posicionou o taco com a ponta de prata e golpeou a bola 5, que zumbia. A luz de alvo acendeu e acionou um apito ao atingir a borda da mesa. Se a sua mira estivesse em forma e ele conseguisse encaçapar a bola, embolsaria mais cinqüenta fichas de crédito.

Ele ainda não estava bêbado e parecia não ter fumado nada. Jamais usava os produtos que vendia durante uma partida. Mantinha-se sóbrio como sempre, o corpo ossudo permanecia em equilíbrio e os cabelos cor de palha estavam penteados para trás, deixando à mostra o rosto branco como leite. Somente os olhos tinham cor, um tom de chocolate raiado de vermelho nas bordas. Estava a poucos passos de se transformar em um drogado sem volta, como seus clientes.

Se continuasse a ingerir drogas, seus olhos não conseguiriam mais manter o foco necessário para jogar bilhar.

Eve observou a tacada que ele deu. As mãos de Ledo tremiam de leve, mas ele ajustara o peso do taco, para compensar. Atingiu a luz de alvo, fazendo o sino de pontuação soar, e então a bola rolou pela mesa até cair direto na caçapa.

Embora fosse esperto o bastante para não vibrar, um sorriso largo surgiu em seu rosto no instante em que esticou o corpo. Foi quando seu olhar pousou em Eve. Ele não a reconheceu de imediato, mas seus instintos lhe disseram que estava diante de uma tira.

— Oi, Ledo. Precisamos conversar.

— Eu não fiz nada. Tem um jogo rolando aqui.

— Pois eu acho que a partida acabou. — Eve deu um passo à frente e então desviou o olhar lentamente para o grandalhão musculoso que cortou sua passagem.

Sua pele era cor de cobre e o peito tinha a largura do estado de Utah. Um leve *frisson* de expectativa subiu pela espinha de Eve, e ela o encarou.

As duas sobrancelhas do oponente eram perfuradas por argolas de ouro. Seus dentes caninos eram de prata e tinham pontas agudas que brilharam quando os lábios se abriram. Era trinta centímetros mais alto e pesava pelo menos cinqüenta quilos mais que Eve.

O primeiro pensamento dela foi: ótimo, este aqui está perfeito. E sorriu para ele.

— Saia da minha frente! — ordenou ela com a voz calma, em um tom quase agradável.

— Tem um jogo rolando aqui — informou ele, com uma voz possante como um trovão que ecoa em um desfiladeiro. — Já perdi quinhentos paus para esse babaca. O jogo não acaba até eu ter uma chance de conseguir tudo de volta.

— Assim que eu e o babaca tivermos uma conversinha, vocês podem voltar ao jogo.

Ela não estava preocupada com a possibilidade de Ledo sair correndo. Ainda mais agora que os dois outros jogadores o cercavam e o seguravam com força pelos braços. A muralha de carne que bloqueava a sua passagem, porém, deu-lhe um empurrão de leve e tornou a mostrar as presas.

— Não queremos tiras por perto. — Tornou a empurrá-la. — Nós *devoramos* os tiras que vêm aqui.

— Bem, nesse caso... — Eve deu um passo para trás e observou os olhos de seu oponente brilhando com ar de triunfo. Então, em um bote rápido como o de uma cobra, agarrou o caríssimo taco de Ledo e enfiou a ponta, com toda a força, na barriga bronzeada do gigante. Quando ele grunhiu e jogou o corpo para a frente, ela balançou o taco como se fosse uma rebatedora de beisebol.

Eve ouviu o som de algo rachando no instante em que o taco entrou em contato com a cabeça dele. Ele perdeu o equilíbrio, balançou a cabeça uma vez com violência e então se lançou para cima dela com os olhos vermelhos de fúria.

Ela golpeou-lhe o saco com o joelho e observou seu rosto mudar de bronzeado para cinza-claro no instante em que caiu.

Saindo da frente dele para não ser esmagada, Eve olhou em volta da sala e perguntou:

— E agora, mais alguém quer tentar devorar esta tira?

— Você quebrou o meu taco! — À beira das lágrimas, Ledo se lançou para a frente e pegou o seu brinquedo quebrado. Virou o punho do objeto para cima, sem querer, e atingiu a maçã do rosto de Eve. Ela viu estrelas, mas nem piscou.

— Ledo, seu idiota! — berrou.

— Parem! — O homem que entrou no recinto parecia um daqueles executivos que circulavam pelas ruas da superfície, a vários quarteirões dali. Era magro, elegante e com aspecto de limpo.

A leve camada de escória que cobria tudo o mais à sua volta não parecia atingi-lo.

Com uma das mãos segurando Ledo, Eve se virou e exibiu o distintivo.

— No momento... — disse ela, com a voz firme — não estou falando com você. Quer que a situação mude?

— Nem um pouco... — Ele olhou com os olhos azuis muito brilhantes para o distintivo, depois para ela e em seguida para Peabody, que permanecia em posição de alerta. — ... Tenente — completou ele. — Creio que é raro recebermos a nata de Nova York em nosso estabelecimento. Meus clientes foram pegos de surpresa. — Olhou para o homem que gemia no chão. — E de várias maneiras — acrescentou. — Meu nome é Carmine e sou dono do lugar. Em que posso ajudá-la?

— Em nada, Carmine. Quero apenas bater um papo com um dos seus... clientes.

— Estou certo de que a senhora gostaria de um lugar mais calmo para conversar. Por que não me deixa encaminhá-los a uma das nossas cabines privativas?

— Ora, mas isso seria ótimo, Carmine. Peabody! — Eve arrancou o taco das mãos de Ledo e o passou para trás. — Minha auxiliar vai estar bem na sua cola, Ledo. Se você não ficar pianinho ela pode tropeçar e enfiar sem querer esse precioso taco de bilhar na sua bunda.

— Eu não fiz nada — clamou Ledo, quase em um choramingo, mas manteve o passo e acompanhou Eve, que seguia Carmine em direção a um corredor com cortinas dos dois lados, que escondiam portas.

Carmine abriu uma delas e gesticulou, oferecendo:

— Há mais alguma coisa que eu possa fazer pela senhora, tenente?

— Vá tranqüilizar a sua clientela, Carmine. Ninguém quer que a polícia de Nova York venha dar uma batida por aqui.

Ele demonstrou reconhecer o aviso através de um aceno de cabeça e foi embora no instante em que Eve empurrou Ledo, indignado, para dentro da cabine.

— Fique em pé aqui fora junto da porta, Peabody. Está liberada para usar a arma se alguém piscar para você.

— Sim, senhora. — Peabody segurou o taco com mais força, colocou a mão livre sobre a arma de atordoar e encostou as costas na parede.

Satisfeita, Eve entrou no pequeno aposento e fechou a porta. Em matéria de conforto, a nota era zero, pois ali havia apenas uma cama dobrável muito estreita, uma tela para vídeos muito manchada e um piso gosmento. Pelo menos era privativo.

— Muito bem, Ledo. — Eve massageou a maçã do rosto, não porque estivesse doendo, embora fosse esse o caso. O que ela queria com o gesto, porém, era deixar Ledo preocupado com um possível revide. — Fazia um tempão que a gente não se via.

— Tenho andado limpo — avisou ele, falando depressa, e Eve riu, mantendo a voz baixa, porém afiada.

— Não insulte a minha inteligência. Você não conseguiria ficar completamente limpo nem que passasse seis dias em uma câmara de descontaminação. Sabe o que isso aqui pode lhe garantir? — Apontou a marca roxa do rosto com o dedo. — Essa agressão a uma policial me dá o direito de revistar você agora mesmo, rebocar o seu rabo magro para a Central de Polícia e depois conseguir um mandado de busca para revirar o seu apartamento.

— Ei, Dallas, ei, dá um tempo! — Levantou as duas mãos, em sinal de rendição. — Foi um acidente.

— Talvez eu deixe as coisas por isso mesmo, Ledo, se você me convencer de que está a fim de cooperar.

— Claro que estou, Dallas. De que você está a fim?... Um pouco de Jazz, fumo, ecstasy? — Começou a procurar nos bolsos. — Não vou cobrar nada de você, nadinha. Se não tiver o bagulho aqui comigo, posso conseguir.

Os olhos dela se estreitaram, formando duas fendas estreitas e douradas.

— Se você tirar alguma coisa do bolso que não sejam seus dedos sujos, Ledo, vai provar que é mais burro do que eu supunha. E olha que eu imagino que o seu cérebro seja menor do que uma noz.

As mãos dele pararam e seu rosto ficou sem expressão. Tentou exibir um sorriso viril, levantando as mãos vazias.

— Como você disse, Dallas, já faz um tempão que a gente não se via. Devo ter me esquecido do quanto você é durona. Sem ofensas, hein?

Eve não disse nada, simplesmente ficou encarando-o até ver algumas gotas de suor acima do seu lábio superior. Ia providenciar para que ele voltasse para a prisão na primeira oportunidade, refletiu. No entanto, havia peixes maiores para pegar, por ora.

— Você... você quer que eu dedure alguém? Olhe, eu não sou seu informante. Aliás, nunca servi de informante para ninguém da polícia, mas estou disposto a negociar alguma coisa.

— Negociar? — perguntou ela, com a voz fria.

— Oferecer. — Apesar do cérebro minúsculo, ele o colocou para funcionar. — Você faz as perguntas, e eu, se souber, respondo. Que tal?

— Nada mal. É sobre Snooks.

— O velho que fazia flores? — Ledo balançou os ombros. — Alguém retalhou o cara, segundo eu soube. Levaram um pedaço dele. Eu não me meto com essas coisas.

— Mas vendia drogas para ele.

— Talvez fizéssemos negócios sim, de vez em quando. — Ledo fez o possível para se manter cauteloso.

— Com o que ele pagava?

— Com fichas de crédito que conseguia mendigando por aí, ou grana que fazia com a venda de flores e outras porcarias. Tinha dinheiro sempre que precisava comprar alguma coisa, pelo menos na maioria das vezes.

— Alguma vez ele deu calote em você ou em algum dos outros traficantes?

— Não. Ninguém vende nada para mendigos, a não ser que eles paguem na hora. Não dá para confiar nesses caras. Mas Snooks era um cara legal. Sem bronca. Cuidava apenas da própria vida. Ninguém tinha nada contra ele, que eu saiba. Era um bom cliente, sem problemas.

— Você atua na área onde ele dormia?

— Tenho que ganhar a vida, Dallas. — Quando ela fixou novamente o olhar nele, com determinação, Ledo percebeu o erro. — Sim, eu atuo na área. Aquele é o meu território. Alguns caras entram e saem, mas não nos metemos uns com os outros. É um mercado livre.

— E você viu alguém de fora da área ultimamente, alguém perguntando por Snooks ou por pessoas como ele?

— Alguém como o sujeito de terno?

Eve sentiu o sangue acelerar, mas deixou-se encostar na parede com ar casual e perguntou:

— Que sujeito de terno?

— O cara apareceu lá uma noite dessas, produzido dos pés à cabeça. A roupa era coisa fina, sacou? Olhou para mim de cima a baixo. — Sentindo-se mais à vontade, Ledo se sentou na cama estreita e cruzou uma das pernas magras sobre a outra. — A princípio eu imaginei que ele não estava querendo comprar o bagulho perto de onde morava, sabe como é... achei que tinha vindo visitar a periferia por essa razão. Mas ele não estava a fim de nada disso.

— E de que ele estava a fim? — perguntou Eve, esperando com toda a paciência enquanto Ledo arrancava uma cutícula.

— De Snooks, eu acho. O cara descreveu o sujeito, mas eu fiquei na mesma. A maioria dos mendigos se parece. Só quando ele explicou que era um cara que fazia flores para vender é que eu saquei que era Snooks.

— E você contou a ele onde Snooks dormia?

— Claro, por que não contaria? — Começou a sorrir e em seguida o seu pequeno cérebro se entregou ao trabalhoso processo de dedução. — Cara, caraca!... O sujeito de terno foi quem abriu um buraco no Snooks? Por que ele fez isso? Escute, Dallas, estou limpo nessa. Um sujeito me perguntou onde o mendigo dormia e eu informei. Puxa, por que não informaria? Como é que eu podia saber que ele planejava matar alguém?

O suor começou a porejar no instante em que ele se levantou, completando:

— Você não pode colocar a culpa em mim. Eu simplesmente falei com o cara, só isso.

— Como ele era?

— Sei lá. Parecia um cara bom. — Com ar de súplica e frustração, Ledo abriu os braços. — Um sujeito de terno. Estava bem vestido e era elegante.

— Idade, raça, peso, altura — disse Eve, sem expressão na voz.

— Ai, caraca! — Pegando tufos de cabelo, Ledo começou a andar de um lado para outro dentro da cabine apertada. — Não prestei atenção. Já faz duas ou três noites. Um cara branco. — A entonação era de pergunta, lançando um olhar esperançoso para Eve. Ela simplesmente o fitou. — Eu acho que era... branco, talvez. Eu estava olhando para o terno dele, entende? Ele usava um sobretudo comprido, preto. O tecido parecia muito quente e macio.

Idiota, foi tudo o que Eve pensou.

— Quando você falou com ele, Ledo, teve que olhar para cima, para baixo ou ficou com os olhos na altura dos dele?

— Ahn... Olhei para cima! — Sorriu como uma criança que acabou de responder com certeza a uma pergunta difícil. — Sim, era um cara alto. Não deu para ver o rosto dele, Dallas. Puxa, estava escuro e nós ficamos longe da luz. Ele usava um chapéu e o casaco estava todo abotoado. Lá fora estava mais frio que puta morta.

— Você nunca o tinha visto? Ele não voltou mais lá?

— Não, foi só aquela vez. Tem duas... não, três noites que isso aconteceu. E foi só aquela vez. — Ledo passou as costas das mãos sobre a boca. — Eu não fiz nada!

— Você devia tatuar essa frase no meio da testa, Ledo, para não precisar repeti-la a cada cinco minutos. Por ora é só isso, mas quero me certificar de que vou achar você depressinha, caso precisemos tornar a conversar. Se eu tiver que caçar você, vou ficar muito pau da vida.

— Vou estar por aqui. — Seu alívio era tão grande que seus olhos ficaram cheios d'água. — Todo mundo sabe onde me encontrar.

Fez menção de sair, mas congelou quando Eve o pegou pelo braço.

— Caso torne a ver o cara de terno, Ledo, ou alguém como ele, entre em contato comigo. Não faça nada que assuste a figura, simplesmente pegue o seu *tele-link* e me chame. — Exibiu os dentes em um sorriso que lhe agitou os intestinos. — Todo mundo sabe onde me encontrar também.

Ledo abriu a boca para pedir alguma coisa, mas percebeu que o olhar frio de Eve significava pouca disposição para negociar pagamento pela informação. Balançou a cabeça para a frente três vezes e saiu como uma bala assim que a porta se abriu.

O nó que se formara nos músculos da barriga de Peabody só se desfez quando elas chegaram de volta ao carro e se viram a três quarteirões dali, rumando para leste.

— Puxa, isso foi divertido — comentou Peabody, com voz alegre. — Da próxima vez podemos mergulhar em um tanque cheio de tubarões para nadar um pouco.

— Até que você agüentou firme, Peabody.

Os músculos que haviam acabado de relaxar se agitaram de satisfação. Aquilo, vindo de Eve, era o maior dos elogios.

— A verdade é que eu estava apavorada até o dedão do pé — confessou Peabody.

— Isso prova que você não é burra. E se fosse burra não seria minha ajudante. Agora sabemos que ele procurava por Snooks, em particular — refletiu Eve. — Não servia qualquer sem-teto, nem qualquer coração. Tinha que ser ele. Tinha que ser o coração dele. Que diabos Snooks tinha de tão especial? Puxe os dados dele e leia tudo para mim.

Ela ouviu os fatos e passos da vida de um homem, do nascimento ao assassinato, e balançou a cabeça.

— Tem de haver alguma coisa aí... Eles não o escolheram por sorteio. Talvez haja alguma coisa de família... — Ela deixou a teoria vagar pela mente. — Quem sabe um dos filhos ou netos, revoltado pela forma com que Snooks o abandonou, tenha resolvido se vingar. O coração. Pode ser algo simbólico.

— Você machucou o meu coração, então eu arranco o seu?

— Algo desse tipo. — Famílias, com todos os níveis de amor e ódio que cresciam nelas, deixavam Eve confusa e atônita. — Vamos cavar coisas de família e trabalhar com essa idéia por algum tempo, pelo menos para descartar a possibilidade.

Eve estacionou o carro junto ao local do crime, observando com atenção a região em volta antes de parar. Os sensores que a polícia colocara continuavam no mesmo lugar, e a área estava preservada. Pelo visto, ninguém nas redondezas tinha conhecimento nem habilidade para desativar a proteção eletrônica, a fim de roubar o que sobrara no pequeno barraco de Snooks.

Ela notou duas carrocinhas de comida na esquina e viu os vendedores juntos da grelha, em meio à fumaça, com ar triste. Os negócios não iam muito bem naquele dia.

Dois mendigos circulavam pela área, sem rumo. Suas licenças de mendicância estavam penduradas bem à vista, nos seus pescoços esqueléticos. Eve imaginou que provavelmente as licenças eram falsas. Do outro lado da rua, os sem-teto e os loucos se reuniam em volta de um latão dentro do qual ardia um fogo que parecia exalar mais fedor do que calor.

— Vá falar com os vendedores — Eve ordenou a Peabody. — Eles vêem mais que a maioria das pessoas. Quem sabe temos sorte. Vou dar mais uma olhada no lugar em que ele dormia.

— Ahn... Aposto que eles estarão mais dispostos a soltar a língua se eu comprar um cachorro-quente de soja.

Eve ergueu as sobrancelhas quando as duas saíram do carro pelas duas portas e comentou:

— Você deve estar desesperada de fome para se arriscar a colocar na boca qualquer coisa que venha deste lugar.

— Estou bem desesperada sim — concordou Peabody, ajeitando os ombros enquanto caminhava com firmeza em direção à carrocinha.

Eve sentiu olhos que a espreitavam quando digitou a senha nos sensores e se aproximou do local do crime. Parecia sentir as emoções queimando em suas costas: raiva, ressentimento, confusão, sofrimento. Conseguia perceber todos os níveis de desespero e um pouco de expectativa, como se esses sentimentos se arrastassem pela calçada e lhe subissem pelas pernas até lhe alcançar a pele.

Eve fez um esforço para não pensar nisso.

Levantou o cobertor puído, agachou-se para entrar no pequeno espaço e bufou uma vez com força, soltando o ar entre os dentes ao sentir o penetrante fedor de podridão e morte.

Quem era você, Snooks? O que você era?

Pegou um pequeno ramalhete de flores de papel coberto com a fina camada de pó que o pessoal da criminalística espalhara e depois deixara para trás. Eles certamente haviam aspirado cabelos, fibras, fluidos corporais e células mortas que o corpo humano normalmente solta. O lugar devia estar cheio de sujeira, restos e detritos, e tudo tinha de ser analisado. Uma cena de crime tão suja quanto aquela tomava tempo até tudo ser registrado, analisado e identificado.

Mas Eve não acreditava que as descobertas feitas ali pudessem levá-la às respostas das quais precisava.

— Você foi muito cuidadoso — murmurou, como se falasse com o assassino. — Trabalhou com capricho. Não deixou rastro algum de si mesmo. Ou pelo menos pensa que não.

Tanto a vítima quanto o assassino sempre deixavam algum vestígio. Uma marca, um eco. Eve sabia onde procurar e o que ouvir.

Eles haviam chegado em um carro sofisticado, na calada da noite e no auge do inverno. Vestiam-se com roupas quentes e de boa qualidade. Não chegaram de forma sorrateira, nem tentaram se misturar com os moradores do lugar.

Arrogância.

Não fizeram nada às pressas, nem se preocuparam com isso.

Confiança.

Nojo. Eles devem ter sentido isso, nem que fosse por um momento, ao abrirem a cortina para o lado e sentirem o fedor. Porém, já deviam estar acostumados a odores desagradáveis, imaginou ela. Aliás, eram médicos.

Usaram máscaras. Máscaras cirúrgicas. Suas mãos deviam estar protegidas com Seal-It, o spray selante. Por proteção, rotina e precaução.

Eles usaram anti-sépticos. Para que esterilizar tudo? Rotina, refletiu... Pura rotina, pois não faria diferença se o paciente ia se contaminar ou não.

Eles precisaram de iluminação. Uma fonte de luz mais forte e limpa que o brilho incerto do castiçal com uma vela ou da lanterna que Snooks guardava em uma das prateleiras tortas.

A luz devia estar na maleta do médico, imaginou Eve. Uma minilanterna com alto poder de iluminação. Microóculos. Bisturis a laser e outras ferramentas próprias da profissão.

Será que ele acordou nessa hora?, especulou Eve. *Será que ele saiu do sono que usufruía no instante em que foi atingido pela luz? Será que ele tivera tempo de pensar, de tentar entender o que acontecia e talvez temer antes de a seringa de pressão atingi-lo e tornar a derrubá-lo?*

A partir daí entrou em cena o profissionalismo. Mas essa parte ela não conseguia visualizar. Não sabia nada da rotina dos médicos quando eles abriam um corpo. No entanto, supunha que não era nada de especial. Apenas mais rotina.

Trabalharam depressa, de forma competente e trocando poucas palavras.

Como seria a sensação de segurar o coração de um homem na mão?

Seria um evento igualmente rotineiro ou algo que disparava uma emoção de poder, de gratificação e de glória dentro da mente de quem o realizava? Eve achou que devia ser esse o caso. Mesmo que por apenas um instante, ele ou ela deveria se sentir como uma divindade.

Uma divindade orgulhosa o bastante para levar todo o tempo que quisesse utilizando os talentos que possuía para efetuar bem o trabalho.

Foi isso que eles haviam deixado para trás, pensou Eve. *Orgulho, arrogância e sangue-frio.*

Seus olhos ainda estavam estreitados, em profunda concentração, quando o comunicador tocou. Deixando as flores de papel de lado, ela atendeu o chamado.

— Dallas falando...

— Achei mais um, Dallas. — O rosto de Feeney parecia flutuar na minitela. — É melhor você vir até aqui para dar uma olhada.

Capítulo Seis

— Erin Spindler — começou Feeney, apontando com o queixo para a imagem que surgiu na tela em uma das menores salas de reunião da Central de Polícia. — Mulher mestiça, setenta e oito anos, acompanhante autorizada, já aposentada. Nos últimos anos ela dirigiu um pequeno estabelecimento de prostituição licenciada. Todo o pessoal da firma trabalhava na rua. A empresa vivia recebendo intimações judiciais. Ela deixava as licenças das meninas passarem da validade e não se preocupava em seguir os regulamentos relativos a checkups regulares. Foi acusada de aplicar golpes em sujeitos incautos, algumas vezes, mas sempre escapou e estava com a ficha limpa.

Eve analisou a imagem. No rosto comprido e magro a pele desbotada exibia um tom pastel de amarelo e os olhos eram duros. Os lábios fechados com força e formando uma linha reta deixavam entrever um ar de insatisfação.

— Em que área ela trabalhava?

— No Lower East Side. Não cobria a parte alta. Pela pinta, ela devia aparentar muita classe, se você a imaginar com cinqüenta anos menos. Começou a usar drogas e não conseguiu parar. — Ele deu de ombros. — Tinha uma quedinha por Jazz, uma droga que não é barata nessa parte da cidade. Deixou de ser prostituta de catálogo para trabalhar na rua quando fez quarenta anos.

— Quando ela foi morta?

— Seis semanas atrás. Uma outra acompanhante licenciada a encontrou morta em seu apartamento, na rua 12.

— O seu coração foi arrancado?

— Não. No caso dela, foram os rins. — Feeney se virou e colocou os dados direto na tela. — O prédio onde morava não tinha sistema de segurança e não temos registro de quem entrou ou saiu. O relatório da investigação está inconcluso e também não sabemos se ela deixou o assassino entrar ou se ele decodificou a fechadura. Não havia sinais de luta, ataque sexual nem roubo. A vítima foi encontrada na cama, sem os rins. O legista determinou o momento da morte em doze horas antes de o corpo ser descoberto.

— Qual a situação do caso?

— Em aberto. — Feeney fez uma pausa. — E inativo.

— Que diabos você quer dizer com isso, *inativo*?

— Sabia que esse detalhe ia deixar você encucada. — Sua boca formou uma linha fina quando ele colocou mais dados na tela. — O investigador primário do caso, um bobalhão chamado Rosswell, atualmente lotado na centésima sexagésima segunda DP, decidiu que a vítima foi morta por um cliente irado. Sua conclusão foi a de que, devido à natureza do caso, não foi possível chegar ao assassino, e procurá-lo não compensaria o tempo nem o esforço gasto pelo departamento.

— Centésima sexagésima segunda DP? É a mesma delegacia em que Bowers está lotada. Qual é a especialidade dessa delegacia? Criar retardados mentais? Peabody! — chamou, mas a ajudante já estava com o *tele-link* na mão.

— Sim, senhora, estou entrando em contato com o detetive Rosswell da centésima sexagésima segunda. Suponho que a senhora vai querer vê-lo o mais rápido possível.

— Quero a bunda desse sujeito pregada na cadeira diante da minha mesa em uma hora. Boa descoberta, Feeney, obrigada. Tem mais algum evento desse tipo?

— Este foi o único que se enquadrou como crime semelhante. Eu sabia que você ia querer saber mais a respeito do caso e coloquei McNab para fazer pesquisas mais aprofundadas.

— Avise-o de que eu quero saber na mesma hora, caso ele encontre algo. Você pode enviar esses dados todos para o computador da minha casa?

— Já fiz isso. — Com um leve sorriso, Feeney puxou o lóbulo da orelha. — Não tenho tido muita diversão ultimamente. Você se importa de eu observar enquanto passa o rodo em Rosswell?

— Nem um pouco. Aliás, por que você não me ajuda a fazer isso?

— Eu estava torcendo para você me convidar — confessou ele, com um suspiro.

— Vamos falar com ele aqui. Peabody?

— Rosswell estará aqui em uma hora, tenente. — Fazendo força para não parecer muito convencida, ela guardou o *tele-link*. — Podemos dizer que ele ficou apavorado com a idéia de vir vê-la.

— E tem razão para ficar mesmo. — O sorriso de Eve foi lento e sombrio. — Vou para a minha sala. Avise-me assim que ele chegar.

O *tele-link* de sua sala estava tocando quando Eve entrou. Ela o atendeu meio distraída, enquanto catava algo pelas gavetas que se parecesse com comida.

— Olá, tenente.

Ela piscou para a tela e então deixou-se cair sobre uma cadeira ao ver que era Roarke.

— Tem alguém por aqui roubando meus chocolates novamente — reclamou.

— Viu só? Não se pode confiar em tiras. — Quando ela simplesmente riu com desdém, os olhos dele se estreitaram. — Chegue mais perto da tela.

— Hummm. — Droga, ela queria sua barra de chocolate. — Que foi?

— Onde você conseguiu isso?

— Consegui o quê? Ah-ah! Você não achou esse aqui, escondido no fundo da gaveta, não foi, seu ladrãozinho safado? — Com ar de triunfo, pescou uma barra de Gooybar embaixo de uma pilha de formulários.

— Eve, onde foi que você machucou o rosto?

— Onde foi o quê? — Ela já estava abrindo o chocolate e dando uma dentada. — Ah, isso aqui? — Foi a irritação, que mal dava para perceber na voz melodiosa, que a fez sorrir. — Andei jogando bilhar com uns caras aí. A coisa pegou durante o jogo, mas eu garanto que há uns tacos por lá que nunca mais vão funcionar como antes.

Roarke ordenou a si mesmo que relaxasse o punho que cerrara. Detestava ver marcas roxas nela.

— Ora, Eve, mas você nunca me contou que gostava de jogar bilhar. Precisamos disputar uma partida, qualquer hora dessas.

— É só marcar, meu chapa, é só marcar.

— Receio que não vai poder ser esta noite. Vou chegar mais tarde.

— Ah. — O fato de ele sempre avisá-la de seu paradeiro continuava a surpreendê-la. — Você tem algum compromisso?

— Já estou nele. Esta ligação está sendo feira de Nova Los Angeles. Foi um pequeno problema que exigiu a minha atenção pessoal e imediata. Mas volto para casa ainda hoje.

Eve não disse nada, pois sabia que Roarke queria lhe assegurar que ela não dormiria sozinha e não haveria pesadelos perseguindo-a.

— Ahn... como está o tempo aí?

— Maravilhoso. Ensolarado, com temperatura de vinte e um graus. — Sorriu para ela. — Vou fingir que não estou curtindo o clima, já que você não está comigo.

— Isso mesmo. A gente se vê mais tarde.

— Fique longe das mesas de bilhar, tenente.

— Tá... — Eve observou a tela apagar e desejou não sentir a vaga sensação de insatisfação por saber que ele não estaria lá quando ela chegasse em casa. Em menos de um ano ela já se acostumara a vê-lo em casa ao chegar da rua.

Irritada consigo mesma por sentir-se assim, ligou o computador. Estava tão distraída que nem se deu ao trabalho de socar o monitor quando ele começou a zumbir.

Solicitou os arquivos de Snooks e Spindler, ordenou que aparecessem as duas fotos e que a tela se dividisse em duas.

Rostos cansados, pensou. Abuso, negligência. Estavam ali, nos dois rostos. Snooks, porém, exibia uma espécie de doçura triste. Quanto a Spindler, ela não tinha nada de doce. Havia vinte anos de diferença entre os dois. Não eram do mesmo sexo, não descendiam da mesma raça e tinham histórias de vida bem diferentes.

— Exibir as fotos de Erin Spindler que foram tiradas na cena do crime — ordenou.

O quarto era apertado, muito pequeno, entulhado de coisas e a janela era pouco maior do que uma mão espalmada. Porém, Eve notou, tudo estava limpo. Arrumado.

Spindler jazia na cama, sobre lençóis desbotados manchados de sangue. Seus olhos estavam fechados e a boca parecia frouxa. Estava nua e seu corpo não era nada bonito de se ver. Eve percebeu que algo parecido com uma camisola de dormir fora cuidadosamente dobrado e colocado sobre a mesinha-de-cabeceira.

A não ser pelas manchas de sangue que tingiam o lençol, ela parecia estar dormindo.

Eles a drogaram, decidiu Eve, e depois a despiram. Dobraram a camisola. Eram cuidadosos, organizados, precisos.

Como haviam escolhido esta vítima?, perguntou a si mesma. *E por quê?*

Na foto seguinte, a equipe que examinara o local do crime já havia virado o corpo. A dignidade e o recato foram colocados de lado enquanto a câmera se aproximava dando um zoom. Pernas esqueléticas em um corpo esquelético. Peitos caídos, pele enrugada. Spindler não investia em estética corporal, o que fora uma decisão sábia, refletiu Eve, pois o retorno teria curta duração.

— Dar um close no ferimento — ordenou ela e a foto mudou. Ao abrir o corpo, eles haviam feito incisões tão finas quanto Eve esperava. Quase delicadas. Embora ninguém tivesse se dado ao trabalho de tornar a fechá-las, eles haviam usado o que Eve agora sabia ser um aparelho de cauterização por congelamento, para impedir o fluxo de sangue.

Um ato rotineiro de novo, concluiu. Orgulho. Afinal, os cirurgiões muitas vezes não permitiam que um subalterno fechasse o campo cirúrgico para eles? O trabalho maior e mais importante já havia sido feito, então por que não deixar a tarefa de costurar para alguém menos qualificado?

Ela ia confirmar isso com alguém, mas pensou já ter visto a cena em filmes e documentários.

— Computador, analisar os procedimentos cirúrgicos em ambos os casos. Rodar o programa de estatística em seguida. Qual é a probabilidade de ambas as cirurgias terem sido efetuadas pela mesma pessoa?

Processando... Esta análise levará aproximadamente dez minutos.

— Ótimo. — Ela se levantou e foi até a janela para observar o tráfego aéreo que esbravejava. O céu estava com a cor de marcas de espancamento. Dava para ver um dos mini-helicópteros balançando no ar como uma folha, enquanto tentava compensar uma súbita rajada de vento.

Ia cair neve, talvez misturada com um pouco de chuva, antes do fim do expediente, pensou Eve. Dirigir de volta para casa ia ser uma tortura.

Pensou em Roarke, a quase cinco mil quilômetros dali, entre palmeiras e sob um céu azul.

Pensou nas pobres almas perdidas e anônimas que iam lutar para encontrar o conforto de um pouco de calor emanando do fogo em um latão enferrujado, junto do qual passariam a noite quando a nevasca chegasse e os ventos uivassem pelas ruas como uma fera enlouquecida.

Distraída, colocou os dedos sobre a vidraça e sentiu o frio na pele.

E veio-lhe à lembrança de forma inesperada, como uma bofetada, uma imagem há muito tempo enterrada ao lado de outras. Recordações da garotinha que ela fora. Magra, com olhos fundos e trancada em um dos quartos horrendos onde as janelas estavam quebradas, o aquecedor não funcionava e o vento uivava e gritava de encontro aos vidros rachados e abertos, sacudindo as paredes e explodindo em sua pele como punhos de gelo.

Frio, muito frio. Muita fome. Muito medo. Viu-se sentada no escuro, sozinha. Sabendo o tempo todo que ele iria voltar. Ele sempre voltava. E quando isso acontecesse, talvez ele não estivesse bêbado o bastante para simplesmente se jogar na cama e deixá-la em paz.

Talvez ele não a deixasse encolhida atrás da poltrona com estofamento rasgado que fedia a fumaça e suor e onde ela tentava se esconder dele e do frio cortante.

Caiu no sono com o corpo tremendo, observando sua respiração formar nuvens para em seguida desaparecer na penumbra.

E quando ele chegou em casa não estava muito bêbado, e ela não conseguiu se esconder dele nem da amargura.

— Chicago. — A palavra saiu da sua boca como um veneno que lhe queimou a garganta, e quando ela deu por si estava com as duas mãos esmagadas sobre o coração.

E tremia, tremia novamente, como acontecera naquele quarto congelante, em outro inverno.

De onde viera aquilo?, perguntou a si mesma, lutando para respirar devagar e engolindo a sensação de enjôo que lhe chegara à garganta. Como ela sabia que era Chicago? Por que estava tão certa disso?

E qual a importância daquilo? Furiosa, socou a janela de leve, de forma rítmica. Aquilo acabou. Ficara no passado.

Tinha de ter acabado.

Análise completada... Começando o cálculo de probabilidade...

Eve fechou os olhos por um instante e esfregou as mãos sobre os lábios secos. Era aquilo, lembrou a si mesma, que importava. O que ela era agora, o que fazia agora. O seu trabalho, a justiça, as respostas.

Sua cabeça, porém, latejava quando ela se virou para o computador e se sentou na cadeira.

Cálculo de probabilidade completado. A probabilidade de que os procedimentos cirúrgicos em ambas as vítimas tenham sido feitos pela mesma pessoa é de 97,8%.

— Muito bem — disse Eve, baixinho. — Então ele cometeu os dois crimes. E quantos mais?

Dados insuficientes para computar...

— Não estava perguntando a você, idiota — reagiu ela, distraída, e então, inclinando-se para a frente, esqueceu-se do estômago embrulhado e da dor de cabeça e começou a pescar mais dados.

Já havia avançado um pouco através da imensa tarefa quando Peabody deu uma batida curta na porta e enfiou a cabeça pela fresta, informando:

— Rosswell está aqui.

— Bom. Excelente.

Havia um brilho no olhar de Eve no instante em que ela se levantou. Peabody sentiu um pouco de pena por Rosswell e também — afinal, ela era humana — uma empolgação causada pela expectativa do show que ia começar. Teve o cuidado de esconder as suas emoções ao seguir Eve até a sala de reuniões.

Rosswell era gordo e careca. O salário de um detetive daria para cobrir os cuidados básicos com a aparência, desde que o sujeito não fosse preguiçoso nem burro e se exercitasse um pouco para ajudar. Seus rendimentos dariam também para cobrir os custos básicos de um implante capilar, se ele fosse vaidoso. A preocupação com a aparência, porém, não era páreo para o amor profundo e apaixonado que Rosswell tinha pelo jogo.

Era um amor unilateral. A jogatina não correspondia ao amor de Rosswell. Ela o punia, ria dele. Dava-lhe porretadas na cabeça, curtindo sua falta de habilidade na área. Mesmo assim, Rosswell não conseguia ficar longe dela.

Sendo assim, ele morava em um lugar que era pouco maior que um cubículo, a um quarteirão da delegacia em que trabalhava — e a dois minutos a pé do ponto de jogo mais próximo. Quando tinha sorte e conseguia ganhar alguma coisa, o dinheiro só dava para cobrir o rombo das perdas anteriores. Vivia se esquivando e fazendo acordos com capangas que vinham cobrar dívidas de jogo.

Eve soubera de alguns desses detalhes através dos dados que acabara de pesquisar. O que viu na sala de reuniões era um tira arruinado que perdera o rumo e simplesmente se deixava levar à aposentadoria.

Ele nem se levantou quando Eve entrou e continuou largado sobre a mesa da sala de reuniões. Para mostrar domínio da situação, Eve o encarou longamente, até que ele ficou vermelho e se levantou.

Peabody tinha razão, reparou Eve. Por baixo da aparência descuidada havia um brilho de medo em seus olhos.

— Tenente Dallas?

— Exato, Rosswell. — Ela o convidou a sentar apontando para a cadeira com apenas um dedo. Não disse mais nada. O silêncio ajudava a deixar os nervos à flor da pele. E nervos à flor da pele eram um jeito seguro de arrancar a verdade.

— Ahn... — Os olhos dele, com um tom nublado de castanho em uma cara pastosa, corriam de Eve para Feeney, depois para Peabody e voltavam ao início. — Do que se trata, tenente?

— Trata-se de trabalho policial porco. — Quando ele piscou, Eve se sentou na beira da mesa. Aquilo a mantinha acima dele, forçando-o a aprumar as costas e levantar a cabeça, a fim de olhar para ela. — O caso Erin Spindler... um caso seu, Rosswell. Fale-me dele.

— Erin Spindler? — Com o rosto sem expressão, ele levantou os ombros. — Puxa, tenente, eu tenho um monte de casos. Quem é que se lembra dos nomes?

Um bom tira lembra, pensou ela.

— Erin Spindler, acompanhante licenciada, já aposentada. Talvez isso refresque a sua memória: ela foi encontrada sem alguns dos órgãos internos.

— Ah, lembrei! — Seu rosto se iluminou. — Fizeram isso com ela na cama. É até engraçado, já que todo mundo fazia tudo com ela na cama. — Ao perceber que ninguém riu da piadinha, pigarreou e disse: — O caso foi muito simples, tenente. Ela perturbava as meninas que trabalhavam para ela e os homens que conhecia o tempo todo. Tinha fama de desagradável. Vivia sempre doidona, cheia de Jazz nas idéias a maior parte do tempo. Ninguém tinha nada de bom a dizer a respeito dela, isso eu lhe garanto. E ninguém derramou uma lágrima quando ela empacotou. Deve ter sido morta por uma das garotas, ou então um dos clientes ficou de saco cheio e acabou com a sua raça. Quem se importa? — perguntou, tornando a elevar um dos ombros. — Não foi uma grande perda para a sociedade.

— Você é burro, Rosswell, e apesar de isso me incomodar bastante preciso lembrar que talvez você já tenha nascido desse jeito. O problema é que você usa um distintivo, e isso significa que não deve ser descuidado, e certamente não pode decidir que um caso não vale o tempo gasto para resolvê-lo. A investigação desse assassinato é uma piada, o seu relatório é patético e a sua conclusão é típica de um asno.

— Ei, mas eu fiz o meu trabalho.

— Não fez droga nenhuma. — Eve ligou o computador e jogou uma imagem no monitor. O corte preciso na carne de Erin Spindler dominava a tela. — Você está me dizendo que foi uma prostituta de rua que fez essa incisão? Com uma habilidade dessas, como é que ela não está ganhando um milhão por ano, trabalhando em um centro cirúrgico? Um homem talvez possa ter feito, mas Spindler não recebia mais clientes. Como foi que ele chegou até ela? Para quê? Por que ele tirou os dois rins dela?

— Eu não posso saber o que rola dentro da cabeça de um lunático, pelo amor de Deus!

— É exatamente por isso que vou providenciar para que você não trabalhe mais na Divisão de Homicídios a partir de hoje.

— Ei, espere um instante! — Ele se colocara em pé, olho no olho, diante de Eve. Peabody olhou discretamente para Feeney, a fim de avaliar a sua reação, e viu um sorriso fino e cruel. — Você não tem razão para fazer queixa ao meu chefe só por causa disso, nem para me criar problemas. Eu segui todos os regulamentos durante a investigação.

— Então devem estar faltando algumas páginas no seu manual de procedimentos. — A voz dela era calma, mortalmente calma. — Você não seguiu a pista de transplantes e centros para distribuição de órgãos. Não interrogou cirurgiões nem tentou entrar em contato com informantes sobre o mercado negro de transplantes ilegais de órgãos.

— E por que diabos eu faria isso? — As pontas dos seus sapatos encostaram nos de Eve quando ele se aproximou ainda mais. — Um maluco corta uma piranha e carrega algumas coisas de lembrança. Caso encerrado. Quem se importa com uma prostituta decaída?

— Eu me importo, e se você não desgrudar a barriga de mim em cinco segundos, vou explicar tudo isso por escrito ao seu chefe.

Ele levou três segundos rangendo os dentes, e dava para ouvi-lo fazer isso, mas saiu de lado.

— Eu fiz o meu trabalho — disse ele, cuspindo as palavras como se fossem dardos. — Você não tem motivos para xeretar nos meus casos arquivados e vir pegar no meu pé.

— Você fez um trabalho porco, Rosswell. E a partir do momento que um dos seus casos cruza com um dos meus e eu vejo a lambança que você fez, tenho todo o direito de pegar no seu pé sim. Meu caso é o de um sem-teto que teve o coração arrancado. Meu programa de probabilidades diz que quem fez isso é a mesma pessoa que abriu Erin Spindler.

— Sim, já soube que você se ferrou nessa. — Ele sorriu como que desafiando Eve, apesar de estar em pânico.

— Ah, você conhece a policial Bowers, não é? — Eve sorriu de volta, com um ar tão feroz que o fez tornar a suar frio.

— Ela não é exatamente uma fã sua, tenente.

— Puxa, agora fiquei triste por saber disso, Rosswell. Estou magoada. E quando eu fico magoada, sempre acabo descontando em alguém. — Inclinou-se na direção dele. — Quer que esse alguém seja você?

Ele passou a língua sobre os lábios. Se eles estivessem sozinhos, ele estaria se preparando para apanhar. Mas havia mais dois tiras na sala. Duas bocas que podiam falar.

— Se colocar as mãos em mim, tenente, eu apresento queixa. Exatamente como Bowers fez. Ser a mascote do comandante Whitney não vai salvá-la de uma investigação da Divisão de Assuntos Internos.

A mão de Eve se fechou com força. Puxa, como ela gostaria de usar aquele punho. Porém, simplesmente manteve os olhos grudados nos dele e disse:

— Ouviu isso, Feeney? O nosso amigo Rosswell fai fazer queixinha de mim para a professora.

— Sim, e dá para ver você tremendo na base por causa disso, Dallas. — Com ar alegre, Feeney deu um passo à frente. — Deixe-me socar esse babaca em seu lugar.

— Puxa, é muita gentileza, Feeney, mas vamos tentar resolver o problema como adultos que somos. Rosswell, você me deixa enojada. Talvez tenha conseguido esse distintivo há alguns anos, mas agora não merece usá-lo. Não merece desempenhar a tarefa chata e cheia de detalhes desagradáveis que é coordenar a remoção de um corpo morto. É exatamente isso que eu vou colocar em *meu* relatório. Nesse meio-tempo, você está dispensado do caso Spindler e não é mais o investigador primário. Deve entregar todos os dados e relatórios do caso à minha auxiliar.

— Não farei nada disso, a não ser que a ordem venha do meu chefe. — Manter a dignidade era fundamental naquele momento, mas até mesmo a sua valente tentativa de transmitir desdém ficou longe do alvo. — Eu não trabalho para você, Dallas; a sua patente, a sua reputação e o seu marido não significam xongas para mim.

— Anotei tudo — disse Eve, no mesmo tom. — Peabody, entre em contato com o capitão Desevres, da centésima sexagésima segunda DP.

— Sim, senhora.

Eve tentou segurar a raiva, mas foi difícil. A dor de cabeça piorara e o bolo que se formou em seu estômago parecia ter dentes afiados. Até que ajudou um pouco ver Rosswell suar frio enquanto ela descrevia meticulosamente os detalhes, destroçava a investigação dele e requeria a transferência do caso para ela, acompanhada de todos os relatórios e dados.

Desevres solicitou uma hora para analisar o caso, mas todos sabiam que era só para constar. Rosswell estava fora e provavelmente ia ser severamente repreendido pelo seu chefe de divisão.

Quando acabou a ligação, Eve recolheu os discos e arquivos, informando:

— Está dispensado, detetive.

Seu rosto ficou branco como uma folha de papel e se encheu de fúria e frustração. Levantando-se de um salto, disse:

— Bowers fez muito bem. Espero que ela ferre você.

— Detetive Rosswell, você está dispensado — repetiu Eve, olhando para ele. — Peabody, entre em contato com Morris no necrotério. Precisamos deixá-lo a par desse homicídio e de sua ligação com o anterior. Feeney, podemos acender uma fogueirinha sob a bunda de McNab para apressá-lo e ver o que conseguiu?

O embaraço de se sentir ignorado trouxe a cor de volta ao rosto de Rosswell, que ficou vermelho e contraído. Quando ele bateu a porta ao sair, Feeney lançou um sorriso para Eve.

— Garota, você está fazendo um monte de novos amigos nos últimos dias.

— Isso deve ser obra da minha personalidade cativante e da minha sagacidade. Ninguém consegue resistir. Puxa vida, que babaca! — Eve se sentou, lutando para espantar a irritação. — Vou verificar a Clínica Canal Street. Erin Spindler a usava regularmente, nos últimos doze anos, para checkups regulares. Talvez Snooks também tenha se consultado lá algumas vezes. Pelo menos é um ponto de partida. Peabody, você vem comigo.

Pegaram o elevador direto até a garagem e haviam acabado de sair da cabine quando Feeney ligou pelo comunicador.

— O que encontrou? — quis saber Eve.

— McNab descobriu um viciado chamado Jasper Mott. Outro caso de roubo de coração, e ocorreu há três meses.

— Três meses? Quem foi o investigador do caso? Quais as pistas?

— O crime não ocorreu na jurisdição da polícia de Nova York, Dallas. Foi em Chicago.

— O quê?! — Tornou a sentir um friozinho na pele, junto com a imagem da rachadura em forma de teia de aranha na janela.

— Chicago — repetiu ele, estreitando os olhos. — Você está bem?

— Sim, estou sim. — Mas fixou o olhar no longo túnel representado pela garagem, até o lugar onde Peabody esperava pacientemente, ao lado do seu veículo. — Você poderia informar a Peabody o nome do responsável pelo caso e os dados necessários? Vou pedir a ela para que entre em contato com Chicago, pegue os arquivos e descubra em que pé está a investigação.

— Claro, é pra já. Talvez fosse melhor você comer alguma coisa, garota. Está com cara de doente.

— Estou bem. Diga a McNab que ele fez um bom trabalho e mantenha-me informada.

— Algum problema, senhora?

— Não. — Eve foi até o carro, digitou uma senha para abri-lo e entrou. — Temos outro caso em Chicago. Feeney vai mandar os detalhes para você. Envie um pedido para o investigador, com cópia para o chefe da divisão dele, solicitando dados referentes ao crime. Envie uma cópia para o comandante Whitney também. Siga o regulamento, mas faça tudo rápido.

— Ao contrário de alguns — garantiu Peabody, toda empertigada —, eu conheço bem o regulamento. Como é que um idiota como Rosswell conseguiu um distintivo de detetive?

— Porque a vida — explicou Eve, com honestidade — às vezes fede.

A vida definitivamente fedia para os pacientes da Clínica Canal Street. O lugar estava entulhado de gente sofrendo sem esperanças e morrendo.

Uma mulher com o rosto muito abatido amamentava um bebê enquanto outra criança que mal começara a andar estava sentada aos seus pés e choramingava. Alguém teve um acesso de tosse, lançando um som monótono de fluidos expectorantes. Meia dúzia de acompanhantes licenciadas estavam sentadas e exibiam um olhar vidrado e cheio de tédio enquanto esperavam pelo seu checkup obrigatório antes de sair para o trabalho noturno.

Eve foi abrindo caminho até o guichê de atendimento, de onde uma enfermeira controlava tudo.

— Preencha seus dados no formulário próprio — ela começou a falar, com um tédio que lhe deixava a voz sem expressão. — Não se esqueça de informar seu número da carteira de saúde, a identidade e o endereço atual.

À guisa de resposta, Eve tirou o distintivo e o mostrou através do vidro reforçado.

— Quem é o responsável?

Os olhos da enfermeira, cinzentos e entediados, viram o distintivo de relance.

— Hoje é a dra. Dimatto, mas ela está atendendo um paciente.

— E tem alguma sala lá atrás que seja privativa?

— Se podemos chamar aquilo de privativo... — Quando Eve simplesmente inclinou a cabeça para o lado a enfermeira, irritada, apertou o botão eletrônico que destrancava a porta.

Com óbvia relutância, foi arrastando os pés enquanto levava Eve e Peabody ao longo de um corredor estreito. Ao entrarem por uma porta, Peabody olhou para trás e comentou:

— Nunca estive em um lugar como esse antes.

— Então você pode se considerar uma pessoa de sorte. — Eve já passara muito tempo em locais exatamente como aquele. Uma enfermaria de hospital público ficava longe do padrão oferecido por planos de saúde particulares e clínicas sofisticadas.

A um sinal da enfermeira, entraram em uma sala que mais parecia um cubículo e onde os médicos faziam o trabalho burocrático. Havia duas cadeiras, uma mesa pouco maior do que um caixote e um equipamento que Eve percebeu, olhando para o computador, que era ainda pior do que o que ela usava na Central de Polícia.

O escritório sequer tinha uma janela, mas alguém tentara alegrar o lugar com dois pôsteres, uma planta mirrada em um vaso e um pote feito de caquinhos de cerâmica colados.

E ali, sobre uma prateleira, espremido entre uma pilha instável de discos com dados médicos e um pequeno modelo do corpo humano, estava um buquê de flores de papel.

— Snooks — murmurou Eve. — Ele se consultava aqui.

— Como disse, senhora...?

— Veja as flores dele. — Eve as pegou da prateleira. — Ele gostava de alguém aqui, e gostava o bastante para lhe ofertar isso de presente, e essa pessoa se importava o bastante com ele para guardar suas flores. Peabody, acabamos de encontrar a nossa ligação.

Eve ainda segurava as flores quando a porta se abriu de repente.

A mulher que entrou com ar decidido era jovem, miúda, com o guarda-pó característico de sua profissão vestido de forma casual sobre uma suéter larga e jeans desbotados. Seus cabelos eram curtos e ainda mais despenteados que os de Eve. Mesmo assim, o tom de mel que exibiam contrastava com o lindo rosto rosado de pele lisa.

Os olhos tinham a cor de tempestades e a voz era igualmente ameaçadora.

— Você tem três minutos. Estou com um monte de pacientes esperando, e um distintivo não me diz nada.

Eve ergueu uma sobrancelha. A fala que a médica escolheu para entrar em cena normalmente a teria deixado irritada, mas ela percebeu as olheiras de pura fadiga sob os olhos cinzentos e a postura dura que servia de defesa contra o cansaço.

A própria Eve trabalhava com tanta freqüência até a beira da exaustão que reconhecia bem os sinais disso, e sentiu-se solidária com a médica.

— Puxa, a nossa popularidade realmente anda imensa nos últimos dias, Peabody — disse para a auxiliar. — Eu sou a tenente Eve Dallas. Preciso de alguns dados de pacientes desta clínica.

— Sou a dra. Louise Dimatto e não informo dados sobre os nossos pacientes para a polícia nem para ninguém. Portanto, se isso é tudo...

— Trata-se de pacientes mortos — disse Eve no momento em que Louise já se virava para sair. — Pacientes assassinados. Sou da Divisão de Homicídios.

Tornando a se virar, Louise deu uma olhada em Eve com mais atenção. Viu um corpo magro, rosto duro e olhos cansados.

— Trata-se de uma investigação de assassinato? — quis saber ela.

— Assassinatos. Dois. — Mantendo os olhos em Louise, Eve estendeu as flores de papel. — São suas?

— Sim, elas... — Parou de falar de repente, e um ar de preocupação surgiu em seu rosto. — Não me diga que foi Snooks! Quem poderia matá-lo? Ele era a pessoa mais inofensiva que pode haver.

— Ele era paciente seu?

— Bem, na verdade ele não era paciente de ninguém em particular. — Encaminhando-se para um velho AutoChef, programou café no painel. — Circulamos por aí uma vez por semana com uma ambulância volante, uma espécie de ambulatório improvisado, e cuidamos de pessoas de rua. — A máquina rangeu e apitou. Louise, xingando baixinho, abriu a porta do aparelho. Dentro da bandeja estava uma poça do que parecia ser algum fluido nojento. — Estamos novamente sem copos descartáveis — resmungou, deixando a porta do aparelho encostada ao se virar de frente para Eve. — O governo vive cortando nossas verbas.

— Eu que o diga — afirmou Eve, com um tom seco.

Com um sorriso de ironia, Louise passou as mãos no rosto e nos cabelos.

— Eu costumava ver Snooks por aí quando era meu dia de plantão na ambulância volante. Uma noite, cerca de um mês atrás, consegui convencê-lo a fazer um exame conosco. No fim, ainda tive que pagar dez fichas de crédito do meu bolso para confirmar que ele ia morrer de câncer em menos de seis meses, se não obtivesse tratamento. Tentei lhe explicar tudo isso, mas ele pareceu não se importar. Simplesmente me deu essas flores e disse que eu era uma boa menina.

Depois de um longo suspiro, continuou:

— Não creio que houvesse algo de errado com ele, mentalmente falando, embora não tenha conseguido convencê-lo a ir a um psicólogo. O fato é que ele não ligava a mínima.

— Tem os registros do exame, doutora?

— Posso procurá-los, mas para quê? Se ele foi assassinado, não foi o câncer que o matou.

— Eu gostaria dos exames para arquivá-los na pasta do caso — explicou Eve. — E também quero os registros de Erin Spindler. Ela fazia checkups aqui.

— Erin Spindler? — Louise balançou a cabeça. — Não sei dizer ao certo se ela era uma das minhas pacientes, mas, se quiser informações precisas, vai ter que me dar mais dados. Como eles morreram?

— Durante uma cirurgia, por assim dizer — disse Eve, e lhe contou tudo.

Depois do choque que transpareceu nos olhos de Louise, eles se tornaram frios e sem expressão. Ela esperou um pouco, digeriu as informações e então sacudiu a cabeça.

— Não sei a respeito de Erin Spindler, mas posso lhe assegurar que não havia nada no organismo de Snooks que valesse a pena retirar, nem mesmo para usar no mercado negro de órgãos.

— Mas alguém removeu o coração dele e fez um trabalho magnífico. Quem é o mais qualificado consultor cirúrgico daqui?

— Não temos consultores externos — disse Louise, com ar cansado. — Eu mesma faço isso. Mas se vocês quiserem me levar para interrogatório ou me fichar vão ter que esperar um pouco, até eu acabar de atender os pacientes de hoje.

— Não a estamos acusando de nada, doutora — Eve quase sorriu —, pelo menos no momento. A não ser que a senhora queira confessar que fez isto. — Tirando duas fotos da bolsa, uma de cada vítima, Eve as entregou à médica.

Com os lábios tensos, Louise avaliou as imagens e expirou devagar.

— Trata-se de alguém com mãos mágicas — murmurou. — Sou boa no que faço, mas não chego nem perto desse nível de habilidade. Conseguir efetuar um procedimento cirúrgico desses em um barraco de rua, pelo amor de Deus, e sob péssimas condições de trabalho. — Balançou a cabeça e entregou as fotos de volta. — Posso odiar as mãos que fizeram isso, tenente, mas admiro a competência delas.

— E faz idéia de quem pode ser o dono dessas mãos?

— Não sou enturmada com os profissionais considerados deuses, e é o trabalho de um deles o que temos aqui. Um superespecialista. Vou pedir a Jan para trazer tudo o que a senhora precisa. Agora tenho que voltar aos meus pacientes.

Fez uma pausa, porém, tornando a analisar as flores. Algo surgiu em seus olhos, uma sensação maior do que fadiga. Talvez pesar.

— Nós aprendemos a curar e conseguimos erradicar quase todos os assassinos naturais de seres humanos, com exceção de um — afirmou a médica. — Mesmo assim, algumas pessoas sofrem e morrem antes do tempo, como antes, ou por serem pobres ou temerosas em excesso, ou teimosas demais para procurar ajuda. De qualquer modo, continuamos trabalhando e ganhando terreno aos poucos. Um dia, vamos vencer essa guerra.

Olhou para Eve e completou:

— Eu acredito nisso. Vamos vencer em nossa frente de batalha, tenente. Na sua, porém, jamais haverá vitória completa. O predador natural do homem vai sempre ser o próprio homem. Acho que eu vou continuar a tratar de corpos que outros cortaram, feriram ou golpearam, e a senhora vai continuar a limpar a sujeira.

— Mas eu consigo as minhas vitórias, doutora. Todas as vezes que eu coloco um predador desses atrás das grades é uma vitória. E vou conseguir isso para Snooks e para Erin Spindler. Pode contar com isso.

— Eu já não conto com mais nada. — Louise saiu e foi para onde a dor e a desesperança esperavam por ela.

Estou achando tudo... divertido. Afinal, um trabalho de mestria deve sempre ser contrabalançado por períodos de descanso e entretenimento. E em meio a tudo isso vejo-me sentindo pena de uma mulher que dizem possuir tenacidade. Uma mulher inteligente, sob todos os aspectos, muito determinada e com grande habilidade em sua área de atuação.

Entretanto, por mais tenaz, inteligente e determinada que Eve Dallas possa ser, continua sendo apenas uma tira. Eu já lidei com tiras antes e eles são fáceis de dispensar, de uma forma ou de outra.

É um absurdo achar que aqueles que impõem a lei — leis que mudam depressa e tão rapidamente quanto o vento — possam acreditar que possuem poder sobre mim.

Preferem chamar isso de assassinato. A remoção — remoção humanitária, devo assinalar — dos deficientes, dos inúteis e dos improdutivos pode ser considerada assassinato tanto quanto a remoção de piolhos de um corpo humano. Na verdade, as pessoas que escolhi são menores do que os vermes. São vermes doentes e moribundos.

Foram contagiados, corrompidos e condenados pela mesma sociedade que agora quer vingá-los. Onde estavam as leis e os clamores por justiça quando essas patéticas criaturas se amontoavam em seus barracos, largadas em seu próprio desperdício? Enquanto viviam, eles recebiam apenas olhares de ojeriza e eram ignorados ou vilipendiados.

Essas pessoas serviram a um propósito muito maior depois de mortas do que jamais conseguiriam alcançar em vida.

Se o termo que eles usam para isso é assassinato, eu aceito. Do mesmo modo que aceito o desafio da perseverante tenente. Vamos deixá-la buscar, cavar, cutucar, calcular e deduzir. Acho que vou curtir a competição.

E se ela se tornar um empecilho? Se por algum golpe de sorte ela chegar perto demais de mim e do meu trabalho?

Vou ter que lidar com ela.

Até mesmo a tenente Dallas tem as suas fraquezas.

Capítulo Sete

McNab achou mais um morador de rua que fora assassinado nos becos de Paris. Estava sem o fígado ao ser encontrado, mas o cadáver havia sido tão mutilado pelos gatos e outros animais que viviam nas favelas que a maior parte das provas físicas fora destruída. Mesmo assim, Eve colocou o nome do morto em seus arquivos.

Levou todo o material para casa, optando por trabalhar lá até Roarke voltar de Nova Los Angeles. Dessa vez, Summerset não a desapontou e surgiu no saguão segundos depois de ela ter entrado pela porta.

Analisou-a com os olhos sombrios e torceu o elegante nariz.

— Já que a senhora chegou tão tarde, tenente, e sequer se deu ao trabalho de me avisar a respeito de seus planos para esta noite, imagino que já tenha jantado.

Eve não havia comido mais nada desde que engolira a barra de cereais que quase fora parar no lixo, mas simplesmente deu de ombros enquanto tirou o casaco, avisando:

— Não preciso que você prepare o meu jantar, cara.

— Isso vem bem a calhar — reagiu ele ao vê-la pendurar o casaco no pilar da escada. Uma atitude que ambos sabiam que vivia acontecendo pelo fato de irritar terrivelmente o senso de ordem do mordomo. — Não pretendia mesmo preparar-lhe nada, já que a senhora se recusa a me informar a sua programação diária.

— Isso mesmo, assim eu aprendo. — Eve inclinou a cabeça para o lado e lançou na direção do corpo ossudo e alto o mesmo olhar de cima a baixo que recebera dele.

— A senhora tem uma auxiliar, tenente. Seria muito simples pedir que ela me notificasse a respeito dos seus planos, pois assim poderíamos manter a casa mais organizada.

— Peabody tem coisas mais importantes para fazer, e eu também.

— O seu trabalho não me diz respeito — afirmou ele, com um ar de desdém —, mas cuidar desta casa, sim. Acrescentei o evento de arrecadação de fundos na Associação Médica Americana em sua agenda. Todos esperam que a senhora esteja pronta e apresentável... — fez uma pausa longa o bastante para fungar diante das botas arranhadas e das calças amarrotadas de Eve —, se é que isso será possível, às sete e trinta da noite, na sexta-feira.

— Mantenha esses dedos esqueléticos longe da minha agenda — ordenou ela, dando um passo significativo na direção dele.

— Roarke mandou que eu colocasse o lembrete em sua agenda e a lembrasse do compromisso. — Satisfeito ao dizer isso, sorriu.

Eve decidiu ter uma conversa muito séria com Roarke a respeito da mania que ele tinha de mandar o seu nazista pessoal perturbá-la.

— Estou mandando que não se meta nos meus assuntos — bufou ela.

— Recebo ordens de Roarke e não da senhora.

— E eu não recebo ordens de nenhum dos dois — rebateu ela ao se virar e começar a subir as escadas. — Pode pegar no meu pé à vontade que não vai adiantar nada.

Os dois se separaram, ambos razoavelmente satisfeitos com o embate.

Eve foi direto para o AutoChef da pequena cozinha de seu escritório e se sentiria arrasada se soubesse que fora Summerset quem plantara a idéia de jantar em sua cabeça, sabendo que ela ia acabar comendo nem que fosse só para contrariá-lo. Se não fosse assim, ela provavelmente teria esquecido de se alimentar.

Bisteca e ensopado com almôndegas eram as primeiras opções do cardápio, e como este último era um dos pratos favoritos de Eve, ela programou uma tigela. No instante em que a máquina apitou para avisar que estava pronto, o gato apareceu e começou a rodear suas pernas.

— Eu sei muito bem que você já jantou — murmurou Eve. Mas assim que ela abriu a porta do AutoChef e o aroma se espalhou pelo ar, Galahad soltou um miado lancinante. Tanto por defesa quanto por afeição, ela colocou uma colherada no prato do animal. Ele atacou a comida como se fosse um rato que pudesse escapar.

Eve levou o ensopado e o café para a sua mesa e, comendo distraidamente enquanto ligava o computador, começou a revisar os dados coletados. A intuição lhe dizia algo, e os instintos o confirmavam, mas ela resolveu esperar até a transferência de todos os arquivos e fotos ser completada antes de rodar o programa de probabilidades e tentar verificar o seu palpite.

Sua pesquisa nos registros médicos de Erin Spindler, obtidos na Clínica Canal Street, dizia que a paciente tinha um problema renal crônico, resultado de alguma infecção na infância. Seus rins funcionavam, mas com problemas que exigiam tratamento constante.

Um coração sem valor, refletiu ela, e rins que não funcionavam muito bem. Ela apostaria um mês de salário como os dados de Chicago e Paris iam mostrar órgãos igualmente danificados.

Era algo específico, pensou. *Vítimas específicas com órgãos problemáticos.*

— Você circula um bocado por aí, hein, dr. Morte?

Nova York, Chicago, Paris. Em onde mais ele esteve e para onde iria em seguida?

Era possível que ele nem mesmo morasse em Nova York, afinal, especulou Eve. Ele poderia trabalhar em qualquer lugar, viajando pelo mundo todo e seus satélites, atacando vítimas escolhidas a dedo. Mas, se alguém o conhecesse, saberia reconhecer o seu trabalho.

Ele era uma pessoa madura, decidiu Eve, acrescentando esta conclusão ao perfil feito pela dra. Mira. Tinha um alto grau de educação e treinamento. Provavelmente já salvara inúmeras pessoas em sua carreira. O que o levara, de repente, a tirar vidas?

Loucura? Nenhum tipo comum de loucura encaixava nesse perfil. Arrogância sim. Ele era arrogante, orgulhoso e tinha mãos mágicas. Seu trabalho era metódico e ele percorria os mesmos lugares em todas as cidades onde atuava, em busca de seus espécimes.

Espécimes, pensou ela, apertando os lábios. Sim, devia ser assim que ele os via. Eram experimentos, então, mas de que tipo e para que finalidade?

Ela ia ter que começar a rastrear no Departamento de Pesquisas do Drake Center.

Que ligação ela poderia achar entre o monumento à saúde representado pelo Drake Center e o gueto onde ficava localizada a Clínica Canal Street? De algum modo ele vira os registros e conhecia os pacientes. Sabia a respeito dos seus hábitos e de seus problemas de saúde.

Era nesses problemas que residia o seu interesse.

Com o cenho franzido, ordenou ao sistema que procurasse artigos e dados sobre transplante e reconstrução de órgãos.

Uma hora depois as palavras já estavam embaralhadas e a sua cabeça doía. A frustração alcançara níveis elevados, pois Eve precisava parar a toda hora, a fim de buscar definições e explicações para centenas de termos médicos.

Ia levar a vida toda para acessar e dissecar todo aquele jargão técnico, pensou. Precisava de um consultor especializado no assunto, alguém que já conhecesse bem aquela área ou que pudesse estudar o assunto e relatar tudo para ela em termos leigos. Em língua de tira.

Uma olhada no relógio lhe informou que já era quase meia-noite, muito tarde para entrar em contato com Mira ou com Morris, os únicos médicos em quem confiava.

Bufando de impaciência, continuou a avançar com dificuldade pelo texto de mais um artigo e de repente o seu cérebro pareceu clarear ao ler o relato de um artigo de jornal de 2034:

A CLÍNICA NORDICK ANUNCIA UM GRANDE AVANÇO MÉDICO

Depois de mais de duas décadas de pesquisas e estudos sobre a construção de órgãos artificiais, o dr. Westley Friend, chefe de pesquisas na Clínica Nordick, anunciou o desenvolvimento e implante de coração, pulmões e rins em um Paciente X. A Nordick, trabalhando em conjunto com o Drake Center, de Nova York, devotou quase vinte anos de pesquisas na fabricação de órgãos produzidos em grande escala que possam substituir com sucesso os tecidos humanos.

O artigo continuava, detalhando o impacto da novidade na medicina e na área de saúde. Com a descoberta de um material que o corpo aceitava com facilidade, a comunidade médica estava nas nuvens. Embora fossem poucas as experiências *in vitro* e também o resultado em crianças nascidas com um problema congênito no coração, por exemplo, alguns testes funcionaram. Até então um órgão podia ser construído usando-se os tecidos do próprio paciente, mas isso levava tempo.

Agora, um coração com problemas congênitos poderia ser rapidamente removido e substituído pelo que o dr. Friend chamava de implante de longevidade, que continuaria a funcionar muito depois de o paciente ter vivido os seus cento e vinte anos de vida média.

O texto continuava, informando que tais órgãos poderiam ser reciclados e implantados em outros pacientes, no caso de morte do dono original.

Embora as pesquisas sobre reconstrução de órgãos humanos estivessem sendo suspensas nos dois centros, o trabalho com dispositivos artificiais ia seguir em frente.

Reconstruir órgãos humanos era uma atividade que fora paralisada havia vinte anos, pensou Eve. Será que alguém decidira trazê-la de volta?

A Clínica Nordick era em Chicago. O Drake Center era em Nova York. Mais uma conexão.

— Computador, pesquise e apresente dados sobre o dr. Westley Friend, que trabalha na Clínica Médica Nordick, em Chicago.

Processando... Dr. Westley Friend, identidade número 987-002-34RF, nasceu em Chicago, estado de Illinois, em 15 de dezembro de 1992. Morreu em 12 de setembro de 2058...

— Morreu? Como?

A morte ocorreu por suicídio. A pessoa em questão injetou em si mesma uma dose fatal de barbitúricos. Deixou esposa, de nome Ellen, um filho, de nome Westley Jr., uma filha, de nome Clare. Seus netos se chamam...

— Pare! — ordenou Eve. Ela ia cuidar dos detalhes pessoais mais tarde. — Acesse todos os dados a respeito do suicídio.

Processando... Requisição negada. Os dados estão protegidos.

Protegidos uma ova, pensou Eve. Ela ia decodificá-los na manhã seguinte. Levantando-se, começou a andar de um lado para outro. Queria saber tudo o que houvesse a respeito do dr. Westley Friend, de seu trabalho e de seus sócios.

Chicago, tornou a pensar e estremeceu. Talvez ela tivesse de fazer uma viagem até Chicago. Ela já havia estado lá antes, lembrou a si mesma, e isso nunca a incomodara.

Mas antes ela não se lembrava de nada.

Afastou isso da cabeça e foi se reabastecer de café. Ela já havia feito a conexão entre os dois centros nas duas cidades. Será que ia acabar descobrindo que havia outro hospital associado em Paris? E talvez em outras cidades, em outros países?

Isso fazia sentido, não fazia? Ele encontrava um espécime, pegava uma amostra e em seguida ia trabalhar em locais seguros: laboratórios de primeira linha... lugares onde ele seria muito conhecido e jamais questionado, não é?

Então balançou a cabeça. Como é que ele podia fazer experiências, pesquisas ou o diabo que fosse em um laboratório com instalações de alta reputação? Seria necessário mexer com papelada, burocracia e uma equipe para assisti-lo. Haveria perguntas e procedimentos formais.

Mas a verdade é que ele estava fazendo tudo aquilo, e tinha um objetivo.

Esfregou os olhos cansados e se deitou por alguns instantes em sua poltrona reclinável. Só cinco minutos, disse a si mesma, um tempinho para o cérebro lidar com todas aquelas informações novas. Só cinco minutos, tornou a pensar e fechou os olhos.

Caiu em sono profundo na mesma hora; dormiu como uma pedra.

E sonhou com Chicago.

O vôo de volta para casa deu a Roarke uma oportunidade para resolver os negócios que estavam pendentes. Assim, chegou em casa com a cabeça leve. Imaginou que encontraria Eve em seu escritório. Ela procurava evitar a cama deles quando ele não estava ao seu lado.

Roarke odiava saber que os pesadelos a perseguiam quando os negócios o mantinham longe de casa. Nos meses anteriores ele fizera malabarismos para manter suas viagens no nível mínimo necessário. Por ela, pensou, tirando o paletó. E por ele também.

Agora havia alguém para quem voltar para casa, alguém que era importante para ele. Não se sentia solitário antes de Eve entrar em sua vida, e certamente não se sentia vazio. Vivia realizado, focado, e os seus negócios, com suas ramificações e braços, o satisfaziam.

Outras mulheres o haviam distraído.

O amor, porém, modificava um homem, decidiu, ao se dirigir ao scanner de busca doméstica. Depois do amor, todo o resto ficava em segundo lugar.

— Onde está Eve? — perguntou ao aparelho.

A tenente Dallas está em seu escritório.

— Naturalmente — murmurou Roarke. Ela estava trabalhando, pensou enquanto subia as escadas. A não ser que a exaustão a tivesse derrubado, e então ela estaria encolhida na poltrona reclinável para um dos seus cochilos. Ele a conhecia muito bem e sentia um singular conforto nisso. Sabia também que o novo caso iria ocupar a sua mente e o seu coração. Sugar todo o seu tempo e a sua capacidade, até ser resolvido. Até ela conseguir justiça para os mortos, mais uma vez.

Ele poderia distraí-la por curtos períodos de tempo e aliviar-lhe a tensão. Poderia também — e o faria — trabalhar com ela. Aquilo era outro benefício mútuo. Ele descobriu que gostava das etapas do trabalho policial, o quebra-cabeça que lentamente ia se armando, peça por peça.

Talvez pelo fato de Roarke ter vivido do outro lado da lei na maior parte da sua vida, ele curtia aquilo. De certa forma isso o fazia sorrir nostalgicamente ao se lembrar dos velhos dias.

Ele não mudaria nada do que fizera na vida, pois cada passo que dera o levara até o ponto em que estava. E o levara até Eve.

Ele virou e seguiu por um corredor, um dos muitos na enorme casa que estava cheia de tesouros que colecionara — por meios lícitos ou não — por todos aqueles anos. Eve não compreendia muito bem o prazer que as coisas materiais lhe proporcionavam, decidiu. Ela não entendia que a aquisição e a posse delas, até mesmo a sua doação, colocava mais distância entre ele e o menino dos becos de Dublin que não contava com nada na vida, a não ser a esperteza e a coragem.

Entrou no aposento onde Eve, o seu mais precioso tesouro, estava encolhida, recostada na poltrona, completamente vestida e com a arma ainda no coldre preso ao corpo.

Havia sombras sob os seus olhos e uma marca roxa no rosto. Uma coisa o deixou quase tão preocupado quanto a outra e ele teve de lembrar a si mesmo, mais uma vez, que cada um daqueles sinais representava a marca de quem ela era e do seu trabalho.

O gato esparramado em seu colo acordou e olhou para Roarke sem piscar.

— Está tomando conta dela, não é? Pode deixar que eu assumo o posto a partir de agora.

O sorriso que tomou conta do seu rosto ao se lançar na direção de Eve começou a esmorecer quando ela começou a gemer. Ela se remexeu com violência, uma vez, com um soluço preso na garganta.

Roarke atravessou o cômodo em dois passos largos e a segurou no instante em que ela se agitou e golpeou o ar.

— Não, não me machuque novamente.

A voz tinha o timbre fino e indefeso de uma criança, e o comoveu profundamente.

— Está tudo bem, Eve. Ninguém vai machucá-la. Você está em casa. Eu estou aqui. — Roarke ficava arrasado ao ver que uma mulher forte o bastante para enfrentar a morte dia após dia podia ser subjugada por sonhos. Conseguiu movê-la um pouco para o lado até conseguir sentar, e então a colocou no colo e a embalou. — Você está a salvo. Está segura comigo.

Ela foi se arrastando lentamente para fora do sonho, até alcançar a superfície. Sua pele estava úmida, pegajosa, e ela tremia, com a respiração queimando-lhe a garganta. E então ela sentiu o cheiro dele, percebeu a sua presença e a sua voz.

— Estou bem. Está tudo bem.

A fraqueza e o medo saíram do sonho ao mesmo tempo que ela, deixando-a envergonhada. Quando ela tentou se desvencilhar dele, porém, ele a apertou com mais força, pois jamais a largava em momentos como aquele.

— Deixe-me abraçar você — pediu ele baixinho, acariciando as costas dela. — E me abrace de volta.

Ela fez isso, curvando-se na direção dele, apertando o rosto contra o seu pescoço e agüentando firme, agüentando ao máximo, até que o estremecimento parou.

— Estou bem — repetiu ela, e transmitiu mais firmeza: — Não foi nada. Só uma daquelas lembranças.

— Uma recordação nova? — Sua mão parara, mas tornou a subir lentamente para massagear os músculos cheios de pontos de tensão em torno de sua nuca. — Quando ela encolheu o ombro, ele a afastou um pouco para olhar o seu rosto. — Conte-me tudo.

— Era outro quarto, em outra noite. — Ela inspirou fundo e expirou devagar. — Chicago. Não sei como tenho tanta certeza de que era Chicago. Fazia muito frio no quarto e a janela estava rachada. Eu estava escondida atrás de uma poltrona, mas quando ele chegou em casa me encontrou. E me estuprou mais uma vez. Não vi nada de novo no sonho.

— Saber não faz com que machuque menos.

— Acho que não. Tenho que ir em frente — murmurou ela, levantando-se e começando a caminhar para afastar os tremores. — Encontramos mais um corpo em Chicago, com o mesmo *modus operandi*. Acho que foi o nome da cidade que trouxe a lembrança de volta. Consigo enfrentar isso.

— Sim, você consegue e deve fazê-lo. — Ele também se levantou, foi até onde ela estava e colocou as mãos em seus ombros. — Mas lembre-se de que não precisa mais enfrentar isso sozinha, nunca mais.

Deixá-la sozinha era outra das coisas que ele sempre evitava e isso a deixava — ao mesmo tempo — grata e inquieta.

— Ainda não me acostumei com isso, Roarke. Sempre penso que sim, mas ainda não me acostumei. — Colocou as mãos sobre as dele. — Estou contente por você estar aqui. Contente por você ter voltado para casa.

— Trouxe-lhe um presente.

— Roarke.

O tom automático de exasperação na voz dela o fez sorrir.

— Não, é uma coisa da qual você vai gostar. — Beijou-lhe a covinha do queixo e se virou para pegar a pasta que largara assim que entrara no escritório para vê-la.

— Eu estou precisando de um galpão para guardar todas as coisas que você compra para mim — começou ela. — Você precisa aprender a se controlar.

— Por quê? Isso me dá prazer.

— Tudo bem, pode ser, mas me faz sentir meio... — Parou de falar, desconcertada ao ver o que ele tirara da pasta. — Que diabo é isso?

— Creio que é um gato. — Rindo, entregou um boneco a ela. — Um brinquedo. Você está longe de ter brinquedos em grande quantidade, tenente.

— Ele se parece com Galahad. — Ela riu, sentindo uma cosquinha na garganta. Acariciou o rosto largo e sorridente. — Tem até os mesmos olhos estranhos.

— Sim, tive que pedir para que eles ajustassem esse pequeno detalhe. O fato é que, quando eu o vi, achei que não poderíamos deixar de tê-lo.

— Que bobagem. — Eve ria agora, acariciando o corpo gordo e macio do boneco. Até então nunca lhe ocorrera que ela jamais havia tido uma boneca, e Roarke se lembrara desse fato.

— Você acha uma bobagem? Isso é modo de falar do nosso filho? — perguntou Roarke, olhando para Galahad, que já se apossara da poltrona novamente. Seus olhos de duas cores se estreitaram com ar desconfiado antes de ele se mover, levantar a cauda com ar de escárnio e começar a se lamber. — Isso é rivalidade entre irmãos — murmurou Roarke.

Eve colocou o boneco em posição de destaque sobre a sua mesa.

— Vamos ver o que eles fazem um ao outro.

— Você precisa dormir — disse Roarke quando a viu olhando para o computador. — Vamos nos ocupar com o trabalho amanhã de manhã.

— É, acho que você tem razão. Todo esse palavrório médico está ecoando na minha cabeça. Você sabe alguma coisa a respeito da NewLife, empresa de implante de órgãos?

Sua sobrancelha se ergueu, mas Eve estava distraída demais para perceber.

— Talvez saiba. Vamos falar disso pela manhã. Venha para a cama.

— De qualquer modo, não vou poder entrar em contato com mais ninguém a essa hora. — Disfarçando a impaciência, ela salvou os dados e desligou o computador. — Talvez eu tenha que viajar. Preciso conversar pessoalmente com outros investigadores.

Roarke fez murmúrios de concordância e foi encaminhando-a na direção da porta. Se Chicago lhe trazia más recordações, ela não iria até lá sozinha.

Eve acordou ao raiar do dia, sentindo-se surpresa pela forma profunda com que dormira e também pela sensação de estar alerta e descansada. Em algum momento durante a noite, ela se enroscara em torno de Roarke, enganchando braços e pernas nele, como se quisesse amarrá-lo junto de si. Era tão raro Eve acordar antes dele e não encontrá-lo já de pé e se preparando para mais um dia de trabalho que ela resolveu saborear a sensação de calor que vinha dos corpos unidos e se deixou ser levada.

O corpo dele era tão rijo, tão liso, tão... saboroso, pensou, passando a boca pelo ombro de Roarke. O rosto dele, relaxado durante o sono, era de fazer o coração parar diante de sua pura beleza viril. Ossos fortes, boca com lábios carnudos que pareciam ter sido esculpidos, cílios grossos e escuros.

Analisando-o, o sangue dela começou a se agitar. Uma carência começou a surgir na parte baixa do seu corpo, espalhando-se pelo ventre, e o coração começou a batucar de expectativa diante do conhecimento de que ela poderia possuí-lo, mantê-lo junto de si e amá-lo.

A aliança de casamento reluziu na luz que escorria através da clarabóia sobre a cama no instante em que ela fez a mão deslizar pelas costas dele e acariciou-lhe a boca com os lábios. Nesse momento os lábios dele se separaram e, aquecidos, se encontraram com os dela, em meio a um lento balé de línguas.

Era uma dança lenta, suave e excitante, apesar da sua familiaridade. O roçar de mãos por sobre as curvas, superfícies e ângulos tão conhecidos se somou à excitação que aumentava, camada por camada, enquanto o dia nascia. Mesmo quando o coração dele começou a martelar de encontro ao dela, eles mantiveram o ritmo lento e preguiçoso.

A respiração dela falhou uma vez, depois duas, quando ele a envolveu, lançando-a ao longo de uma curva longa até um clímax que brilhava como um cálice de vinho ao sol. E o gemido dele se misturou com o dela.

O suave pulsar do corpo de Eve se tornou uma palpitação e foi como se todos os poros se abrissem. A necessidade de tê-lo dentro dela e de se unir com ele em um só corpo era quase uma dor em seu coração, mas as lágrimas eram doces.

Eve arqueou o corpo na direção dele, sussurrou o seu nome e então suspirou ao senti-lo penetrar dentro dela. A cavalgada foi lenta, escorregadia, uma espécie de maré sedosa que se transformava em um fluir de suspiros e corpos. A boca de Roarke tornou a se encontrar com a dela, com uma ternura tão grande que a fez se sentir inundada.

Ele a sentiu alçar vôo mais uma vez, apertando-se ao redor dele e tremendo. Levantando a cabeça, ele a viu sob a luz tênue do inverno. Seu coração falhou e o amor o destruiu no instante em que viu o brilho de prazer encher o rosto dela, e observou os olhos castanho-dourados se enevoarem, fixos nos dele.

Agora, pensou Roarke, eles estavam completamente indefesos. Colocando a sua boca sobre a dela mais uma vez, ele se deixou ir.

Ela se sentia flexível e ao mesmo tempo revigorada, muito perto do regozijo enquanto tomava uma ducha. Ao sair, escutou o som abafado das notícias matinais na tela do monitor e imaginou Roarke ouvindo por alto as manchetes do dia, enquanto analisava os índices financeiros e bebia a sua primeira xícara de café.

Era uma manhã típica de gente *casada*, pensou Eve, torcendo o nariz ao entrar no tubo de ar para secar o corpo. Ao chegar ao quarto, constatou que tudo estava exatamente como imaginara. Roarke bebia café na pequena sala de estar da suíte, estudando os dados financeiros no computador enquanto Nadine Furst apresentava as notícias da manhã no Canal 75 em um monitor perto dele.

Quando passou ao lado de Roarke, indo para o closet, o olhar dele a seguiu e ele sorriu.

— Você me parece muito descansada, tenente.

— Sinto-me ótima. Isso é bom, porque tenho um monte de coisas para agitar.

— Pensei que já tivéssemos feito isso.

— Estou falando de trabalho — explicou ela, lançando-lhe um sorriso por sobre o ombro.

— Acho que posso colaborar nessa área também. — Ele a viu vestir uma blusa branca lisa e abotoá-la às pressas. — A previsão do tempo é de máxima do dia em torno de oito abaixo de zero. Você não vai se sentir muito aquecida só com essa roupa não.

— Vou estar em lugares fechados quase o tempo todo — disse ela, revirando os olhos quando ele se levantou, atravessou o quarto, pegou um pulôver de lã azul-marinho bem quente e o entregou nas mãos dela. — Você é um chato de galochas, Roarke!

— Sim, o que é que eu posso fazer? — Quando ela vestiu o pulôver por cima da cabeça, ele balançou a dele e ajeitou pessoalmente o colarinho da blusa. — Vou pedir o seu café-da-manhã.

— Pode deixar que eu como alguma coisa na Central — começou ela.

— Acho melhor você ficar mais um pouco aqui, para podermos conversar a respeito de alguns fatos. Você mencionou os produtos da NewLife ontem à noite.

— Sim. — Ela lembrava vagamente. Estava muito cansada e sentiu-se abalada com o pesadelo. — É um ângulo que preciso explorar mais tarde. São produtos artificiais para reposição de órgãos a partir de descobertas sobre longevidade feitas na Clínica Nordick, mas talvez haja uma ligação com os roubos de órgãos que estou investigando.

— Se houver, nós dois vamos ficar muito tristes. Eu comprei a NewLife há uns cinco anos.

— Merda, Roarke — reagiu Eve, olhando fixamente para ele.

— Sim, eu sabia que você ia se sentir assim a respeito disso. Embora eu a tenha avisado de que uma das minhas companhias fabricava órgãos artificiais.

— E tinha que ser a NewLife.

— Pelo visto, sim. Por que não nos sentamos aqui? Você me conta como chegou à NewLife e eu faço o que estiver ao meu alcance para lhe conseguir todos os dados de que precisa.

Eve disse a si mesma que não adiantava nada ficar irritada e passou as duas mãos pelos cabelos. Certamente seria injusto reclamar com Roarke. Assim, pegou uma calça no closet e começou a enfiar as pernas dentro dela.

— Tudo bem, vou tentar olhar para isso como algo bom. Pelo menos não vou receber um monte de evasivas nem ter de aturar uma companhia me enrolando na hora de fornecer informações. Mesmo assim, que droga, hein, Roarke? — Ela ajustou as calças à altura dos quadris e fez cara feia para ele do mesmo jeito. — Você tem que ser dono de tudo?

— Sim — respondeu ele, depois de considerar a pergunta por um instante, e lançou um sorriso maravilhoso. — Mas essa é realmente outra história. Agora eu quero um café-da-manhã completo.

Ordenou para ambos um prato de waffles com alto teor de proteína, algumas frutas da estação e mais café. Quando se acomodou na cadeira, Eve continuava em pé, com a cara amarrada.

— Por que você precisa ser dono de tudo?

— Porque eu posso, minha querida Eve. Agora beba o seu café. Seu humor vai melhorar depois disso.

— Não estou de mau humor. Aliás, essa é uma expressão idiota. — Mesmo assim ela se sentou e pegou uma xícara. — É um bom negócio fabricar órgãos artificiais?

— Sim, e a NewLife também fabrica braços e pernas. O lucro é muito bom. Você quer ver os balanços da empresa?

— Talvez — murmurou ela. — Você tem médicos na folha de pagamentos trabalhando como consultores?

— Acredito que sim, embora seja um ramo de atividades mais ligado à engenharia. — Ele mexeu os ombros. — Temos um departamento de pesquisas e desenvolvimento para novos lançamentos, mas os produtos básicos foram aperfeiçoados alguns anos antes de eu comprar a companhia. Qual é a relação da NewLife com a sua investigação?

— O processo de produção em massa de órgãos artificiais foi desenvolvido na Clínica Nordick, em Chicago. Essa clínica e o Drake Center são empresas associadas. Estou com cadáveres nas duas cidades. Tem mais um em Paris, e eu preciso ver se há outro centro médico desse tipo lá que tenha ligação com os outros dois. O produto da NewLife foi o que recebeu apoio do próprio Westley Friend.

— Não tenho informações a respeito dessas atividades em Paris, mas posso consegui-las, e bem depressa.

— Você conhecia o dr. Westley Friend?
— Apenas de vista. Fazia parte da diretoria da NewLife quando eu comprei a companhia, mas nunca precisei lidar com ele em outra situação. Ele é suspeito nesse caso?
— Não, porque se matou no último outono.
— Ah.
— Sim, ah mesmo. Pelo que consegui nos dados que pesquisei, ele chefiava a equipe que desenvolveu o processo de produção de órgãos em massa. E quando essa técnica foi implantada, as pesquisas sobre reconstrução de órgãos humanos foram desativadas. Talvez alguém tenha resolvido retomá-las por conta própria.
— Dificilmente esse investimento daria retorno. Crescimento de órgãos é algo que leva tempo e é muito caro. Reconstrução de órgãos, pelo pouco que eu sei a respeito do assunto, não é considerada uma atividade viável. Podemos fabricar um coração novo por um custo em torno de cinqüenta dólares. Mesmo contabilizando as despesas e o lucro final, ele pode ser vendido por mais ou menos o dobro disso. Se acrescentarmos os honorários do médico, os custos do centro de saúde para a operação, mesmo assim você pode ter um coração novinho em folha, com garantia de um século, por menos de mil dólares. É um excelente negócio.
— E que tal cortar os custos de fabricação, pegar o órgão danificado de uma vítima ou de um doador, consertá-lo e reconstruí-lo? Fazendo assim, o médico fica com o lucro todo.
— Muito bem, tenente. — Roarke exibiu um leve sorriso. — Muito boa a sua visão de negócios. Mas mesmo analisando por esse lado, você pode ter certeza de que nenhum dos acionistas majoritários da NewLife se prestaria a isso.
— A não ser que o motivo não seja dinheiro — disse ela. — Vamos começar por aqui. Preciso de tudo que puder conseguir a respeito do negócio que você fechou ao comprar a empresa, e os envolvidos nos dois lados. Quero uma lista dos funcionários, principalmente os que trabalham com pesquisas e desenvolvimento. E também de todos os consultores.

— Posso conseguir tudo isso em menos de uma hora.

Eve abriu a boca para falar, travou uma pequena batalha consigo mesma por pedir aquilo, mas acabou cedendo.

— Roarke, eu preciso de qualquer dado que você possa me conseguir a respeito de Westley Friend. Esse suicídio me parece ter acontecido na hora certa, de forma muito conveniente.

— Vou cuidar disso.

— Sim, obrigada. Em pelo menos dois dos casos o assassino pegou órgãos especificamente problemáticos. Snooks tinha um coração que funcionava mal e Erin Spindler perdeu dois rins que não lhe serviam de grande coisa. Aposto que vamos encontrar o mesmo quadro nos outros dois casos. Tem de haver uma razão para isso.

Com ar pensativo, Roarke tomou um pouco de café e perguntou:

— Se ele é um médico e pratica a profissão regularmente, por que não aproveitou órgãos danificados que ele mesmo removeu em procedimentos cirúrgicos legais?

— Não sei. — Eve se sentiu irritada ao ver que o seu cérebro estava tão enevoado na véspera que não percebeu esse furo em sua teoria. — Não sei direito como a coisa funciona, mas deve haver registros de tudo, uma permissão do doador ou do parente mais próximo, e o hospital deve autorizar esse tipo de experiência, pesquisa ou sei lá o quê.

Ela tamborilou sobre os joelhos por um instante.

— Roarke, você faz parte da diretoria, certo? Qual é a política do Drake Center a respeito de... como é o nome disso?... Experiências de alto risco ou, talvez, procedimento radical?

— O Drake possui um departamento de pesquisas de primeira linha e uma política muito conservadora. Um caso como esse ia demandar muita papelada, debates, teorias conflitantes, justificativas... isso tudo antes de os advogados chegarem esbravejando e o pessoal da área de relações públicas arranjar um meio de passar a informação para a mídia.

— Resumindo, é uma coisa complicada.

— Sim. — Ele sorriu para ela por sobre a borda da xícara. — Qual a decisão tomada por um comitê que não é complicada? A política transforma até mesmo a máquina mais azeitada em tartaruga.

— Talvez as idéias dele tenham sido recusadas, ou ele sabia que seriam e resolveu agir por conta própria. — Empurrando o prato sobre a mesa, Eve se levantou. — Tenho que ir andando.

— Vamos ao desfile para levantar fundos, hoje à noite, no Drake Center.

— Sim, eu não esqueci. — Os olhos dela ficaram sombrios.

— Sim, sei que não esqueceu. — Ele a puxou pela mão e lhe roubou um beijo. — Vamos nos falar antes disso.

Roarke tomou mais um gole de café enquanto ela saía e sentiu que, desta vez, ela voltaria para casa a tempo de ir a um evento social. Para ela, e agora também para ele, a festa daquela noite era uma questão de negócios.

Capítulo Oito

Como o plano de Eve era mergulhar de cabeça no trabalho, ela não se sentiu muito satisfeita de encontrar alguém da Divisão de Assuntos Internos em sua sala. Aliás, ela nunca ficava feliz em vê-los, independentemente do lugar.

— Cai fora da minha cadeira, Webster.

Ele continuou sentado, virou a cabeça na direção dela e lançou-lhe um sorriso. Eve conhecia Don Webster desde os primeiros dias na Academia de Polícia. Ele estava um ano à frente dela, mas seus caminhos se cruzavam de vez em quando.

Eve levou semanas para perceber que ele fazia o maior malabarismo para acabar se encontrando com ela. Lembrou também ter encarado isso como um elogio, a princípio, mas depois se irritou com a situação e acabou dispensando-o.

A razão de ela ter entrado na Academia de Polícia não era fazer contatos sociais nem sexuais, e sim treinamento.

Quando os dois foram designados para trabalhar na Central de Polícia, passaram a se encontrar mais vezes.

Uma noite, durante o ano em que Eve trabalhara como recruta, depois do seu primeiro caso de homicídio, eles tomaram um drinque e foram para a cama. Ela considerou aquilo apenas uma distração para ambos e a partir daí mantiveram uma amizade distante.

Depois, quando Webster se transferira para a Divisão de Assuntos Internos, seus caminhos raramente se cruzavam.

— Oi, Dallas, você está com uma cara boa.

— Cai fora da minha cadeira — repetiu ela, indo direto para o AutoChef em busca de café.

— Eu tinha a esperança de resolvermos esse assunto na base da camaradagem — suspirou ele, levantando-se.

— Nunca me sinto muito amigável quando encontro ratos farejando a minha sala.

Fisicamente ele não mudara muito, notou Eve. Seu rosto era astuto e fino, os olhos em um tom de azul calmo e agradável. Tinha um sorriso rápido e muito charme, que parecia combinar com o cabelo castanho-escuro farto e ondulado. Lembrou que o seu corpo era resistente e disciplinado, e também que ele possuía um humor travesso e sagaz.

Envergava o terno preto com ombros largos que era o uniforme não oficial da Divisão de Assuntos Internos, mas conseguira individualizá-lo com o uso de uma gravata estampada com formas e cores berrantes.

Eve lembrou-se, também, que Webster costumava seguir rigorosamente a moda na hora de se vestir, e desde que o conhecera ele já era assim.

Ele deu de ombros para o insulto que ela lhe lançara, e então se virou para fechar a porta, explicando:

— Quando a queixa contra você apareceu no departamento, pedi para investigá-la. Achei que isso poderia tornar as coisas mais fáceis.

— Não tenho muito interesse em coisas fáceis. E não tenho tempo para elas, Webster. Estou com um caso nas mãos para ser solucionado.

— Mas vai ter que separar um tempinho para isso. Quanto mais cooperar, menos tempo vai perder.

— Você sabe que essa queixa é papo-furado.

— Claro que sei. — Ele tornou a sorrir e sua bochecha esquerda formou uma covinha. — A fama do seu café já chegou aos ouvidos atentos da Divisão de Assuntos Internos. Que tal me oferecer um pouco dele?

Ela tomou um gole do café que preparara para si mesma enquanto o observava pela borda da xícara. Refletiu que, já que seria obrigada a aturar toda aquela baboseira, pelo menos seria melhor fazer a travessia pelo inferno com um diabo conhecido. Programou outra xícara para ele no AutoChef.

— Você era um bom policial de rua, Webster. Por que pediu transferência para a Divisão de Assuntos Internos?

— Por duas razões. A primeira é que esse é o caminho mais curto para alcançar os postos administrativos. Nunca quis ficar nas ruas, Dallas. Gosto da vista do alto da torre.

O cenho dela se franziu, denotando estranheza. Ela nunca percebera que ele era um tipo ambicioso que sonhava em ser secretário de Segurança ou comandante da força. Pegou o café que o aparelho preparara e entregou-o a Webster, perguntando:

— E a razão número dois?

— Tiras que pisam na bola me deixam revoltado. — Ele provou a bebida, fechou os olhos exibindo puro prazer e suspirou com gosto, afirmando: — Isto faz jus à fama que tem. — Tornando a abrir os olhos, pôs-se a observá-la.

Ele tivera um certo interesse amoroso por ela uns doze anos antes, lembrou naquele momento. Era ligeiramente mortificante saber que ela jamais percebera isso. A verdade é que sempre estivera totalmente focada no trabalho e nunca dera muita atenção aos homens.

Até conhecer Roarke, refletiu.

— É difícil imaginar você como uma mulher casada. Com você, tudo sempre se resumia à vida profissional. Para você, o importante sempre foi o trabalho.

— Minha vida pessoal não mudou isso. O importante continua sendo o trabalho.

— Sim, eu imaginei. — Mexendo-se sobre a cadeira, ele empinou o corpo. — Eu não peguei este caso para investigar apenas em nome dos bons momentos, Dallas.

— Nós não tivemos tantos bons momentos assim para gerar essa vontade em você.

— Talvez você não. — Ele tornou a sorrir e tomou mais um gole de café. Seus olhos se fixaram nos dela e ficaram sérios. — Você é uma boa policial, Dallas.

Ele disse essa frase de forma tão singela que embotou a ponta aguçada de sua raiva. Ela se virou, olhou para fora da janela e disse:

— Ela manchou o meu histórico.

— Só no papel. Eu gosto de você, Dallas, sempre gostei, então vou deixar um pouco do procedimento-padrão de lado só para contar... advertir você, na verdade... de que ela quer a sua cabeça.

— E por quê? Só por causa da esculhambação que eu lhe dei pelo trabalho malfeito?

— A coisa é mais profunda. Você nem se lembra dela, não é? Dos tempos da academia?

— Não.

— Pois pode apostar a sua bundinha linda que ela se lembra bem de você. Ela se formou comigo, estávamos saindo para as ruas quando você estava entrando em treinamento. E você brilhou, Dallas, desde o primeiro dia. Não só nas aulas, mas nas simulações, nos testes de resistência, no treinamento de combate. Os instrutores diziam que você era a melhor recruta que já passara pelas portas da academia. As pessoas comentavam a respeito de você.

Ele tornou a sorrir quando ela olhou para ele por sobre o ombro e franziu o cenho.

— Não, você jamais soube disso — continuou ele. — Porque não estava ali para ouvir elogios. Concentrava-se apenas em uma coisa: conseguir seu distintivo.

Ele encostou o quadril na ponta da mesa, apreciando o café enquanto falava.

— Bowers reclamava de você o tempo todo quando estava entre os poucos amigos que conseguira fazer. Resmungava que você provavelmente dormia com metade dos instrutores para ser beneficiada. Desde essa época eu liguei minhas antenas e as voltei para ela — acrescentou.

— Pois eu nem me lembro de Bowers. — Eve deu de ombros, mas a idéia de gente fofocando a seu respeito pelas costas abriu um buraco em sua barriga.

— Você não se lembra mesmo, mas garanto que ela se lembra de você. Vou continuar fora do protocolo mais um pouco só para lhe contar que Bowers é um problema para todos na corporação. Ela preenche formulários de queixa mais depressa do que os andróides de controle de tráfego emitem multas. A maioria dessas queixas é simplesmente arquivada, mas, de vez em quando, ela consegue um fio solto para puxar e desmonta a carreira de um tira. Não lhe dê esse fio solto, Dallas.

— Mas que diabos eu deveria fazer? — quis saber Eve. — Ela estragou as coisas, fez um trabalho porco e eu a repreendi por isso. Essa é a história completa. Agora eu não posso ficar aqui me martirizando, imaginando se ela vai tornar a minha vida mais difícil ou não. Estou atrás de uma pessoa que abre a barriga de gente comum e se serve dos seus órgãos. Essa pessoa vai continuar a fazer isso, a não ser que eu a encontre, e eu não posso encontrá-la, a não ser que consiga fazer a porcaria do meu trabalho.

— Então vamos resolver logo este assunto. — Ele pegou um minigravador no bolso e o colocou sobre a mesa. — Você faz um relatório, seguimos todo o regulamento de forma limpa e formal, depois a coisa vai para o arquivo e esquecemos tudo o que aconteceu. Pode acreditar em mim, ninguém na Divisão de Assuntos Internos quer ver você queimada por causa disso. Todos nós conhecemos Bowers.

— Então por que diabos não a estão investigando, em vez de virem até mim? — resmungou Eve, mas em seguida apertou os lábios ao ver que Webster lhe lançava um sorriso fino e afiado. — Bem, talvez o esquadrão de ratos sirva para alguma coisa, afinal.

A experiência foi incômoda e a deixou de mau humor, mas Eve disse a si mesma que o assunto estava encerrado. Ligou para Paris, antes de mais nada, e teve que mostrar jogo de cintura para se desviar da burocracia até conseguir falar com a detetive Marie DuBois, principal investigadora para crimes daquele tipo.

Como sua colega francesa falava pouco o idioma inglês e Eve não falava nada de francês, as duas se comunicaram através do programa de tradução automática de seus computadores. Sua frustração começou a aumentar quando, por duas vezes, o sistema enviou as perguntas de Eve em holandês.

— Espere um minuto, por favor, que eu vou procurar a minha auxiliar — pediu Eve.

DuBois piscou duas vezes e balançou a cabeça.

— Poderia repetir...? — pediu a animada voz do programa. — Você está dizendo que eu só comi porcarias no desjejum?

Eve jogou as mãos para cima, indignada. Apesar da barreira da língua, sua frustração e o seu pedido de desculpas devem ter sido transmitidos com clareza, pois Marie riu, perguntando:

— O problema é com o seu equipamento, não é?

— Sim, sim. Por favor, espere um instantinho. — Eve entrou em contato com Peabody e depois, bem devagar, tornou a falar: — Meu equipamento está com problemas. Desculpe.

— Não precisa se desculpar. Problemas como esse são universais para nós, policiais. Você está interessada no caso Leclerk?

— Sim, muito interessada, porque estou investigando dois crimes semelhantes. Os dados que você introduziu no seu sistema poderiam ser muito úteis para mim.

Marie apertou os lábios e um ar bem-humorado dançou em seu rosto.

— O tradutor automático está me dizendo que você gostaria de fazer sexo comigo. Não creio que a tradução esteja correta.

— Ora, mas que droga. — Eve deu um soco na máquina no instante em que Peabody entrou na sala.

— Esse não deve ter sido um tapinha de amor.

— Esse monte de merda acaba de fazer uma proposta indecente para a detetive francesa em meu nome. O que há de errado com esse programa de tradução?

— Deixe-me dar uma olhada. — Peabody foi para trás da mesa e começou a digitar alguma coisa enquanto olhava para o monitor. — Ela é muito atraente. Não se pode culpar o computador por tentar cantá-la.

— Rá-rá, Peabody. Conserte essa merda.

— Sim, senhora. Rodar programa de verificação do sistema, atualizar e reiniciar programa de tradução — ordenou à máquina.

Processando...

— Vai levar só um minutinho. Eu sei um pouco de francês, acho que posso explicar o que aconteceu.

Tropeçando um pouco nas palavras, Peabody usou todo o seu francês de colégio e fez Marie sorrir.

— *Oui, pas de quoi.*

— Ela disse que está tudo bem.

A verificação foi feita e a falha reparada. O programa está atualizado e já foi reiniciado.

— Tente novamente — sugeriu Peabody. — Não dá para saber quanto tempo ele vai agüentar.

— Certo. Eu tenho dois crimes semelhantes ao seu — começou Eve, novamente. Em seguida, delineou a situação o mais rápido possível e fez as solicitações.

— Vou lhe enviar cópias de todos os meus arquivos, assim que conseguir autorização para isso — concordou Marie. — Espero que você entenda que, dada as condições do corpo quando ele foi encontrado, a falta do órgão não foi considerada um fato estranho. Os gatos — acrescentou, abrindo um leve sorriso — fizeram uma refeição e tanto naquela noite.

Eve lembrou de Galahad e de seu apetite voraz, mas resolveu não elaborar a idéia.

— Acho que vamos descobrir que a sua vítima, Marie, se encaixa no perfil das nossas. Vocês verificaram os seus registros médicos?

— Não nos pareceu necessário. Receio que o caso Leclerk não seja uma prioridade por aqui. As provas estavam comprometidas. Agora, porém, eu gostaria de dar uma olhada nos dados dos crimes daí.

— Vou enviar isso. Você poderia me mandar uma lista dos médicos mais importantes e também dos centros de saúde mais avançados de Paris, especialmente a lista dos hospitais que tenham instalações específicas para substituição de órgãos?

— Claro. — Marie ergueu as sobrancelhas. — É para essa direção que a sua investigação está apontando?

— É uma das possibilidades. Gostaria também que você pesquisasse para mim onde Leclerk fazia seus checkups regulares. Quero saber sobre as condições do seu fígado quando ele o perdeu.

— Vou começar a agitar a papelada, tenente Dallas, para tentar acelerar o processo. Assim, nós duas vamos ter o que precisamos o mais rápido possível. Chegamos à conclusão de que Leclerk foi um incidente isolado. Se essa premissa estiver incorreta, a prioridade do caso vai mudar.

— Compare as fotos dos corpos. Acho que isso vai fazê-la aumentar o grau de prioridade da sua investigação. Obrigada. Vamos manter contato.

— Você acha que este assassino está correndo o mundo em busca de amostras? — perguntou Peabody, quando Eve desligou.

— Sim, em partes específicas do mundo, com vítimas específicas e amostras específicas. Acho que ele é muito organizado. Chicago é o nosso próximo alvo.

Apesar de não precisar do programa de tradução automática, Eve encontrou mais dificuldades para conseguir informações em Chicago do que em Paris.

O encarregado da investigação se aposentara menos de um mês depois da abertura do caso. Quando pediu para falar com o detetive que assumira as investigações, colocaram-na em modo de espera, obrigando-a a ouvir uma ladainha irritante que solicitava doações para a polícia de Chicago.

No instante em que Eve achou que o seu cérebro ia explodir de tédio, um tal de detetive Kimiki apareceu:

— Sim, Nova York, o que podemos fazer por vocês?

Eve explicou a situação e fez as suas solicitações, enquanto Kimiki parecia quase desmaiar de tanto enfado.

— Sim, sim, conheço o caso, tenente. Beco sem saída. McRae não chegou a lugar algum. Não há para onde ir mesmo. Estou com o caso aberto diante de mim, está tudo registrado na pasta dele, mas o status mudou para "não solucionado".

— Mas eu acabei de lhe dizer que estou com outros crimes semelhantes aqui, Kimiki, e que há uma ligação entre eles. Suas descobertas são muito importantes para o meu caso.

— Bem, os nossos dados são bem poucos e posso lhe garantir que não pretendo colocar esse assunto no topo da minha lista de prioridades. Se desejar, porém, posso pedir autorização ao meu chefe para transferir o que temos para vocês.

— Desculpe por lhe dar todo esse trabalho, Kimiki.

Ele simplesmente sorriu, percebendo o sarcasmo de Eve.

— Olhe, tenente, quando McRae resolveu se aposentar antes do tempo, a maior parte dos seus casos em aberto caiu no meu colo.

Sou eu que escolho aqueles pelo quais vale a pena ter trabalho. Vou lhe enviar os dados assim que puder. Chicago desligando.

— Droga! — resmungou Eve, massageando a tensão que começou a sentir atrás do pescoço. — Ele se aposentou antes do tempo? — Olhou para Peabody. — Descubra em quanto tempo ele antecipou a aposentadoria.

Uma hora depois, Eve estava andando de um lado para outro nos corredores do necrotério, esperando ser liberada para falar com Morris. No instante em que a fechadura eletrônica se abriu ela já estava entrando na sala de autópsia.

O fedor a atingiu em cheio, com força, fazendo-a sugar o ar por entre os dentes. O cheiro doce e enjoativo de carne em decomposição enchia o ar. Ela deu uma olhada de relance para o corpo inchado que estava sobre a mesa e colocou uma máscara filtrante.

— Puxa, Morris, como é que você agüenta isso?

Ele continuou a fazer a incisão em "Y" sem se abalar, e a sua respiração por trás da máscara continuou tranqüila e compassada.

— É um dia como outro qualquer aqui no Paraíso, Dallas. — O filtro de ar modificava a sua voz, emprestando-lhe um tom mecânico, e por trás dos microóculos os seus olhos pareciam tão grandes quanto os de uma rã. — Esta jovem senhora foi descoberta ontem à noite, depois que os vizinhos finalmente resolveram ouvir a mensagem de seus narizes. Ela já estava morta há quase uma semana. Parece que alguém a estrangulou com as mãos nuas.

— A vítima tinha um amante?

— Acredito que o investigador principal do caso está tentando localizá-lo neste exato momento. O que posso dizer, com relativa certeza, é que ela nunca mais arranjará outro.

— Você é mesmo um festival ambulante de piadas, Morris. Comparou os dados de Erin Spindler com os de Snooks?

— Comparei. Meu relatório ainda não ficou pronto, mas já que você veio até aqui, imagino que queira as respostas em primeira mão. Minha opinião é que as mesmas mãos cometeram os dois crimes.

— Isso eu já havia sacado. Diga-me o porquê de o caso de Erin Spindler ter sido encerrado.

— Trabalho malfeito — murmurou ele, enfiando as mãos cobertas de spray selante no corpo sobre a mesa. — Não fui eu que fiz o exame *post-mortem* nela, senão teria feito a ligação entre os dois casos assim que vi o mendigo. A legista que fez a autópsia já foi repreendida. — Ele olhou para cima e seus olhos encontraram os de Eve. — Não creio que ela torne a cometer um erro desses. Sei que isso não serve de desculpa para ela, mas a legista alegou que o investigador oficial do caso a pressionou e apressou, alegando saber como o crime ocorrera.

— De qualquer modo, preciso de todas as anotações dela.

— Aí é que está o problema — Morris interrompeu o trabalho e olhou fixamente para Eve. — Não conseguimos localizar o laudo.

— Como assim?

— O que estou dizendo é que ele desapareceu. Todos os registros sumiram. Eu nem mesmo saberia que a vítima havia passado por aqui se você não tivesse acessado os arquivos do investigador principal. Não achamos nada.

— E o que a sua médica-legista tem a dizer a respeito disso?

— Ela jura que arquivou tudo direitinho no sistema.

— Então ela está mentindo, é burra ou os arquivos foram apagados.

— Não creio que ela esteja mentindo. E apesar de ser meio novata na área, burra ela não é. Os arquivos poderiam ter sido apagados por engano, mas o pessoal de pesquisa e recuperação de dados não achou nada. Zero. Não achamos nem mesmo os papéis de entrada de Erin Spindler.

— Então eles foram apagados de propósito? Por quê? — Eve soprou com força através do tubo de respiração em seu rosto e enfiou as mãos nos bolsos. — Quem tem acesso a esses registros?

— Toda a equipe do primeiro escalão. — Pela primeira vez, ele deixou transparecer um pouco da sua preocupação. — Já marquei uma reunião com todo mundo e vou ser obrigado a abrir uma investigação interna. O problema é que eu confio no meu pessoal, Dallas. Sei muito bem quem trabalha para mim.

— A segurança do seu equipamento eletrônico é reforçada?

— Obviamente não é reforçada o bastante.

— Alguém não queria que a ligação entre os casos fosse descoberta. Pois bem, ela foi descoberta — disse Eve, quase para si mesma, enquanto andava pela sala. — Aquele idiota da centésima sexagésima segunda DP vai ter muito que explicar. Encontrei casos semelhantes a esse, Morris. Até agora eles apareceram apenas em Chicago e Paris. Meu receio é que eu ainda vá encontrar outros corpos.

Após uma pausa, ela se virou na direção dele e comentou:

— Existe uma possibilidade muito grande de haver ligação entre esses casos e dois centros médicos de alta classe. Estou tentando decifrar um monte de artigos médicos cheios de termos científicos. Preciso de um consultor que fale essa língua.

— Se está pensando em mim, ficarei feliz em ajudá-la. Só que a minha área é um pouco diferente dessa. Você precisa é de um especialista que lide com esse tipo de coisa, seja de confiança e tenha esperteza.

— Mira?

— Bem, ela é médica — concordou Morris —, embora a sua especialidade não seja exatamente essa. De qualquer modo, se você tiver que escolher entre nós dois...

— Espere um instante. Talvez eu tenha outra pessoa. — Eve se virou novamente para ele. — Vou tentar a doutora Mira primeiro. Alguém está brincando conosco, Morris. Quero que você tire cópia em disco de todos os dados relacionados com Snooks. Faça outra cópia para você mesmo e guarde-a em algum lugar que considere seguro.

— Já fiz isso. — A sombra de um sorriso surgiu em seu rosto. — A cópia que será entregue a você já está a caminho da sua casa, levada por um mensageiro particular. Pode chamar de paranóia, se quiser.

— Não, não considero paranóia. — Tirando a máscara, Eve foi caminhando em direção à porta. O instinto, porém, a fez se virar para trás mais uma vez, e aconselhou: — Morris, tenha cuidado.

Peabody se levantou do banco no corredor assim que viu Eve.

— Finalmente consegui alguns dados sobre McRae em Chicago, tenente. É mais fácil conseguir o histórico de um psicopata do que o de um policial.

— Eles devem estar protegendo o seu pessoal — refletiu Eve, enquanto saía pela porta. Aquilo a estava preocupando.

— Pois é... nosso colega acabou de fazer trinta anos e estava na polícia há oito. Ele se aposentou com menos de dez por cento da sua pensão integral. Mais dois anos na força e poderia ter dobrado esse valor.

— Ele não estava incapacitado, nem com fadiga mental, nem houve uma ação administrativa requerendo a sua aposentadoria?

— Não que esteja registrado. O que consegui descobrir... — O vento bateu com força no rosto de Peabody assim que ela colocou o pé na rua. — O que consegui descobrir — repetiu assim que conseguiu retomar o fôlego — é que ele foi sempre um bom policial, recebeu várias promoções em pouco tempo e estava na mira de uma nova promoção para daqui a alguns meses. Tinha uma boa porcentagem de casos solucionados, nenhuma mancha em sua ficha e trabalhou na Divisão de Homicídios nos três últimos anos de sua carreira.

— Consiga os dados pessoais dele. Quem sabe a mulher o pressionou para ele sair da polícia. Veja se ele passou por problemas financeiros, ameaça de divórcio. Talvez ele fosse viciado em bebida, drogas ou jogo.

— Pesquisar essas coisas é muito mais difícil. Preciso de uma requisição oficial e motivos para pedi-la.

— Pode deixar que isso eu consigo — disse Eve, instalando-se atrás do volante. Pensou em Roarke e suas habilidades de *hacker*. Lembrou-se de sua sala secreta equipada com máquinas e aparelhos ilegais e sem registro. — Depois que eu trouxer esse material, não venha me perguntar onde foi que eu consegui.

— Conseguiu o quê? — perguntou Peabody, com um sorriso descontraído.

— Exato! Agora, vamos sumir por algumas horas, Peabody. Ligue para a Central e diga que vai tirar uma parte do dia de folga. Não quero que o que vamos fazer fique registrado.

— Ótimo! Isso significa que vamos sair à caça de alguns homens por aí a fim de fazermos sexo sujo e sem envolvimento?

— Por quê? Você não anda tendo o bastante disso com Charles?

— Hummm — Peabody cantarolou para si mesma. — Bem, o que eu posso lhe dizer é que ando mais solta em certas áreas, ultimamente. Emergência — chamou ela no comunicador. — Aqui é a policial Delia Peabody, requisitando algumas horas de folga por conta de trabalho junto à tenente Eve Dallas.

Requisição concedida. Você está oficialmente de folga a partir deste momento.

— Agora, tenente, quanto àqueles homens — propôs Peabody, muito à vontade —, vamos obrigá-los a nos pagar um almoço antes.

— Pode deixar que eu lhe pago um almoço, Peabody, mas não vou transar com você não. Agora, tire o seu estômago e as suas glândulas da cabeça para eu poder atualizar você sobre o que está acontecendo.

Quando Eve parou diante da Clínica Canal Street, os olhos de Peabody já estavam mais sérios.

— Quer dizer que você acha que existe mais coisa por trás disso do que alguns mendigos e prostitutas mortos?

— Acho que devemos começar a fazer cópias de segurança de todos os relatórios e dados, e também precisamos manter certas áreas da investigação em sigilo.

Eve avistou um bêbado com olhos sonolentos encostado em uma porta e esticou um dedo para ele.

— Ei, você! Sobraram neurônios vivos no seu cérebro para lhe garantir uma gratificação de vinte paus?

— Sobraram sim — garantiu ele, com os olhos brilhantes. — Para fazer o quê?

— Se o meu carro estiver nas mesmas condições em que o deixei na hora em que eu sair, você ganha vinte fichas de crédito.

— Combinado! — Ele escondeu a garrafa que trazia e ficou encarando o carro como um gato olhando para a toca de um rato.

— Você poderia ter ameaçado esticar o saco dele até alcançar a garganta, como fez com aquele cara, outro dia — sugeriu Peabody.

— Não há razão para ameaçarmos gente inofensiva — explicou Eve enquanto entrava pelas portas da clínica e reparava que a recepção continuava tão cheia quanto em sua visita anterior. Foi direto ao guichê de atendimento.

— Preciso falar com a dra. Dimatto.

Jan, a enfermeira atendente, lançou um olhar rabugento para Eve.

— A doutora está atendendo um paciente.

— Vou esperar por ela no mesmo lugar de antes. Avise-a de que eu não vou tomar muito do tempo dela.

— A dra. Dimatto está muito ocupada, hoje.

— Que coincidência! Eu também. — Sem dizer mais nada, Eve ficou ao lado da porta de segurança, levantou uma sobrancelha e olhou para a enfermeira.

Ela bufou com força, exatamente do mesmo jeito que fizera na primeira visita de Eve, empurrou a cadeira para trás com raiva e se levantou com o mesmo jeito irritado. Por que será, pensou Eve, que algumas pessoas detestam tanto o seu trabalho?

Quando a fechadura eletrônica se abriu, ela entrou, encarou Jan com firmeza e disse:

— Puxa, muito obrigada. Dá para ver pelo seu jeito esfuziante que você adora trabalhar diretamente com o público. — Eve notou pelo olhar confuso de Jan que ia levar algum tempo até ela entender o sarcasmo.

Eve seguiu em frente e se acomodou na sala apertada, à espera de Louise.

Ela levou mais de vinte minutos para aparecer e, quando o fez, não demonstrou muita alegria em rever Eve.

— Por favor, vá direto ao assunto. Estou com um braço quebrado esperando para ser atendido.

— Tudo bem. Preciso de uma especialista da área médica para me auxiliar na parte técnica do meu caso. As horas são as piores possíveis e o pagamento é uma merreca. Talvez haja algum risco e eu sou muito exigente com as pessoas que trabalham comigo.

— Quando é que eu começo?

Eve sorriu de forma tão descontraída e calorosa que Louise quase arregalou os olhos.

— Quando é o seu próximo dia de folga? — quis saber Eve.

— Não tiro dias inteiros de folga, mas só começo o meu plantão aqui amanhã às duas da tarde.

— Então vai funcionar. Esteja em minha casa às oito da manhã em ponto. Peabody, informe o endereço à doutora.

— Pode deixar que eu sei onde fica a sua casa, tenente. — Foi a vez de Louise sorrir. — Todo mundo sabe onde Roarke mora.

— Então nos vemos às oito.

Sentindo-se satisfeita, Eve seguiu direto para a saída e comentou:

— Vou gostar de trabalhar com ela.

— Quer que eu preencha os formulários e agite a papelada para colocá-la como consultora nesse caso?

— Ainda não. — Pensando em arquivos apagados e em policiais

que não se mostravam muito interessados em fechar os casos, Eve balançou a cabeça ao entrar no carro. — Vamos manter isso como assunto extra-oficial, Peabody, pelo menos por algum tempo. Avise a emergência de que estamos novamente de serviço.

— E o almoço? — perguntou Peabody, com o ar mais desolado que conseguiu.

— Droga. Tudo bem, mas não vou lhe comprar nenhuma comida que seja vendida nesta área. — Como era uma mulher de palavra, seguiu rumo ao centro da cidade e parou ao avistar uma carrocinha de comida razoavelmente limpa.

Eve comeu apenas um saquinho de batatas fritas, mas Peabody se banqueteou com um salgado empanado com recheio de soja e um espetinho de carne vegetal.

Eve colocou o veículo no piloto automático e o deixou circular pelas ruas, sem rumo, enquanto comia. E pensava. A cidade fervilhava à sua volta, com o barulhento e penoso tráfego "anda-e-pára" e o zumbido incessante dos ônibus aéreos para baldeação. As lojas anunciavam as liquidações de início de ano através do monólogo tedioso que vinha dos dirigíveis acima, onde estavam presos cartazes gigantescos em cores vibrantes.

Caçadores de ofertas enfrentavam a temperatura gelada e tremiam sobre passarelas aéreas enquanto seguiam com a sua vida. Era uma época ruim para golpistas e batedores de carteira. Ninguém ficava na rua tempo bastante para ser roubado ou enganado.

Mesmo assim, Eve notou um jogo de cartas clandestino e um ou dois ladrõezinhos de rua em skates aéreos.

Quando alguém perseguia um objetivo com muita vontade, pensou ela, pequenas inconveniências não eram obstáculo.

Rotina, pensou. Tudo era uma questão de rotina. Até os jogadores de rua e os trombadinhas tinham a sua. As pessoas sabiam que eles andavam por ali e simplesmente torciam para conseguir evitá-los.

Os moradores de rua também tinham a sua rotina. Tremiam de frio e sofriam durante todo o inverno, torcendo para conseguirem escapar às garras da morte que chegava cavalgando em temperaturas abaixo de zero e vinha farejar os seus barracos.

Ninguém se importava se eles conseguiam escapar da morte ou não. E não era exatamente isso que a morte esperava? Que ninguém prestasse muita atenção nela? Nenhuma das vítimas tinha família próxima para fazer perguntas e exigir soluções. Nem amigos nem amantes.

Eve não ouvira nenhuma notícia daquelas mortes nos telejornais ou canais de notícias. Não era um assunto interessante, imaginou, nem aumentava a audiência.

Sorriu para si mesma, pensando em como Nadine Furst iria reagir se ela lhe oferecesse uma entrevista exclusiva. Mastigando uma batata frita, ligou para a repórter.

— Aqui fala Nadine Furst. Desembuche logo o que tem a dizer, porque vou entrar no ar em dez minutos.

— Quer uma entrevista exclusiva, Nadine?

— Dallas! — O rosto astuto de Nadine se abriu em um sorriso. — O que eu preciso fazer para conseguir isso?

— Simplesmente o seu trabalho. Estou investigando um homicídio. A vítima era um morador de rua.

— Espere um instante. Não, não me serve. Fizemos uma matéria no mês passado sobre mendigos e população de rua. Eles congelam e às vezes são mortos. Fazemos a nossa reportagem de utilidade pública a respeito desse assunto duas vezes por ano. Está muito cedo para voltarmos ao assunto.

— Pois este aqui foi morto de forma singular... abriram o seu peito, arrancaram o coração e o levaram embora.

— Ora, mas que imagem alegre. Se você está investigando algum culto estranho, também fizemos uma matéria sobre isso em outubro, para o Halloween, e o meu produtor não vai topar outra. Pelo menos não motivada por um morador de rua. Agora, se for uma reportagem sobre você e Roarke, e como é o seu casamento por dentro, aí podemos fazer.

— O meu casamento por dentro só interessa a mim, Nadine. Estou com outro corpo, o de uma aposentada que agenciava moças como acompanhantes. Ela foi cortada uns dois meses atrás. Alguém levou os rins dela.

— E esses casos têm ligação um com o outro? — O ar de irritação nos olhos de Nadine desapareceu e eles ficaram mais atentos.

— Faça o seu trabalho de investigação — sugeriu Eve. — Depois, ligue para o meu escritório de casa e torne a me fazer essa pergunta.

Eve desligou e colocou o carro em modo de direção manual.

— Foi muita esperteza sua, Dallas.

— Ela vai cavar mais coisas em uma hora do que seis andróides de pesquisa conseguiriam em uma semana. Depois vai me ligar pedindo uma declaração e a entrevista. Como sou uma pessoa que gosta de cooperar, eu a atenderei.

— Você devia fazê-la andar em círculos por algum tempo, só para manter a tradição.

— É, mas prefiro manter o círculo bem amplo e conservar algumas cartas escondidas. Pode avisar que voltamos ao serviço, Peabody. Vamos verificar o apartamento de Erin Spindler; quero gravar tudo. Se alguém tiver dúvida sobre termos descoberto uma ligação entre os crimes, quero que essa pessoa confirme que descobrimos mesmo. Vamos deixá-los suar um pouco.

A cena do crime fora liberada várias semanas antes, mas Eve procurava evidências físicas. Queria impressões, o histórico do local e, se tivesse sorte, conversar com uma ou duas pessoas.

Erin Spindler morava em um dos prédios pré-fabricados que haviam sido construídos às pressas para substituir os que foram destruídos ou desabaram na época das Guerras Urbanas.

O plano fora levantar edifícios temporários, em curto espaço de tempo, os quais seriam substituídos posteriormente por estruturas mais elaboradas esteticamente em menos de dez anos. Porém, várias décadas depois, muitos dos prédios feios com estrutura em metal aparente continuavam em pé.

Um artista de rua se divertira muito pintando com tinta spray casais despidos em vários estágios de cópula sobre a superfície cinza e sem graça. Eve decidiu que o seu estilo e o senso de perspectiva eram excelentes, bem como a sua noção de lugar certo para a sua arte. Naquele prédio, em particular, morava a maioria das acompanhantes licenciadas que trabalhavam nas ruas da área.

Ela não viu câmeras de segurança externas nem placas de reconhecimento palmar. Se no passado existiram aparelhos sofisticados ali, deviam ter sido destruídos ou roubados há muito tempo.

Eve entrou em um saguão apertado e sem janelas, que exibia uma fileira de caixas de correio e um único elevador fechado a cadeado.

— Ela morava no 4C — disse Peabody, antes mesmo de Eve perguntar, e olhou para a escadaria manchada e com degraus gastos. — Acho que vamos ter que subir a pé.

— É bom, pois vai servir para você desgastar o almoço.

Alguém ouvia música no volume máximo. O som horrível ecoava e se amplificava pelas escadas, e seria capaz de ensurdecer quem estivesse no primeiro andar. Mesmo assim, era melhor do que os sons de respiração ofegante que vinham de uma das portas de pouca espessura do segundo andar. Alguma acompanhante autorizada teve a sorte de conseguir um cliente e estava ganhando o seu dinheiro, imaginou Eve, enquanto subia as escadas.

— Acho que podemos deduzir que paredes à prova de som não são uma das comodidades deste pequeno edifício — comentou Peabody.

— Duvido que algum dos inquilinos se importe com isso. — Eve parou diante do apartamento 4C e bateu na porta. Prostitutas trabalhavam ali vinte e quatro horas por dia, sete dias por semana, mas geralmente em turnos. Eve imaginou que alguém talvez estivesse por ali, e desacompanhada.

— Só começo a trabalhar depois que anoitece — veio a resposta do outro lado da porta. — Cai fora!

Como resposta, Eve colocou o distintivo diante do olho mágico e avisou:

— Aqui é a polícia. Quero conversar com você.

— Minha licença está em dia. Você não pode me molestar por causa disso.

— Abra a porta, senão você vai ver a velocidade com que eu posso molestar você.

Ouviu-se um murmúrio, xingamentos e o barulho de fechaduras sendo destrancadas. A porta se abriu alguns centímetros e um único olho injetado de sangue espiou pela fresta.

— Que foi? Só começo a trabalhar daqui a algumas horas e estou tentando dormir um pouco.

Pelo aspecto do olho, a sua dona estava planejando dormir por indução de algum auxiliar químico.

— Há quanto tempo você mora nesse apartamento? — quis saber Eve.

— Algumas semanas. Que porra isso tem a ver comigo?

— Antes disso, onde você morava?

— Do outro lado do corredor. Escute aqui, eu tenho licença para trabalhar e meus exames médicos estão em dia. Estou limpa.

— Você era uma das meninas de Erin Spindler?

— Era. — A porta se abriu mais alguns centímetros. O outro olho e uma boca apareceram. — Que porra isso tem a ver comigo?

— Como você se chama?

— Mandy. Que por...

— Sei, sei, já ouvi o resto da frase. Abra a porta, Mandy. Preciso lhe fazer algumas perguntas a respeito de sua antiga chefe.

— Ela morreu. Já faz tempo. Isso é tudo o que eu sei. — Mas ela abriu a porta. Seus cabelos estavam cortados curtos e eram eriçados. Assim ficava mais fácil, imaginou Eve, colocar uma das muitas perucas com as quais as acompanhantes licenciadas de rua gostavam de se exibir. Mandy provavelmente tinha apenas trinta anos, mas seu rosto a fazia parecer dez anos mais velha.

Todo o lucro de Mandy ia obviamente para o corpo, que era exuberante e farto, cheio de curvas, com seios grandes e empinados que pareciam moldados pelo fino robe cor-de-rosa.

Aquele, decidiu Eve, era o investimento certo para uma mulher com a profissão dela. Os clientes raramente deviam olhar para o seu rosto.

Eve entrou e viu que o conjugado havia sido modificado para acomodar os dois lados do negócio. Uma cortina fora instalada no meio do cômodo, separando o único aposento em dois ambientes. Em um deles havia duas camas com rodinhas e uma tabela com as taxas e serviços oferecidos estava pregada na parede entre elas.

Na outra metade havia um computador com o sistema ligado a um *tele-link,* além de uma única cadeira.

— Você assumiu o controle dos negócios, depois que Erin Spindler morreu?

— Quatro de nós nos juntamos para fazer isso. Alguém ia ter que cuidar do galinheiro mesmo, e, se fôssemos nós, poderíamos lucrar mais trabalhando menos tempo na rua. — Ela sorriu de leve. — Somos uma espécie de executivas. Ficar lá fora catando clientes no inverno é de matar!

— Aposto que é. Onde você estava na noite em que Spindler foi morta?

— Acho que estava trabalhando aqui na área... sabe como é, entrando e saindo, dependendo da hora. Lembro que os negócios estavam indo muito bem. — Pegou a cadeira e se sentou nela com as pernas abertas. — O tempo não estava tão gelado.

— Está com a sua agenda à mão?

— Você não precisa vasculhar a minha agenda. — Os olhos de Mandy demonstraram irritação. — Estou colaborando.

— Então me conte o que sabe e onde estava. Você se lembra — acrescentou Eve, antes de Mandy ter chance de negar. — Mesmo nesse tipo de espelunca, não é todo dia que a sua chefe é retalhada.

— Claro que me lembro — concordou Mandy, erguendo os ombros. — Eu estava dado um tempo no meu quarto quando Lida a encontrou, aqui neste apartamento, e pirou. Caramba, gritou tanto que parecia uma virgem, sabe como é? Foi aos berros bater na minha porta. Contou que a velha megera estava morta, que havia sangue por todo lado, e então eu a mandei calar a porra da boca e chamar a polícia, se achasse melhor. Disse isso para ela e voltei para a cama.

— Você não veio até aqui para verificar pessoalmente?

— Para quê? Se ela estava morta, muito bom e tudo bem. Se não estava, quem se importaria?

— Por quanto tempo você trabalhou para ela?

— Seis anos — respondeu Mandy, soltando um enorme bocejo.

— Você não gostava dela.

— Eu odiava a raça daquela velha. Escute, é como eu disse para a policial que veio aqui investigar: quem a conhecia a odiava. Eu não vi nada, não ouvi nada e estou pouco ligando para tudo isso.

— Com que policial você conversou?

— Com uma do tipo dela — empinou o queixo na direção de Peabody. — Depois veio outra do seu tipo. Elas não deram muita bola para o lance naquele dia; por que vocês estão interessadas nisso, agora?

— Você não conhece o meu tipo, Mandy, mas eu conheço o seu. — Eve chegou mais perto e se inclinou na direção dela. — Quando uma mulher cuida de um galinheiro, sempre mantém um pouco de grana em caixa. Ela toma conta da grana e não sai no meio da noite para fazer depósitos no banco, só vai quando o turno acaba. Ela foi morta antes disso, e eu não achei nada no relatório da polícia sobre dinheiro ter sido roubado do local do crime.

— Então os policiais devem ter se servido à vontade. — Mandy cruzou as pernas. — Que porra isso tem a ver comigo?

— Acho que um tira não ia ser burro o bastante a ponto de levar a grana toda. Acho que não havia mais grana nenhuma quando eles chegaram aqui. Agora, vamos lá... Ou você joga limpo comigo e me conta tudo ou eu levo você e a sua agenda para interrogatório e arranco a verdade à força. Estou pouco ligando se você ficou com a grana ou não, mas quero saber de tudo o que aconteceu aqui naquela noite.

Eve esperou alguns instantes até ter certeza de que Mandy entendera tudo.

— Então, vamos recomeçar — propôs Eve. — Sua colega veio gritando à sua porta e lhe contou o que encontrara aqui. Nós duas sabemos que você não virou as costas para ela e voltou para a cama. Vamos tentar rever essa parte.

Mandy olhou para Eve, analisando-a com cautela. Uma mulher com a sua profissão que pretendia continuar viva até se aposentar sabia ler rostos e atitudes. Uma tira como aquela, decidiu, ia forçar a barra até conseguir todas as respostas.

— Bem, alguém ia acabar ficando com o dinheiro mesmo, então eu peguei. Lida e eu dividimos toda a grana. Quem se importaria?

— Então você veio até aqui para vê-la.

— Sim, só para ter certeza de que estava morta mesmo. Não precisei nem passar da porta para confirmar. Com todo aquele sangue e aquele cheiro...

— Muito bem. Agora, fale-me da noite anterior. Você disse que estava entrando e saindo, que o turno foi muito movimentado, e é claro que conhece bem o tipo de caras que usam os serviços deste lugar. Reparou em alguém que não se enquadrava no perfil dos clientes usuais?

— Escute aqui, eu não vou me meter em alguma rixa de policiais por causa da bruxa velha.

— Então, se não quer se meter em complicações, conte-me quem e o que você viu. Se não contar, estará se transformando em uma testemunha material que pode ter prejudicado a integridade da cena do crime. — Eve fez uma pausa um pouco maior e mais cruel do que a anterior e a deixou digerir a informação. — Posso conseguir um mandado para fazer um exame em você com o detector de mentiras, e ainda a deixo atrás das grades por um bom tempo.

— Droga! — Mandy se levantou da cadeira com um salto, foi até um frigobar e pegou uma cerveja. — Escute aqui, eu estava ocupada, ralando pra caramba. Talvez tenha reparado em uns dois caras que pareciam deslocados em um lugar como este. Estavam saindo do prédio quando eu entrei com um dos clientes daquela noite. Olhei para eles e pensei: *Porra, eu consegui um babaca como esse aqui ao meu lado e uma das meninas se deu bem com dois caras bem vestidos que têm grana e devem ter deixado uma boa gorjeta.*

— Como eles eram?

— Usavam casacões caros. Estavam carregando um troço, uma espécie de sacola. Na hora, achei que eles deviam ter trazido seus brinquedinhos sexuais de casa.

— Eram homens? Você tem certeza de ter visto dois homens?

— Bem, eram duas pessoas. — Seus lábios se apertaram um pouco, antes de ela tomar outro gole de cerveja. — Eu imaginei que fossem dois homens, mas não deu para ver direito, porque o babaca ao meu lado já estava quase babando em cima de mim.

Eve concordou com a cabeça e se encostou na ponta da mesa.

— Muito bem, Mandy, vamos ver se contar a história toda novamente ajuda a melhorar um pouco a sua memória.

Capítulo Nove

Normalmente, Eve encarava eventos sociais badalados como se fossem remédios, ou seja, evitava-os sempre que possível. Porém, não podia mais fazer isso com a freqüência que gostaria, agora que se casara com Roarke. Assim, quando não conseguia escapar, rangia os dentes de raiva, engolia em seco e tentava ignorar o gosto ruim que a idéia lhe provocava.

Naquele dia, no entanto, ela mal podia esperar pela festa para levantar fundos oferecida pelo Drake Center.

Dessa vez, ela encarava o evento como assunto profissional.

Mas ia sentir falta do peso confortável da sua arma. Não havia onde escondê-la no vestido que usava. Pareceu-lhe apropriado vestir um dos modelos de Leonardo, pois ele ia ser um dos estilistas celebrados no desfile daquela noite.

Eve tinha muitas roupas para escolher. Desde que Leonardo entrara na vida de Mavis, e, portanto, também na sua, o seu guarda-roupa se expandira dramaticamente, indo de alguns jeans, calças simples, blusas lisas e um terninho cinza de linhas retas até chegar a um ponto em que havia mais roupas no seu closet do que no camarim de um grande musical.

Pegou um vestido no cabide de forma aleatória, escolhendo-o pela cor, pois gostou do seu tom escuro de cobre. Era um longo sem adereços, como uma coluna, que descia reto da ponta do ombro até os tornozelos, o que a fez pensar em prender o coldre com a arma na panturrilha.

Por fim, resolveu enfiar a arma e o distintivo na bolsinha de festa que ia levar. Só para garantir, disse a si mesma.

Armas pareciam deslocadas em meio ao resplendor do salão de baile, com o cintilar ofuscante de pessoas lindas trajando roupas maravilhosas, adornadas com ouro e pedras brilhantes. O ar fora enriquecido pelas fragrâncias das flores de estufa e pelos perfumes fabricados a partir de essências caras e usados na pele e nos cabelos. Música, com um leve pulsar baixo e elegante, soava com discrição.

Champanhe e os drinques exóticos da moda eram servidos em taças e copos de cristal por garçons usando uniformes pretos muito distintos. A conversa era um murmúrio sofisticado, pontuado por ocasionais risadas abafadas.

Aos olhos de Eve, nada parecia mais previsível, mais encenado ou mais enfadonho. Preparava-se para dizer isso a Roarke quando se ouviu um guincho de contentamento, um borrão de cores, movimento e o som agudo de um copo de cristal se espatifando no chão.

Mavis Freestone acenou com a mão, jubilante, exibindo anéis em todos os dedos, desmanchando-se a seguir em mil desculpas junto ao garçom em quem esbarrara, para então vir correndo pelo salão, abrindo caminho por entre a multidão perfeitamente ereta, equilibrando-se em saltos de prata de dez centímetros de altura e desenhados para exibir suas unhas dos pés pintadas em um tom de azul-néon.

— Dallas! — guinchou ela mais uma vez, e só faltou pular nos braços de Eve. — Isso aqui está mais que demais! Eu achei que vocês não vinham. Espere só até Leonardo colocar os olhos em você. Ele está lá atrás, no camarim, quase tendo um ataque de nervos. Já falei para ele tomar um calmante ou algo assim, senão vai acabar botando a comida toda pra fora em cima de alguém. Oi, Roarke!

Antes de Eve ter chance de falar, Mavis já pulara de novo para poder abraçar Roarke.

— Caraca, vocês dois estão apenas o máximo! Já tomaram algum drinque? Os tornados estão de matar de tão bons. Já tomei três.

— Eles combinam com você — comentou Roarke, sem conseguir evitar o sorriso largo que lançou. Ela era pequena como uma fada, tinha um ar travesso e feliz, além de já estar a meio caminho de ficar completamente bêbada.

— Sim, combinam mesmo. Trouxe uma dose de Sober-Up comigo para cortar o porre na hora em que os modelos de Leonardo entrarem na passarela. Mas enquanto isso... — Ela pegou mais um copo de um garçom que passava com uma bandeja e quase tropeçou ao fazer isso. Eve a segurou a tempo, passando a mão em volta do seu ombro — ... Enquanto isso, vamos dar uma olhada no que tem para comer.

Os três formavam um quadro interessante: Roarke, sexy e elegante em seu smoking impecável; Eve, com o corpo comprido e esbelto envolto em uma coluna cor de cobre; e Mavis, com um vestido prata colado no corpo, dando a impressão de estar molhado enquanto ia ficando transparente a partir da virilha, e exibia a tatuagem temporária de um lagarto sorridente que lhe subia pela coxa direita. Seus cabelos escorriam-lhe pelo ombro e estavam tingidos no mesmo tom escandaloso de azul que se via nas unhas.

— A comida de verdade vai ser servida depois do desfile — comentou Mavis, atirando um canapé na boca.

— Ora, mas por que esperar? — Achando divertido o brilho fulgurante nos olhos de Mavis, Eve encheu um pratinho com canapés e o ficou segurando, enquanto a amiga atacava os petiscos.

— Puxa, isso aqui está de arrasar. — Mavis engoliu. — O que é?

— Não sei, mas é bonito.

Mavis soltou uma gargalhada, mas logo colocou a mão no estômago, dizendo:

— Nossa, é melhor eu me cuidar, senão quem vai colocar toda a comida pra fora sou eu. Acho melhor tomar logo o meu Sober-Up e ir lá atrás para ver se Leonardo precisa de uma mãozinha. Ele fica nervoso demais antes dos desfiles. Fiquei superfeliz por vocês terem vindo. A maior parte dessas pessoas é... vocês sabem... devagar-quase-parando.

— Vá lá atrás e faça um pouco de companhia a Leonardo — incentivou Eve. — Eu vou ter que ficar por aqui, conversando com os devagar-quase-parando.

— Mas vamos sentar juntos durante o jantar, combinado? Enquanto isso, divirta-se com essas pessoas. Puxa, olha só a pinta das roupas que esse pessoal está usando! — Balançando com força seu cabelo azul, ela saiu correndo.

— Vamos lançar o seu álbum de músicas e o vídeo no fim deste mês — Roarke contou a Eve. — O que acontecerá com o mundo depois de Mavis Freestone?

— As pessoas não vão resistir a ela. — Sorrindo, Eve olhou para Roarke. — Agora é hora de você me apresentar os devagar-quase-parando. Pretendo deixar alguns deles bem nervosos esta noite.

Eve não se sentiu mais entediada. Cada novo rosto que encontrava era um suspeito em potencial. Alguns sorriam para ela, outros simplesmente a cumprimentavam com a cabeça e alguns levantavam a sobrancelha ao saber que ela era uma tira da Divisão de Homicídios.

Ela avistou a dra. Mira, Cagney e também, com alguma surpresa, Louise Dimatto. Ia deixá-los para mais tarde, decidiu, e esticou a mão para ser formalmente apresentada à dra. Tia Wo.

— Já ouvi falar da senhora, tenente.

— É mesmo?

— Sim, sempre assisto ao noticiário local. A senhora tem aparecido na mídia com muita freqüência nos últimos meses, tenente, não só por suas próprias façanhas, mas também por sua ligação com Roarke.

A voz da médica, baixa e grave, não era desagradável. Ela parecia severa e digna em um longo preto básico. Não usava jóias, à exceção de um pequeno alfinete de ouro que exibia o antigo símbolo médico das serpentes ao redor de um bastão encimado por duas asas.

— Nunca considerei os meus trabalhos na polícia como façanhas.

A dra. Wo sorriu, em uma espécie de reflexo que fez os lábios se abrirem por um rápido instante, sem, no entanto, alcançar os olhos, e em seguida tornou a fechá-los.

— Não quis ofendê-la. Muitas vezes considero o noticiário como a maior forma de entretenimento. Mais do que livros ou filmes, o noticiário mostra as pessoas da forma mais genuína que existe, recitando suas próprias falas. Além disso, sou fascinada pelo crime.

— Eu também. — Como discurso de abertura, Eve achou aquilo perfeito. — Estou investigando um caso que a senhora vai achar interessante, dra. Wo. Trata-se de uma série de assassinatos. As vítimas são mendigos, viciados e acompanhantes licenciadas de rua.

— É uma vida miserável a dessas pessoas.

— E uma morte miserável também para algumas delas. Cada uma das vítimas teve um órgão removido cirurgicamente. Aliás, devo acrescentar que tais órgãos foram roubados dos doadores involuntários de uma forma tecnicamente soberba.

— Não ouvi nada a respeito disso. — Os olhos da dra. Wo piscaram e se estreitaram.

— Mas vai ouvir — garantiu Eve, de forma descontraída. — Estou fazendo ligações entre os casos neste exato momento, seguindo pistas. A senhora é especialista em transplantes de órgãos, dra. Wo... — Eve esperou por alguns segundos, enquanto a boca da doutora se abriu e tornou a fechar. — Fico me perguntando se a senhora teria alguma teoria para explicar isto, sob um ponto de vista médico.

— Ahn, bem... — Ela levantou os dedos largos e apalpou o alfinete, como se brincasse com ele. Suas unhas eram cortadas rente e estavam sem pintura. — A venda desses órgãos no mercado negro seria uma idéia, mas a ampla disponibilidade de órgãos artificiais diminuiu essa possibilidade de forma drástica.

— Os órgãos não eram saudáveis.

— Eram órgãos doentes? Então é trabalho de um louco — disse ela, balançando a cabeça. — Eu jamais consegui compreender a mente humana. O corpo é uma coisa básica, apenas forma e função, uma máquina que pode ser consertada, ajustada e afinada, por assim dizer. A mente, porém, mesmo quando considerada clínica ou legalmente sã, apresenta tantas vias, tantos desvios, tanto potencial para erro. Mas a senhora tem toda razão: esse caso é fascinante.

Seus olhos haviam desviado dos de Eve, fazendo com que esta última sorrisse para si mesma. *A famosa doutora quer dar o fora daqui*, Eve percebeu, *mas ainda não conseguiu achar um meio de me dispensar sem insultar Roarke... e todo o dinheiro que ele possui.*

— Minha esposa é uma policial muito determinada — comentou Roarke, fazendo a mão deslizar sobre o ombro de Eve. — Ela não desiste até encontrar quem ou o que procura. Imagino que vocês têm muito em comum — continuou ele, com a voz suave. — Tiras e médicos. Os dois compartilham um horário exigente e um objetivo singular.

— Sim, ahn... — Wo fez sinal para alguém, levantando o dedo.

Eve reconheceu Michael Waverly pela sua foto nos dados que coletara. Ele era o mais novo da sua lista de cirurgiões, solteiro, pelo que ela lembrava, e o atual presidente da Associação Médica Americana.

Era muito alto, notou ela, tão alto que até Ledo teria que olhar para cima ao falar com ele. Era muito atraente, mas estava à vontade e parecia bem menos formal que seus colegas. Seus cabelos dourados desciam em cachos quase até os ombros e ele usava uma camisa preta sem gola com botões prateados reluzindo em contraste com o smoking formal.

Seu sorriso era um cintilar de poder e charme.

— Dra. Wo. — Apesar da postura rígida dela, ele a beijou no rosto e em seguida estendeu a mão para Roarke. — É um prazer revê-lo. Nós, do Drake, agradecemos muito a sua generosidade.

— Considerando que o dinheiro será bem utilizado, o prazer é meu. Minha esposa... — disse Roarke, mantendo a mão de forma possessiva sobre o ombro de Eve. Ele percebeu o olhar de interesse puramente masculino que Waverly lançou assim que colocou os olhos nela. E não gostou muito daquilo. — Eve Dallas. Tenente Dallas.

— Tenente? — Waverly ofereceu a mão e outro dos seus sorrisos poderosos. — Oh, sim, creio que já sabia disso. Estou honrado em conhecê-la. Podemos supor que a cidade está segura, já que a senhora está livre para se unir a nós hoje à noite.

— Uma policial nunca supõe nada, doutor.

Ele riu, apertando a mão dela de forma amigável.

— Tia já lhe confessou sua fascinação secreta pelo crime? A única coisa que a vejo lendo, além de publicações médicas, são histórias de assassinatos.

— Pois eu estava justamente contando a ela uma das minhas histórias nessa área. Uma história do gênero não-ficção, por sinal. — Eve esboçou os fatos e observou a variada gama de expressões que passaram pelo rosto de Waverly. Leve interesse, surpresa, perplexidade e, finalmente, entendimento.

— A senhora acredita que o assassino seja um médico... um cirurgião. Isso é muito difícil de aceitar.

— Por quê?

— Uma pessoa se dedica durante anos de treinamento e prática com a finalidade de salvar vidas e de repente as toma sem motivo aparente? Não consigo conceber isso. É desconcertante, mas intrigante. A senhora já tem algum suspeito?

— Alguns. Mas nenhum em especial, ainda. Para começar, vou investigar mais de perto os cirurgiões mais importantes da cidade.

— Então isso me inclui, bem como a minha amiga aqui. — Waverly deu uma risada curta. — Viu que coisa lisonjeira, Tia? Somos suspeitos em uma investigação de assassinato.

— Às vezes o seu senso de humor é inconveniente, Michael. — Com os olhos flamejando de raiva, Wo virou as costas para eles, dizendo: — Com licença.

— Ela leva as coisas muito a sério — murmurou Waverly. — E então, tenente, não vai perguntar onde eu estava na noite do crime?

— Há mais de uma noite para ser investigada — respondeu Eve, com naturalidade. — E se o senhor puder me informar onde estava, ajudaria muito.

Ele piscou, surpreso, e o seu sorriso não brilhou com tanta intensidade dessa vez.

— Bem, tenente, esse não me parece o momento nem o local apropriados para falarmos disso.

— Vou marcar uma entrevista com o senhor o mais rápido possível.

— Vai?! — Sua voz esfriou vários graus e quase atingiu o ponto de congelamento. — Vejo que a senhora vai direto ao ponto, tenente.

Eve percebeu que o insultara, mas não o deixara nervoso. Era um tipo de homem que não costumava ser questionado, concluiu.

— Obrigada pela sua cooperação — agradeceu ela. — Roarke, acho que devíamos ir cumprimentar a dra. Mira.

— Claro. Desculpe, Michael. — Em seguida, Roarke murmurou ao ouvido de Eve, enquanto atravessavam o salão: — Isso foi feito de forma magistral.

— Já vi você dando rasteira nas pessoas com toda a classe e tantas vezes que peguei o jeito.

— Obrigado, querida. Estou orgulhoso.

— Que bom. Agora ache outro desses para me apresentar.

— Hans Vanderhaven serve para o seu estado de ânimo — disse Roarke, procurando na multidão.

Ele a conduziu pelo salão na direção de um homem grande com uma careca luzidia e uma barba branca bem tratada que estava ao lado de uma mulher miúda com seios enormes e uma cascata de cabelos ruivos, alourados nas pontas.

— Essa deve ser a mais nova esposa do doutor — cochichou Roarke no ouvido de Eve.

— Ele gosta de esposas jovens, não é?

— E bem nutridas — concordou Roarke, seguindo em frente antes que Eve pudesse acrescentar algum comentário mordaz à sua observação. — Como vai, Hans?

— Roarke. — Sua voz era forte, tonitruante, e pareceu ecoar pelo salão. Olhos vivos da cor de castanhas aterrissaram em Eve e a avaliaram de cima a baixo. — Esta deve ser a sua esposa. É uma honra conhecê-la. A senhora trabalha no Departamento de Polícia?

— Exato. — Ela não ligou muito para o jeito com que ele a tomou pela mão nem pelo modo com que seus olhinhos ávidos a perscrutaram enquanto ele beijava-lhe os nós dos dedos. E nada disso pareceu incomodar a mais nova sra. Vanderhaven, que se mantinha parada, com cara de tola, com uma taça de champanhe em uma das mãos e um diamante do tamanho da cidade de Pittsburgh na outra.

— Essa é a minha esposa, Fawn. Este é Roarke e...

— Dallas, Eve Dallas.

— Oh... — Fawn soltou uma risadinha, piscando muito rápido os olhos com tom de azul-bebê. — Jamais conversei com uma policial antes.

Se dependesse de Eve, ela ia continuar invicta nesse quesito. Ela simplesmente sorriu para a jovem e deu uma cotovelada leve, mas não muito sutil, em Roarke. Compreendendo a mensagem, ele se virou na direção de Fawn e, como sabia reconhecer os tipos de pessoas e suas prioridades, elogiou o seu vestido.

Eve virou-se para o outro lado, tentando escapar das risadinhas, e dedicou toda a atenção a Vanderhaven.

— Doutor, eu reparei que a dra. Wo está usando um alfinete igual ao que o senhor tem aí.

Ele levantou a mão larga e habilidosa, levando-a até o alfinete de ouro espetado na lapela.

— Trata-se do caduceu — explicou ele. — Nossa pequena medalha de honra. Suponho que os profissionais da sua área também tenham símbolos próprios. Mas não creio que a senhora tenha pedido a Roarke para entreter a minha adorável esposa apenas para podermos conversar a respeito de acessórios.

— Não. O senhor é observador, doutor.

Os olhos dele se mostraram sombrios e a voz possante começou a ficar mais baixa.

— Colin me disse que a senhora estava investigando um homicídio que envolve roubo de órgãos. É verdade que a polícia acredita que há um cirurgião envolvido nisso?

— Sim, é verdade, e trata-se de um cirurgião muito talentoso.

— Então não haveria sutilezas nem amabilidades. É certo que Vanderhaven fazia parte da sua pequena lista de suspeitos naquele momento, mas Eve achou que deveria ser gentil e agradecer. — Espero contar com a sua cooperação. Vou marcar entrevistas com algumas pessoas nos próximos dias.

— Isso é um insulto. — Ele levantou um copo baixo de fundo grosso. Pela cor e cheiro, Eve imaginou que era uísque puro, em vez dos elegantes drinques de festa que circulavam pelo salão. — Sei que isso é necessário, pelo seu ponto de vista, mas não deixa de ser insultante. Nenhum cirurgião, aliás nenhum médico eliminaria uma vida de livre e espontânea vontade e inutilmente, como a senhora descreveu para Colin.

— As coisas só nos parecem inúteis até descobrirmos o motivo — assegurou Eve, no mesmo tom, e viu os lábios de Vanderhaven se apertarem. — O assassinato foi cometido, o órgão foi retirado e, de acordo com vários especialistas, o procedimento cirúrgico foi feito por mãos treinadas e habilidosas. O senhor tem alguma outra teoria?

— Um culto — disse isso depressa, tomou um gole de uísque e respirou fundo. — A senhora vai me perdoar por eu parecer muito sensível a respeito desse assunto, mas é que nós estamos falando da minha comunidade, e, de um modo até certo ponto verdadeiro, da minha família. Acho que se trata de um culto — repetiu ele, em um tom que parecia exigir que seu veredicto fosse aceito. — Certamente um culto que possui um membro ou membros com treinamento na área médica. A época de médicos que caçavam corpos em busca de partes para reutilizá-las já acabou. Atualmente de nada nos servem os órgãos danificados.

— Eu não creio ter mencionado que os órgãos roubados estavam danificados — disse Eve, com os olhos grudados nele.

Por um momento ele simplesmente olhou para ela e em seguida piscou.

— A senhora disse que a vítima era um indigente. O órgão só podia estar em mau estado. Desculpe-me agora, tenente. Minha esposa e eu precisamos cumprimentar alguns amigos.

Ele pegou Fawn, que continuava sorrindo de forma tola, e a carregou com firmeza pelo cotovelo, afastando-se dali.

— Você me deve uma — avisou Roarke, pegando uma taça de champanhe de uma bandeja que passava e tomando um gole. — Vou ficar com aquela risadinha irritante ecoando no ouvido a noite toda.

— Ela estava usando jóias e roupas muito caras — avaliou Eve, inclinando a cabeça de lado para olhar com mais atenção o brilho cintilante de Fawn ao longo do salão. — Aquilo tudo que ela está exibindo é verdadeiro?

— Bem, eu não trouxe a minha lupa de avaliar jóias — disse ele, com um tom seco —, mas parecem ser verdadeiras sim. E eu imagino que, somando tudo, ela esteja desfilando por aí com mais ou menos um quarto de milhão de dólares, somando os diamantes e as safiras de primeira classe. Nada que um cirurgião também de primeira classe não possa comprar — continuou ele, passando a taça para ela. — Embora, pensando bem, deva doer um pouco no bolso ter um monte de ex-mulheres e vários filhos drenando seus honorários.

— Interessante isso. Ele estava a par de tudo sobre o caso e ficou muito esquentado com o meu ângulo de investigação. — Ela tomou um pouco de champanhe e devolveu a taça para Roarke. — Parece-me que ele e Cagney andaram trocando algumas idéias a respeito do assunto.

— Isso é compreensível. Eles são amigos pessoais, além de colegas.

— Talvez Mira possa me dar alguns dados pessoais sobre esse grupo.

Roarke percebeu uma mudança no ritmo da música que tocava e avisou:

— O desfile está para começar. Vamos ter que procurar Mira mais tarde. Nesse momento ela parece estar tendo uma conversa muito intensa com alguém.

Eve já reparara nisso. Cagney estava atento, com a cabeça inclinada na direção de Mira, e mantinha uma das mãos sobre o seu braço. Era ele, Eve notou, que falava a maior parte do tempo, e tinha o olhar duro e focado, indicando que o que dizia era vital e ao mesmo tempo desagradável.

Mira simplesmente balançou a cabeça para os lados, falando pouco, e então, colocando a mão sobre a dele, deu-lhe um tapinha amigável antes de se afastar.

— Ele a deixou chateada. — Uma sensação quase feroz de proteção à médica deixou Eve surpresa. — Talvez seja melhor eu ir ver o que aconteceu.

Nesse momento, porém, a música ficou mais alta e a multidão se movimentou em busca de um bom lugar para assistir ao desfile. Eve perdeu Mira de vista e se viu cara a cara com Louise.

— Dallas — cumprimentou Louise, de forma serena. Seu cabelo estava bem penteado e brilhante e seu vestido vermelho-fogo era simples, mas tinha um feitio maravilhoso. Os brincos de diamante que usava não pareciam imitações. — Eu não esperava encontrá-la aqui.

— Digo o mesmo, doutora. — *Muito menos*, pensou Eve, *vê-la tão produzida, perfumada e com ar próspero*. — A senhorita está muito longe da clínica onde trabalha, dra. Dimatto.

— E a senhora também está muito longe da Central de Polícia, tenente.

— Minha vida se baseia em contatos sociais — disse Eve, com um tom tão seco que Louise abriu um sorriso.

— Tanto quanto a minha, eu aposto. Olá, eu sou Louise Dimatto — apresentou-se ela, estendendo a mão para Roarke. — Vou trabalhar como consultora em um caso que a sua esposa está investigando. Tenho certeza de que seremos grandes amigas ou nos odiaremos profundamente antes de terminarmos o trabalho.

— Já estão aceitando apostas? — Roarke sorriu.

— Ainda não calculei as probabilidades. — Ela olhou para trás e viu que as primeiras modelos já desfilavam pela passarela. — Elas sempre me fazem pensar em girafas.

— Girafas são muito mais divertidas de olhar — comentou Eve. — A mim, parece que se o Drake Center economizasse toda a grana que enterrou nesta festa badalada e a direcionasse para pesquisas, ele não precisaria de bailes beneficentes.

— Querida, você tem o raciocínio lógico demais para compreender o objetivo de se exibir e pedir dinheiro. Quanto mais caro o evento, mais caro é o convite e mais entusiasmados serão os tapinhas que os envolvidos darão nas costas uns dos outros na hora de contabilizar as doações.

— E temos que considerar também os contatos sociais e profissionais que são feitos — acrescentou Louise, lançando um sorriso rápido para Roarke. — Essas sumidades da ciência médica fazem as suas entradas triunfais, trazem suas esposas e amantes, confraternizam uns com os outros e também com vários pilares da comunidade, tais como Roarke.

— Um tremendo pilar — debochou Eve.

— Acho que Louise compreende que toda pessoa que alcança uma certa posição financeira automaticamente se transforma em pilar.

— E a sua esposa alcança o mesmo status — atalhou Louise.

— Tiras não servem para esse tipo de coisa. — Eve desviou o olhar da passarela, onde circulavam os modelos mais quentes para a primavera, e observou Louise. — Afinal, nós conseguimos determinar o porquê de Roarke e eu estarmos aqui, mas e quanto a você? Como é que uma médica que cumpre pena em uma clínica pública consegue um convite para um evento desse porte patrocinado pelo Drake Center?

— Sendo a sobrinha do chefão. — Louise conseguiu esticar o braço entre algumas pessoas, pegou uma taça de champanhe e a usou para fazer um brinde, olhando para Eve.

— Você é sobrinha de Cagney?

— Isso mesmo.

Amigos, colegas, parentes, pensou Eve. Um grupinho meio incestuoso... e tais grupos costumam formar uma barreira sólida para impedir a entrada de quem está de fora.

— Por que você trabalha em um buraco como aquele, em vez de clinicar na parte elegante da cidade, Louise?

— Porque, tenente, eu faço o que eu quero. Vamos nos ver amanhã de manhã. — Despedindo-se de Roarke com um aceno de cabeça, ela se misturou à multidão.

— Acabei de contratar como consultora a sobrinha de um dos meus suspeitos — disse Eve, virando-se para Roarke.

— E pretende mantê-la no cargo?

— Por enquanto, sim — murmurou Eve. — Depois, vamos ver o que acontece.

Depois que a última modelo de pernas compridas desceu pela rampa prateada da passarela e a música voltou a se transformar em uma melodia suave, a fim de atrair os casais para o piso bem encerado da pista de dança, Eve dedicou-se a tentar identificar que tipo de alimento estava disfarçado sob as formas artísticas e coloridas que enfeitavam o seu prato.

Ao seu lado, excitada demais para comer, Mavis quase pulava na cadeira, elogiando:

— Os modelos de Leonardo foram os mais bonitos, não foram? Nenhum dos outros chegou perto. Roarke, você tem que comprar para Dallas aquele vestido vermelho com decote profundo nas costas.

— Aquela cor não vai ficar bem nela — avisou Leonardo, cobrindo com a mão imensa as duas mãos de Mavis enquanto olhava fixamente para a namorada. Seus olhos com tom dourado brilhavam de amor e alívio. Ele exibia o porte de uma sequóia, mas tinha o coração e muitas vezes a insegurança de um menino de seis anos no primeiro dia de aula.

Além disso, como Mavis descrevera de forma tão elegante, colocara a comida toda pra fora pouco antes do desfile.

— Por outro lado, o vestido verde de seda... — Ele sorriu para Roarke, meio sem graça. — Confesso que tinha Dallas em mente, quando o desenhei. A cor e o modelo são perfeitos para ela.

— Então ela precisa desse vestido. Você não acha, Eve? — perguntou Mavis.

Preocupada e tentando descobrir se havia alguma coisa em seu prato que se assemelhasse a carne ou a um dos seus substitutos nutricionais, Eve simplesmente grunhiu em resposta e perguntou:

— Isso enterrado aqui debaixo é frango ou o quê?

— Trata-se de *Cuisine Artiste* — explicou-lhe Roarke, oferecendo-lhe algo que tinha o tamanho de uma fichinha de crédito. — Nesse tipo de culinária a estética conta mais que o sabor. — Inclinando-se para Eve, ele a beijou e cochichou: — A caminho de casa podemos parar para comer uma pizza.

— Boa idéia. Acho que eu devia dar uma circulada por aí, para ver se acho Mira e consigo mais alguma informação.

— Eu circulo com você. — Roarke se levantou e afastou a cadeira dela.

— Ótimo. Foi um grande desfile, Leonardo. Gostei muito daquela roupa verde.

Ele sorriu para ela e a puxou, baixando a cabeça para conseguir beijá-la. Quando estava saindo, Eve ouviu Mavis dar uma risadinha e dizer a Leonardo que eles precisavam tomar um tornado para celebrar.

Mesas cobertas com toalhas brancas como neve e enfeitadas com candelabros de cristal estavam espalhadas por todo o salão de baile. Seis enormes lustres pendiam do teto muito alto e espalhavam por todo o ambiente uma luz prateada e discreta. A equipe de garçons se movia com agilidade por toda parte, servindo vinho e removendo pratos, em uma elegante coreografia.

Os drinques generosos começavam a fazer com que as línguas ficassem mais soltas, observou Eve. O volume das vozes estava mais alto agora e as risadas pareciam mais fortes.

Pular de uma mesa para outra parecia ser um esporte popular, ali, conforme Eve notou enquanto se perguntava por que a maioria dos convivas admirava a comida, mas mal a provava.

— Quanto custou esse jantar? Cinco ou dez mil dólares o convite? — perguntou a Roarke.

— Na verdade foi um pouco mais caro que isso.

— Que golpe, hein? Lá está Mira, saindo. Deve ser uma parada estratégica, porque o marido não está com ela. Vou até lá. — Inclinou a cabeça para Roarke. — Por que você não vai passear pela multidão, já que eles estão se soltando um pouco?

— Adoraria. Depois eu quero uma dança com você, querida Eve, e pepperoni na minha pizza.

Ela sorriu e não se preocupou com todos os olhos que a observavam enquanto ele a beijava.

— Eu topo os dois. Não demoro.

Eve se dirigiu diretamente para as portas duplas pelas quais Mira entrara, vendo-se de repente em um saguão suntuoso, e procurou pelo toalete feminino.

Candelabros faziam a luz cintilar em uma pequena área para guardar casacos onde uma andróide vestida de preto e branco esperava pelas convidadas, pronta para lhes prestar assistência. Um comprido balcão em tom de rosa exibia mais de uma dezena de espelhos iluminados, além de um bem cuidado e variado conjunto de frascos decorativos com perfumes e cremes. Havia ainda escovas e pentes descartáveis, gel para cabelo, sprays e brilhos.

Se uma das madames perdesse ou tivesse esquecido de levar seu batom ou qualquer outro acessório para realçar a aparência, a andróide ficaria feliz em abrir o armário que ficava em uma das paredes para fornecer à convidada uma enorme variedade das melhores marcas nas cores mais populares.

Mira estava sentada a uma das pontas do balcão, numa cadeira forrada com um tecido pregueado em volta do assento. Ela ligara as lâmpadas de seu espelho e as luzinhas que lhe serviam de moldura brilhavam, mas ainda não começara a retocar a maquiagem.

Parecia pálida, avaliou Eve. Pálida e triste. Sentindo-se subitamente deslocada e intrusa, ela quase voltou da porta, mas Mira percebeu o movimento com o canto dos olhos, se virou e sorriu.

— Eve. Ouvi comentarem que você estava na festa.

— Eu a vi no salão ainda há pouco — Eve entrou, caminhando por trás das cadeiras —, mas quando fui cumprimentá-la o desfile começou e nós fomos engolidos pela multidão.

— Foi interessante. Havia modelos lindos, mas devo admitir que os de Leonardo continuam insuperáveis. Esse vestido que você está usando é uma das criações dele?

— Sim. — Eve olhou para a sua roupa. — Ele desenha coisas bem simples para mim.

— Ele a compreende.

— A senhora está chateada, doutora — disse Eve, sem pensar, vendo os olhos de Mira se arregalarem de espanto. — O que houve?

— Estou bem. Com um pouco de dor de cabeça apenas. Vim até aqui para fugir por alguns instantes do tumulto. — De forma deliberada, ela se virou para o espelho e começou a retocar o batom.

— Eu a vi antes do desfile — lembrou-lhe Eve —, quando a senhora estava falando com Cagney, ou melhor, quando ele estava falando com a senhora. Ele a deixou aborrecida. Por quê?

— Não estamos na sala de interrogatório — respondeu Mira, mas logo em seguida fechou os olhos, arrependida, ao ver Eve se retrair. — Desculpe. Sinto muito, eu fui grosseira. Não estou chateada e sim... preocupada. E achei que estava disfarçando muito bem.

— Sou uma observadora treinada — disse Eve, tentando sorrir. — A senhora jamais se altera com nada — continuou. — Parece sempre tão perfeita.

— É mesmo? — Rindo muito, Mira olhou para o próprio rosto no espelho. Viu defeitos. A vaidade das mulheres sempre as fazia perceber defeitos, refletiu. Era lisonjeiro e desconcertante saber que uma mulher como Eve a achava perfeita. — Pois eu andei até pensando em fazer um tratamento de beleza.

— Não estava falando apenas da sua aparência, mas do seu modo de ser. Foi o seu comportamento que estava diferente hoje. Se é alguma coisa pessoal, devo me manter de fora, mas se tem algo a ver com Cagney e com o caso, quero saber de tudo.

— Trata-se das duas coisas. Colin é um velho amigo. — O olhar de Mira se elevou para se fixar em Eve. — No passado, fomos mais que amigos.

— Oh. — Ridiculamente embaraçada, Eve abriu a bolsa e então percebeu que não colocara nada dentro dela, a não ser o distintivo e a arma. Tornou a fechá-la e pegou um dos potinhos de cortesia, onde encontrou pó compacto.

— Isso foi há muito tempo, antes de eu conhecer o meu marido. Continuamos com a amizade ao longo dos anos, embora tenhamos nos afastado um pouco. A tendência é as pessoas seguirem direções diversas — comentou Mira, com ar melancólico. — Mas nós temos um passado, Eve. Não achei relevante mencionar isso quando você me convidou para ser consultora no caso, e continuo não achando, em termos profissionais. Porém, em nível pessoal, é difícil para mim.

— Escute, se quiser voltar atrás...

— Não, não quero. E foi isso que disse a Colin ainda há pouco. Ficou chateado ao saber que ele e muitos cirurgiões que conhece continuarão sendo suspeitos até o encerramento do caso, e isso é compreensível. Tinha esperanças de que eu pudesse mantê-lo informado a respeito das minhas descobertas ou, então, na falta disso, que eu desistisse de participar do caso.

— Ele lhe pediu para que a senhora lhe passasse dados confidenciais?

— Não com essas palavras — Mira apressou-se em dizer, virando-se para Eve. — Você precisa compreender que se sente responsável pelas pessoas que trabalham para ele e com ele. Colin detém uma posição de autoridade, e isso pesa.

— Um amigo jamais teria lhe pedido para comprometer a sua ética.

— Talvez não, mas ele está sofrendo uma pressão muito grande. Esse assunto vai ferir a nossa amizade e talvez provoque um buraco nela. Sinto muito por isso, vou lamentar. Mas tenho responsabilidades também. — Nesse ponto, ela respirou fundo. — Como investigadora principal, Eve, você tem o direito, depois de saber das informações que eu acabei de lhe passar, de me pedir para indicar outra psiquiatra para trabalhar nesse caso. Se essa for a sua decisão, eu vou compreender.

Eve colocou o pó compacto no balcão e olhou diretamente nos olhos de Mira.

— Vou lhe fornecer mais dados amanhã. Espero que a senhora possa me dar um perfil do assassino no começo da semana que vem.

— Obrigada.

— A senhora não tem o que agradecer. Quero a melhor profissional, e já a tenho. — Eve se levantou depressa e ficou nervosa ao ver as lágrimas que surgiram brilhando nos olhos calmos de Mira.

— Ah, o que a senhora sabe a respeito da sobrinha do dr. Cagney, Louise Dimatto?

— Não muita coisa. — Tentando manter a compostura, Mira recolocou a tampa no batom. — Ela sempre fez o que quis na vida. É muito inteligente, muito dedicada e muito independente.

— Posso confiar nela?

Mira quase disse que sim, por puro reflexo, mas resolveu deixar os sentimentos pessoais de lado e respondeu:

— Acredito que sim, mas, como eu lhe disse, não a conheço muito bem.

— Certo. Quer que eu, ahn... faça algo pela senhora, doutora?

O som que Mira emitiu ficou em algum ponto entre um riso e um suspiro. Eve parecia quase aterrorizada com a possibilidade de Mira dizer que sim.

— Não, Eve, obrigada. Acho que eu vou ficar aqui só mais um pouquinho, aproveitando o silêncio.

— Então é melhor eu voltar para o salão. — Eve começou a se encaminhar em direção à saída, mas parou e tornou a se virar. — Doutora, se as coisas começarem a apontar na direção dele, a senhora vai saber lidar com isso?

— Se as investigações começarem a apontar para ele, isso significa que ele não é o homem que eu pensei que fosse. O homem que um dia eu amei. Sim, vou saber lidar com isso, Eve.

Porém, quando Eve concordou com a cabeça e a deixou sozinha, Mira fechou os olhos e se permitiu chorar um pouco.

Capítulo Dez

Ter instintos, Eve decidiu na manhã seguinte, era uma coisa. Encarar fatos, outra. Uma ligação familiar entre Colin Cagney e sua recém-contratada consultora era algo próximo demais para ser confortável. Assim, com as mãos nos bolsos e as costas para a janela, onde uma pesada nevasca obscurecia a vista, Eve ordenou ao computador que apresentasse dados sobre Louise Dimatto.

Louise Anne Dimatto, identidade número 3452-100-34FW. Nasceu em 1º de março de 2030, em Westchester, Nova York. Estado civil: solteira. Sem filhos. Nome dos pais: Alicia Cagney Dimatto e Mark Robert Dimatto. Não possui irmãos. Residência atual: rua Houston, número 28, apartamento C, cidade de Nova York. Emprego atual: Clínica Canal Street. Cargo: médica. Trabalha nesse emprego há dois anos.

Formada pela Escola de Medicina de Harvard, com todas as honras. Completou a residência no Hospital Roosevelt...

— Dados financeiros — ordenou Eve, e olhou de forma distraída para Roarke, que vinha entrando.

Processando... Salário na Clínica Canal Street: trinta mil por ano...

Eve riu com ar de deboche e afirmou:

— Ela não comprou aquelas pedras que usava nas orelhas com esse salário pobre de trinta mil por ano. Ela ganha menos do que eu, pelo amor de Deus.

Renda de fundo fiduciário, dividendos de ações e juros: aproximadamente duzentos e sessenta e oito mil dólares por ano...

— Ah, agora sim. Então, ganhando essa grana toda, por que ela não mora em algum lugar elegante na parte alta da cidade?

— Um quarto de milhão de dólares já não tem o mesmo poder de compra de antigamente — explicou Roarke, com naturalidade, aproximando-se para olhar no monitor. — Quem você está pesquisando? A jovem médica?

— Sim. Ela vai chegar em poucos minutos. Preciso decidir se a dispenso ou mando entrar. — Eve franziu o cenho. — Então ela é uma filhinha de papai rico com altas ligações no Drake, mas trabalha como uma condenada em uma clínica pública, onde cuida de gente em troca de uma merreca de salário. Por quê?

Inclinando a cabeça para o lado, Roarke se sentou na beira da mesa.

— Pois eu conheço uma policial que agora ganha o que alguns poderiam chamar de uma renda mensal muito substancial, além de ter ligações com o pessoal da alta-roda em todo tipo de negócio em qualquer área dentro e fora do planeta e que, mesmo assim, continua trabalhando nas ruas, muitas vezes arriscando a própria vida. E por uma merreca de salário. — Ele fez uma pausa. — Por quê?

— Essa história de muita grana é seu departamento — murmurou Eve.

— Não, querida, é seu também. E talvez seja o caso dela. Talvez, como você, ela queira ser quem é.

Eve considerou por um momento, tentando deixar o dinheiro de Roarke e a parte que cabia a ela de lado, como sempre preferia.

— Você gostou dela — afirmou Eve.

— Em uma primeira e rápida impressão, sim. Aliás, para falar a verdade, você também.

— Sim, talvez tenha gostado. — Ela fez uma breve pausa. — É, admito que gostei, mas não sei o que ela fará se a lança apontar para o seu tio. — Eve girou os ombros, para soltar a musculatura. — Acho que vamos ter de descobrir. Computador, arquivar, salvar todos os dados e desligar.

— Trouxe as informações que você me pediu ontem. — Roarke pegou um disco no bolso e o entregou a ela. — Não sei se vai ajudar em alguma coisa. Não encontrei nenhuma ligação entre o seu caso e a NewLife. Quanto a Westley Friend, ele não me pareceu ter muita coisa oculta. Um tipo de sujeito dedicado à família e ao trabalho.

— Quanto mais informações eu tiver em mãos, mais vou ter condições de descartar o que não encaixar. Obrigada.

— De nada, tenente, estou sempre às ordens. — Roarke pegou as mãos dela, deslizou as dele até agarrá-la pelos pulsos e a puxou em sua direção. Ficou satisfeito ao sentir que os batimentos dela aceleraram só com o contato. — Devo concluir que você vai ficar o dia todo por conta desse caso?

— Essa é a idéia. Você não vai para a empresa?

— Não. Vou trabalhar um pouco em casa, hoje. É sábado.

— Ah, é mesmo. — Sentiu um leve sentimento de culpa e fez força para não ficar sem graça. — Não tínhamos nada planejado para o fim de semana, tínhamos?

— Não. — Ele sorriu e, aproveitando o momento de distração dela agarrou-a pelos quadris. — Mas poderíamos planejar algo para mais tarde, depois do trabalho.

— Ah, é? — O corpo dela se encostou no dele, seus músculos ficaram mais frouxos e começaram a palpitar. — Que tipo de planos?

— Planos íntimos. — Ele abaixou a cabeça para pegar o lábio inferior dela e brincar com ele de leve, entre os dentes. — Querida Eve, aonde gostaria de ir? Ou será que é melhor eu lhe fazer uma surpresa?

— Suas surpresas geralmente são muito boas. — Os olhos dela queriam se fechar e seus ossos pareciam se liquefazer. — Roarke, você está me deixando com a mente enevoada.

— Ora, obrigado. — Com uma risada leve, ele mudou o ângulo de contato e começou a esfregar os lábios de encontro aos dela. — Por que não me deixa terminar o trabalho? — sugeriu ele, aumentando o calor e o poder do beijo.

Quando Louise chegou à porta, com Summerset logo atrás, parou de repente. Pensou em fazer, e devia mesmo ter feito, algum som com a garganta, como pigarrear. Mas era tão interessante testemunhar o fervilhar crescente de paixão, a descontração do encontro. E ver a tenente Dallas, irascível e de certa forma rude, em um momento íntimo que provava que ela era uma mulher com sentimentos e carências.

Era linda, decidiu, a forma com que eles pareciam emoldurados pela janela, com a neve caindo de modo contínuo por trás de sua silhueta, a mulher com uma blusa muito simples e calças onde um coldre estava preso, e o homem trajado de forma casual, todo de preto. Era realmente lindo, pensou, que eles pudessem estar completamente perdidos um no outro. O que significava, supôs Louise, que o casamento nem sempre matava as paixões.

Assim, foi Summerset quem pigarreou, dizendo:

— Com licença. A dra. Dimatto chegou.

Eve começou a afastar o corpo, mas desistiu ao ver que Roarke a prendeu com mais força ainda junto dele. Sempre que ela tentava se soltar de um abraço em público, aí mesmo é que ele insistia. Lutando para não parecer embaraçada, tentou se mostrar casual. Durante todo esse tempo, sentiu o sangue circulando um pouco mais leve e doce, como se fosse melado aquecido.

— Você é pontual, doutora — Eve conseguiu dizer.
— Sempre, tenente. Bom-dia, Roarke.
— Bom-dia. — Divertido ao olhar para os três, Roarke aliviou um pouco a pressão que fazia para manter Eve junto de si. — Deseja tomar alguma coisa? Café?
— Jamais dispenso café. Vocês têm uma casa excepcional — acrescentou ela, já entrando no escritório de Eve.
— Isso aqui? — A voz de Eve era seca como o vento do deserto.
— Dá para quebrar o galho, enquanto não encontramos um lugar maior.
Louise riu e pousou a pasta. A luz suave que entrava pela janela refletiu no alfinete que ela trazia na lapela. Eve levantou uma sobrancelha.
— A dra. Wo trazia um desses preso ao vestido, ontem à noite. Vanderhaven também.
— Isto? — Com ar distraído, Louise levou a mão ao alfinete. — Tradição. Logo depois da virada do século, a maioria dos hospitais começou a dar um caduceu de presente para os médicos que completavam a residência. Suponho que muitos deles acabam no fundo de uma gaveta, em algum lugar, mas eu gosto de usar o meu.
— Vou deixar vocês trabalharem. — Roarke entregou o café a Louise e em seguida olhou para a mulher. O brilho em seus olhos disse tudo. — Vejo-a mais tarde, tenente, e podemos acertar aqueles planos.
— Claro. — Os lábios dela ainda estavam vibrando pelo contato com os dele. — Faremos isso.
Louise esperou até ele sair por uma porta de ligação com o aposento do lado e a fechar, e disse:
— Espero que não se ofenda se eu disser que ele é o homem mais bonito que já vi.
— Não me ofendo com a verdade. Por falar em verdades, vamos tentar outra. Seu tio é um dos meus suspeitos. Nesse momento ele está em minha curta lista e ainda não pode ser eliminado. Isso vai ser um problema para você?

Um vinco profundo se formou na mesma hora entre as sobrancelhas de Louise. Pura irritação, pelo que Eve percebeu.

— Isso não vai representar um problema porque estou muito confiante de que vou poder ajudá-la a descartá-lo o quanto antes. Meu tio Colin e eu discordamos em muitos pontos, mas ele é, acima de qualquer outra coisa, um homem dedicado a assegurar a qualidade da vida humana.

— Essa é uma frase interessante. — Eve deu a volta na mesa e se sentou na ponta dela. Sabia que as duas iam ter que testar uma à outra antes de poderem trabalhar juntas. — A prioridade dele não seria salvar essas vidas, mantê-las, prolongá-las?

— Existem pessoas que acreditam que sem um nível mínimo de qualidade a vida é apenas dor.

— É nisso que acredita, doutora?

— Para mim, a vida por si só já é o bastante, contanto que o sofrimento possa ser aliviado.

Eve concordou com a cabeça e pegou o próprio café, embora ele já tivesse esfriado.

— A maioria das pessoas não diria que Snooks, por exemplo, estava tendo qualquer qualidade de vida. Estava doente, morrendo, e era um indigente. Dar um fim a tudo isso poderia ser considerado um ato de misericórdia, para alguns.

Louise ficou pálida, mas seus olhos permaneceram firmes ao afirmar:

— Nenhum médico com ética, moral e crença em seus juramentos e deveres acabaria com a vida de um paciente sem consentimento. O primeiro mandamento do médico é não fazer mal algum. Isso, sem sombra de dúvida, é uma promessa à qual o meu tio é fiel.

— Vamos ver. — Eve concordou com a cabeça. — Quero que você dê uma olhada nos dados que eu levantei e depois os traduza para mim em termos que alguém que não se formou em Harvard possa entender.

— Vejo que já fui investigada. — As sobrancelhas de Louise se ergueram.

— Achou que eu não o faria?

— Não. — Mais uma vez o rosto de Louise relaxou, formando um sorriso. — Tinha certeza de que o faria. É bom quando a gente descobre que estava certa.

— Então vamos começar logo. — Eve pediu os dados enquanto apontava para a cadeira ao lado do monitor, e então olhou para trás quando Peabody entrou pela porta, toda afobada. — Você está atrasada.

— Foi o metrô que... — Peabody levantou a mão enquanto lutava para retomar o fôlego. — Os trens estão atrasados. O tempo está horrível. Desculpe. — Tirou o casaco coberto de neve. — Café, por favor, senhora.

Eve simplesmente virou o polegar na direção do AutoChef e em seguida atendeu ao *tele-link*, que tocava.

— Aqui fala a tenente Dallas.

— Você nunca verifica as mensagens da sua caixa postal? — quis saber Nadine. — Estou tentando entrar em contato com você desde ontem à noite.

— Ontem eu não estava em casa, e agora estou. Que foi?

— Estou ligando para marcar oficialmente uma entrevista para tratar dos assassinatos de Samuel Petrinsky e Erin Spindler. Minhas informações são as de que você é a investigadora oficial do caso da morte do primeiro e foi indicada para assumir as investigações do segundo.

Aquele era um jogo que tanto Eve quanto Nadine conheciam bem. Afinal, os registros de ligações feitas pelo *tele-link* eram fáceis de rastrear.

— O departamento ainda não liberou informações públicas em nenhum dos casos, que ainda estão sob investigação.

— E estão também ligados um com o outro, conforme as minhas pesquisas e fontes indicam. Você pode não me dizer mais nada, se quiser, e eu coloco no ar o que já consegui, ou pode, se preferir, optar pelo menor dos males, concordando em me dar uma entrevista antes de eu jogar a história no noticiário. Depende de você, Dallas.

Eve poderia ter resistido mais, como muitas vezes fazia, mas achou que já estava bom.

— Estou trabalhando em casa hoje — avisou Eve.

— Ótimo, posso chegar aí em vinte minutos.

— Não, nada de câmeras dentro de casa. — Nesse ponto, Eve era sempre firme. — Encontro-me com você em uma hora na Central de Polícia.

— Meia hora, Eve. Estou com o prazo apertado para editar essa matéria.

— Uma hora, Nadine. É pegar ou largar. — Dizendo isso, desligou. — Peabody, você pode continuar trabalhando com a dra. Dimatto. Volto o mais rápido que puder.

— O tráfego está horrível, tenente — avisou Peabody, muito agradecida por não estar sendo arrastada novamente para as ruas.

— As equipes de limpeza ainda não começaram a retirar a neve acumulada.

— Mais uma aventura na minha vida, então — murmurou Eve, já saindo.

Ela pensou em escapar de mansinho, mas o monitor do saguão da casa acendeu assim que ela pegou o casaco.

— Vai a algum lugar, tenente?

— Que susto, Roarke. Por que você não me dá logo uma porretada na cabeça? Colocou sensores em mim?

— Sempre que possível. Vista o seu casaco de inverno, se for sair. Esse pulôver fino não é quente o suficiente para o frio que está fazendo.

— Vou só dar um pulinho na Central por umas duas horas.

— Mas use o casaco — repetiu ele —, e as luvas que estão no bolso também. Vou escolher um carro especial para você.

Ela abriu a boca para falar, mas ele já desaparecera.

— Saco, saco, saco! — resmungou ela e quase deu um pulo quando a imagem dele tornou a surgir na tela.

— Eu também amo você — disse ele, com descontração, e Eve ouviu sua risada quando a tela tornou a apagar.

Estreitando os olhos, pegou o pulôver e pensou em colocá-lo só de pirraça. Mas então se lembrou de como o casaco era muito mais quente e macio. Afinal, ela não estava indo para uma cena de crime, então lhe pareceu besteira não ceder, só daquela vez. Vestiu o grosso casaco de caxemira por cima de sua calça velha e saiu em meio à nevasca no exato momento em que um veículo prateado muito brilhante vinha chegando suavemente e parava diante da escada, na entrada da casa.

Aquela, pensou Eve, era uma beleza de máquina. Poderosa e robusta como um tanque. Ela entrou e se sentiu surpresa e comovida ao ver que o aquecimento já estava ligado. Roarke não deixava nenhum detalhe escapar. Para se distrair, colocou o carro em modo manual, ativou a alavanca de câmbio e seguiu pela alameda.

O carro seguia suavemente sobre vários centímetros de neve como se rodasse em uma estrada recém-pavimentada.

O tráfego estava péssimo e confuso. Vários carros mal estacionados haviam sido abandonados pelas ruas. Ela encontrou mais três muito amassados, só nos primeiros quatro quarteirões. Desviou deles com cuidado e ligou para a emergência na mesma hora para informar a respeito dos acidentes.

Até mesmo os vendedores de comida que, com suas carrocinhas, enfrentavam qualquer tipo de tempo para ganhar uns trocados estavam de folga. As esquinas estavam desertas e o céu muito fechado por causa da neve; Eve não conseguiu ouvir nenhum tráfego aéreo.

Era como dirigir dentro de um daqueles antigos globos de vidro onde nada se movia, a não ser a neve dentro deles, quando eram sacudidos.

Limpa, pensou Eve. Aquilo não ia durar muito tempo, mas por ora a cidade estava limpa, imaculada, surreal. Tão quieta que a fez estremecer.

Eve sentiu uma espécie de alívio depois que conseguiu estacionar na garagem e caminhou rumo ao barulho e à confusão da Central de Polícia.

Como chegou mais de meia hora adiantada para a entrevista, trancou a porta de sua sala por dentro, para o caso de Nadine conseguir chegar no horário, e ligou para o comandante, em sua casa.

— Desculpe por interromper o seu dia de folga, comandante.

— Mas é o seu dia de folga também, se eu não estou enganado.

— Olhando por sobre o ombro, ele disse: — Vão colocando as botas que eu já vou. Netos — explicou a Eve com um sorriso curto e raro. — Vamos ter uma guerra de neve.

— Não vou atrapalhar, senhor, queria apenas informá-lo de que concordei em conceder uma entrevista para Nadine Furst. Ela entrou em contato comigo em casa, agora há pouco. Parece que desencavou alguns dados a respeito das mortes de Samuel Petrinsky e Erin Spindler. Achei conveniente fazer uma declaração oficial e responder a algumas perguntas básicas, pois isso é melhor do que deixá-la ir ao ar com especulações.

— Coopere com ela, mas guarde o máximo de informações que conseguir. — O sorriso que suavizara a sua expressão quando ele falara dos netos desaparecera, deixando-a dura e vazia. — Devemos esperar que outros profissionais da mídia queiram declarações, depois que ela for a público com essa história. Qual é a situação atual do caso?

— Estou com uma consultora da área médica neste exato momento. Ela está analisando alguns dados. Tenho ligações potenciais com outros dois homicídios, um em Chicago e outro em Paris. Entrei em contato com os investigadores principais dos dois casos e estou esperando pela transferência dos dados. McNab continua em busca de crimes semelhantes. Minha investigação aponta para uma possível ligação com dois grandes hospitais e pelo menos duas equipes médicas que trabalham neles.

— Dê a Nadine o mínimo possível. Envie um relatório completo e atualizado para minha casa, ainda hoje. Vamos discutir o assunto na segunda-feira de manhã.

— Sim, senhor.

Bem, pensou Eve ao se recostar na cadeira depois de desligar o *tele-link,* um dos lados estava coberto. Agora ela ia fazer um dueto com Nadine para ver que reação provocava.

Levantou-se para destrancar a porta, em seguida voltou a se sentar para esperá-la e, para matar o tempo, começou a redigir o relatório para Whitney. Ao ouvir o barulho de saltos altos ecoando pelo corredor, Eve salvou o documento que escrevia, arquivou-o e desligou o monitor.

— Puxa vida! A coisa não podia estar pior lá fora! — Nadine passou a mão pelo cabelo impecável, já pronto para a câmera. — Só malucos colocam a cara para fora de casa em um tempo desses, e isso nos transforma em duas lunáticas, Dallas.

— Os tiras gargalham diante das nevascas. Nada impede a lei.

— Bem, isso explica por que eu passei por duas radiopatrulhas enguiçadas ao vir para cá. Ouvi a previsão do tempo atualizada com o nosso meteorologista, antes de sair do estúdio. Ele disse que esta é a maior nevasca deste século.

— Com esta já são quantas as maiores nevascas do século?

— É verdade. — Nadine riu e começou a desabotoar o casaco. — Mesmo assim, ele me disse que a tempestade de neve deve continuar até amanhã, com mais de sessenta centímetros de precipitação de neve, até mesmo na cidade. Esse frio todo vai paralisar Nova York.

— Que bom. Vamos ter gente se matando por um rolo de papel higiênico mais tarde.

— Pois pode apostar que eu já fiz o meu estoque. — Ela começou a pendurar o casaco no gancho ao lado do de Eve, mas se deteve e lançou um ronronar. — Oohhh, caxemira. Fabuloso esse casaco. É seu? Nunca vi você com ele.

— Não costumo vesti-lo quando estou de serviço, o que não acontece hoje. Ele ia acabar em dois tempos, se eu o usasse todo dia. Qual é a sua, Nadine? Veio aqui para conversar sobre moda ou assassinato?

— Nossa, com você o assassinato sempre vem em primeiro lugar. — Mas ela se deu o gostinho de passar a mão de leve, bem lentamente, sobre o material, antes de fazer sinal para o operador de câmera. — Grave com um ângulo que mostre a neve caindo lá fora. Ela faz um lindo pano de fundo e ajuda a ressaltar o espírito de dedicação da nossa amiga policial e da valente repórter.

Pegando um estojinho de pó compacto, ela verificou o rosto e o cabelo. Satisfeita, se sentou e cruzou as pernas lisas.

— Seu cabelo está um desastre, Eve, mas acho que você nem se importa.

— Vamos logo com isso. — Ligeiramente irritada, Eve passou os dedos pelos cabelos duas vezes. Droga, eu tratei dele antes do Natal, pensou.

— OK, estamos prontos. Vou gravar as chamadas e a apresentação depois, na emissora. Então vamos direto ao assunto aqui. Desamarre a cara, Eve, senão você vai assustar o público. Isso vai ao ar na edição de meio-dia, logo depois do boletim do tempo. — A meteorologia, sim, refletiu Nadine, era a maior manchete do dia. Respirou fundo, fechou os olhos por alguns segundos e apontou para o operador, ordenando-lhe que começasse a gravar.

Então abriu os olhos e pregou um sorriso solene no rosto.

— Aqui fala Nadine Furst, informando diretamente da sala da tenente Eve Dallas, na Central de Polícia. Tenente Dallas, a senhora é a investigadora principal em um caso recente de homicídio que envolveu o assassinato de um sem-teto de nossa cidade, há alguns dias. Pode confirmar isso?

— Estou investigando a morte de Samuel Petrinsky, conhecido como Snooks. Ele foi assassinado nas primeiras horas do dia 12 de janeiro. O caso foi aberto e está em andamento.

— As circunstâncias dessa morte, porém, foram incomuns.

— Em todos os casos de assassinato as circunstâncias são incomuns — afirmou Eve, olhando fixamente para Nadine.

— Sim, isso é verdade. Nesse caso, porém, o coração da vítima foi arrancado e o órgão não foi encontrado na cena do crime. Confirma isso, tenente?

— Confirmo que a vítima foi achada em seu pequeno barraco e que sua morte ocorreu, aparentemente, durante uma operação cirúrgica feita com muita perícia e na qual um órgão foi removido.

— A polícia suspeita de algum culto?

— Essa linha de investigação não é a principal, mas não será descartada até que os fatos determinem que assim seja feito.

— Sua investigação está centrada no mercado negro?

— Como já disse em relação à outra pergunta, essa linha de investigação também não será descartada, por enquanto.

Para dar mais ênfase, Nadine se inclinou ligeiramente, apoiando o antebraço na coxa, e disse:

— Tenente, a sua investigação, de acordo com as minhas fontes, se ampliou para poder incluir o caso similar de Erin Spindler, que foi encontrada morta em seu apartamento há várias semanas. A senhora não era a investigadora principal desse outro crime. Por que assumiu esse posto agora?

— A possível ligação entre os casos é a razão de os dois crimes terem sido entregues à mesma investigadora. Isso simplifica as investigações e facilita os procedimentos.

— A senhora já estabeleceu um perfil do assassino, ou dos assassinos?

Essa pergunta, percebeu Eve, era o ponto-chave onde ela teria que caminhar na estreita linha que dividia a política do seu departamento e as suas próprias necessidades.

— O perfil está sendo construído. Nesse momento nós acreditamos que a pessoa que praticou o crime tinha habilidades médicas específicas e um excelente treinamento.

— Foi um médico, então?

— Nem todas as pessoas com excelente treinamento na área de medicina são médicos — disse Eve, depressa. — Mas essa também é uma das nossas linhas de investigação. O Departamento de Polícia e esta investigadora farão todos os esforços para achar os assassinos de Samuel Petrinsky e Erin Spindler. Esta é a minha prioridade no momento.

— Já tem pistas?

— Estamos seguindo toda e qualquer pista — respondeu Eve, depois de um segundo de suspense.

Eve ainda falou por mais dez minutos, rodeando o assunto e voltando às informações que queria ver veiculadas. Havia uma ligação, o criminoso tinha habilidades cirúrgicas e ela estava focada em encontrá-lo.

— Ótimo, muito bom. — Nadine jogou os cabelos para trás e mexeu os ombros para exercitá-los. — Acho que vou cortar, editar e dividir a entrevista em dois blocos. Preciso de alguma coisa para competir com essa porcaria de neve. — Em seguida, lançou um sorriso simpático para o operador, pedindo: — Seja bonzinho, volte para a van e envie essa gravação para a emissora, OK? Eu desço logo em seguida.

Ela esperou que ele saísse, e então virou os olhos argutos para Eve.

— Agora, extra-oficialmente...?

— A versão oficial e a extra-oficial são iguais, não tenho muito mais informações além das que já dei.

— Você acha que é um médico. Um cirurgião. Muito habilidoso, por sinal.

— O que eu acho não é o que sei. Até ter certeza, o caso está em aberto.

— Mas não tem nada a ver com cultos ou mercado negro.

— Extra-oficialmente, não, eu não acredito que tenha. Nada de sacrifícios em honra de um deus sanguinário, nada de lucro rápido. Se o dinheiro entra nessa história é como investimento de longo prazo. Faça o seu trabalho, Nadine, e se encontrar alguma coisa interessante, passe para mim. Eu confirmo ou nego a sua descoberta, se puder.

Era justo, pensou Nadine. Eve Dallas era alguém em quem ela podia confiar porque jogava limpo.

— E se eu desencavar alguma coisa nova que você ainda não saiba e passe tudo para você, Dallas, o que eu ganho em troca?

— Uma entrevista exclusiva assim que o caso for encerrado — prometeu Dallas, sorrindo.

— É bom negociar com você, Dallas. — Nadine se levantou e deu mais uma olhada no manto branco de neve que cobria o ar. — Detesto o inverno — resmungou, quando saía.

Eve levou mais uma hora na Central redigindo o relatório e transmitindo-o para Whitney. Assim que o arquivo foi enviado, um outro chegou. Era de Marie DuBois.

Eve preferiu lê-lo com calma, sem distrações, e atrasou um pouco mais a sua ida para casa. Passava um pouco de meio-dia quando ela arquivou as informações, copiou tudo em um disco e o guardou na bolsa.

A neve caía mais depressa e com mais intensidade quando ela saiu com o carro pelas ruas. Por precaução, ligou os sensores eletrônicos do veículo. Não queria bater em um carro qualquer que estivesse enguiçado pelo caminho, e não dava para ver nada à frente.

Foi bom tomar essa precaução, pois os sensores a impediram de atropelar um homem que estava tombado no chão com a cara enfiada na neve, que continuava a cair sobre ele, quase o cobrindo por completo.

— Merda. — Ela parou com a roda do carro a poucos centímetros da sua cabeça. Empurrando a porta com força, saiu para verificar o estado em que ele estava.

Eve já estava pegando o comunicador para chamar uma ambulância quando ele se levantou do chão como que impulsionado por uma mola e desferiu um golpe no rosto dela, atirando-a longe.

A irritação chegou junto com a dor. Fazer uma boa ação dava nisso, pensou ela enquanto se levantava e levava outro soco.

— Você deve estar mesmo muito desesperado, meu chapa, para atacar alguém no meio dessa nevasca. Só que tem tanto azar que escolheu uma policial. — Ela já pegava o distintivo quando viu a mão dele se levantar. Nela estava uma arma muito parecida com a que ela trazia no coldre.

— Olá, tenente Dallas.

Eve sabia exatamente qual a sensação de ser atingida por uma arma como a que ele empunhava. Como aquela era uma experiência que ela não planejava repetir, manteve as mãos onde ele pudesse vê-las.

Não era um homem, percebeu Eve, olhando para ele com mais atenção. Era um andróide. Um robô programado especificamente para detê-la.

— Muito bem, meu chapa. Qual é o lance?

— Fui autorizado a lhe oferecer uma escolha.

A neve, pensou Eve, provavelmente estava embaçando a visão dele tanto quanto a dela. Se surgisse uma chance, ela ia aproveitar para explodir os seus circuitos.

— Qual é a escolha? Fale depressa, antes que um idiota venha pela rua sem ver nada e atropele nós dois.

— Sua investigação sobre as mortes de Samuel Petrinsky e Erin Spindler deve ser arquivada nas próximas vinte e quatro horas.

— Ah, é? — Ela mudou de posição e girou um pouco o quadril em uma atitude arrogante, só para se aproximar um pouco mais dele. — E por que eu faria uma coisa dessas?

— Se você não cumprir essa determinação, será eliminada, e o seu marido, Roarke, será eliminado também. Suas mortes não serão agradáveis nem misericordiosas. Existem pessoas que possuem um conhecimento completo do corpo humano e vão usar isso para tornar as suas mortes muito dolorosas. Tenho autorização para lhe dar todos os detalhes dos procedimentos de tortura programados.

Agindo por instinto, Eve pareceu se desequilibrar para a frente e pediu:

— Não machuque o meu marido. — Ela fez a voz tremer de leve e reparou, com os olhos semicerrados, quando o andróide abaixou um pouco a arma e espalmou a mão livre para impedir que ela se aproximasse mais.

Tudo aconteceu em menos de um segundo.

Eve levantou o antebraço com força e pegou o braço dele, desarmando-o; em seguida, fazendo tração com as botas, deu-lhe um chute violento. Ele recuou um passo, mas não o bastante para ela ter tempo de pegar a arma.

A neve amorteceu a queda quando ele a lançou longe. Os dois lutaram quase em silêncio, pois o som era abafado pela neve. Eve sentiu gosto de sangue e xingou bem alto quando ele a pegou de surpresa, atingindo-lhe a boca com um soco.

Uma cotovelada na garganta dele fez seus olhos revirarem, embora uma joelhada no baixo abdômen não fizesse efeito algum.

— Vejo que sua anatomia não está correta, hein? — disse ela, ofegante, enquanto rolava na neve com ele. — É mais barato construir robôs sem saco, não é? — Cerrando os dentes, ela conseguiu pegar a arma e a apertou com força contra a garganta dele. — Agora me conte, seu filho-da-mãe, quem foi o pão-duro que construiu você. Quem foi que o programou?

— Não estou autorizado a lhe dar essa informação.

— Pois isso serve como autorização — disse ela, apertando a arma com mais força contra o seu pescoço.

— Dados incorretos — reagiu ele, com os olhos agitados. — Estou programado para me autodestruir neste momento. Dez segundos para a detonação... nove...

— Caraca! — Eve saiu correndo, escorregando e patinando na neve enquanto tentava se afastar o mais possível da explosão. Mal ouviu a contagem em voz monótona chegar a dois, e depois a um, e se lançou para baixo, cobrindo a cabeça com as mãos e dobrando o corpo.

A explosão reverberou em seus ouvidos e o deslocamento de ar acima dela veio acompanhado de algo quente que passou raspando por sua cabeça, mas a neve pesada abafou um pouco o barulho.

Recuando o corpo um pouco mais, ela se levantou e foi mancando até o lugar em que o derrubara. Achou apenas neve enegrecida e pedaços do andróide ainda chiando no meio das chamas, entre fragmentos espalhados e retorcidos de metal e plástico.

— Droga, droga! Não sobrou nem um pedaço, não dá nem para catar os restos e levar para a reciclagem. — Esfregando os olhos, ela foi andando com o passo arrastado de volta para o carro.

As costas de sua mão direita ardiam, e quando ela olhou para baixo, notou que grande parte da luva fora chamuscada e arrancada fora, deixando a pele da mão queimada e muito vermelha. Indignada e sentindo-se um pouco tonta, ela arrancou o resto da luva, e também a da outra mão, atirando-as longe, na neve.

Até que tive sorte, decidiu ela, bufando com raiva ao entrar no carro prateado. Seu cabelo podia ter recebido uma fagulha e se incendiado. Isso sim seria uma grande aventura. Ligou para a emergência e notificou o incidente, avisando a respeito dos destroços enquanto dirigia de volta para casa. Ao chegar lá, a dor e as marcas roxas se uniram em um grande coro. Eve grunhia de raiva e dor quando bateu a porta depois de entrar.

— Tenente — começou Summerset, e em seguida deu uma boa olhada nela. — O que a senhora fez? O seu casaco de caxemira está arruinado! A senhora o ganhou há menos de um mês.

— Então Roarke não devia ter insistido tanto para que eu o usasse, não é? Droga. — Ela tirou o casaco, furiosa ao ver as tiras soltas e buracos, partes queimadas e manchas. Revoltada, deixou-o cair no chão do saguão e foi subindo as escadas, mancando.

Não ficou nem um pouco surpresa ao ver Roarke vindo pelo corredor do segundo andar em direção a ela.

— Summerset não perdeu tempo, hein? Já foi contar que eu arruinei o casaco novo, não foi?

— Ele me disse que você estava ferida — disse Roarke, com a voz séria. — Foi muito grave?

— Bem, o outro cara ficou em pedaços tão pequenos que vão precisar de pinças para recolhê-los.

— Sua boca está sangrando, querida — suspirou ele, entregando-lhe um lenço.

— A ferida tornou a abrir quando eu arreganhei os dentes para Summerset. — Ignorando o lenço, ela apertou o ferimento com as costas da mão. — Desculpe pelo casaco.

— Provavelmente ele evitou que algumas partes do seu corpo fossem mais atingidas, então podemos considerar isso um golpe de sorte. — Ele beijou-a de leve na sobrancelha. — Vamos lá. Estamos com uma médica em casa.

— Não estou muito a fim de ver médicos na minha frente não.

— E quando é que esteve? — Roarke foi guiando-a com mão firme na direção do escritório, onde Louise continuava a trabalhar.

— Hoje estou menos a fim do que nunca. Nadine acabou de ir ao ar com a matéria. Não houve tempo de o canalha assistir ao noticiário, descobrir onde eu estava, programar o andróide e mandá-lo atrás de mim. Acho que eu deixei alguém muito nervoso ontem à noite, Roarke.

— Bem, se considerarmos que esse era o seu plano, podemos dizer que o dia foi um sucesso.

— Foi. — Ela fungou. — Só que eu perdi outro par de luvas.

Capítulo Onze

No fim da tarde, enquanto a neve continuava a cair, Eve estava sentada sozinha em sua sala, lendo todos os dados médicos que haviam sido coletados e traduzidos por Louise em termos leigos.

Basicamente os órgãos artificiais, processo inicialmente descoberto por Friend e sua equipe e aprimorado ao longo dos anos, era uma opção barata, eficiente e confiável. O transplante de órgãos humanos não era nada disso. Para realizar um transplante era preciso achar um órgão compatível, removê-lo de um doador saudável, preservá-lo e transportá-lo com cuidado.

A fabricação de órgãos a partir dos próprios tecidos dos pacientes era mais vantajosa e não havia risco de rejeição, mas era ainda mais cara em termos de tempo e dinheiro.

Com o conhecimento médico atual, doadores humanos eram poucos e apareciam em intervalos inconstantes. Na maior parte das vezes, os órgãos saudáveis eram colhidos, depois de doados ou vendidos, de vítimas de acidentes sem chance de recuperação.

A ciência, de acordo com Louise, tinha dois lados, como uma moeda. Quanto mais tempo de vida os médicos eram capazes de fornecer às pessoas, mais raros os doadores humanos se tornavam. Mais de 90% dos transplantes bem-sucedidos eram feitos com órgãos artificiais.

Certas condições e doenças podiam e eram curadas, deixando o paciente com seu órgão original em bom estado. Outras vezes, quando a doença já estava em estágio muito avançado ou, o que era mais comum, o paciente era pobre ou desassistido, o órgão já estava danificado demais e o corpo muito fraco para tais tratamentos. Reposições artificiais eram a única saída nesses casos.

Então, por que roubar o que era inútil?, Eve perguntou a si mesma. *Por que matar por isso?*

— Talvez o assassino ache que tem uma missão, afinal — disse ela, olhando para Roarke assim que o viu entrar. — Deve ser mais um lunático, dessa vez com uma habilidade altamente desenvolvida e uma programação a cumprir. Quem sabe deseje apenas livrar o mundo dos que considera inferiores a ele, e os órgãos que arranca são apenas troféus?

— Não existe ligação alguma entre as vítimas?

— Tanto Snooks quanto Erin Spindler tinham ligações com a Clínica Canal Street, mas isso é tudo. Não há nenhuma outra ligação entre eles, nem algo em comum com as vítimas de Chicago e de Paris. A não ser que olhemos para o que eles eram. — Eve nem precisou consultar os dados sobre Leclerk para refrescar a memória. — O cara parisiense era um viciado em drogas químicas, com sessenta e tantos anos e sem parentes conhecidos. Morava em algum lugar quando podia pagar, dormia na rua quando não podia. Freqüentava uma clínica pública às vezes e usava o sistema para conseguir drogas pelo programa social quando não tinha como pagar por elas. A pessoa precisa se submeter a um exame físico para conseguir essas drogas. Seus registros médicos indicam que ele tinha cirrose em estado avançado.

— E é isso que os liga.

— Fígado, coração, rins. Ele está montando uma coleção. E sua origem é um hospital, tenho certeza. Se é o Drake, a Nordick ou outro centro médico qualquer, eu não sei.

— Talvez não seja apenas um — sugeriu Roarke, e Eve concordou.

— Já pensei nisso. E não gosto das implicações que isso traz. O cara que procuro tem uma alta posição. Sente-se seguro. Está protegido.

Eve se recostou antes de continuar.

— Ele tem um bom nível de educação — acrescentou ela. — É bem-sucedido e organizado. Tem um motivo para agir dessa forma, Roarke. Estava disposto a eliminar uma policial para protegê-lo, e eu não consigo descobrir que motivo é esse.

— Talvez a empolgação que sente?

— Não, não creio. — Ela fechou os olhos e trouxe a imagem de cada vítima à sua cabeça. — Não há alegria nem curtição no ato. Ele foi sempre muito profissional, todas as vezes. Aposto que ele se empolga com isso, mas essa não é a sua motivação principal, é apenas um subproduto fortuito — murmurou.

Roarke se inclinou na direção dela, levantou-lhe o rosto pelo queixo e acariciou as marcas roxas.

— Isso está acabando com você — comentou ele. — Literalmente.

— Louise até que fez um bom trabalho comigo. Ela não é chata como a maioria dos médicos.

— Você precisa de uma mudança de cenário — decidiu ele. — Algo com o que se distrair, algo que a deixe com a mente livre quando voltar a trabalhar, na segunda-feira. Vamos.

— Vamos? Aonde? — Ela apontou para a janela. — Caso não tenha percebido, estamos ilhados aqui.

— Então por que não tiramos vantagem disso? — Ele a puxou, colocando-a em pé. — Vamos construir um boneco de neve.

Ele sempre a surpreendia, mas dessa vez conseguiu deixá-la de boca aberta.

— Você quer fazer um boneco de neve?

— Por que não? Pensei em voarmos para longe daqui, talvez passarmos o fim de semana no México, mas... — Ainda a segurando pela mão, ele olhou pela janela e sorriu. — Quantas vezes vamos ter uma oportunidade como essa?

— Eu não sei fazer bonecos de neve.

— Nem eu. Vamos ver o que conseguimos.

Ela resmungou umas coisas inaudíveis, veio com sugestões alternativas que incluíam sexo desenfreado em uma cama aquecida, mas no fim se viu coberta dos pés à cabeça por uma roupa pesada, própria para temperaturas extremamente baixas, e em seguida saiu pela porta, caindo nos braços da nevasca.

— Nossa, Roarke, isso é maluquice. Não dá para ver nem um metro à frente do nariz.

— Fabuloso, não é? — Sorrindo, ele pegou a mão enluvada dela e a puxou pela escada com neve amontoada nos degraus.

— Vamos ser enterrados vivos.

Ele simplesmente se agachou, pegou um monte de neve e apertou-o entre as mãos, formando uma bola.

— Está bem compacta — comentou. — Não vi muita neve na vida, nem quando era criança. Em Dublin chove mais do que neva. Precisamos de uma boa base para trabalharmos.

Inclinando-se, começou a amontoar neve.

Eve observou a cena por um momento, surpresa de ver a concentração com que o seu marido sofisticado, vestido todo de preto, recolhia e amontoava neve.

— Isso é alguma espécie de trauma do tipo "não brinquei disso na infância"?

Ele olhou para ela e levantou a sobrancelha, respondendo:

— Mas não foi exatamente o que aconteceu conosco?

Eve pegou um punhado de neve e foi colocando-a, com ar distraído, sobre um monte.

— Achei que havíamos superado esse problema — murmurou ela, e então franziu o cenho. — Você está fazendo o boneco alto demais. Ele tem que ser mais largo.

Ele se levantou, esticou o corpo, sorriu e então pegou o rosto dela entre as mãos, beijando-a quando ela gritou de frio.

— Caia dentro do trabalho ou caia fora daqui de perto.

Ela limpou a neve do rosto e fungou.

— Vou construir o meu próprio boneco e ele será tão forte que vai dar porrada no seu.

— Sempre admirei o seu espírito de competição.

— Ah, é? Pois prepare-se para uma surpresa.

Ela se afastou alguns metros e começou a cavar.

Eve não se considerava uma pessoa com talentos artísticos, então usou seus pontos fortes: músculos, determinação e perseverança.

A forma que construiu talvez estivesse ligeiramente torta, mas era grande. E quando olhou para o de Roarke, percebeu com alegria que o seu boneco era quase trinta centímetros mais alto do que o dele.

O frio parecia lhe açoitar as bochechas, os músculos estavam aquecidos com o exercício; aos poucos, sem perceber, ela começou a relaxar. Em vez de irritá-la, o silêncio reinante a acalmou. Era como estar no centro de um sonho sem som e sem cor. Um sonho que ninava a mente e fazia o corpo descansar.

Quando chegou à cabeça, ela já trabalhava em total abandono, acabando de dar forma ao boneco.

— Estou quase acabando aqui, meu chapa, e o meu homem de neve mais parece um zagueiro de futebol americano. Sua tentativa ridícula de modelar um corpo está fadada ao fracasso.

— Isso é o que vamos ver. — Roarke deu um passo para trás, analisou a sua escultura com olhos semicerrados e então sorriu, dizendo: — Pronto, para mim está bom.

Eve olhou por cima do ombro e deu uma risada de deboche.

— É melhor ele malhar um pouco, senão o meu vai mastigá-lo e depois cuspi-lo fora.

— Não, acho que já está em forma assim mesmo. — Ele esperou até que Eve aumentasse um pouco mais o tórax do seu boneco, antes de vir caminhando pela neve, com dificuldade, na direção dele.

— O seu tem dois peitos — disse ela, semicerrando os olhos.

— Sim, peitos fabulosos por sinal.

Espantada, Eve colocou as mãos nos quadris e analisou a obra. A figura era esbelta e cheia de curvas, com enormes seios que terminavam em pontas arrebitadas.

Roarke acariciou um dos peitos de neve com carinho e avisou:

— Ela vai colocar o seu grandalhão de joelhos e com o nariz colado aqui.

— Pervertido — analisou ela, balançando a cabeça. — Esses peitos estão completamente fora de proporção.

— Um homem precisa sonhar, querida. — Ele tomou uma bolada de neve bem no meio das costas e se virou com um sorriso de lobo nos lábios. — Eu estava torcendo para você fazer isso. Agora, já que deu o primeiro tiro... — Mantendo os olhos nela, ele pegou um punhado de neve e começou a preparar uma bola.

Eve desviou para a esquerda, rapidamente fez outra bola e a atirou com a graça e a velocidade de um lançador de beisebol bem treinado. Ele recebeu esse golpe no coração, balançou a cabeça afirmativamente, reconhecendo sua mira e velocidade, e a atacou.

Neve voou para todo lado. Eram projéteis duros, balas de canhão pesadas, uma barragem de fogo. Eve viu um míssil explodir no seu rosto e, sorrindo com ferocidade, devolveu um trio de bolas, auxiliada pelo peso do corpo.

Ele devolvia todos os petardos à medida que os recebia e chegou a fazê-la gritar quando a atingiu com força na lateral da cabeça, mas Eve achou que poderia derrotá-lo, e conseguiria fazê-lo se não tivesse começado a rir.

Ela não conseguiu parar de rir e isso a deixou mais lenta e desajeitada. Enquanto lutava por um pouco de fôlego, seus braços tremeram, fazendo-a errar o alvo. Respirando com dificuldade, levantou a mão, pedindo:

— Trégua! Cessar fogo!

Um bolo de neve explodiu perto do seu pescoço e respingou-lhe no rosto.

— Não consigo ouvir você — disse Roarke, movendo-se, determinado, na direção dela. — Será que escutei um "eu me rendo"?

— Não, droga. — Eve tentava sugar um pouco de ar, recolhia a munição com os braços fracos, e então soltou um grito e começou a gargalhar alto quando ele saltou em cima dela.

Ela desabou, esparramando-se sobre o grosso cobertor de neve com Roarke em cima dela.

— Seu tarado — ela conseguiu dizer, tentando recuperar o fôlego.

— Você perdeu.

— Não perdi não.

— Pois sou eu que estou por cima, tenente. — Sabendo muito bem o quanto ela podia ser traiçoeira, prendeu-lhe as duas mãos com as dele. — Você agora está à minha mercê.

— Ah, é? Pois você não me assusta, valentão. — Ela sorriu para ele. O gorro preto de esquiar que Roarke colocara sobre a cabeça estava todo branco de neve e as pontas do glorioso cabelo que haviam escapado por baixo estavam molhadas e brilhantes. — Eu o acertei mortalmente uma meia dúzia de vezes. Você está morto.

— Pois eu acho que ainda me restou um pouco de vida para fazer você sofrer. — Baixando a cabeça, ele mordeu de leve o maxilar dela. — Vou fazer você implorar.

Ele passou a língua de leve ao longo dos lábios dela, fazendo com que os pensamentos de Eve se embaralhassem.

— Se você está com idéias de fazer alguma coisa aqui fora, eu vou...

— O quê?

— Achar bom — disse Eve, e arqueou o corpo para tomar a boca de Roarke com a sua.

Sentiu um calor e uma espécie de fome, a princípio. Com um murmúrio ávido, tomou um pouco mais. O calor aumentou dentro dela, uma carência selvagem e crescente que ela só sentia com ele e por ele. Aprisionada em um turbilhão branco, ela se deixou levar pela sensação.

— Vamos lá para dentro. — Ele estava perdido nela. Ninguém nunca o recebera tão profundamente quanto ela conseguia. — Precisamos entrar.

— Ponha as mãos em mim. — A voz dela era rouca e a respiração entrecortada. — Quero suas mãos em mim.

Ele sentiu a tentação de rasgar a roupa que a cobria como uma pele, até achar carne por baixo dela. Queria enterrar os dentes nela. Ajeitou-a, puxando-a para cima até os dois ficarem sentados na depressão de neve, agarrados um ao outro e sem fôlego.

Os dois se olharam por um momento, espantados ao ver a velocidade com que o estado de ânimo de ambos mudara de brincalhão para desesperado. Então, ela lançou um sorriso para ele.

— Roarke.

— O que foi, Eve?

— Acho que devíamos entrar, para dar a esse casal de neve um pouco de privacidade.

— Boa idéia.

— Só mais uma coisinha... — Ela se lançou sobre ele, colocou as mãos em volta do seu corpo e baixou a boca para perto da dele. Então, com a velocidade de uma serpente, agarrou o colarinho do pulôver dele e jogou um punhado de neve lá dentro, pela parte de trás do pescoço.

Ele ainda estava sibilando com força quando ela se colocou em pé.

— Isso é golpe sujo — reclamou ele.

— Pode me fazer pagar caro depois que eu deixar você pelado.

Sentindo a neve escorrer pelas costas, Roarke se levantou, dizendo:

— Eu vou adorar.

* * *

Eles começaram na piscina, bem na curva suave onde, com um mero toque nos controles, a água se agitava e aquecia. Ali, no calor latejante, ele colocou as mãos nela do jeito que quis, levando-os de um abismo a outro e depois voltando sem parar, em uma sessão de relaxamento completa.

Eve estava tonta, sentia-se sem forças e seu corpo parecia estar preso por cordéis quando ele a colocou em pé. A água escorria em cascata pelo corpo de ambos e voltava a subir em nuvens de vapor.

— Agora vamos para a cama — foi tudo o que ele disse quando a pegou no colo, carregando-a da piscina até o elevador.

— Depressa. — Ela apertou o rosto de encontro ao pescoço dele e o mordeu de leve.

O coração dela estava disparado. Eve se perguntava como é que ele não explodia para fora das costelas e caía nas mãos dele. Afinal, o seu coração já lhe pertencia mesmo. Bem como toda ela.

Quase em delírio e surpresa com os sentimentos de luxúria que eles conseguiam acender um no outro só com o olhar, ela se aconchegou junto dele e disse:

— Eu amo você, Roarke.

Isso o atingiu em cheio. Essas palavras, vindo dela, eram raras e preciosas. Elas lhe faziam os joelhos fraquejarem e o coração doer. Ele saiu do elevador, subiu a plataforma onde a cama deles ficava, sob uma clarabóia coberta pela neve que caía, e se lançou na cama com ela.

— Repita isso. — A boca de Roarke se colou à dela, devorando e engolindo os seus gemidos. — Repita isso enquanto eu toco em você todinha.

As mãos dele deslizaram errantes pelo corpo dela, descendo e subindo, fazendo a sua carne estremecer. Ela ergueu o corpo na direção dele, querendo que ele alcançasse o lugar onde o calor latejava mais, a prendesse ali e a preenchesse.

Ela estava quente e escorregadia por onde os dedos dele passeavam e gritou quando ele a lançou além. Mas o tremor não parou, a carência não diminuiu. Foi aumentando, camada após camada, enquanto o gosto dele pulsava pelo organismo dela como uma droga.

— Repita novamente. — Ele se arremeteu dentro dela em um golpe violento. — Droga, diga de novo. Agora!

Ela passou as mãos pelos cabelos dele em busca de um lugar onde agarrar, lutando para agüentar por mais um momento, só um momento mais. E olhou para dentro daqueles olhos selvagens e azuis, dizendo:

— Eu amo você. Sempre. Apenas você.

Então ela se apertou em torno dele e lhe entregou o resto de si.

Um fim de semana com Roarke, pensou Eve, era capaz de suavizar até as arestas mais cortantes de um vidro quebrado.

Ele era espantosamente... criativo.

Ela planejara trabalhar no domingo, mas antes de conseguir sair da cama já estava sendo arrancada dali e levada para o salão holográfico. Quando deu por si, estava completamente nua em um ambiente que era a simulação da ilha de Creta. Ficava meio difícil reclamar da água morna e muito azul, dos montes escuros ou do sol cálido, e quando ele ligou o sistema multifunção e fez aparecer um apetitoso e colorido piquenique, ela desistiu e se permitiu curtir tudo.

Nova York estava enterrada sob sessenta centímetros de neve. Patrulheiros de jet ski evitavam atos de vandalismo e saques nas lojas; equipes de limpeza e socorro recolhiam os acidentados na neve. Todas as pessoas, com exceção das que trabalhavam nos setores de emergência e nos serviços essenciais, receberam ordens de ficar em casa.

Diante disso, por que não passar o dia na praia, comendo uvas de cor púrpura e suculentas?

Quando acordou na segunda-feira, Eve estava ágil, com a cabeça fresca e as energias recarregadas. Manteve os ouvidos atentos às primeiras notícias da manhã, que apareciam no monitor do quarto enquanto se vestia. Todas as principais ruas da cidade estavam desimpedidas. Embora ela não acreditasse naquilo nem por um minuto, achou que talvez valesse a pena correr o risco de levar o próprio carro para o trabalho.

Quando o *tele-link* tocou, ela acabou de abotoar a blusa, pegou o café e atendeu:

— Dallas falando.

Emergência, tenente Eve Dallas. Apresente-se à área de indigentes da rua Bowery. Um homicídio acaba de ser notificado. Prioridade Um. Policiais já foram para o local.

— Ligue para a policial Delia Peabody. Avise que vou pegá-la quando for para a cena do crime, e já estou a caminho. Câmbio final. — Desligando o aparelho, ela trocou a xícara de café pelo coldre. — Droga. Ele matou mais um. — Seus olhos estavam frios e sem expressão ao olhar para Roarke. — Ele queria que o crime ocorresse no meu turno. Transformou isso em algo pessoal.

— Tenha cuidado, tenente — ordenou Roarke ao vê-la sair. Em seguida, balançou a cabeça, murmurando consigo mesmo: — Sempre é pessoal.

O humor de Eve não melhorou nem um pouco ao ver que os policiais na cena do crime eram Bowers e Trueheart. Foi dirigindo com dificuldade pela rua, através da neve acumulada e do piso escorregadio, até chegar junto do meio-fio. Nesse momento, respirou fundo e disse:

— Peabody, se por um momento eu der a impressão de que vou atacar Bowers...

— Sim, senhora...?

— Não me impeça — pediu Eve, e saltou do carro. Suas botas afundaram na neve, mas ela manteve os olhos fixos em Bowers enquanto caminhava pesadamente em sua direção. O céu acima dela lhe pareceu tão duro e frio quanto o seu coração.

— Policial Bowers. Seu relatório, por favor.

— Vítima do sexo feminino, identificação e idade não determinadas. — Pelo canto dos olhos, Eve notou que Trueheart abriu a boca e tornou a fechá-la em seguida, sem dizer nada.

— Nós a encontramos em seu abrigo na calçada, como no caso da outra vítima, Snooks. Entretanto, há muito sangue no local dessa vez. Como não sou perita médica, não consegui verificar qual parte de seu corpo foi removida, se é que isso aconteceu.

Eve olhou a área em volta. Reparou que desta vez havia meia dúzia de rostos pálidos, magros e com olhos sem vida. Eles acompanhavam os trabalhos da polícia, enfileirados atrás da linha de sensores que protegiam o local.

— Você já interrogou alguma dessas pessoas? — quis saber Eve.

— Não.

— Pois faça isso — ordenou ela, e então se virou para caminhar em direção ao pequeno barraco que fora marcado com os sensores que emitiam bipes.

Bowers acenou com a cabeça para Trueheart, mandando-o sair de perto, e se colocou diante de Eve, cortando-lhe a passagem.

— Tenente, fiz outra queixa contra a senhora.

— Policial Bowers, este não é o momento nem o local para discutirmos assuntos interdepartamentais.

— A senhora não vai simplesmente escapar como se nada tivesse acontecido depois de ligar para a minha casa fazendo ameaças. Dessa vez a senhora passou dos limites, tenente Dallas.

Atônita e irritada, Eve parou por alguns instantes e olhou para Bowers fixamente. Viu raiva ali, sim, e também ressentimento, mas havia ainda uma sensação desagradável de presunção em seus olhos.

— Bowers, eu não entrei em contato com você, nem em sua casa nem em outro lugar. E eu não faço ameaças.

— Tenho a gravação do meu *tele-link* como prova.

— Ótimo. — Quando Eve tornou a caminhar, Bowers a agarrou pelo braço. A mão de Eve se fechou na mesma hora, mas ela conseguiu se segurar e não deu um soco em Bowers, como pretendia. — Policial, estamos com o gravador ligado e você está interferindo com o meu trabalho de investigação em um caso de homicídio. Saia da minha frente.

— Pois eu quero mesmo que tudo seja gravado. — Bowers olhou para o gravador preso na lapela de Peabody. Um ar de empolgação pareceu agitá-la e seu autocontrole pareceu lhe escorrer por entre os dedos. — Quero que fique registrado que eu segui todos os caminhos oficiais apropriados para denunciar a sua conduta, tenente. Se o seu departamento não tomar uma atitude firme contra o seu comportamento, vou exercer o meu direito de abrir um processo contra a senhora e outro contra o seu departamento.

— Ficou tudo registrado. Agora saia da minha frente, antes que eu também comece a fazer valer os meus direitos.

— Deve estar com a maior vontade de me dar um soco, não está, tenente? — Seus olhos brilhavam e sua respiração começou a ficar ofegante. — É assim que gente como a senhora lida com os problemas.

— Ora, mas é claro que sim, Bowers, pode ter certeza de que eu adoraria cobrir você de porrada. Só que tenho algo ligeiramente mais importante a resolver neste momento. E como você parece ter dificuldades em cumprir ordens, quero que seja dispensada do seu posto imediatamente. Quero que caia fora da cena do crime.

— A responsabilidade é minha. Fui a primeira a chegar ao local.

— Pois acaba de ser dispensada, policial. — Eve se desvencilhou dela, soltando o braço, e girou o corpo arreganhando os dentes quando Bowers tornou a agarrá-la. — E se tornar a colocar essa mão em mim eu vou lhe dar um soco na cara e depois instruirei a minha auxiliar para que a prenda por interferir com uma investigação oficial. Temos um problema de relacionamento uma com a outra, muito bem, concordo com isso. Podemos cuidar do problema mais tarde. Você mesma pode escolher a hora e o lugar para resolvermos as nossas diferenças. Só que não será aqui e não será agora. Caia fora daqui, Bowers!

Bowers hesitou por um momento, lutando para manter a raiva sob controle.

— Peabody, notifique o chefe da policial Bowers que ela foi dispensada da função e recebeu ordens para se retirar do local do crime. Solicite que outro policial seja enviado para este local, a fim de ajudar o policial Trueheart a conter a multidão.

— Se eu for embora, ele vai ter que ir também — informou Bowers.

— Policial Bowers, se não estiver do lado de fora do perímetro de sensores em trinta segundos, você será algemada e acusada criminalmente. — Sem confiar muito em seu próprio controle, Eve se virou, ordenando: — Peabody, acompanhe a policial Bowers de volta até a sua viatura.

— Será um prazer, senhora. Você vai me acompanhar na vertical ou na horizontal, Bowers? — perguntou Peabody, com um tom alegre.

— Vou acabar com ela. — A voz de Bowers tremia de ódio. — E você vai cair junto. — Já pensando na nova queixa que faria, Bowers seguiu na frente de Peabody, pisando firme sobre a neve.

— Você está bem, Dallas? — perguntou Peabody ao voltar.

— Estaria melhor se tivesse dado alguns socos nela. — Eve expirou com força, soltando o ar por entre os dentes. — Ela já ocupou muito do nosso tempo. Vamos fazer o nosso trabalho.

Eve se aproximou do pequeno barraco, se agachou e puxou para o lado o plástico que servia de porta de entrada.

O sangue, jorrando em rios, se esparramara, formara pequenas poças e congelara. Pegando o seu kit de trabalho, Eve pegou a lata de Seal-It, o spray selante.

— A vítima é mulher, negra, com idade entre noventa e cento e dez anos. Uma ferida visível no abdômen parece ter sido a causa da morte. A vítima sangrou até morrer. Não há sinais de luta nem de abuso sexual.

Eve entrou no barraco, ignorando o sangue que manchava a ponta das suas botas.

— Avise o Instituto Médico Legal, Peabody. Preciso de Morris. Meu palpite é de que o fígado dela foi levado. Mas pode crer que ele não se preocupou com a limpeza desta vez. As bordas do ferimento estão bem retas e limpas — acrescentou, depois de colocar os micro-óculos e olhar mais de perto —, mas nesta vítima ele não cauterizou o corte, como fez nas outras, nem o isolou para evitar o sangramento.

Ela ainda estava de sapatos, reparou Eve; eram de material duro, preto e sem cadarços, do tipo conseguido pelos sem-teto nos abrigos da cidade. Havia um minisystem ao lado do colchão e uma garrafa cheia de bebida barata.

— Não houve roubo — murmurou ela, continuando o trabalho. — O horário da morte, levando em conta a temperatura extremamente baixa, foi por volta de duas e meia da manhã. — Esticando o braço, pegou uma licença de mendicância já vencida.

— A vítima chamava-se Jilessa Brown, de noventa e oito anos, sem endereço fixo.

— Tenente, pode tirar o ombro esquerdo da frente um instantinho? Preciso de uma tomada de corpo inteiro da vítima.

Eve se mexeu um pouco para a direita e, ao se afastar mais alguns centímetros, sentiu a bota arrastar alguma coisa metálica no meio da poça de sangue. Agachando-se, apalpou um pequeno objeto com os dedos selados pelo spray. Pegando-o, viu que era um alfinete de ouro.

As serpentes enroscadas do caduceu estavam cobertas de sangue.

— Ora, ora, veja o que temos aqui — murmurou. — Peabody, grave isto. Um alfinete de lapela em ouro, aparentemente quebrado, foi encontrado ao lado do quadril direito da vítima. O alfinete representa um caduceu, o símbolo da profissão médica.

Eve lacrou o objeto na embalagem própria e o guardou na bolsa. Ele foi muito negligente desta vez, não? Negligente demais. Será que estava com raiva? Foi descuidado? Ou será que simplesmente tinha pressa? Ela deu um passo para trás e fechou novamente o lugar com a cortina de plástico. — Vamos ver o que Trueheart sabe.

Eve limpou o sangue e o selante das mãos enquanto Trueheart fazia o relatório.

— A maioria das pessoas por aqui a chamava de Honey. Ela era muito querida, uma espécie de figura materna para todos. Ninguém com quem falei viu coisa alguma na noite passada. O tempo estava horrível aqui, frio de verdade. Finalmente parou de nevar por volta de meia-noite, mas os ventos estavam de arrasar, e por isso temos tanta neve acumulada em toda parte.

— E também por isso não vamos conseguir nenhuma marca ou pegada que valha a pena investigar — disse Eve, olhando para o piso todo marcado em volta. — Bem, vamos descobrir o que pudermos a respeito dela. Trueheart, isso vai depender de você, mas se eu estivesse em seu lugar ia requisitar outra pessoa para treiná-lo ao voltar para a delegacia. Quando a poeira baixar um pouco, vou recomendar a sua transferência para a Central de Polícia, a não ser que você tenha outros planos.

— Não, senhora, fico-lhe muito grato.

— Pois não fique, porque eles vão arrancar o seu couro por lá. — Eve se virou. — Peabody, vamos passar na Clínica Canal Street antes de irmos embora. Quero ver se Jilessa Brown era paciente deles.

Louise estava fora, fazendo trabalho externo na ambulância que circulava pelas ruas, tratando de pessoas atingidas pelo frio, quase congeladas ou expostas a baixas temperaturas. Seu substituto na clínica era tão jovem que parecia estar ainda na fase de brincar de médico no banco de trás de um carro com a rainha do baile de formatura.

Ele contou a Eve que Jilessa Brown era não só uma paciente, mas também uma das favoritas da clínica. Uma presença regular ali, refletiu Eve enquanto dirigia com dificuldade através do tráfego e das ruas engarrafadas, a caminho da Central de Polícia. Uma mulher que aparecia lá pelo menos uma vez por semana, só para sentar um pouco e conversar com as outras pacientes na sala de espera, além de filar alguns pirulitos que os médicos mantinham em um pote de vidro, para distribuir para as crianças.

Ela era, de acordo com o médico, uma mulher sociável, com um fraco por doces e um problema mental que não fora tratado quando ainda era menina. Isso a deixara com a fala arrastada e a capacidade mental de uma criança de oito anos.

Era inofensiva. E vinha recebendo tratamento nos últimos seis meses para câncer no fígado em estágio avançado.

Mesmo assim, havia alguma esperança de remissão dos sintomas, e até mesmo de cura.

Agora não haveria nenhuma das duas coisas.

A luz que indicava mensagem recebida estava piscando quando Eve entrou em sua sala, mas ela a ignorou e ligou para Feeney.

— Apareceu outro caso, Feeney.

— Ouvi dizer. As notícias voam.

— Havia um alfinete de lapela dessa vez, o símbolo da medicina. Levei a peça ao laboratório e fiquei sentada ao lado do Cabeção até ele me garantir que era ouro. Ouro de verdade. Você consegue rastreá-lo para mim? Quem sabe descobrir quem vende esses alfinetes especiais?

— Claro. Você já falou com McNab?

— Ainda não. — O estômago dela apertou. — Por quê?

Feeney soltou um suspiro e passou as mãos sobre um monte de papéis espalhados pela mesa até achar o seu saquinho de amêndoas açucaradas.

— Londres, seis meses atrás. Um viciado foi achado morto em seu apartamento. Já estava apagado há vários dias quando o encontraram. Sem os rins.

— Foi o mesmo que aconteceu com Erin Spindler. A cena do crime de hoje estava uma bagunça, Feeney. Havia sangue por toda parte. Ou ele estava com pressa ou já não se importa mais. Vou ligar para McNab e saber de mais detalhes desse caso.

— Ele está a caminho daí. Mande o alfinete de volta com ele e eu pesquiso para você.

— Obrigada. — O *tele-link* tocou no instante em que ela desligou. — Aqui fala a tenente Dallas.

— Quero vê-la em minha sala, tenente. Agora.

— Sim, comandante. — Bowers foi a primeira coisa que veio à cabeça de Eve. — Já estou a caminho, senhor.

Antes, ela foi dar a notícia a Peabody.

— McNab está vindo para cá com detalhes sobre uma possível vítima em Londres. Trabalhe com ele e pesquisem tudo a respeito. Usem a minha sala.

— Sim, senhora, mas... — Peabody resolveu parar de falar, optou por não se humilhar e deixou para reclamar depois que a sua oficial superior saiu. — Que inferno! — Preparando-se para aturar uma hora ou mais de irritação, Peabody pegou suas coisas e foi para a sala de Eve. Queria chegar lá antes de McNab, para poder tomar posse da mesa.

Whitney não deixou Eve esperando e a mandou entrar de imediato. Estava sentado à mesa com as mãos cruzadas e os olhos sem expressão.

— Tenente, você teve outra altercação com a policial Bowers.

— Tive sim, senhor. Ao gravar a cena do crime, hoje de manhã. — Droga, pensou Eve, ela odiava aquilo. Era como fazer queixinha para o diretor da escola. — Ela se mostrou difícil e insubordinada. Colocou a mão em mim e eu a mandei sair do local do crime.

Ele assentiu e perguntou:

— Você não conseguiu lidar com isso de outra forma?

Refreando-se para não responder com irritação, Eve pegou um disco dentro da bolsa.

— Senhor, esta é uma cópia da gravação da cena do crime. Por favor, assista a tudo e depois me diga se era possível agir de forma diferente.

— Sente-se, Dallas.

— Senhor, se eu vou ser repreendida por fazer o meu trabalho, prefiro ser repreendida de pé.

— Não me parece que eu a repreendi, tenente. — Ele falava com suavidade, mas se levantou da cadeira. — Bowers já havia preenchido outro formulário de queixa antes do pequeno incidente desta manhã. Ela afirma que você ligou para a casa dela no sábado de manhã e fez ameaças de atacá-la fisicamente.

— Comandante, eu não entrei em contato com Bowers em sua casa, nem em outro lugar. — Era difícil, mas Eve manteve os olhos firmes e a voz calma. — Se eu a ameacei, depois de ter sido provocada, o fiz cara a cara e isto está gravado.

— Ela anexou à queixa uma cópia da gravação do seu *tele-link*, e a pessoa que ligou se identificou como você.

— Meus registros de voz estão arquivados em minha ficha, senhor — afirmou Eve, com os olhos frios. — Peço que eles sejam comparados com o registro do *tele-link*.

— Certo. Dallas, sente-se. Por favor.

Ele a viu lutar consigo mesma e finalmente se sentar, muito ereta.

— Tenho certeza de que os dois registros de voz não são os mesmos. Da mesma forma que não tenho dúvidas de que a policial Bowers vai continuar a tornar a sua vida difícil. Quero lhe assegurar que este departamento vai lidar com o problema, e também com ela.

— Tenho permissão para falar com franqueza?

— Claro.

— Ela não devia estar patrulhando as ruas. Não devia nem mesmo usar uma farda. É perigosa, comandante. Isso não é uma alfinetada pessoal, e sim uma opinião profissional.

— Com a qual devo dizer que concordo. Só que nem sempre as coisas são simples como deveriam ser. O que nos leva a outra questão. O prefeito entrou em contato comigo durante o fim de semana. Parece que ele foi procurado pelo senador Brian Waylan, que lhe fez um pedido para que os casos nos quais você está trabalhando como investigadora primária sejam transferidos para outro detetive.

— Mas quem é esse cara, Waylan? — Eve já estava novamente em pé. — O que um político superalimentado tem a ver com o meu caso?

— Waylan é um dos políticos que oferecem apoio irrestrito à Associação Médica Americana. Seu filho é médico da equipe da Clínica Nordick, em Chicago. Na opinião dele, a sua investigação e a agitação que ela está provocando na mídia são prejudiciais à comunidade médica. Ele teme que isso possa resultar em algum tipo de pânico. A AMA está muito preocupada e se mostrou disposta a dar início a uma investigação particular a respeito desse assunto.

— Estou certa que sim, já que ficou claro que é um dos seus associados que está matando pessoas por aí. Esse caso é meu, comandante, e pretendo levá-lo até o fim.

— É provável que você vá conseguir pouca cooperação da comunidade médica, a partir de agora — continuou Whitney. — Também é bem provável que comecem a surgir pressões políticas contra o departamento, com o intuito de modificar a natureza da investigação.

Nesse ponto, Whitney foi indulgente consigo mesmo e se permitiu lançar um leve olhar de desdém, mas logo em seguida seu rosto voltou ao tom neutro de antes.

— Quero que você resolva esse caso, Dallas, e bem depressa. Não quero que se distraia por causa de uma pessoa... irritante — decidiu ele depois de um segundo. — Portanto, estou lhe pedindo que deixe o departamento cuidar do caso de Bowers.

— Sei quais devem ser as minhas prioridades — argumentou Eve.

— Ótimo, então. Até segunda ordem, este caso e todos os dados relacionados com ele estão bloqueados à mídia. Não quero que nada vaze para os meios de comunicação. Todo e qualquer dado relacionado com os crimes devem ser trazidos diretamente ao meu conhecimento, e cópias completas de tudo devem ser encaminhadas aos meus cuidados.

— O senhor acredita que pode haver alguém repassando informações para fora do departamento?

— Acredito que alguém em Washington está interessado demais nas nossas atividades. Organize uma equipe e mantenha o assunto sob Código 5 a partir deste momento — ordenou ele, bloqueando qualquer comunicação não só para a mídia, mas também para os outros departamentos da polícia. — Vamos encerrar logo esse caso.

Capítulo Doze

— Eu posso rodar um programa de probabilidades lá na Divisão de Detecção Eletrônica na metade do tempo que você vai levar para pesquisar isso.
— Você não está na Divisão de Detecção Eletrônica, McNab.
— Isso eu já percebi. Se você quer fazer uma pesquisa completa e decente sobre a vítima de Londres, sou eu quem devia estar à frente de tudo. Afinal, o detetive eletrônico aqui sou eu.
— Mas eu sou a auxiliar da investigadora principal do caso. E pare de fungar no meu cangote.
— É que você está com um cheirinho muito bom, Peabody.
— E você não vai ter nariz para cheirar mais nada daqui a cinco segundos.

Eve parou na porta de sua sala e bateu com os punhos nos lados da cabeça. Aquela ali era a sua equipe, brigando por besteiras como duas crianças de cinco anos quando ficam longe da mãe.

Que Deus a ajudasse.

Os dois estavam olhando fixamente um para o outro quando Eve entrou na sala, mas ambos recuaram e voltaram toda a atenção para ela assim que a viram, fazendo cara de inocentes.

— Acabou o recreio, crianças. Vão para a sala de conferências. Eu já chamei Feeney no caminho para cá. Quero todos os dados de todos os casos alinhados e comparados até o fim do turno. Precisamos pegar esse canalha antes que ele aumente a sua coleção.

Depois que ela se virou e saiu, McNab abriu um sorriso e comentou:

— Puxa, eu adoro trabalhar com ela. Será que ela vai fazer reuniões no seu escritório de casa? Roarke tem os melhores brinquedos da cidade.

— Nós trabalhamos onde a tenente nos manda trabalhar. — Peabody fungou e começou a recolher os discos e arquivos. Em seguida se levantou, esbarrou nele e sentiu os nervos à flor da pele. Olhou fixamente para os olhos alegres e muito verdes do colega e, com ar entediado, avisou: — Você está no meu caminho, McNab.

— Eu sei. Tento ficar sempre que possível. Como vai o Charlie?

Peabody contou até dez antes de responder.

— *Charles* está ótimo e isso não é da sua conta. Agora movimente esse traseiro magro. — Ela sentiu um prazer especial em lhe dar uma cotovelada enquanto saía.

McNab simplesmente suspirou, massageando a barriga dolorida.

— Por falar em traseiro, você realmente movimenta o seu, Peabody — murmurou ele. — Só Deus sabe o quanto.

Eve andava de um lado para outro na sala de conferências. Precisava tirar Bowers da cabeça, bem como todo aquele problema paralelo. Estava quase conseguindo, garantiu a si mesma. Era só xingá-la um pouco mais com o pensamento e dar mais algumas voltas pela sala, de um lado para outro, e ela conseguiria colocar Bowers em um buraco escuro no fundo da mente. De preferência tendo alguns ratos como companhia, decidiu, e apenas um pedaço de pão mofado para comer.

Sim, aquela era uma boa imagem. Eve respirou fundo mais umas duas vezes, para clarear as idéias, e se virou na direção de Peabody assim que ela entrou.

— Pregue as fotos dos corpos das vítimas no quadro. Procure um mapa de cada cidade e coloque em destaque o lugar da cena de cada crime. Os nomes das vítimas devem estar ao lado da cidade de referência.

— Sim, senhora.

— McNab, repasse para mim tudo o que descobriu.

— Certo. Bem...

— E mantenha os palpites e comentários em nível mínimo — acrescentou Eve, fazendo Peabody prender o riso.

— Senhora — começou ele, com ar ofendido —, investiguei os quatro centros de saúde e pesquisa nas cidades indicadas. Os dados estão no sistema, com cópias em disco e também impressas. — Como os dados impressos estavam mais à mão, ele os empurrou sobre a mesa. — Fiz uma pesquisa cruzada com a curta lista de médicos de Nova York. A senhora poderá verificar que todos eles estão associados a pelo menos um dos outros centros. Apurei que existem apenas trezentos cirurgiões em todo o mundo, aproximadamente, que são especializados em retirada de órgãos e possuem a habilidade exigida pelo procedimento que tirou a vida de todas as vítimas.

Ele parou, muito orgulhoso de seu relatório rápido e direto.

— Continuo procurando por crimes semelhantes — continuou ele. — A razão para o atraso nesse ponto é eles terem sido mal arquivados ou tratados como crimes ligados a outras áreas investigativas.

Sem agüentar mais o excesso de formalismo, sentou na beira da mesa e cruzou as pernas na altura dos tornozelos; seus pés exibiam sofisticadas botas verdes com amortecedores de ar. Em seguida, completou a apresentação, dizendo:

— Sabe o que eu acho...? Parece que alguns dos caras do Departamento de Homicídios simplesmente deixaram os casos no fundo da gaveta porque acharam que ninguém ia ligar para isso mesmo, ou então que era mais um desses crimes bizarros de rua. Eles deviam ter sido cadastrados no Centro Internacional de Pesquisas Criminalísticas, para alguém poder encontrá-los logo de cara. Como isso não foi feito, temos que cavar, o que, aliás, estou fazendo. Só que encontro basicamente crimes ritualísticos ligados a algum culto ou então violência doméstica. Há relatos de um monte de castrações domésticas efetuadas por esposas ou amantes iradas. Galera, vocês não imaginam a quantidade de mulheres que capam um cara por ele não ter mantido o pau dentro das calças. Temos seis novos eunucos na Carolina do Norte, e isso só nos últimos três meses. Parece até uma epidemia, ou algo assim.

— Essa foi uma fascinante apresentação de detalhes triviais, McNab — disse Eve, com um tom seco. — Por ora, porém, vamos nos deter apenas na retirada de órgãos internos. — Apontou para o computador. — Faça com que a lista fique mais curta. Quero apenas um hospital por cidade, e ele deve se enquadrar no que procuramos.

— Seu pedido é uma ordem.

— Feeney. — Os ombros de Eve começaram a relaxar aos poucos quando ele entrou na sala em passo lento, carregando o saquinho de amêndoas. — O que conseguiu sobre o alfinete?

— Nada de concreto. Temos três lugares na cidade que fabricam esse modelo em ouro de dezoito quilates. Uma é a joalheria do Drake Center, outra é a Tiffany's, na Quinta Avenida, e a terceira é a DeBower's, no centro da cidade.

Ele balançou o saquinho na mão com ar distraído, olhando para Peabody, que pregava as fotos no quadro.

— Um alfinetinho desses em ouro de dezoito quilates custa cinco mil paus. A maioria dos hospitais de alta classe tem uma conta na Tiffany's só para comprar alfinetes de lapela. Eles compram em grandes quantidades para oferecer aos internos que se formam. Eles podem ser de ouro ou de prata, dependendo da colocação do aluno. No ano passado, a Tiffany's entregou setenta e um caduceus de ouro e noventa e seis de prata; 92% desse total foi vendido para hospitais que têm conta na loja.

— Louise disse que a maioria dos médicos tem um alfinete desses — comentou Eve. — Só que nem todos usam. Eu vi Tia Wo usando o dela, e também Hans Vanderhaven. E Louise — acrescentou, franzindo o cenho. — Vamos ver se conseguimos achar alguém que tenha perdido o seu recentemente. Vigie as três lojas. Quem o perdeu pode querer substituí-lo.

Eve enfiou as mãos nos bolsos e se virou para o quadro.

— Antes de começarmos, é bom que todos sejam informados de que o comandante ordenou um bloqueio de mídia para todos nós. Nada de entrevistas nem de comentários. Estamos sob Código 5, de modo que todos os dados relacionados com este caso têm que passar pelo crivo do comandante, e todos os arquivos devem ser codificados.

— Há um vazamento de informações no departamento? — quis saber Feeney.

— Talvez. E há pressão também, pressão política vinda de Washington. Feeney, o quanto você pode descobrir a respeito do senador Waylan, do estado de Illinois, sem que ele e a sua equipe percebam que a sua vida está sendo vasculhada?

Um sorriso iluminou o rosto enrugado de Feeney e ele garantiu:

— Acho que dá para descobrir tudo, até o tamanho da cueca.

— Pois eu aposto que ele tem bunda gorda e pinto pequeno — murmurou Eve, provocando uma gargalhada abafada em McNab. — Pois bem, vou lhes dizer o que eu acho. Ele está fazendo uma coleção — começou Eve, indo até o quadro e apontando para as fotos. — Faz isso por diversão, por lucro ou só por poder fazer. Não sei o motivo. Só sei que ele está sistematicamente juntando órgãos defeituosos. Ele os remove da cena do crime. Em pelo menos um dos casos nós sabemos que foi usada uma sacola especial para transplantes, e a partir daí podemos supor que o padrão se mantém em todos os casos. Se ele tem tanto cuidado em preservar o órgão é porque deve ter um lugar onde possa conservá-lo.

— Um laboratório — sugeriu Feeney.

— Faria sentido. Um laboratório particular. Talvez até mesmo em sua casa. E como ele encontra as vítimas? Ele as escolhe com antecedência. Estas três imagens — acrescentou Eve, batendo com o dedo nas fotos — foram obtidas em Nova York, e todas as vítimas tinham ligação com a Clínica Canal Street. Ele tem acesso aos dados de lá. É alguém ligado à clínica ou tem alguém lá dentro que passa a ele as informações de que precisa.

— Poderia ser um policial — murmurou Peabody, e se mexeu, meio sem graça, quando todos os olhos se voltaram para ela. — Senhora... — ela pigarreou. — Os policiais de ronda e os que recolhem indigentes conhecem todas essas pessoas. Se estamos preocupados com algum tipo de vazamento de informações no departamento, talvez devêssemos considerar a possibilidade de esse vazamento incluir a entrega desses dados para o assassino através de um policial.

— Você tem razão — disse Eve depois de um instante. — A resposta pode estar bem na nossa porta.

— A policial Bowers trabalha na área em que duas das vítimas foram encontradas — comentou McNab, se remexendo na cadeira.

— Já sabemos que ela é meio maluca. Posso fazer uma busca completa e descobrir tudo a seu respeito.

— Merda. — Sentindo um certo desconforto, Eve foi até a janela e franziu o cenho para se proteger da luminosidade do sol que refletia na neve. Se ela ordenasse a busca, isso teria que ser feito através dos canais competentes e devidamente registrado. Poderia parecer, para alguns, que seria um ato de vingança ou algo feito apenas para incomodar.

— Podemos fazer a solicitação através da Divisão de Detecção Eletrônica — sugeriu Feeney, compreendendo a situação de Eve. — A requisição sairá em meu nome, e você ficará fora da história.

— Eu sou a investigadora principal do caso — murmurou Eve. E pensou no seu compromisso com o trabalho e com os mortos. — A ordem sairá daqui mesmo, com o meu nome. Envie-a agora mesmo, McNab, e vamos deixar de melindres.

— Sim, senhora. — Ele se virou para o monitor.

— Não estamos conseguindo cooperação alguma do investigador de Chicago — continuou Eve. — Precisamos aumentar a pressão lá. Estamos esperando os dados de Londres também. — Voltando para perto do quadro, analisou os rostos. — Temos muito com o que nos manter ocupados nesse meio-tempo. Peabody, o que você sabe de política?

— Sei que é um mal necessário que raras vezes funciona sem corrupção, abuso e desperdício. — Riu de leve. — Nós, os partidários da Família Livre, quase nunca aprovamos os políticos, Dallas, mas somos ótimos em protestos não-violentos.

— Esqueça o seu discurso libertário e dê uma olhada na Associação Médica Americana. Veja quanto de corrupção, abuso e desperdício você consegue descobrir. Vou esquentar o traseiro daquele idiota da polícia de Chicago e verificar com Morris se a autópsia de Jilessa Brown já acabou.

De volta à sua sala, ela tentou falar com Chicago, mas quando foi direcionada novamente para a caixa postal de Kimiki rangeu os dentes de raiva e resolveu ir direto ao superior dele.

— Droga! — reclamou, baixinho, enquanto esperava ser transferida para o comandante de Kimiki.

— Tenente Sawyer falando — atendeu ele.

— Aqui é a tenente Eve Dallas, da polícia de Nova York — apresentou-se ela, avaliando o sujeito que apareceu na tela. Ele tinha um rosto fino, comprido e cansado, era mulato, com olhos cinza-escuro e a boca fina como um estilete. — Estou investigando uma série de homicídios aqui que parecem ter ligação com um caso de vocês.

Ela continuou a observar o rosto dele enquanto dava mais informações e percebeu o vinco que surgiu entre suas sobrancelhas.

— Espere um instante, Nova York.

Ele apagou a tela e deixou Eve tamborilando sobre a mesa por mais de três minutos. Ao voltar, seu rosto estava cuidadosamente sereno.

— Não recebi solicitação alguma relacionada com transferência de dados para vocês. O crime ao qual se refere, tenente, foi arquivado entre os casos inativos ou não resolvidos.

— Escute, Sawyer, eu conversei com o investigador principal desse caso há menos de uma semana e fiz a requisição pessoalmente. Estamos com três mortos aqui e nossas investigações mostram que há ligação entre esses casos e o de vocês. Se quiser abrir mão da investigação, tudo bem, mas repasse-a para cá. Tudo o que eu peço é um pouco de cooperação profissional por parte de vocês. Preciso desses dados.

— O detetive Kimiki está de licença, tenente. Saiba que também temos nossa pilha de arquivos mortos. Provavelmente a sua requisição se perdeu em alguma fresta do sistema.

— E você vai pescá-la de volta?

— Sim, vou lhe enviar os arquivos do caso em uma hora, no máximo. Desculpe pelo atraso. Informe a sua identidade que eu lhe transfiro as informações. Vou cuidar pessoalmente do assunto.

— Obrigada.

Um problema a menos, pensou Eve, depois de desligar. Em seguida, conseguiu achar Morris em sua sala.

— Estou juntando as pontas aqui, Dallas. Sou um só.

— Informe os dados principais.

— Ela está morta.

— Você é mesmo um gozador, Morris.

— Faço qualquer coisa para alegrar o seu dia. A ferida do abdômen foi a causa da morte, Dallas. O corte foi feito com um bisturi a laser, por alguém com considerável habilidade. A vítima recebeu anestesia. Neste caso, porém, não foi feita cauterização no corte e ela sangrou até morrer. Seu fígado foi removido. Encontrei vestígios de câncer no organismo, e isso certamente afetou esse órgão em particular. A vítima recebeu alguma espécie de tratamento contra a doença. Havia algumas cicatrizes típicas desse estágio avançado, mas o tecido também apresentava alguns pontos rosados. O tratamento estava retardando o progresso da doença e a luta estava indo bem. Ela poderia reverter o quadro e até ficar curada, se recebesse cuidados específicos e constantes.

— E a incisão... ela combina com as outras?

— É limpa e perfeita. O cirurgião não parecia estar com pressa ao fazê-la. Em minha opinião, foram as mesmas mãos dos outros casos. O resto, porém, não bate. Não senti orgulho dessa vez, e a paciente não ia morrer agora. Pelo contrário, tinha uma perspectiva de vida de uns dez anos, talvez mais.

— Certo. Obrigada.

Eve se recostou e fechou os olhos para ajudar a acomodar os novos dados na mente. Quando tornou a abri-los, viu Webster encostado no portal.

— Desculpe incomodar a sua soneca.

— O que quer aqui, Webster? Se continuar a me perturbar, vou ligar para o meu advogado.

— Não seria má idéia. Apareceu outra queixa contra você.

— É falsa. Já comparou os registros de voz? — A raiva que ela conseguira trancar no peito parecia se debater para se ver livre. — Droga, Webster, você me conhece. Eu não passo trotes nem faço ameaças.

Eve se levantou da cadeira. Até aquele instante nem mesmo ela percebera quanta raiva estava represando. Sentiu um calor subir-lhe por dentro a atingir-lhe a garganta, até que, na falta de algo melhor, agarrou uma caneca de café vazia e a atirou de encontro à parede.

— Sente-se melhor agora? — perguntou Webster, ainda em pé, com os lábios apertados e acenando com a cabeça para os cacos no chão.

— Um pouco melhor, sim — respondeu ela.

— Vamos comparar os dois registros de voz, Dallas, e não espero que eles combinem. *Conheço* você. Sei que é uma mulher direta, que fala as coisas pela frente, na cara das pessoas. Ameaças vazias por telefone não fazem o seu estilo. Mas você tem um problema pessoal com ela e não adianta tentar minimizar isso. Agora ela está esperneando pela forma com que foi tratada na cena do crime esta manhã.

— Está tudo gravado. Assista ao show e depois venha falar comigo.

— Vou fazer isso — disse ele, com ar cansado. — Vou seguir os canais apropriados nesse caso, passo a passo, porque assim vai ser melhor para você. Notei que você acabou de solicitar uma busca e investigação sobre ela. Isso não vai ficar bem na foto.

— O pedido tem relação com um caso. Não é pessoal. Ordenei a mesma investigação sobre Trueheart também.

— Por quê?

— Não posso dizer. — Os olhos dela ficaram frios e sem expressão. — A Divisão de Assuntos Internos não tem nada a ver com meus arquivos mortos. Além disso, recebi ordens de manter sob sigilo todos os dados relacionados com os casos em aberto. Estou em Código 5, por ordens de Whitney.

— Isso vai tornar as coisas mais difíceis para você.

— Estou apenas desempenhando o meu trabalho, Webster.

— E eu estou fazendo o meu, Dallas. A situação está foda — murmurou ele, enfiando as mãos nos bolsos. — Bowers foi procurar os meios de comunicação.

— Para falar de mim? Ora, pelo amor de Deus...

— Ela usou uma linguagem meio bombástica. Está alegando acobertamento por parte do comando e um monte de outras merdas. Seu nome faz o ibope disparar e essa história vai estar em todos os telejornais na hora do jantar.

— Mas não há história.

— Você é a história — corrigiu Webster. — Uma superpolicial da Divisão de Homicídios, a tira que derrubou um dos políticos mais importantes do país há um ano*. A tira que se casou com o filho-da-mãe mais rico dentro e fora do planeta, que, por sua vez,

---

* Ver *Nudez Mortal*. (N.T.)

possui um passado muito nebuloso. Você aumenta a audiência, Dallas, e, de um jeito ou de outro, a mídia vai acompanhar essa história.

— Isso não é problema meu. — Sua garganta, porém, parecia estar fechada e o seu estômago ardia.

— É um problema do departamento, eu sei. Só que perguntas vão ser feitas e precisarão ser respondidas. Você vai ter que descobrir um meio de dar algum tipo de declaração, a fim de desarmar essa bomba.

— Droga, Webster, eu estou proibida de falar com a mídia. Não posso falar com os jornalistas porque muito desse assunto tem a ver com a minha investigação.

Webster lhe lançou um olhar firme e torceu para que Eve percebesse que ele ia falar na base da amizade.

— Quer saber de uma coisa, Dallas? Você está num aperto. Os registros de voz vão ser comparados e uma declaração a respeito dos resultados será emitida. A gravação da cena do crime hoje de manhã será revista e uma decisão a respeito da conduta de vocês duas vai ser tomada. Sua requisição de busca nos dados dela ficará pendente até tudo ser resolvido. Esse é o discurso oficial que eu devia passar para você. Agora, cá entre nós, ouça o que eu vou lhe dizer, Dallas. Arrume um advogado. Contrate o advogado mais fodão que o dinheiro de Roarke conseguir e resolva esse assunto.

— Não vou usar o dinheiro dele para resolver meus problemas.

— Você sempre foi uma tremenda teimosa, Dallas. Essa é uma das coisas que eu acho atraentes em você.

— Isso, pode pegar no meu pé.

— Já fiz isso e não deu certo. — Com os olhos novamente sérios, ele deu um passo na direção dela. — Eu me preocupo com você, como amiga e como colega de profissão. Estou avisando-a, ela pretende derrubar você. E nem todos vão lhe estender a mão para evitar que você afunde. Quando alguém alcança a posição que você alcançou, em nível profissional e pessoal, provoca uma onda de inveja que fica cozinhando em fogo lento. E esse é o tipo de coisa que faz o caldo entornar.

— Eu consigo lidar com o problema.

— Ótimo. — Ele balançou a cabeça e se preparou para sair. — Só deixe que eu repita: cuide desse traseiro lindo.

Ela se sentou, apoiou a cabeça nas mãos e se perguntou o que fazer em seguida.

No fim do turno, Eva optou por dar o fora dali. Levou os arquivos com ela, incluindo os dados de Chicago, que finalmente haviam chegado. Por Deus, ela ia conseguir chegar cedo em casa. Uma terrível dor de cabeça a acompanhou pelo caminho.

Eve estava presa no trânsito, indo na direção norte, entre as ruas 51 e 52, na altura da avenida Madison, quando a policial Bowers saiu na calçada, longe dali, depois de subir a escadaria da estação Delancey do metrô. Em se tratando de Ellen Bowers, pode-se dizer que ela estava decididamente alegre. No que lhe dizia respeito, conseguira escaldar o traseiro de Eve Dallas. Fritara a piranha, pensou, quase escorregando na calçada.

Tinha sido gratificante sentar diante de uma câmera e ver o repórter balançar a cabeça de forma solidária enquanto ela contava em detalhes os abusos que sofrera.

Puxa, já não era sem tempo. Agora, era o rosto dela que ocuparia os telões de todo o país, e a sua voz ia ser ouvida.

Ela queria tanto contar a todos como tudo começara anos antes, ainda no tempo da academia, quando Dallas entrara e assumira o controle de tudo. Na marra. Ela quebrara todos os recordes. Sim, quebrara todos os recordes porque chupava todos os instrutores. Provavelmente também dava em cima das instrutoras também. Além disso, qualquer um conseguia sacar que ela transava com Feeney e provavelmente também dava para Whitney há muitos anos. E só Deus poderia saber que tipos de taras sexuais ela curtia com Roarke naquela mansão fantástica.

Mas os dias dela haviam acabado, decidiu Bowers, parando em uma loja de conveniência para comprar uma embalagem de sorvete de chocolate. Ela ia comer o sorvete todo enquanto estivesse contando em detalhes o que acontecera e arquivando tudo em seu diário pessoal.

A piranha achou que podia sacanear Ellen Bowers e deixar tudo por isso mesmo? Pois ia ter uma surpresa. Ser jogada de uma delegacia para outra e de missão em missão havia finalmente valido a pena.

Ela tinha contatos. E como tinha... Conhecia pessoas.

Conhecia as pessoas certas.

Dessa vez, a destruição de Eve Dallas seria o seu trampolim para a fama, para o respeito, e era ela que ia acabar atrás de uma mesa só dela na Divisão de Homicídios.

Era ela que as pessoas iam ver nos noticiários.

Sim, sim, e já não era sem tempo, pensou novamente, sentindo o ódio escuro rastejar pela barriga. E quando tivesse acabado de transformar Dallas em pó, ia providenciar para que aquele babaca do Trueheart pagasse caro por sua deslealdade.

Ela sabia que Dallas provavelmente o deixara trepar com ela.

Era assim que o jogo rolava, era assim que as coisas funcionavam. Foi por isso que ela jamais deixara nenhum sujeito com fala mansa transar com ela. Sabia muito bem o que as pessoas pensavam disso, sabia o que as pessoas falavam. Claro que sabia.

Todos diziam que ela era uma criadora de caso. Diziam que era uma policial descuidada. Talvez até achassem que tinha um parafuso a menos.

Eram todos uns babacas, de cima a baixo, desde o secretário Tibble, descendo até Trueheart.

Pois eles não iam conseguir afastá-la do departamento assim, sem mais nem menos, nem aposentá-la precocemente com metade do salário. Ela ia *mandar* na porra do Departamento de Polícia de Nova York quando tudo acabasse.

Todos eles iam cair, todos, a começar por Dallas.

Porque tudo começara com Dallas.

A raiva se misturou com a alegria. Ela estava sempre ali, sussurrando baixinho em seu ouvido. Mas ela conseguia controlá-la. Fizera isso durante anos. Porque era esperta, mais esperta do que todos eles. Todas as vezes que um idiota do departamento a mandava fazer um teste de personalidade com um psicólogo, ela calava os sussurros com uma boa dose de Calm-It e passava no teste.

Nos últimos tempos precisava de doses maiores, e se sentia melhor ainda quando misturava o remédio com um pouco de Zoner, criando um coquetel que realmente a acalmava, mas mesmo assim continuava com controle de tudo.

Sabia como lidar com idiotas, seus testes e suas perguntas. Sabia quais botões apertar, pode apostar que sim. Seu dedo estava no gatilho agora, e ia permanecer ali.

Tinha um contato lá dentro, e ninguém sabia disso, a não ser ela. Agora, tinha também uma pilha considerável de fichas de crédito não rastreáveis, e tudo isso só para ela fazer o que sempre quis: ir a público contar a verdade.

Seus dentes brilharam em um sorriso quando ela virou a esquina e seguiu pela rua escura em direção ao prédio em que morava. Ia ficar rica, famosa e poderosa, como sempre mereceu.

E com a ajudinha de sua nova amizade, ia colocar Dallas contra a parede.

— Policial Bowers?

— Sim? — Apertando os olhos, ela se virou e tentou ver através da escuridão. Abaixou a mão e a deixou perto da arma de atordoar. — O que foi?

— Trago uma mensagem. Daquela pessoa que é sua amiga.

— Ah, é? — Sua mão se moveu e ela tocou na embalagem de sorvete. — E qual é a mensagem?

— É um assunto delicado. Precisamos de privacidade para conversar sobre isso.

— Tudo bem. — Ela deu um passo à frente, empolgada pela possibilidade de conseguir mais informações que pudesse usar. — Vamos subir para o meu apartamento, então.

— Receio que você é que tenha que descer. — O andróide pulou das sombras, com os olhos sem cor e o rosto sem expressão. Balançou o cano de metal uma vez só, golpeando-lhe o lado da cabeça com toda a força, antes mesmo que ela tivesse a chance de puxar o ar para poder gritar.

A embalagem de sorvete voou, caindo adiante com um estalo molhado. O sangue respingou pela calçada quando ele começou a arrastá-la dali. Seu corpo batia nos degraus com sons surdos, enquanto ele a puxou escada abaixo, para o porão do edifício, cuja porta já estava aberta.

Com toda a eficiência, ele voltou a subir para a calçada e trancou novamente a porta. Não havia necessidade de luz para ele enxergar. Fora programado para ver no escuro. Voltando até onde ela estava, e com muita rapidez, ele despiu o uniforme dela, tirou a sua identidade, a sua arma e guardou tudo embolado, inclusive o cano, no grande saco plástico que trouxera. Tudo seria jogado em uma lata de reciclagem que ele já escolhera e sabotara.

E ali, na escuridão fria, com muita habilidade e nenhuma emoção, ele usou as mãos e os pés para parti-la em pedaços.

Capítulo Treze

— Trabalho malfeito, executado de forma relaxada. — Eve fumegava de raiva enquanto andava de um lado para outro, no escritório de Roarke. Precisava descontar em alguém e ele estava bem ali. Roarke emitia sons solidários ao mesmo tempo que lia o arquivo que chegava, onde estavam descritos todos os progressos de seu mais recente empreendimento interplanetário, o Olympus Resort.

Na mesma hora lhe ocorreu que o resort precisava de outra visita sua e que sua mulher precisava de umas férias. Pensou então em encaixar a viagem em suas agendas.

— Dois investigadores principais diferentes — continuava ela, andando pelo escritório. — Dois tiras diferentes e ambos estragaram o caso. O que andam usando para fazer o treinamento desse pessoal em Chicago? Vídeos antigos com os Três Panacas?

— Acho que o nome certo é Patetas — murmurou Roarke.

— O quê?

Ele levantou o olhar, focando-o unicamente nela, e sorriu ao ver a fúria e a frustração estampadas em seu rosto.

— Patetas, querida. Os Três Patetas.

— Tanto faz, eles continuam a ser cabeças-ocas e incompetentes. Metade da papelada está faltando. Não há interrogatórios de testemunhas nos relatórios, os documentos do *post-mortem* se perderam. Conseguiram identificar a vítima, mas ninguém fez investigações a respeito dela. Ou, se fizeram, não estão nos arquivos.

Roarke anotou algumas coisas no papel recebido pelo fax... pequenos ajustes que representavam setecentos e cinqüenta mil dólares e trocados, e em seguida o reenviou para o seu escritório do centro da cidade, aos cuidados da sua assistente.

— O que conseguiu? — perguntou ele.

— Um cara morto — respondeu ela com rispidez —, que apareceu sem coração. — Franziu o cenho ao ver Roarke se levantar e ir até a unidade de refrigeração do escritório, a fim de escolher um vinho. — Dá para entender um tira estragando uma investigação. Não gosto disso, mas pode acontecer. Só que dois profissionais estragando o mesmo caso não cola. E agora os dois estão longe, sem possibilidade de contato, e eu vou ter que dançar um tango para convencer o chefe deles amanhã.

O nível de raiva e frustração quase transbordava por dentro dela.

— Talvez alguém tenha entrado em contato com eles — continuou Eve. — Talvez os tenha subornado ou ameaçado. Merda. Pode ser que o vazamento de informações não esteja ocorrendo apenas na polícia daqui de Nova York, pode estar acontecendo em toda parte.

— E o senador que está se metendo nessa história representa o grande estado de Illinois, pelo que você comentou.

— Sim. — Nossa, como ela detestava política. — Preciso pedir a autorização do comandante, mas provavelmente eu vou ter que ir dançar esse tango com o chefe de Chicago pessoalmente.

Com toda a calma, Roarke serviu duas taças e as levou pelo aposento até parar diante dela.

— Eu a levo até lá.

— É assunto para tiras.

— E você é a minha tira. — Ele levantou a mão de Eve e apertou-lhe os dedos carinhosamente em torno da haste de cristal. — Você não vai a Chicago sem mim, Eve. Isso é uma exigência pessoal. Agora beba um pouco desse vinho e me conte o resto.

Ela poderia ter reagido a isso, só para manter a tradição, mas lhe pareceu um desperdício de energia.

— A policial Bowers fez mais duas queixas sobre mim. — Eve se obrigou a relaxar o maxilar e provar o vinho. — Ela foi a primeira a chegar ao local do crime, hoje de manhã cedo, e causou tantos problemas que eu a dispensei do trabalho. Está tudo gravado, e quando eles assistirem à cena não terão como achar nada de errado em meus atos, só que ela está realmente começando a me encher.

Os músculos de sua barriga começaram a ficar mais tensos só por ela falar daquilo.

— Meu contato na Divisão de Assuntos Internos apareceu em minha sala para me avisar de que ela está colocando mais lenha na fogueira e deu uma entrevista para me atacar.

— Querida, o mundo está cheio de babacas e idiotas diversos. — Ele esticou o braço e passou um dos dedos sobre a covinha do queixo dela. — A maioria deles é espantosamente fácil de reconhecer. Ela vai acabar afundando com essa história.

— Sim, eu sei, mas Webster está preocupado.

— Webster?

— Esse tal carinha que eu conheço, da Divisão de Assuntos Internos.

— Ah. — Esperando distraí-la um pouco, Roarke colocou a mão em torno de sua nuca e massageou o local. — Não creio que você tenha mencionado esse amigo antes. Você o conhecia bem, querida?

— Agora nós já quase não nos vemos mais.

— Mas no passado se viam.

Ela encolheu os ombros e teria mudado de assunto, mas os dedos dele apertaram-na um pouco mais, e isso fez os olhos dela se estreitarem.

— Não teve importância. Tudo aconteceu há muito tempo.

— O que não teve importância?

— O tempo em que ficávamos bêbados, tirávamos a roupa e trombávamos um com o outro — disse ela, entre dentes. — Pronto, está feliz, agora?

— Devastado. — Riu ele, inclinando-se para beijá-la de leve. — Agora você vai ter que ficar bêbada e tirar a roupa para ficar trombando um pouco comigo, para compensar.

Eve percebeu que não ficaria com o ego nem um pouco abalado se ele ao menos fingisse ter sentido um pouco de ciúme.

— Tenho que trabalhar — avisou ela.

— Eu também. — Colocando a taça de lado, ele a puxou para junto de si. — Você me dá muito trabalho, tenente.

Ela virou a cabeça meio de lado e disse a si mesma que não ia curtir o jeito com que os dentes dele arranhavam a lateral do seu pescoço até alcançar o ponto exato.

— Não estou bêbada, meu chapa — avisou ela.

— Tudo bem. — Ele pegou a taça da mão dela e a colocou de lado. — Conseguir dois quesitos de três já é o bastante para mim — assegurou, puxando-a para o chão junto com ele.

Quando o sangue parou de zumbir em sua cabeça e ela conseguiu pensar novamente, disse a si mesma que não ia deixá-lo descobrir que ela adorara ser seduzida no chão do escritório.

— Muito bem, você já se divertiu, garotão, agora saia de cima de mim.

Cantarolando alguma coisa, ele esfregou o nariz na garganta dela.

— Dá para sentir o gostinho de você. Bem aqui. — Enquanto mordiscava o local, ele sentiu que o coração dela acelerava e batia com mais força contra o dele. — Quer mais?

— Não, corta essa. — Seu sangue estava novamente agitado. — Tenho que trabalhar. — Ela o empurrou com uma ajudinha dos músculos, enquanto ainda conseguia. Sentiu uma combinação de alívio e desapontamento quando ele rolou de lado.

Ela se levantou com dificuldade e pegou a camisa dele, que estava mais à mão. Em seguida, lançou-lhe um olhar suave. Tudo o que conseguiu pensar foi: nossa, ele tem um corpo maravilhoso.

— E aí...? — perguntou a ele. — Você vai ficar aí deitado sem roupa e com cara de convencido a noite toda?

— Bem que eu gostaria, mas temos que trabalhar.

— Temos?

— Hum, hum. — Ele se levantou e saiu em busca das calças. — Os documentos que estão faltando nos seus arquivos. Se eles alguma vez existiram, posso consegui-los de volta para você.

— Você pode... — Ela se obrigou a parar de falar, levantando a mão. — Olhe, eu não quero nem saber como você conseguiria fazer uma coisa dessas, não quero mesmo. De qualquer modo, pode deixar que eu resolvo o caso pelos canais oficiais.

Quando acabou de dizer isso, teve vontade de morder a língua. Aquela pequena declaração ia tornar mais difícil pedir a ele para desencavar dados extra-oficiais sobre o suicídio de Westley Friend.

— Você é quem sabe. — Ele deu de ombros e tornou a pegar o vinho. — Se você quisesse, eu poderia conseguir esses dados em duas horas.

Era tentador, muito tentador. Mas ela balançou a cabeça.

— Deixe que eu mesma vou ralar por conta própria. Escute, o meu *tele-link* está tocando — disse em seguida, olhando para a porta que dava para o escritório dela.

— Pode deixar que eu transfiro a ligação para cá. — Ele deu a volta na mesa, digitou um código rapidamente e atendeu o *tele-link*.

— Aqui é Roarke falando.

— Roarke? Droga, onde está Dallas?

Ele manteve os olhos fixos na tela enquanto percebia com o canto dos olhos o enérgico balançar de cabeça de Eve.

— Desculpe, Nadine, mas ela não pode atender. Posso ajudá-la em alguma coisa?

— Ligue o seu telão no canal 48. Merda, Roarke, peça a Dallas para me ligar, a fim de gravarmos um desmentido. Posso colocá-la no ar no momento que ela quiser.

— Eu aviso a ela. Obrigado. — Desligando o *tele-link*, ele olhou para Eve, do outro lado do cômodo. — Ligar o equipamento de vídeo. Canal 48.

No mesmo instante a tela se iluminou, mostrando o rosto de Bowers e o veneno que ela destilava.

"Depois de três queixas diferentes já apresentadas por mim, o departamento não vai mais ser capaz de proteger a tenente Dallas nem o seu comportamento corrupto e abusivo. A sua sede pelo poder a fez ultrapassar limites, ignorar regulamentos internos, manipular informações em relatórios e abusar de testemunhas a fim de encerrar seus casos com mais rapidez."

"Policial Bowers, essas são acusações muito sérias."

"Pois cada uma delas é verdadeira. — Bowers balançava o dedo na direção do repórter perfeitamente arrumado. — Cada uma delas vai ser provada através da investigação interna que já está ocorrendo. Já garanti à Divisão de Assuntos Internos que vou lhes entregar todos os documentos que comprovam as acusações. Incluindo aqueles que mostram que Eve Dallas negociou favores sexuais em troca de informações privilegiadas e promoções dentro do Departamento de Polícia de Nova York."

— Ora, mas que vadia — comentou Roarke, com descontração, colocando o braço em torno de sua esposa como demonstração de apoio, embora o seu próprio sangue estivesse fervendo. — Assim eu vou ser obrigado a me divorciar de você, querida.

— Isso não é uma piada.

— Ela é a piada, Eve. Uma piada pobre e sem graça por sinal. Desligar.

— Não, deixe ligado. Quero ouvir tudo.

"Há muito tempo suspeita-se, e será igualmente provado, de que o marido de Dallas, Roarke, está envolvido em várias atividades criminosas. Na verdade, ele era o principal suspeito em uma investigação de assassinato, no início do ano passado. Uma investigação da qual Dallas estava, veja que coincidência, encarregada. Roarke não foi acusado naquele caso, e Dallas é agora a esposa de um homem poderoso e rico, que usa as ligações dela para encobrir as próprias atividades ilegais."

— Ela foi longe demais. — Sob a mão de Roarke o corpo de Eve começou a vibrar de raiva. — Ela foi longe demais ao colocar você nesse rolo.

Os olhos dele estavam frios, muito frios, enquanto analisava o rosto que aparecia na tela.

— Dificilmente eu poderia ficar de fora.

"Policial Bowers, a senhorita confirma então que a tenente Dallas é uma mulher poderosa, e talvez perigosa? — O repórter não conseguia disfarçar o brilho de alegria em seus olhos. — Diga-me o porquê de a senhorita ter se arriscado a vir a público neste momento para nos contar de suas suspeitas."

"Alguém precisa falar a verdade. — Bowers ergueu o queixo, compondo o rosto com uma expressão séria e virando ligeiramente de lado para poder olhar diretamente para a câmera. — O Departamento de Polícia pode encobrir uma policial suja, mas eu honro muito o meu uniforme para tomar parte nisso."

— Eles vão acabar com ela por causa disso. — Eve inspirou fundo, com força, e expirou devagar. — Por mais que isso respingue em mim, ela acaba de encerrar a própria carreira. Dessa vez eles não vão transferi-la de delegacia. Vão lhe dar o bilhete azul.

— Desligar — ordenou Roarke mais uma vez e aninhou Eve em seus braços. — Ela não pode atingir você. Pode sim, por um curto espaço de tempo, causar inconveniência e irritação, mas só isso. Você pode, se desejar, processá-la por difamação. Ela ultrapassou todos os limites relacionados com liberdade de expressão. Porém — passou as mãos para cima e para baixo nas costas de Eve —, se quer um conselho de alguém que já se desviou dessas pedradas e flechadas antes, deixe para lá. — Ele plantou um beijo na testa de Eve, para apoiá-la e confortá-la. — Diga apenas o necessário. Mantenha-se acima disso tudo e, quanto mais tempo você conseguir fazê-lo, mais depressa tudo vai passar.

Fechando os olhos, ela se deixou abraçar e apoiou a cabeça no ombro dele.

— Tenho vontade de matá-la. Dar só uma torção de leve naquele pescocinho.

— Posso construir uma andróide igualzinha a ela. Você vai poder matá-la quantas vezes quiser.

Isso a fez dar uma risada.

— Mal não ia fazer — garantiu ela. — Escute, vou tentar trabalhar um pouco, agora. Não consigo nem mesmo pensar nela; isso me deixa louca.

— Tudo bem. — Ele a soltou e em seguida enfiou as mãos nos bolsos. — Eve...?

— Sim? — Ela parou na porta e olhou para trás.

— Dá para ver, se a gente olhar bem de perto, no fundo dos seus olhos. Ela não é muito normal.

— Eu olhei. Não, ela não é normal.

Portanto, Roarke refletiu, depois que Eve fechou a porta ao sair, Bowers era ainda mais perigosa. A tenente poderia não aprovar o que ele ia fazer, pensou, mas não havia como evitar. Ele iria trabalhar um pouco aquela noite, em sua sala secreta, com a ajuda do seu equipamento sem registro.

Todo e qualquer dado a respeito de Bowers estaria em suas mãos na manhã seguinte.

* * *

Era de enfurecer, pensou Eve enquanto permanecia sentada em seu carro desligado, observando a multidão que bloqueava o portão da casa, ter que desviar de um bando de repórteres quando o caso tinha relação com a cena do crime ou acontecia na Central de Polícia.

Mais enfurecedor ainda era ver três fileiras de repórteres berrando perguntas para ela através dos portões de ferro de sua própria casa quando o assunto era pessoal e não tinha nada a ver com o trabalho.

Ela continuou sentada, observando a temperatura se elevar na multidão enquanto o calor do ar lutava para começar a derreter a neve, transformando-a em filetes líquidos. Atrás dela, o tolo casal de neve que ela e Roarke haviam construído perdia peso rapidamente.

Eve considerou várias opções e se lembrou da sugestão casual de Roarke sobre instalarem um campo de força junto dos portões. Em sua mente, visualizou dezenas de repórteres babando enquanto estremeciam sem controle com o choque que haviam acabado de receber, para cair por terra logo depois, com os olhos revirados.

Por fim optou, como sempre, pelo método direto.

Ligou o megafone e seguiu em frente em uma velocidade baixa, mas constante.

— Esta é uma propriedade particular e eu estou fora de serviço neste momento. Afastem-se dos portões. Qualquer pessoa que ultrapassar os limites da propriedade será presa, acusada e processada por invasão de domicílio.

Ninguém se afastou nem um centímetro. Eve conseguia ver as bocas abrindo e fechando, enquanto as perguntas eram lançadas como flechas. Câmeras eram colocadas acima das cabeças e lentes lançadas para fora dos equipamentos, como bocas famintas que esperavam engoli-la.

— A escolha foi de vocês — murmurou ela. Ligou o mecanismo que controlava os portões, fazendo com que eles se abrissem lentamente, enquanto ela continuava a se aproximar.

Repórteres se seguraram nas grades ou se lançaram como um estouro de boiada pela abertura. Eve continuou a dirigir, repetindo o aviso de forma mecânica.

Sentiu uma certa satisfação ao ver alguns deles pulando em busca de abrigo, ao perceberem que ela não ia parar. Olhou com ar ameaçador para os que eram tolos o bastante para se agarrar às laterais do seu veículo, correndo na mesma velocidade e berrando do lado de fora do vidro.

No mesmo instante em que ela saiu, fechou os portões, torcendo para esmagar alguns dedinhos no processo. Em seguida, com um pequeno sorriso, apertou com força o pedal do acelerador, fazendo voar uns dois idiotas.

O eco das pragas que eles lhe lançaram era como uma música que manteve o seu astral elevado durante todo o percurso até o centro da cidade.

Foi direto para a sala de conferências assim que chegou à Central e, resmungando ao ver que ela estava vazia, sentou-se para manejar ela mesma o computador.

Tinha, pelos seus cálculos, mais ou menos uma hora antes de ir para o Drake Center, a fim de começar as primeiras entrevistas que marcara.

Peabody alinhara um bando de médicos como se fossem patinhos em um estande de tiro. Eve pretendia derrubar todos, um por um, antes do fim do dia. Se tivesse pelo menos um pouquinho de sorte, ia fazer algum deles se lembrar de alguma coisa.

Em seguida, fez um levantamento dos dados:

Drake Center, em Nova York.
Clínica Nordick, em Chicago.
Hospital Santa Joana d'Arc, em Paris.
Melcount Center, em Londres.

Quatro cidades, pensou. *Seis corpos encontrados.*

Depois de avaliar com cuidado os dados que McNab acessara, limitou a busca àqueles quatro centros médicos e de pesquisa. Todos eles tinham uma coisa interessante em comum: Westley Friend trabalhara, dera palestras ou era filiado a cada um deles.

— Bom trabalho, McNab — murmurou ela. — Excelente trabalho. Você é a chave, meu amigo Friend, mas também está morto. De quem mais você era amigo, afinal? Computador, pesquisar todas as ligações pessoais e profissionais entre o dr. Westley Friend e o dr. Colin Cagney.

Processando...

— Não precisa ter pressa — disse suavemente. — Quero também todas as ligações entre o dr. Friend e a dra. Tia Wo, bem como o dr. Michael Waverly e também o dr. Hans Vanderhaven. — Já era uma boa lista para começar. — Dar início à pesquisa!

Recalibrando... Carregando... Pesquisando...

— Isso, pode pesquisar — murmurou e se afastou da mesa para pegar uma xícara de café. Fez cara feia na mesma hora, ao sentir o cheiro. Ela ficara mal acostumada, pensou, ao ver o café gosmento grudado no fundo da xícara. Houve um tempo em que ela tomava dezenas de xícaras do café da Central de Polícia sem reclamar.

Agora, só de olhar para ele, já estremecia.

Divertida com aquilo, Eve colocou a xícara de lado e pediu a Deus para que Peabody chegasse logo, para que ela pudesse tomar um pouco de café decente trazido de sua casa.

Já estava considerando a possibilidade de dar um pulinho até lá pessoalmente para isso quando Peabody entrou e fechou a porta atrás de si.

— Você está novamente atrasada — começou Eve. — Isso está se tornando um mau hábito. Como é que eu vou poder... — Parou de falar na mesma hora, ao reparar no rosto de Peabody. Branco como um papel, com os olhos arregalados e muito abatida. — O que foi?

— Senhora, a policial Bowers...

— Ora, foda-se Bowers. — Eve pegou o café horrível e o bebeu assim mesmo. — Não tenho tempo para me preocupar com ela agora. Estamos investigando assassinatos aqui.
— E tem alguém investigando o dela.
— O quê?
— Ela está morta, Dallas. — Peabody inspirou fundo, concentrando-se naquilo, expirou devagar e inspirou de novo para ajudar a diminuir o ritmo do coração que disparara. — Alguém a espancou até a morte na noite passada. Ela foi encontrada umas duas horas atrás, no porão do seu prédio. Seu uniforme, a arma, a identidade, arrancaram tudo dela e levaram para longe do local do crime. Conseguiram identificá-la através das impressões digitais. — Peabody passou a mão sobre os lábios brancos. — Estão dizendo por aí que não sobrou muita coisa do seu rosto para fazerem uma identificação visual.

Com todo o cuidado, Eve pousou a xícara de café e perguntou:
— A identificação foi mesmo positiva?
— Era ela, Dallas. Fui lá embaixo para verificar pessoalmente, depois que vi o boletim na sala de registros. As digitais e o DNA batem. Acabaram de confirmar.
— Nossa. Minha nossa! — Abalada, Eve pressionou os dedos sobre os olhos e tentou raciocinar.

Os dados estão completos... Deseja recebê-los em tela, apresentação oral ou relato impresso?

— Salve o arquivo e guarde na pasta. Meu Deus! — Ela deixou cair as mãos. — O que descobriram até agora?
— Nada. Pelo menos nada que eu tenha conseguido arrancar deles. Não há testemunhas. Ela morava sozinha, então não havia ninguém esperando-a em casa. Fizeram uma ligação anônima denunciando problemas no prédio às cinco e meia da manhã. Dois policiais foram até lá e a encontraram. Isso é tudo o que eu sei.
— Foi roubo? Ataque sexual?

— Dallas, eu não sei. Tive sorte de conseguir essas migalhas de informação. Eles estão fechando o acesso aos fatos o mais depressa que conseguem. Nenhum dado entra ou sai.

Eve sentiu um leve enjôo no estômago, uma espécie de peso que ficou rolando ali dentro e que ela não reconheceu de imediato como medo.

— Descobriu quem é o investigador primário, Peabody?

— Ouvi dizer que é Baxter, mas não sei ao certo. Não consegui confirmar.

— Certo. — Eve sentou e passou os dedos pelos cabelos. — Se for o Baxter, ele me dará tudo o que eu precisar saber. Há poucas chances de haver alguma ligação com os nossos crimes, mas não podemos descartar essa hipótese. — Eve levantou a cabeça novamente. — Ela foi surrada até a morte?

— Sim. — Peabody engoliu em seco.

Eve sabia o que era ser atacada com punhos fechados, sabia como era se sentir indefesa e incapaz de detê-los. Sabia como era a agonia desesperadora de sentir um osso quebrando. De ouvir o barulho da fratura em meio aos próprios gritos.

— É uma forma horrível de morrer — conseguiu falar. — Sinto muito por ela. Bowers não era uma boa profissional, mas lamento muito isso.

— Todo mundo está muito abalado.

— Não tenho tempo para isso agora — disse Eve, pinçando o nariz com as pontas dos dedos. — Vamos procurar por Baxter mais tarde, para ver se ele pode nos dar mais detalhes. No momento, precisamos deixar esse assunto de lado. Tenho entrevistas marcadas a menos de uma hora e preciso estar preparada.

— Dallas, você precisa saber... Eu ouvi o seu nome ser citado.

— Como assim? Meu nome?

— Com relação a Bowers — começou ela, mas parou de falar ao ouvir o *tele-link* tocar.

— Espere um segundo, Peabody. Aqui é Dallas falando.

— Tenente, preciso que venha até aqui em cima imediatamente.

— Comandante, estou me preparando para uma série de entrevistas já agendadas.

— Venha agora — disse ele, de forma brusca, e desligou.

— Droga. Peabody, pesquise os dados que eu acabei de acessar, veja se consegue descobrir algo e imprima tudo. Vou rever as informações com você a caminho das entrevistas.

— Dallas...

— Agora chega de fofocas, até eu ter tempo para isso. — Ela se moveu com rapidez, com a cabeça voltada para as entrevistas que ia efetuar. Pretendia fazer um tour pela ala de pesquisas do Drake Center. Uma das perguntas que haviam surgido em sua cabeça, na véspera, talvez pudesse ser respondida lá.

O que as instalações médicas faziam com os órgãos danificados ou de pessoas falecidas depois que eles eram removidos? Eles os estudavam, jogavam tudo fora ou faziam experiências com eles?

O assassino que colecionava órgãos devia ter um objetivo específico. Se esse objetivo tivesse, de algum modo, ligação com pesquisas médicas legais e autorizadas, as coisas começariam a fazer mais sentido. Já seria uma pista.

Pesquisas precisavam ser custeadas por alguém, certo? Talvez ela devesse estar rastreando esse dinheiro. Poderia colocar McNab para investigar concessões e donativos.

Distraída, entrou na sala de Whitney. A pequena bola de medo que sentiu no estômago começou a se mover novamente, com força, ao ver Webster, o comandante e o secretário de Segurança Tibble à sua espera.

— Com licença, senhor.

— Feche a porta, tenente. — Ninguém se sentou. Whitney permaneceu em pé atrás da sua mesa. Eve ainda teve tempo de achar que ele parecia estar doente, antes de o secretário Tibble se adiantar na direção dela.

Ele era um homem alto, de feições marcantes, incansável e honesto. Olhou para Eve com olhos escuros que permaneceram firmes e não diziam nada. De repente, afirmou:

— Tenente, quero avisá-la de que a senhora tem o direito de chamar o seu advogado para estar ao seu lado neste momento.

— O meu advogado, senhor? — Ela olhou devagar para Webster e depois novamente para o secretário. — Isso não será necessário, senhor. Se a Divisão de Assuntos Internos tiver mais perguntas para me fazer, responderei a todas sem problema. Sei que foi transmitida uma entrevista ontem à noite onde foram feitos acusações e ataques contra o meu caráter e o meu comportamento profissional. Nada disso tem fundamento. Estou confiante de que qualquer investigação interna provará isso.

— Dallas — começou Webster, mas não chegou a completar a frase, pois sentiu o olhar penetrante que o secretário Tibble lhe lançou.

— Tenente, a senhora já foi informada de que a policial Ellen Bowers foi assassinada ontem à noite?

— Sim, senhor. A minha auxiliar acaba de me comunicar o fato.

— Preciso lhe perguntar onde estava na noite passada, entre dezoito e trinta e dezenove horas.

Eve já era policial há onze anos e não se lembrava de ter recebido um soco tão forte. Seu corpo recuou antes de ela conseguir impedir e sua boca ficou seca. Ouviu a própria respiração ficar em suspenso para em seguida ser liberada.

— Secretário Tibble, devo entender, por essa pergunta, que sou suspeita do assassinato da policial Bowers?

Os olhos dele nem piscaram. Eve não conseguiu ler o que se passava dentro deles. Eram olhos de tira, pensou, com um trêmulo calafrio de pânico. Tibble tinha excelentes olhos de tira.

— O departamento deseja verificar onde a senhora estava nesse intervalo de tempo, tenente.

— Sim, senhor. Entre dezoito e trinta e dezenove horas eu estava a caminho da minha casa, depois de sair da Central. Acredito que o registro de saída tenha ocorrido por volta de dezoito e dez.

Sem dizer nada, Tibble caminhou até a janela e ficou ali parado, com as costas para a sala. O medo se transformara em dor agora, fisgadas que lhe atacavam as entranhas como pequenas garras afiadas.

— Comandante — continuou Eve —, a policial Bowers estava me causando dificuldades e problemas potencialmente sérios, com os quais eu lidei através de canais apropriados e procedimentos corretos.

— Isso tudo está documentado, tenente, e foi compreendido. — Ele manteve as mãos nas costas, uma agarrada à outra e sentindo-se frustrado. — Os procedimentos apropriados sempre devem ser seguidos. Uma investigação sobre o assassinato da policial Bowers foi aberta e, neste momento, você é suspeita. Acredito que conseguiremos absolvê-la por completo, e bem rápido.

— Absolver a mim? De espancar uma colega policial até a morte? De abandonar tudo em que acredito e pelo que trabalhei a vida toda? Por que eu faria uma coisa dessas? — O pânico começou a formar uma linha de suor frio que lhe descia pela espinha. — Por ela ter tentado manchar o meu nome com o departamento e com o público através da mídia? Pelo amor de Deus, comandante, qualquer um pode ver que ela estava se autodestruindo.

— Dallas. — Dessa vez foi Webster que deu um passo à frente. — Você fez ameaças à integridade física dela, e isso está gravado. Chame o seu advogado.

— Não me diga para chamar o meu advogado — reagiu ela. — Não fiz nada além do meu trabalho. — O pânico agora criara dentes fortes e pontudos. Tudo o que ela podia fazer era continuar a luta usando apenas a raiva. — Você quer me interrogar, Webster? Ótimo, vamos fazer isso. Aqui e agora.

— Tenente! — Whitney brandiu a palavra como se fosse um chicote, viu a cabeça dela se virar para ele e notou a fúria que tomara conta dos seus olhos. — O departamento precisa conduzir investigações internas e externas sobre a morte da policial Bowers. Não há escolha. — Soltou um longo suspiro. — Não há escolha — repetiu. — Enquanto essa investigação estiver aberta e em curso, você está suspensa do serviço.

Ele quase recuou ao ver que os olhos dela foram do calor indignado para o ar aturdido e sem expressão.

— É com grande pesar, tenente — continuou ele —, realmente com grande pesar pessoal que eu peço que você me entregue a sua arma e o seu distintivo.

A mente de Eve pareceu morta, completamente morta, como se uma súbita corrente elétrica a tivesse desligado de todo. Ela não conseguiu sentir as mãos, os pés nem o coração.

— Meu distintivo?

— Dallas. — O comandante foi na direção dela, com a voz mais suave agora e os olhos perturbados de tanta emoção. — Não há escolha. Você está suspensa do serviço enquanto os resultados das investigações internas e externas sobre a morte da policial Bowers estiverem pendentes. Devo pedir a sua arma e o seu distintivo.

Ela olhou fixamente para os olhos dele, pois não conseguia olhar para nenhum outro lugar. Dentro dela soava um grito sombrio, distante e desesperado. Suas articulações pareciam enferrujadas no instante em que ela pegou o distintivo e em seguida a arma. O peso deles em sua mão deixou-a trêmula.

Colocá-los na mão de Whitney era como arrancar o próprio coração.

Alguém a chamou pelo nome duas vezes, mas ela já estava saindo da sala, cega de dor, caminhando em direção à passarela rolante com as botas ecoando no piso arranhado. Zonza, agarrou o corrimão da passarela com tanta força que os nós dos dedos ficaram brancos.

— Dallas, droga. — Webster chegou até onde ela estava e a agarrou pelo braço. — Chame o seu advogado.

— Tire a mão de mim. — As palavras eram fracas, trêmulas e ela se sentia sem forças para se desvencilhar dele. — Tire a mão e fique longe de mim.

— Escute o que eu tenho a dizer. — Ele a puxou para fora da passarela e a empurrou de encontro a uma parede. — Ninguém naquela sala queria fazer isso. Não houve escolha. Mas que droga, você sabe como as coisas funcionam. Nós limpamos você e devolvemos o distintivo. Enquanto isso, você tira alguns dias de férias. É simples assim.

— Tira a porra dessa mão de mim.

— Bowers mantinha diários, discos diversos. — Ele falava muito depressa, com medo de ela conseguir se soltar e ir embora. — Ela registrava neles todo tipo de merda a respeito de você. — Ele estava ultrapassando alguns limites profissionais ao lhe contar aquilo, mas não se importava. — Tudo precisa ser avaliado para depois ser descartado. Alguém a cortou em vários pedaços, Dallas, vários pedaços. Vai estar tudo nos noticiários em menos de uma hora. Você estava vinculada a ela. Se não for imediatamente suspensa do serviço, vai parecer que o departamento realmente está acobertando alguma coisa.

— Ou vai parecer que os meus superiores, o meu departamento e os meus colegas acreditam em mim. Não torne a me tocar — avisou ela, com uma voz tão sofrida que o fez recuar.

— Tenho que acompanhar você até a sua sala — disse ele com a voz sem expressão desta vez. — Preciso me certificar de que você vai retirar todos os seus objetos pessoais de sua sala, e em seguida devo acompanhá-la até a saída do prédio. Vou precisar também confiscar o seu comunicador, a sua chave mestra e os códigos dos veículos.

Eve fechou os olhos, lutou para se manter firme e pediu:

— Não fale comigo.

Ela conseguiu caminhar. Suas pernas pareciam feitas de borracha, mas ela colocou uma na frente da outra para andar. Nossa, ela precisava de ar. Não conseguia respirar.

Zonza, colocou a mão na porta da sala de conferências. Tudo parecia flutuar diante dos seus olhos, como se ela estivesse vendo as coisas debaixo d'água.

— Peabody.

— Sim, tenente. — Ela se levantou como uma mola e olhou, atenta. — O que foi, Dallas?

— Eles tiraram o meu distintivo.

Feeney se lançou para a frente com a velocidade de uma bala ao sair do cano de uma arma. Já estava com uma das mãos na camisa de Webster e a outra pronta para atacar, já com o punho cerrado.

— Que tipo de sacanagem é essa? Webster, seu canalha, filho-da-mãe...

— Feeney, você tem que conduzir as entrevistas — disse Eve, colocando a mão no ombro dele não tanto para impedi-lo de se lançar sobre Webster, mas para conseguir um apoio para si mesma. Não sabia quanto tempo mais ia se agüentar em pé. — Peabody está com... está com a programação e os dados de cada um.

Os dedos dele se abriram e tornaram a se fechar de forma carinhosa em torno dos dela e ele perguntou:

— Que história é essa?

— Eu sou suspeita. — Era muito estranho ouvir essas palavras saindo da própria boca, como se sua voz estivesse flutuando. — Suspeita de assassinar Bowers.

— Isso é uma tremenda baboseira.

— Preciso ir.

— Espere só um minuto.

— Preciso ir — repetiu ela. Olhou para Feeney com os olhos aturdidos pelo choque. — Não posso mais ficar aqui.

— Eu vou levá-la, Dallas. Deixe-me levá-la — pediu Peabody.

Eve olhou para a ajudante e balançou a cabeça.

— Não, Peabody. Você está trabalhando com Feeney agora. Eu não posso... não posso mais ficar aqui.

E saiu quase correndo.

— Minha nossa, Feeney. — Com os olhos rasos d'água, Peabody se virou para ele. — O que vamos fazer?

— Vamos consertar tudo, droga. Que filho-da-mãe! Ligue para Roarke — ordenou ele e aliviou um pouco a raiva chutando a mesa violentamente. — Certifique-se de que ele vai estar lá quando ela chegar em casa.

Agora ela pagou caro. Piranha idiota. Pagou um preço que para ela foi mais caro do que a própria vida. O que vai fazer, Dallas, agora que o sistema que você passou a vida defendendo a traiu?

Será que desta vez você vai ver, enquanto morre de frio do lado de fora, que o mesmo sistema pelo qual trabalhou tanto não significa nada? Que o que importa é o poder?

Você era apenas um zangão em uma colméia que implode constantemente para dentro de si mesma, e agora é menos que isso.

Porque o poder é meu, e é legião.

Sacrifícios foram feitos, é verdade. Desvios foram necessários. Tinham que ser tomados. Os riscos foram avaliados e, com eles, foram cometidos, talvez, alguns pequenos erros. Qualquer experimento que valha a pena ser feito agüenta pequenos passos em falso.

Porque os resultados justificam tudo.

Eu estou perto, muito perto. Agora o foco se alterou e a maré mudou de direção. A caçadora agora é a presa da sua própria espécie. E eles vão destroçá-la em mil pedaços de forma descuidada, como se fossem lobos.

E tudo isso foi tão fácil de conseguir. Algumas palavras ao pé de alguns ouvidos, velhas dívidas que foram cobradas. Uma mente defeituosa e ciumenta foi utilizada e, sim, sacrificada. Ninguém vai lamentar a morte da detestável Bowers, como também não lamentará a escória humana que eu removi de dentro da sociedade.

Todos, porém, clamarão por justiça. Exigirão pagamento.

E Eve Dallas é quem vai pagar.

Ela já não é nem de longe o empecilho irritante que demonstrou ser a princípio. Com ela fora do caminho, todas as minhas energias podem ser direcionadas para o trabalho. Meu trabalho é imperativo, e a glória que advirá dele é direito meu.

Quando esse trabalho acabar, todos sussurrarão o meu nome com admiração. E derramarão lágrimas de gratidão.

Capítulo Quatorze

Roarke estava no frio, sentindo-se incapaz de ajudar, e esperava por Eve na porta de casa. Soube da notícia em meio às delicadas negociações com uma companhia farmacêutica em Tarus II. Ele planejava adquirir a empresa, reestruturar toda a organização e associá-la à sua própria companhia, cuja base de operações ficava em Tarus I.

Interrompera as conversações sem hesitar no instante em que recebera a ligação de Peabody. A explicação oferecida entre lágrimas pela policial habitualmente tão controlada o deixara abalado. De repente, havia apenas um pensamento em sua cabeça: ir para casa, estar lá quando ela chegasse.

E agora era esperar.

Quando ele viu o táxi da companhia Rápido vir subindo pela alameda, sentiu um arrepio de fúria trespassá-lo.

Eles haviam tirado o carro dela. Canalhas.

Teve vontade de descer as escadas correndo, abrir a porta com violência, tirá-la lá de dentro e subir com ela no colo, levando-a para algum lugar distante, onde não poderia sofrer o que ele imaginou que estivesse sofrendo.

Mas não era de raiva que ela precisava agora.

Desceu as escadas devagar, enquanto ela saía do táxi. Ela ficou ali parada, mortalmente pálida sob a luz cruel do inverno. Estava com os olhos sombrios, vidrados e, pensou ele, espantosamente ingênuos. A força e o jeito duro que ela exibia com tanta naturalidade quanto a arma que usava haviam desaparecido.

Ela não sabia se ia conseguir falar, pois a garganta lhe doía tanto que seria difícil empurrar as palavras para fora. O resto de seu corpo estava como que anestesiado. Morto.

— Eles tiraram o meu distintivo. — Subitamente, tudo aquilo era real, e a realidade brutal atingiu-a como um soco. O pesar subiu em borbotões, quente, amargo, até transbordar pelos olhos. — Roarke!

— Eu sei. — Ele estava ali, com os braços em torno dela, apertando-a com firmeza quando ela começou a tremer. — Sinto muito, Eve. Sinto de verdade.

— O que vou fazer agora? O que vou fazer? — Ela se agarrou nele, chorando muito, sem perceber que ele a pegou no colo, carregou-a para dentro, para o calor da casa, e começou a subir a escada. — Ó meu Deus, meu Deus, eles tiraram o meu distintivo.

— Nós vamos resolver tudo e você vai tê-lo de volta. Eu prometo. — Ela tremia com tanta violência que Roarke achou que seus ossos iam se chocar uns com os outros e se estilhaçar. Ele se sentou e a apertou mais para junto de si. — Agarre-se em mim com força.

— Não vá embora.

— Eu não vou, querida, vou ficar bem aqui.

Eve chorou tanto que ele temeu que ela fosse ficar doente; então os soluços foram diminuindo, até que ficou largada em seus braços. Como uma boneca quebrada, pensou ele. Providenciou um calmante e a levou para a cama. Ela, que costumava recusar um analgésico mesmo que seu corpo estivesse sangrando em dez lugares ao mesmo tempo, tomou o sedativo que ele lhe colocou entre os lábios sem protestar.

Ele a despiu como faria com uma criança sonolenta.

— Eles me transformaram em nada outra vez.

— Não, Eve. — Ele olhou para o rosto dela e viu olhos vazios e pesados.

— Nada. — Virou a cabeça para o lado, fechou os olhos e deixou-se levar.

Ela já havia sido nada, no passado. Um frasco vazio, uma vítima, uma criança. Mais uma estatística sugada para dentro de um sistema sobrecarregado e com falta de pessoal. Na época, ela também tentara dormir na estreita cama da enfermaria do hospital, que fedia a doença e a morte iminente. Gemidos, choro, o *bip-bip-bip* monótono das máquinas e o suave deslizar de solas de borracha sobre o piso de linóleo muito gasto.

A dor corria logo abaixo da superfície, em meio às drogas que gotejavam em sua corrente sanguínea. Como uma nuvem pesada, cheia de trovões que ribombavam a distância, mas nunca se abria nem derramava sua carga.

Ela estava com oito anos, ou pelo menos foi o que lhe disseram. E tinha costelas fraturadas.

Houve perguntas, muitas perguntas vindas dos tiras e das assistentes sociais que a haviam ensinado a temer.

"Eles vão jogar você dentro de um buraco, garotinha. Um buraco fundo e escuro."

Ela às vezes acordava de seu sono leve induzido pelas drogas por causa da voz dele, astuta e bêbada, no seu ouvido. E então ela engolia os gritos.

O médico sempre aparecia, com seus olhos sérios e mãos ásperas. Ele vivia ocupado, muito ocupado. Ela conseguia perceber isso em seus olhos e no som ríspido da sua voz, quando ele falava com as enfermeiras.

Ele não tinha tempo a perder nas enfermarias, nem com os pobres e infelizes que as lotavam.

Um alfinete... será que havia um alfinete preso à lapela dele e que ficava piscando em meio às luzes? Cobras entrelaçadas, uma de frente para a outra. Eve teve um sonho dentro do sonho, onde as cobras se viravam em sua direção e pulavam sobre ela, silvando e exibindo presas que se enterravam em sua pele e tiravam sangue fresco.

O médico às vezes a machucava, por simples pressa ou descaso. Mas ela não reclamava. Eles machucavam ainda mais quando a pessoa reclamava, e ela sabia disso.

Os olhos dele pareciam olhos de cobra. Duros e cruéis.

"*Onde estão os seus pais?*"

Eram os tiras que perguntavam. Sentavam ao lado da cama, mais pacientes do que o médico. Traziam-lhe um doce de vez em quando, porque ela era uma menina com olhos perdidos que raramente falava e nunca sorria. Um lhe trouxe um cãozinho de pelúcia para lhe fazer companhia. Alguém o roubou dela no mesmo dia, mas ela se lembrava do toque suave do seu pêlo e do amável ar de piedade nos olhos do tira.

"*Onde está a sua mãe?*"

Ela simplesmente balançava a cabeça e fechava os olhos.

Não sabia. Será que tinha mãe? Não se lembrava disso, não se lembrava de nada, só do sussurro manhoso em seu ouvido que a fazia tremer de medo por dentro. Ela aprendeu a bloquear o sussurro, a bloquear tudo. Até não se lembrar de mais nada nem de ninguém, antes da cama estreita na enfermaria do hospital.

Veio a assistente social, com o seu sorriso brilhante, ensaiado, que parecia falso e cansado nos cantos. "*Vamos chamar você de Eve Dallas.*"

Essa não é quem eu sou, pensou ela, mas simplesmente ficou olhando. *Eu não sou nada. Eu não sou ninguém.*

Mas eles a chamavam de Eve nos grupos, nas casas de adoção, e ela aprendeu a ser Eve. Aprendeu a reagir quando a empurravam, a permanecer sobre a linha que demarcara para si mesma, a se transformar no que ela precisava ser. A princípio, para sobreviver.

Depois, com um objetivo. Desde a sua infância, seu objetivo era conquistar um distintivo, fazer diferença na vida das pessoas, lutar por aqueles que não eram ninguém.

Um dia, parada em pé, dentro de seu uniforme duro, engomado e formal, sua vida lhe foi colocada nas próprias mãos. Sua vida era um distintivo.

"Parabéns, policial Eve Dallas. O Departamento de Polícia e a Secretaria de Segurança de Nova York estão orgulhosos por tê-la em seus quadros."

Naquele instante, a empolgação e a missão queimaram por dentro dela como uma luz forte, uma brasa feroz que cauterizou todas as sombras. Finalmente ela se tornara alguém.

"Preciso pedir o seu distintivo e a sua arma."

Ela chorou baixinho no sonho. Indo até Eve, Roarke lhe fez cafuné e segurou-lhe a mão, até ela se acalmar novamente.

Movendo-se sem fazer barulho, foi até o *tele-link* na sala de estar da suíte e ligou para Peabody.

— Conte-me tudo o que está acontecendo.

— Ela já chegou em casa? Ela está bem?

— Sim, já chegou. E não, está longe de estar bem. Que diabos eles fizeram com ela?

— Estou no Drake Center, Roarke. Feeney está conduzindo as entrevistas que havíamos marcado, mas a programação está atrasada. Tenho apenas um minuto. A policial Bowers foi assassinada ontem à noite. Dallas é suspeita do crime.

— Que tipo de insanidade é essa?

— É mentira, todo mundo sabe disso, mas esse é o regulamento.

— Foda-se o regulamento.

— Sim. — A imagem do seu rosto na tela, o olhar frio e predador que viu nos olhos estupendos quase a fez estremecer. — Escute, eu não tenho muito tempo para dar mais detalhes. Eles proibiram Baxter de falar, e ele está como investigador principal do caso, mas eu soube que Bowers tinha todo esse lixo sobre Dallas registrado por escrito. Um monte de troços esquisitos a respeito de sexo e corrupção, suborno e relatórios falsos.

— E ninguém está considerando a fonte? — Roarke se virou na direção de Eve quando ela se mexeu, agitada.

— A fonte é uma policial assassinada. — Peabody passou a mão no rosto. — Vamos fazer tudo o que for preciso para trazê-la de volta, e trazê-la bem depressa. Feeney vai fazer uma investigação séria sobre Bowers — informou ela, baixando a voz.

— Diga a ele que isso não é necessário. Peça para ele entrar em contato comigo. Já tenho todos os dados que existem sobre ela.

— Mas como...?

— Simplesmente diga-lhe para me procurar, Peabody. Qual é o nome completo e o posto desse Baxter?

— Detetive David Baxter. Mas ele não vai conversar com você, Roarke. Ele não pode fazer isso.

— Não estou interessado em conversar com ele. Onde está McNab?

— De volta à Central, repassando dados.

— Vou manter contato.

— Roarke, espere! Diga a Dallas... bem, diga-lhe o que você achar que ela precisa ouvir.

— Ela vai precisar de você, Peabody. — E desligou.

Roarke deixou Eve dormindo. Informação era poder, pensou ele. Pretendia reunir para ela todo o poder que conseguisse.

— Sinto muito por tê-lo feito esperar, detetive...?

— Sou capitão — disse Feeney, olhando de cima a baixo o sujeito muito bem vestido e todo engomado em um terno italiano. — Capitão Feeney, substituindo temporariamente a tenente Dallas na tarefa de investigador principal. Vou conduzir a entrevista.

— Oh. — A expressão de Michael Waverly mostrou uma discreta surpresa. — Espero que a tenente não esteja passando mal.

— Dallas sabe muito bem se cuidar. Gravando, Peabody.
— Gravando, senhor.
— Tudo me parece tão oficial. — Depois de encolher os ombros de leve, Waverly sorriu e se sentou atrás da sua mesa de carvalho maciço.
— Exatamente. — Feeney leu para ele a declaração de direitos legais para suspeitos, versão nova, e levantou uma sobrancelha, perguntando: — Entendeu tudo?
— Claro. Compreendo os meus direitos e obrigações. Não achei que fosse precisar de um advogado para este procedimento. Estou mais do que disposto a colaborar com a polícia.
— Então informe-nos onde estava nas seguintes datas e horários. — Pegando o seu bloco de notas, Feeney leu as datas dos três assassinatos de Nova York.
— Vou precisar consultar a minha agenda eletrônica para ter certeza. — Waverly fez surgir uma caixinha preta muito sofisticada, colocou a palma da mão sobre ela para ativá-la e pediu as atividades dos dias e horas questionados.

Fora de serviço no primeiro dia e hora. Fora de serviço e em tempo livre no segundo dia e hora. De plantão no Drake Center, monitorando a paciente Clifford durante o terceiro dia e hora.

— Informar a agenda pessoal — ordenou Waverly.

Nenhum compromisso programado durante o primeiro período. Compromisso com Larin Stevens no segundo período, sendo que esse encontro avançou por toda a noite. Sem compromissos programados para o terceiro período.

— Larin, é verdade. — Ele tornou a sorrir com um brilho nos olhos. — Fomos ao teatro, fizemos uma ceia em minha casa, só nós dois. Também compartilhamos o desjejum, se entende o que eu quero dizer, capitão.

— Essa Stevens... — perguntou Feeney, com rispidez, enquanto anotava o nome em seu bloquinho. — O senhor tem o endereço dela?

O ar caloroso desapareceu do rosto do médico.

— Minha assistente poderá providenciar isso para o senhor. Gostaria que o contato entre a polícia e os meus amigos pessoais se restringisse ao mínimo possível. Isso é muito desconfortável.

— Bastante desconfortável para as pessoas que morreram também, doutor. Vamos verificar com a sua amiga e com a sua paciente. Mesmo que eles o livrem para dois dos períodos, ainda temos o terceiro.

— Um homem tem o direito de passar a noite ocasionalmente sozinho em sua própria cama, capitão.

— Claro que tem. — Feeney se recostou. — Então o senhor costuma arrancar corações e pulmões de dentro das pessoas?

— Sim, por assim dizer. — O sorriso voltou, escavando sulcos charmosos em suas bochechas. — O Drake Center possui as instalações mais avançadas do mundo para pesquisas e transplantes de órgãos.

— Quais são as suas ligações com a Clínica Canal Street?

— Creio que não conheço esta instalação — afirmou Waverly, levantando uma sobrancelha.

— É um ambulatório público no centro da cidade.

— Não tenho ligação com nenhum ambulatório público. Já paguei meus pecados em locais como esse em meus primeiros anos depois de formado. O senhor vai descobrir que a maioria dos médicos que trabalham ou servem como voluntários em tais lugares é muito jovem, tem muita vitalidade e muito idealismo.

— Então o senhor parou de trabalhar com os pobres. Não valia a pena?

Sem se mostrar ofendido, Waverly cruzou as mãos sobre a mesa. Sob o punho de sua camisa apareceu a fina forma de um sofisticado relógio suíço de ouro.

— Financeiramente, não, capitão — respondeu ele. — Em termos profissionais, há uma chance pequena de avanços ao se trabalhar nessa área. Prefiro utilizar o meu conhecimento e a minha habilidade onde eu mais me satisfaça e deixo os trabalhos de caridade para aqueles que sentem satisfação nisso.

— Dizem que o senhor é o melhor.

— Capitão, *eu sou* o melhor.

— Então diga-me, doutor... em sua opinião profissional... — Feeney procurou alguma coisa em sua pasta, tirou lá de dentro fotos tiradas nos locais dos crimes e as colocou sobre a mesa muito polida — Este foi um bom trabalho?

— Humm. — Com olhos frios, Waverly levou as fotos mais para perto de si e as analisou. — Muito limpo, excelente. — Desviou o olhar rapidamente para Feeney. — Horrível, é claro, analisando-se pelo lado humano, mas o senhor me pediu uma avaliação profissional. A minha é a de que o cirurgião que realizou este procedimento é brilhante. Ter conseguido esse resultado atuando sob tais circunstâncias, no que certamente eram condições terríveis de trabalho, é um feito admirável.

— O senhor teria conseguido isso?

— Quer saber se eu tenho habilidade para isso? — Waverly empurrou as fotos de volta para Feeney. — Pois eu tenho sim.

— E quanto a esta? — Ele atirou a foto da última vítima sobre as outras e olhou com atenção quando Waverly olhou para baixo e franziu o cenho em sinal de estranheza.

— Trabalho inferior. Isso foi feito de forma descuidada. Um momento. — Abriu a gaveta da mesa, pegou um par de micro-óculos e os colocou. — Sim, sim, a incisão me parece perfeita. O fígado foi removido de forma bem limpa, mas não fizeram nada para isolar os vasos, nem para manter um campo de trabalho limpo e esterilizado. Esse foi um procedimento terrível.

— Engraçado — comentou Feeney, com um tom seco. — Achei a mesma coisa de todos eles.

* * *

— Que filho-da-mãe mais frio — resmungou Feeney depois. Parou no corredor e olhou para o relógio. — Vamos procurar a dra. Wo, Peabody. Vamos bater um papo com ela para ver se conseguimos dar uma olhada no lugar onde eles guardam os pedaços que arrancam fora das pessoas. Nossa, eu odeio lugares como esse.

— Isso é o que Dallas sempre fala.

— Não pense em Dallas por ora — disse ele, falando depressa. O próprio Feeney estava batalhando muito para conseguir mantê-la fora da sua cabeça e do trabalho. — Se vamos ajudá-la a resolver isso, você tem que mantê-la fora dos seus pensamentos.

Com o rosto sombrio, ele seguiu pelo corredor e então olhou para trás, esperando até que Peabody o alcançasse.

— Faça cópias de todos os dados e gravações das entrevistas.

Ela olhou para ele, o compreendeu e, pela primeira vez durante toda a longa manhã, sorriu, dizendo:

— Sim, senhor.

— Nossa, e pare de me chamar de senhor o tempo todo.

— Dallas costumava falar isso o tempo todo também — afirmou Peabody, sorrindo. — Agora, acho que ela já se acostumou.

— Você vai fazer com que eu também me adapte a você, Peabody? — O olhar dele se tornou sombrio por alguns segundos.

Atrás dele, Peabody ergueu e abaixou rápido as sobrancelhas. Achava que não levaria muito tempo para conseguir isso. Ela já colocara novamente uma expressão séria no rosto quando Feeney bateu na porta da dra. Wo.

Uma hora depois, Peabody olhava, ao mesmo tempo fascinada e horrorizada, para um coração preservado em um gel azul.

— As instalações que temos aqui — a dra. Wo estava dizendo — são indiscutivelmente as mais avançadas do mundo na área de pesquisas de órgãos. Foi aqui neste prédio, embora ele não tivesse tanto espaço como hoje, que o dr. Drake descobriu e aprimorou a vacina contra o câncer. Este pavilhão do centro é dedicado ao estudo das diversas enfermidades e condições humanas, inclusive o envelhecimento, que possam afetar os órgãos de forma adversa. Além disso, continuamos a estudar e a aperfeiçoar as técnicas para substituição de órgãos.

O laboratório era tão grande quanto um heliporto, decidiu Feeney, separado aqui e ali por três divisórias brancas. Dezenas de pessoas vestindo guarda-pós brancos, verde-claros ou azul-escuros executavam tarefas nos seus postos, trabalhavam em computadores, microscópios eletrônicos ou ferramentas que ele não reconhecia.

Tudo era tão silencioso quanto uma igreja. Nenhuma daquelas melodias de fundo quase inaudíveis que algumas instalações grandes como aquelas utilizavam murmurava pelo laboratório, e, quando Feeney respirou fundo, percebeu que o ar tinha um leve aroma de anti-séptico. Fez questão de respirá-lo pelo nariz.

Eles chegaram a uma seção onde os órgãos estavam expostos em frascos cheios de gel, cada um com uma etiqueta.

Junto a uma porta, um andróide de segurança estava em pé, silencioso e atento para o caso, pensou Feeney com um ar de deboche, de alguém sentir uma vontade irresistível de pegar um pâncreas e sair correndo dali com ele.

Nossa, que lugar.

— Onde consegue os seus espécimes? — perguntou Feeney à dra. Wo. Ela se virou para ele com um olhar gélido.

— Nós não os removemos de pacientes vivos ou involuntários, capitão. Dr. Young...?

Bradley Young era magro, alto e, obviamente, distraído. Ele virou as costas à tarefa que executava em um balcão imaculadamente branco, cheio de microscópios, monitores e *compu-slides*. Franziu o cenho, tirou os *magni-clips* que usava presos ao nariz e focou os olhos cinza-claro da doutora.

— Sim?

— Este é o capitão Feeney e a sua... assistente — imaginou a médica. — Eles são da polícia. O dr. Young é o nosso chefe de pesquisas. Poderia explicar ao capitão, doutor, como coletamos os espécimes para as nossas pesquisas?

— Claro. — Ele passou a mão pelos cabelos. Os fios eram muito finos, como os seus ossos e como o seu rosto, e tinham a cor de trigo desbotado. — Muitos dos nossos espécimes têm mais de trinta anos — começou ele. — Este coração, por exemplo — foi andando pelo piso ofuscantemente branco até o frasco diante do qual Peabody estivera —, foi removido de um paciente vinte e oito anos atrás. Como pode ver, há danos consideráveis nele. O paciente sofreu três paradas cardíacas sérias e o seu órgão foi substituído por um dos primeiros exemplares da NewLife. O paciente tem hoje oitenta e nove anos, está bem de saúde e mora na Cidade dos Bebuns, em Montana.

Young sorriu com ar vitorioso. Considerava aquela a sua melhor piada.

— Os espécimes foram todos doados pelos próprios pacientes, pelo parente mais próximo, em caso de morte, ou adquiridos através de um agente de órgãos autorizado.

— E vocês sabem a história de todos eles?

— Sabemos da história como? — perguntou Young, olhando para Feeney.

— Vocês mantêm a papelada de todos os órgãos e a sua identificação?

— Certamente. Este departamento é muito organizado. Todo espécime é devidamente documentado. Temos as informações sobre o doador ou o agente que o forneceu, a data da remoção, suas condições na ocasião da retirada, o cirurgião e a equipe que executaram o procedimento. Além disso, todos os espécimes que seguem para estudos, dentro ou fora da instituição, devem ter a saída e o retorno registrados.

— Vocês levam esses troços para fora daqui?

— De vez em quando, certamente que sim. — Parecendo indignado, ele olhou para a dra. Wo, que simplesmente acenou com a mão, mandando-o continuar. — Outras instalações e centros de pesquisa podem solicitar um espécime específico com um determinado defeito, para estudos. Temos convênio com outros centros, para empréstimo e venda de órgãos, em todo o mundo.

Isso encaixa, pensou Feeney, pegando o seu bloquinho.

— O que me diz desses locais? — perguntou ao médico, lendo para ele a lista de Eve.

Novamente Young olhou para a dra. Wo e mais uma vez recebeu um sinal para ir em frente.

— Sim, estas são instituições que consideramos co-irmãs.

— O senhor já esteve em Chicago?

— Algumas vezes. Não compreendo.

— Capitão — interrompeu-o a dra. Wo —, isto está ficando tedioso.

— Meu trabalho não tem muitos pontos empolgantes — disse Feeney, com naturalidade. — Que tal me fornecer os dados de todos os órgãos que deram entrada aqui nas últimas seis semanas?

— Eu... eu... esses dados são confidenciais.

— Peabody — começou Feeney, mantendo os olhos em Young, que se mostrou subitamente nervoso. — Solicite um mandado de busca e apreensão.

— Um momento, isso não será necessário. — A dra. Wo fez um gesto para Peabody mandando-a se afastar, deixando a policial com os olhos semicerrados. — Dr. Young, pegue todos os dados que o capitão solicitou.

— Mas isso é material confidencial. — Seu rosto endureceu subitamente, exibindo traços de teimosia. — Eu não tenho autorização para...

— Eu estou autorizando — reagiu ela. — Pode deixar que depois converso com o dr. Cagney. A responsabilidade é minha. Pegue os dados.

— Agradecemos a sua colaboração — disse-lhe Feeney.

Ela se virou para ele com os olhos escuros e frios, assim que Young se retirou para recolher os dados.

— Capitão, quero que saia deste laboratório e deste centro o mais rápido possível. O senhor está atrapalhando pesquisas importantes.

— Agarrar assassinos, na sua escala de valores, talvez não tenha tanta importância quanto furar fígados, mas todos precisamos ganhar o pão de cada dia. A senhora sabe o que é isto? — Ele pegou o alfinete que estava dentro de uma embalagem lacrada e o levantou na altura dos olhos dela.

— Claro que sei. É um caduceu. Tenho um muito parecido com esse.

— Onde está?

— Onde? Na minha casa, imagino.

— Eu reparei que alguns dos médicos aqui estão usando o deles. Creio que a senhora não usa o seu no trabalho.

— Normalmente, não. — Mas ela levantou a mão, como que pela força do hábito, e passou os dedos em sua lapela lisa. — Se o senhor já encerrou o seu assunto comigo, tenho muito trabalho a fazer.

— Encerramos, por ora. Mas tenho mais umas duas entrevistas marcadas para amanhã. Gostaria de ver o seu alfinete, se a senhora pudesse trazê-lo para mim.

— Meu alfinete?

— Exato. Um médico ou médica perdeu o alfinete recentemente. — Levantou o que trazia com ele um pouco mais alto. — Preciso ter certeza de que não foi a senhora.

Ela apertou os lábios com força e se retirou.

— Está saindo fumaça dessa aí, Peabody. Vamos dar uma olhada nela com mais calma, quando voltarmos à Central.

— Ela já foi presidente da AMA — lembrou Peabody. — Waverly é o atual presidente. A AMA fez pressão em Washington, que fez pressão no prefeito, que fez pressão em nós para que abandonássemos o caso.

— Círculos dentro de círculos — murmurou Feeney. — Vamos levar esses dados e ver o que conseguimos deles. Qual é o lance com Vanderhaven?

— A entrevista dele estava marcada para agora, mas ele cancelou. Emergência profissional. — Peabody olhou em torno para ver se ninguém estava ouvindo. — Liguei para o consultório dele, me apresentei como sua paciente, e me disseram que o dr. Vanderhaven está de licença pelos próximos dez dias.

— Interessante. Parece que ele não quer conversar conosco. Descubra o endereço da casa dele, Peabody. Vamos fazer-lhe uma visitinha.

Roarke estava analisando os próprios dados. Fora brincadeira de criança entrar no computador de Baxter e acessar as informações sobre o assassinato da policial Bowers.

Foi uma pena que houvesse tão poucas novidades ali.

Mas muitas coisas foram encontradas nos arquivos de Bowers e em seus diários, coisas vis e que mostravam descontrole emocional.

Ele fez uma pesquisa em tudo, a partir do nome de Eve, e achou detalhes e fatos isolados que haviam acontecido muitos anos antes. Eram comentários, acusações de quando Eve fora promovida a detetive e de quando ela recebera prêmios e citações elogiosas. Roarke ergueu as sobrancelhas ao ler a declaração de Bowers sobre Eve ter supostamente seduzido Feeney, a fim de conseguir que ele fosse seu instrutor. Em seguida havia uma terrível especulação sobre um caso que mantinha com o comandante, a fim de assegurar que ela recebesse casos importantes.

Essas, porém, bem como as outras informações que surgiam de vez em quando, eram suaves quando comparadas com os ataques cáusticos que tiveram início a partir do dia em que Bowers e Eve bateram de frente por causa de um mendigo morto na calçada.

A obsessão de Bowers, conforme Roarke percebeu, fora crescendo ao longo do tempo até aquele momento, quando uma simples virada do destino fez com que ela transbordasse, entornando veneno sobre ambas.

Agora, uma delas estava morta.

Ele olhou na direção da tela através da qual podia monitorar o quarto e ver a sua mulher dormindo.

A outra estava despedaçada.

Continuando a pesquisa, acenou com a mão para a tela do comunicador quando Summerset apareceu nela e decretou:

— Agora não.

— Desculpe incomodá-lo, mas a dra. Mira está aqui. Ela gostaria muito de falar com você.

— Vou descer. — Ele se levantou e avaliou Eve por mais um instante. — Desligar sistema — murmurou, e o som do equipamento atrás dele passou de um leve zumbido a um silêncio total.

Ele saiu da sala secreta. A porta atrás dele se fechou automaticamente e só poderia ser aberta com a impressão palmar e o comando de voz das pessoas autorizadas. Apenas três pessoas haviam estado naquela sala.

Para ganhar tempo, ele usou o elevador. Não pretendia ficar longe de Eve mais do que o necessário.

— Roarke. — Mira se levantou da poltrona assim que o viu, caminhou apressada pela sala e segurou as duas mãos dele. Seu rosto normalmente calmo exibiu algumas rugas de preocupação em volta dos olhos e da boca. — Acabei de saber e vim na mesma hora. Sinto muito incomodar, mas precisava vir.

— Você nunca é um incômodo.

— Por favor — disse ela, apertando as mãos dele com mais força —, será que ela quer me ver?

— Não sei. Ela está dormindo — Olhou por cima do ombro na direção das escadas. — Eu lhe dei algo para relaxar. Seria capaz de matá-los pelo que fizeram. — Ele falou quase que consigo mesmo, com a voz suave e terrivelmente gentil. — Só por terem colocado o olhar que eu vi no rosto dela, eu já seria capaz de matar todos eles.

Como acreditava nele, as mãos da psiquiatra tremeram ligeiramente.

— Podemos nos sentar? — pediu ela.

— Claro que sim. Desculpe. Estou com a cabeça longe e esqueci dos bons modos.

— Espero que você não julgue necessário usar de cerimônia comigo, Roarke... — Ela se sentou em uma das poltronas maravilhosas, em curva, e se inclinou para colocar a mão sobre a dele novamente, esperando que o contato físico ajudasse a ambos. — Embora eu saiba que muitas pessoas devem estar indignadas, solidárias ou tendo várias reações ao que aconteceu com Eve hoje, você e eu somos, talvez, os únicos que realmente compreendem o que isto fez a ela, ao seu coração e à sua personalidade. À sua identidade.

— Isso a destruiu. — Não, ele não conseguia ficar sentado, compreendeu, e se levantou agitado, caminhando até a janela para olhar a tarde fria. — Eu já a vi enfrentar a morte, dela e de outros. Já a vi enfrentar o sofrimento, os medos do passado e as sombras que encobrem partes dele. Já a vi aterrorizada pelos próprios sentimentos. E ela agüentou tudo. Reuniu forças e resistiu a tudo. No entanto, agora essa resolução do departamento a destruiu.

— Ela vai conseguir se recompor novamente, e vai agüentar isso também. Mas não sozinha. Ela não conseguirá agüentar sozinha.

Roarke se virou e olhou para a médica. A luz iluminava-o por trás; o tom perigoso de azul que viu em seus olhos, em meio à silhueta, fez Mira pensar em um anjo frio e vingador, pronto para descer ao inferno e fazer justiça.

— Ela não tem que estar sozinha — disse ele.

— O que você tem junto com ela é o que vai salvá-la. Da mesma forma que salvou você.

Ele inclinou a cabeça para o lado, fazendo mudar o ângulo da luz que incidia por trás e a visão inquietante que a médica tinha dele.

— Essa é uma forma interessante de expressar o que aconteceu, doutora. Mas você tem razão. Ela realmente me salvou, e eu já me esquecera de que estava perdido. Eu a amo mais que a vida e farei por ela o que precisar ser feito.

Mira analisou as próprias mãos por um momento, levantou os dedos, deixou-os cair no colo novamente e disse:

— Não vou lhe fazer perguntas a respeito dos seus métodos nem das suas... ligações com certas áreas. Mas gostaria de saber se há alguma coisa que eu possa fazer para ajudar.

— Quanto tempo você imagina que vai levar para que as acusações de Bowers sejam descartadas e Eve consiga o seu distintivo de volta?

— O descrédito de Bowers vai ajudar de forma considerável junto à Divisão de Assuntos Internos. Porém, até que a investigação do seu assassinato seja encerrada e as acusações contra Eve retiradas em público e de forma inquestionável, o departamento vai estar em uma corda bamba.

— Você poderia fazer testes com ela? Usar um detector de mentiras, fazer o perfil de personalidade e probabilidades?

— Sim, mas ela tem que estar disposta a passar por isso, e precisa estar pronta. É um processo difícil, tanto física quanto emocionalmente. É claro que tudo isso pesaria em favor de Eve.

— Nós dois vamos conversar a respeito disso.

— Ela precisa trabalhar a dor de tudo o que aconteceu, mas não a deixe se lamentando por muito tempo. Em algum momento ela vai precisar da raiva. Essa será a sua mais importante fonte de força.

Ela se levantou, deu um passo na direção de Roarke e continuou:

— Eu pedi para fazer uma avaliação do estado mental e emocional de Bowers, baseada nos registros das últimas semanas e no seu diário, analisando não apenas o conteúdo, mas também o tom, além de entrevistar pessoas que trabalhavam com ela e seus conhecidos. Isso vai levar tempo. Preciso ser muito meticulosa, muito cuidadosa. Embora tenha dado prioridade máxima a esse trabalho, não creio que possa fornecer uma conclusão ao departamento em menos de duas semanas.

— Eu poderia levá-la para longe daqui — considerou Roarke.

— Isso poderia ser muito bom, mesmo que fosse apenas por alguns dias. Mas duvido que ela vá. — A médica pareceu querer dizer mais alguma coisa, mas desistiu.

— O que foi? — perguntou Roarke.

— É que eu conheço Eve muito bem. Tenho sentimentos fortes por ela, somos muito ligadas, mas continuo a ser uma psiquiatra. Acho que sei como ela vai reagir, pelo menos a princípio. Só que não quero que você pense que estou passando dos limites ou violando a privacidade dela ao... analisá-la.

— Sei que ela é importante para você, Mira. Diga-me o que esperar.

— Ela vai querer se esconder. No sono, no silêncio, na solidão. Pode ser que ela deixe você fora disso tudo.

— Não vai ter muita sorte nisso.

— Mas ela vai querer e tentar, pela simples razão de você ser mais ligado a ela do que qualquer outra pessoa jamais foi. Desculpe — disse ela, pressionando a têmpora esquerda com os dedos —, mas será que eu poderia tomar um pouco de conhaque?

— Claro que sim. — Por instinto de proteção, Roarke colocou a mão no rosto de Mira. — Sente-se, doutora — disse ele com gentileza.

Ela se sentiu fraca e com vontade de chorar. Sentando-se, ela conseguiu se recompor e esperou enquanto Roarke pegava uma garrafa em um gabinete entalhado e despejava um pouco de conhaque em uma taça.

— Obrigada. — Ela tomou um gole pequeno e deixou que a bebida a esquentasse por dentro. — Essa suspensão do serviço, essa suspeita, além da mancha em seu histórico na força não são para ela apenas questões profissionais e procedimentos técnicos do seu trabalho. Sua identidade já lhe foi roubada uma vez. Ela a reconquistou e reconstruiu a si mesma. Para Eve, agora esse evento a despojou daquilo que ela é, da pessoa que é e também do que precisa ser. Quanto mais ela se fechar em si mesma e se afastar do mundo, mais difícil vai ser alcançá-la. Isso pode afetar o casamento de vocês.

— Pois ela não vai ter muita sorte nesse ponto também — disse ele simplesmente, erguendo uma sobrancelha.

— Você é um homem muito teimoso — disse Mira, exibindo um sorriso caloroso. — Isso é bom. — Bebeu um pouco mais de conhaque e estudou o rosto de Roarke. O que viu ali aliviou-a um pouco das suas preocupações. — Em algum momento pode ser que você se veja obrigado a colocar um pouco da sua compreensão de lado. Seria mais fácil para você afagá-la, papariçá-la e deixá-la à deriva. No entanto, creio que você saberá reconhecer o momento em que precisará fazê-la se levantar e ir em frente.

Mira suspirou e colocou o conhaque de lado, completando:

— Não vou mantê-lo afastado dela por mais tempo, mas quero saber se houver algo mais que eu possa fazer. Se ela quiser me ver, eu virei até aqui.

Roarke analisou a lealdade da médica, o seu afeto e se perguntou como aquilo tudo pesaria em seu trabalho, mas não se preocupou em avaliar as probabilidades.

— Quanto tempo vai levar para você completar o levantamento dos dados para a avaliação de Bowers, doutora?

— Bem, a papelada e as pesquisas estão correndo. Não deve levar mais de um dia. Talvez dois.

— Eu tenho todos os dados agora — afirmou ele, com naturalidade, e esperou que ela olhasse para ele.

— Entendo. — Ela não disse nada enquanto ele a ajudava a vestir o casaco. — Você pode transferir os dados para o meu computador pessoal, o de casa — disse por fim, lançando um olhar para ele por sobre o ombro. — Imagino que você não terá dificuldades para acessar o meu computador pessoal, estou certa?

— Não, não terei dificuldades.

— Você é realmente assustador — disse ela, rindo de leve. — Se me transferir os dados que tem, poderei começar o trabalho hoje à noite mesmo.

— Eu lhe agradeceria muito.

Ele a levou até a porta e subiu de volta pelas escadas, a fim de continuar a proteger Eve.

Capítulo Quinze

Os pesadelos a perseguiam e as lembranças se chocavam umas com as outras em uma corrida caótica. Eve reviveu a primeira prisão que efetuou e sentiu novamente a satisfação sólida de fazer com eficiência o trabalho para o qual fora treinada. Lembrou-se do jovem que a beijara de forma desajeitada quando ela estava com quinze anos e de como se sentiu surpresa ao descobrir que não experimentara medo nem vergonha, mas um leve interesse nele.

Em seguida, uma noite regada a álcool em companhia de Mavis no Esquilo Azul, quando ela riu tanto que suas costelas doeram. Depois, viu o corpo mutilado de uma criança que ela chegara tarde demais para salvar.

Ouviu o choramingar dos que ficaram para trás e os gritos dos mortos.

Reviveu a primeira vez que viu Roarke, um rosto deslumbrante que apareceu na tela de seu monitor.

Em seguida foi mais para trás no tempo, até chegar a um quarto frio, com uma luz vermelha suja em néon que pulsava por trás de uma janela. Viu a faca em sua mão com sangue pingando e sentiu o grito de dor tão forte e selvagem que não a deixou ouvir mais nada. E não a deixou ser mais nada.

Quando acordou, o quarto estava escuro e ela se sentiu vazia.

Sua cabeça latejava com uma dor surda e persistente, resultado da dor e das lágrimas. Seu corpo parecia oco, como se os ossos tivessem se dissolvido por completo enquanto ela dormia.

E quis tornar a dormir, a fim de ir embora para longe dali.

Roarke se movimentou pelo escuro, silencioso como uma sombra. A cama balançou de leve no momento em que ele se sentou ao lado dela e tomou sua mão.

— Quer que eu acenda a luz? — perguntou ele.

— Não. — Sua voz lhe pareceu enferrujada, mas ela não se deu ao trabalho de pigarrear para tentar clareá-la. — Não, eu não quero nada. Você não precisava ficar aqui comigo, no escuro.

— E você achou que eu a deixaria acordar sozinha? — Ele levou a mão dela aos lábios. — Você não está sozinha.

Ela sentiu vontade de chorar novamente, e sentiu as lágrimas pinicando-lhe o fundo dos olhos. Quentes, indefesas. Inúteis.

— Quem ligou para você?

— Peabody. Ela e Feeney estiveram aqui. Mira também. McNab ligou várias vezes. E Nadine.

— Não posso falar com eles.

— Tudo bem. Mavis está lá embaixo. Ela não quer ir embora, e eu não posso lhe pedir que vá.

— E o que eu posso dizer para ela? Ou a qualquer um deles? Por Deus, Roarke, estou vazia. Na próxima vez que eu for à Central de Polícia vai ser para ser interrogada por suspeita de assassinato.

— Já entrei em contato com um advogado. Você não precisa se preocupar com nada. Se e quando você concordar em ser interrogada, será aqui, em sua própria casa, e em seus próprios termos, Eve.

Ele podia ver a silhueta dela, o jeito com que ela se afastou dele e ficou olhando para o escuro. Com carinho, ele a segurou pelo queixo e a virou para si.

— Ninguém que trabalhe em sua companhia, ninguém que a conheça acredita que você possa ter alguma coisa a ver com o que aconteceu a Bowers.

— Eu não estou preocupada com isso. Não há nada de concreto e eu sei que tudo isso é só para constar. Não há prova física, nenhum motivo claro, e a janela de oportunidade é estreita. Não é nada disso que me preocupa — repetiu, e odiou, odiou de verdade a forma como a sua respiração ficou ofegante. — Eles podem ter suspeitas, mas nenhuma prova nem material suficiente para o promotor aceitar levar o caso adiante, mas há o bastante para me deixarem sem distintivo. O bastante para me deixarem de fora.

— Há pessoas que se importam com você e que vão trabalhar para que isso não aconteça.

— Já aconteceu — disse ela, sem expressão. — E nada pode mudar isso. Nem você pode mudar isso. Só quero dormir. — Ela se afastou mais e fechou os olhos. — Estou cansada. Acompanhe Mavis até a porta; vou ficar melhor sozinha, por ora.

Ele passou uma das mãos no cabelo dela. Resolveu que lhe daria a noite toda para lamentar-se e escapar.

Quando ele a deixou sozinha, porém, ela abriu os olhos e ficou olhando para o vazio. E não dormiu.

Sair da cama de manhã lhe pareceu um desperdício de esforço.

Ela se mexeu e olhou para cima, pela clarabóia de vidro sobre a cama. A neve parara de cair, mas o céu estava com um tom cinzento e o dia com aspecto deprimido. Eve tentou imaginar algum motivo para se levantar da cama e se vestir, mas não conseguiu pensar em nada, não conseguiu sentir nada, a não ser a fadiga que se arrastava por dentro.

Virou a cabeça e ali estava Roarke na sala de estar da suíte, tomando café e observando-a.

— Você já dormiu o suficiente, Eve. Não pode continuar se escondendo aqui.

— Essa me parece uma boa idéia no momento.

— Quanto mais tempo levar, mais você vai perder. Levante-se.

Ela se sentou na cama, mas recolheu os joelhos junto do peito e pousou a cabeça sobre eles.

— Não tenho nada para fazer, nem aonde ir.

— Podemos ir para onde você quiser. Esvaziei a minha agenda por duas semanas.

— Você não precisava fazer isso. — A raiva lutou para vir à superfície, mas empalideceu, mostrou-se apática e se dissolveu. — Eu não quero ir a lugar nenhum.

— Então ficaremos em casa. Mas você não vai ficar na cama com as cobertas sobre a cabeça.

— Eu não estava com as cobertas sobre a cabeça — resmungou ela. Uma bolha de ressentimento tentou se libertar. O que ele sabia?, pensou ela. Como ele poderia saber como ela estava se sentindo? Porém, havia lhe restado orgulho bastante para fazê-la se levantar e pegar um robe.

Satisfeito com a pequena vitória, ele serviu-lhe um pouco de café e completou a sua xícara.

— Eu já comi — disse ele em tom casual —, mas acho que Mavis ainda não tomou café.

— Mavis?

— Sim, ela dormiu aqui esta noite. — Roarke esticou o braço e apertou o botão do *tele-link* interno. — Ela vai fazer companhia para você.

— Não, eu não quero...

Era tarde demais e o rosto de Mavis já aparecera na tela.

— Roarke, ela já acordou? Eu... Dallas! — Seu sorriso se abriu, meio vacilante, mas presente, assim que avistou Eve. — Vou subir já, já.

— Eu não quero falar com ninguém — disse Eve, furiosa, quando a tela apagou. — Será que você não consegue compreender isso?

— Eu compreendo muito bem. — Ele se levantou e colocou as mãos nos ombros dela. Partiu-lhe o coração ver que ela se encolheu toda. — Você e eu passamos grande parte das nossas vidas sem termos ninguém que nos importasse, e sem sermos importantes para ninguém. Por isso eu compreendo muito bem o que significa ter alguém. — Ele se curvou na direção dela e beijou sua sobrancelha. — Sei o que significa precisar de alguém. Fale com Mavis.

— Eu não tenho nada a dizer. — Seus olhos se encheram de lágrimas novamente e ela os sentiu arder.

— Então apenas escute. — Roarke apertou-lhe os ombros mais uma vez e se virou no instante em que a porta se escancarou e Mavis entrou correndo. — Vou deixar vocês duas sozinhas — disse ele, mas duvidava que alguma das duas o tivesse ouvido, pois Mavis já estava abraçando Eve e balbuciando alguma coisa.

— Aqueles babacas com cara de bunda — Roarke a ouviu dizer, e quase sorriu ao fechar a porta.

— Isso mesmo — murmurou Eve, e enterrou o rosto nos cabelos azuis de Mavis. — Isso mesmo.

— Eu queria ir até a Central para procurar Whitney e chamá-lo de babaca com cara de bunda pessoalmente, mas Leonardo disse que era melhor eu vir direto para cá. Eu sinto muito, Eve, sinto muito mesmo. — Ela recuou tão inesperadamente que Eve quase tombou para a frente. — Que diabo está errado com eles? — quis saber Mavis, abrindo os braços e fazendo esvoaçar as mangas diáfanas em tecido cor-de-rosa do que parecia ser uma camisola de dormir.

— É o regulamento — Eve conseguiu dizer.

— Bem, pois eles que enfiem esse regulamento no rabo, de preferência atravessado, pra doer mais. Não vão escapar assim sem mais nem menos. Aposto que Roarke já contratou um pelotão de advogados fodões para processar esses bundões babacas. Você vai ser a dona de toda a cidade de Nova York quando essa história acabar.

— Quero apenas o meu distintivo. — E como era Mavis, Eve se deixou cair no sofá e enterrou o rosto entre as mãos. — Eu não sou nada sem ele, Mavis.

— Você vai recuperá-lo. — Abalada, Mavis se sentou e colocou um dos braços em torno dos ombros de Eve. — Você sempre faz as coisas darem certo, Dallas.

— Estou do lado de fora. — Cansada, Eve se recostou e fechou os olhos. — Não dá para fazer as coisas darem certo quando o lance é com você mesma.

— Mas você fez com que tudo desse certo para mim. Naquela vez em que você me prendeu, tantos anos atrás, mudou a minha vida para melhor.

— Isso foi em qual das vezes em que eu prendi você? — Fazendo um esforço, Eve conseguiu exibir a sombra de um sorriso.

— A primeira. As outras duas foram só uns vacilos meus. Você me fez refletir sobre se eu poderia ser mais do que uma golpista de rua atraindo otários, e depois me fez ver que eu poderia sim. E no ano passado, quando a coisa ficou esquisita pro meu lado e eles iam me colocar atrás das grades, você estava junto de mim e fez tudo dar certo*.

— Mas eu tinha o meu distintivo, tinha o controle da situação. — Seus olhos ficaram frios novamente. — Tinha um emprego.

— Ora, mas agora você tem a mim, tem o cara mais especial dentro e fora do planeta. E não apenas isso. Sabe quantas pessoas telefonaram pra cá ontem à noite? Roarke queria ficar aqui em cima no quarto com você e então perguntei a Summerset se eu poderia ajudar a atender as ligações, anotar os recados e coisas desse tipo. As pessoas não paravam de telefonar.

— Quantas dessas ligações eram de repórteres querendo uma boa história?

Mavis fungou com desdém e então se levantou para verificar as opções no cardápio do AutoChef. Roarke a instruíra a fazer Eve comer, e ela pretendia seguir suas ordens.

— Sei muito bem como me desviar desses lobos da imprensa. Vamos comer sorvete.

— Não estou com fome.

---

* Ver *Eternidade Mortal*. (N.T.)

— Ninguém precisa estar com fome para comer sorvete... além do mais... Caramba! Deus existe mesmo!... Aqui tem cookies com pedaços de chocolate. Mais que demais ao quadrado!

— Mavis...

— Você cuidou de mim quando eu precisava de você — disse Mavis, baixinho. — Não faça com que eu me sinta como se você não precisasse de mim.

Nenhum argumento poderia ter dado mais certo. Embora lançasse um último e desejoso olhar na direção da cama e do esquecimento que poderia encontrar lá, Eve suspirou, perguntando:

— Quais os sabores de sorvete que tem aí?

Eve sentiu-se como que à deriva por todo o dia, ou como alguém entrando e saindo da névoa. Evitou o seu escritório e o de Roarke e usou uma dor de cabeça como desculpa para se isolar por algumas horas. Não atendeu ligações de nenhum tipo, recusou-se a discutir a situação com Roarke e finalmente se trancou na biblioteca, sob a pretensão de que ia escolher alguma coisa para ler.

Ligou o localizador pessoal, para que qualquer um que fosse procurá-la imaginasse que ela estava folheando alguns volumes, e então ordenou às cortinas para que se fechassem, às luzes para que se apagassem e se encolheu no sofá, a fim de escapar e dormir.

Sonhou com serpentes entrelaçadas que subiam ao longo de um cajado de ouro de onde pingava sangue. O sangue se espalhava e empapava flores de papel colocadas em uma garrafa marrom.

Alguém com voz de criança gritou, pedindo ajuda.

Eve entrou no sonho, caminhando por uma paisagem de neve muito branca ofuscante, onde um vento forte que ardia nos olhos carregava a voz para longe. Ela começou a correr, com as botas resvalando na neve, e sentiu a respiração ofegante sair de sua boca em grandes nuvens de vapor, mas não havia para onde ir, a não ser através da muralha branca enevoada em volta dela.

"Sua tira piranha." Uma voz sibilante em seu ouvido.

"O que você está aprontando, garotinha?" Terror surgiu em seu coração.

"Por que alguém iria fazer um buraco nele desse jeito?" Uma pergunta ainda sem resposta.

Então ela os viu, os condenados e os malditos, congelados na neve, com os corpos retorcidos e os rostos aprisionados no esgar de insulto provocado pela morte. Seus olhos voltavam-se fixamente para ela, como se fizessem a mesma pergunta sem resposta.

Por trás dela, por entre a cortina espessa e branca, veio o som de gelo quebrando. Alguém se soltara e emitia sons sussurrados e furtivos que eram como um riso distante.

As paredes brancas se transformaram em um corredor de hospital que era como um túnel infindável sem luz na saída e formava curvas escorregadias que pareciam liquefeitas. O som atrás dela foi aumentando e indo em sua direção, acompanhado de barulhos de pés molhados sobre as lajotas do piso. Com o sangue fervendo em sua cabeça, ela se virou para encará-lo, para lutar com ele, e tentou pegar a arma. Sua mão voltou vazia.

"O que está aprontando, garotinha?"

O soluço chegou-lhe à garganta e o medo a envolveu. Ela começou a correr, tropeçando pelo túnel, com a respiração sibilando devido ao pânico. Dava para sentir o seu hálito atrás dela. Bala de menta e uísque.

O túnel se dividiu em dois de repente, seguindo para a esquerda e para a direita. Ela parou, confusa demais pelo medo para saber por onde ir. Os passos que se arrastavam atrás dela fizeram com que um grito ficasse preso em sua garganta. Ela virou à direita e mergulhou no silêncio. Suor começou a sair com abundância pelos seus poros e escorreu-lhe pelo rosto. Adiante havia uma luz fraca e a sombra de alguém imóvel e calado.

Ela correu na direção da sombra. Era alguém para ajudá-la. Por Deus, ajude-me.

Ao chegar ao fim do corredor, viu uma mesa e, sobre ela, o seu próprio corpo. A pele branca, os olhos fechados. No lugar do coração havia um buraco ensangüentado.

Eve acordou tremendo. Com as pernas bambas, levantou-se, vestiu qualquer coisa e correu em direção ao elevador da casa. Atirou-se de encontro à parede da cabine enquanto descia. Desesperada por ar, saiu aos tropeços e correu para fora de casa, onde uma chicotada de frio trouxe-lhe o sangue de volta ao rosto.

Ficou ao relento por quase uma hora, caminhando até se esvaziar dos horrores do sonho, do suor gosmento e dos tremores internos. Uma parte dela parecia observar tudo a distância, com ar de compreensível repulsa.

Recomponha-se, Dallas. Deixe de ser patética. Onde está a sua garra?

Deixe-me em paz, pensou com pesar. *Vá embora e me deixe em paz.* Puxa, será que ela não podia ter sentimentos? Fraquezas? E se queria ser deixada em paz com eles, ninguém tinha nada a ver com isso.

Porque ninguém sabia nem poderia compreender; ninguém poderia sentir o que ela sentia.

Mas você ainda tem o seu cérebro, não tem? Mesmo que tenha perdido a coragem. Pois comece a pensar.

— Estou cansada de pensar — resmungou ela, e parou em pé na neve que começava a derreter. — Não há nada para pensar e nada a fazer.

Encolhendo os ombros, começou a caminhar de volta para casa. Queria Roarke, compreendeu. Queria que ele a abraçasse e fizesse tudo aquilo ir embora. Queria que ele espantasse os demônios para longe dela.

As lágrimas ameaçavam voltar e ela lutou contra elas. Sentiu-se cansada. Tudo que queria agora era Roarke, e se encolher em algum lugar com ele, para que ele dissesse em seu ouvido que tudo ia ficar bem.

Entrou em casa com os tênis de corrida muito velhos que colocara completamente encharcados e os jeans molhados até os joelhos.

Não pegara um casaco pesado ao sair e o choque do súbito calor que sentiu ao entrar a fez balançar o corpo para a frente e para trás.

Summerset a observou por um instante, com os lábios colados um no outro e os olhos tensos de preocupação. De forma proposital, colocou a sua expressão mais arrogante no rosto e surgiu no saguão.

— A senhora está imunda e encharcada — fungou ele, com ar de deboche. — Ainda por cima está molhando o chão todo. Deveria mostrar um pouco mais de respeito por sua própria casa.

Summerset esperou pela explosão de cólera e pelo olhar fulminante e gélido que Eve lhe lançaria, e sentiu o coração que ela nem sabia que ele tinha se apertar no instante em que ela simplesmente virou a cabeça em sua direção.

— Desculpe. — Ela olhou para os próprios pés sem expressão no rosto. — Eu nem pensei nisso. — Colocou a mão no pilar da escada, percebeu com um interesse distante que o mármore estava tão frio que estalou devido à eletricidade estática, e, em seguida, começou a subir as escadas.

Nervoso, Summerset foi rapidamente até o comunicador.

— Roarke, a tenente acaba de entrar em casa, vindo lá de fora. Estava sem agasalho. Parece que está muito mal.

— Onde ela está?

— Está subindo. Roarke, eu a provoquei e ela... *me pediu desculpas*. Algo precisa ser feito a respeito.

— Pois vai ser feito.

Roarke saiu a passos largos do seu escritório e seguiu direto para o quarto. No instante em que a viu molhada, pálida e trêmula, a raiva que sentiu se misturou com a preocupação. Estava na hora, decidiu, de fazer a raiva prevalecer.

— Que diabos você pensa que está fazendo? — perguntou-lhe ele.

— Dei um pulinho lá fora, para dar uma volta. — Ela se sentou, mas não conseguiu fazer com que os dedos quase congelados se mexessem direito, a fim de tirar os tênis molhados. — Precisava de um pouco de ar.

— Então resolveu sair sem um agasalho. Arrumar uma doença deve ser o próximo passo do seu plano genial para lidar com tudo isso.

A boca de Eve se abriu de espanto. Ela precisava da presença dele, queria que Roarke a confortasse e tranqüilizasse, e ele estava ali repreendendo-a e arrancando os seus tênis como se ela fosse uma menina prestes a ser espancada.

— Eu só queria tomar um pouco de ar.

— Muito bem, parece que você conseguiu isso. — Minha nossa, pensou ele, as mãos dela pareciam feitas de gelo. Ele fez um esforço para não aquecê-las pessoalmente, recuou e ficou atrás dela. — Entre na droga do chuveiro e coloque a água pelando, como você gosta tanto.

A mágoa apareceu em seus olhos rasos d'água, mas ela não disse nada. Quando se levantou e foi caminhando de forma obediente para o banheiro da suíte, isso só serviu para enfurecê-lo ainda mais.

Roarke fechou os olhos ao ouvir a água correndo. Deixe-a extravasar um pouco essa dor, Mira aconselhara. Pois bem, ele já a deixara extravasar demais. A médica dissera que ele saberia o momento de sacudi-la para fora daquele estado.

Se a hora não era aquela, perguntou a si mesmo, *quando seria?*

Ele serviu um pouco de conhaque para ambos e ficou balançando a bebida no fundo da sua taça, sem demonstrar interesse, enquanto esperava por ela.

Assim que ela saiu do banho, enrolada em um roupão, ele se sentiu pronto.

— Talvez já esteja na hora de conversarmos sobre as suas opções, Eve.

— Opções?

— Sim... O que você vai fazer da vida. — Pegando a segunda taça, colocou-a na mão dela e se sentou de forma confortável. — Com o treinamento que recebeu e a sua experiência, segurança particular é provavelmente a sua melhor opção de carreira. Eu tenho um monte de empresas onde os seus talentos serão de grande utilidade.

— Segurança particular? Trabalhando para você?

— Posso lhe assegurar que o seu salário vai ser bem mais alto do que na polícia. — Ele ergueu uma sobrancelha. — E garanto que você vai estar muito ocupada. — Recostando-se, colocou o braço sobre o encosto do sofá e se mostrou maravilhosamente relaxado. — Essa opção de trabalho vai deixá-la com mais tempo livre, além de permitir que você viaje com mais freqüência. Espero que você me acompanhe em várias viagens de negócios, e isso vai trazer benefícios para nós dois.

— Eu não estou procurando por uma porcaria de emprego, Roarke.

— Não? Ora, então devo ter entendido errado. Bem, se você resolver se aposentar, podemos estudar outras opções.

— Opções? Pelo amor de Deus, eu não consigo nem pensar nisso.

— Podíamos encomendar um filho.

A taça tremeu com tanta força em sua mão que um pouco de conhaque derramou pela borda quando ela girou o corpo.

— O quê?

— Ah, agora consegui atrair a sua atenção — murmurou ele. — Eu imaginei que iríamos constituir família só mais tarde, mas, diante das atuais circunstâncias, podemos antecipar a programação.

— Você enlouqueceu? — Eve se perguntou por que a sua cabeça não explodiu. — Um filho? Você está falando de um bebê?

— Essa é a forma convencional de dar início a uma família.

— Mas eu não posso... eu não vou... — Ela conseguiu respirar fundo. — Não sei nada a respeito de bebês nem de crianças.

— Mas agora você está com muito tempo livre. Pode aprender. Uma aposentadoria precoce a torna uma candidata perfeita para a maternidade profissional.

— Maternidade profissional? Minha nossa! — Ela sentiu todo o sangue que a água quente fizera circular novamente pelo seu corpo desaparecer outra vez. — Você só pode estar brincando.

— Não de todo. — Ele se levantou e olhou para ela. — Eu quero uma família. Não precisa ser agora, nem daqui a um ano, mas quero ter filhos com você. E também quero a minha mulher de volta.

— Segurança particular, família. — Os olhos dela tornaram a se encher de lágrimas e voltaram a arder. — Quanto mais você vai querer jogar em cima de mim, aproveitando que eu já estou no chão?

— Meu problema é que eu esperava mais de você — disse ele com um tom frio, fazendo com que as lágrimas dela secassem.

— Mais? Esperava mais de mim?

— Muito mais. O que mais você fez nas últimas trinta e seis horas, Eve, além de chorar, se esconder e sentir pena de si mesma? Aonde você acha que tudo isso vai levá-la?

— Eu achei que você ia me entender. — A voz dela falhou e quase o desmontou. — Pensei que fosse me dar apoio.

— Compreender o seu jeito de rastejar e se esconder, apoiar a sua autopiedade? — Ele provou um pouco mais de conhaque. — Não espere isso de mim. Estou cansado de ver você chafurdar nessa lama.

O leve tom de repulsa na voz dele e o desinteresse em seus olhos quase a deixaram sem ar.

— Então me deixe em paz, droga! — gritou ela, empurrando a taça de conhaque com força sobre a mesa, fazendo com que ela tombasse e derramasse a bebida sobre o tapete. — Você não sabe como eu me sinto.

— Não. — Finalmente, pensou Roarke, a fúria dela aparecera. — Por que você não me conta?

— Eu sou uma tira, droga. Não sei fazer mais nada na vida. Ralei muito na academia porque ali estava a resposta. Aquela era a única maneira que eu via de me tornar alguém. De finalmente ser alguém que não fosse apenas mais um número, nem um nome, nem uma vítima que o sistema sugou e cuspiu. E *eu* consegui — disse ela, com fúria. — Eu me reconstruí de um jeito que nada, *nada* do que aconteceu antes tinha importância.

Ela girou o corpo e se afastou. As lágrimas tornaram a surgir, mas eram quentes, fortes e cheias de fúria.

— As coisas das quais eu não me lembrava, o que eu fiz, nada daquilo poderia mudar o lugar para onde eu estava indo. Virei uma policial, com o controle nas mãos, usando o mesmo sistema que me usara por toda a vida. E do lado de dentro, com um distintivo, eu conseguia acreditar nele novamente. Tudo poderia dar certo. Eu tinha condições de lutar por alguma coisa.

— Então por que parou?

— Foram eles que me pararam! — Ela girou na direção dele com os punhos cerrados. — Depois de onze anos, os anos que importavam, quando eu treinei, aprendi e ralei muito para fazer a diferença em algum lugar. Os corpos empilhados na minha cabeça, o sangue através do qual eu fui abrindo caminho, e o desperdício daquilo. Eu os vejo durante o sono, todos os seus rostos, mas isso não me fez parar, nem conseguiria fazer, porque eles importam muito. Porque eu consigo olhar para eles e saber o que eu tenho a fazer. E consigo viver com tudo o que aconteceu comigo, mesmo as coisas das quais eu não lembro.

— Então reaja e agarre de volta o que precisa — concordou Roarke, com frieza.

— Eu não tenho mais nada. Droga, Roarke, você não consegue ver isso? Quando eles tiraram o meu distintivo, tiraram tudo o que eu tenho.

— Não, Eve. Eles não tiraram aquilo que você é, a menos que você os deixe fazer isso. Eles tiraram apenas os símbolos. Se precisa tanto deles — continuou Roarke, dando um passo na direção dela —, recomponha-se, deixe de choramingar e vá buscá-los de volta.

— Obrigada pelo apoio — disse ela, afastando-se dele. Sua voz parecia um bloco de gelo quebrando no instante em que virou as costas e saiu do quarto.

Impulsionada pela raiva, passou ventando pela casa, rumo à sala de musculação. Despiu o roupão e vestiu uma malha. Com o sangue fervendo, ativou o andróide de luta e o espancou sem piedade.

No andar de cima, Roarke tomava conhaque e sorria como um tolo ao vê-la em um monitor. Imaginou que ela trocaria o rosto do andróide pelo dele, se pudesse fazer isso.

— Vá em frente, querida — murmurou. — Arrebente a minha cara até ela virar pó. — Recuou de leve ao vê-la dar uma joelhada com força entre as pernas do andróide e sentiu uma fisgada de dor solidária entre as próprias pernas.

— Acho que eu mereci — decidiu ele, anotando mentalmente a necessidade de substituir o andróide. Aquele ali estava acabado.

Já era um bom progresso, refletiu Roarke depois que ela saiu e deixou o andróide mutilado sobre o tatame, despiu a roupa encharcada de suor e foi direto para a piscina coberta. Ele já contara trinta braçadas firmes e constantes quando Summerset o chamou.

— Desculpe incomodar, mas um tal de detetive Baxter está no portão. Deseja falar com a tenente Dallas.

— Diga a ele que ela não pode atender. Não, espere... — Por impulso, Roarke mudou de idéia. Já estava cansado de não poder fazer nada por ela. — Faça-o entrar, Summerset. Eu vou recebê-lo. Tenho um recado para o Departamento de Polícia. Encaminhe-o para o meu escritório.

— Com todo prazer.

Baxter tentava ao máximo não parecer embasbacado. Seu estado de espírito estava muito sombrio, seus nervos à flor da pele e ele fora obrigado a lidar com a onda de repórteres no portão. Eles socaram as janelas de seu veículo, o carro de um policial. Onde estava o bom e velho respeito, além do temor da polícia, pelo amor de Deus?

E agora ele estava sendo levado através dos salões de um tremendo palácio por um mordomo muito duro e empinado. O lugar parecia saído de uma superprodução do cinema. Um dos seus passatempos prediletos era zoar Eve por ela estar nadando em dinheiro desde que se casara com Roarke. Agora tinha um monte de material novo para suas brincadeiras, mas não teria coragem de usá-lo.

Surpreendeu-se ainda mais ao entrar no escritório de Roarke. Só o equipamento que havia ali já fazia seus olhos saltarem das órbitas, e a decoração, com quilômetros de vidro fumê e acres de lajotas brilhantes, o fez se sentir inadequado em seu terno amassado e sapatos gastos.

O sentimento tinha razão de ser, decidiu. Afinal, ele estava se sentindo um mendigo desde que entrara na mansão.

— Detetive? — Roarke permaneceu sentado atrás da mesa, em uma posição de poder. — Onde está a sua identificação?

Eles haviam se encontrado mais de uma vez, mas Baxter simplesmente aquiesceu e exibiu o distintivo. Não podia culpar o sujeito pelo excesso de formalidade, diante das circunstâncias.

— Preciso interrogar Dallas sobre o homicídio da policial Bowers.

— Creio que lhe foi informado, desde ontem, que a minha esposa não está disponível no momento.

— Sim, eu recebi o recado, mas isso precisa ser feito. Tenho um trabalho a cumprir.

— Sim, você tem um trabalho. — Sem se preocupar em disfarçar a ameaça no olhar, Roarke se levantou. Todos os seus movimentos eram precisos, como os de um lobo circundando a presa. — Eve não tem trabalho algum, porque o seu departamento é rápido no gatilho na hora de atacar os próprios policiais. Como tem a coragem de ficar aí em pé na minha frente, balançando o distintivo na mão? Você veio até aqui preparado para interrogá-la? Seu filho-da-mãe, eu devia enfiar esse distintivo pela sua goela abaixo e mandar a sua cabeça de volta para Whitney espetada em uma lança.

— Você tem todo o direito de estar chateado — disse Baxter, com a voz firme, mas eu tenho uma investigação em aberto e Dallas é parte do trabalho.

— Eu pareço chateado, Baxter? — Os olhos de Roarke brilhavam como uma espada desembainhada ao sol e ele começou a rodear a mesa. — Por que não me deixa demonstrar a você, neste instante, o que estou realmente sentindo? — Rápido como um relâmpago, o punho de Roarke se elevou no ar.

Eve entrou no escritório no instante exato em que Baxter voava pelo aposento. Ela teve de dar um pulo para a frente, a fim de proteger Baxter com o próprio corpo, antes que Roarke voltasse a atacar.

— Qual é, Roarke, você ficou maluco? — reagiu ela. — Para trás, para trás! Baxter — chamou ela, dando-lhe tapinhas no rosto enquanto esperava que seus olhos voltassem à posição normal. — Você está bem?

— Sinto como se tivesse sido golpeado por uma marreta.

— Você deve ter escorregado e caído. — Eve deixou o orgulho de lado e exibiu um olhar de súplica. — Deixe-me ajudá-lo a se levantar.

Ele olhou para Roarke e depois tornou a olhar para Eve, confirmando:

— Sim, devo ter escorregado. Merda. — Ele movimentou o maxilar dolorido e deixou que Eve o levantasse do chão.

— Dallas, acho que você sabe o porquê de eu estar aqui.

— Sim, já desconfiei. Vamos resolver logo esse assunto.

— Você não vai conversar com ele sem a presença de seus advogados — sentenciou Roarke. — Detetive, nós vamos entrar em contato com eles e lhe daremos retorno sobre o momento mais conveniente para a minha esposa falar com você.

— Baxter... — Eve dirigiu-se ao detetive, mas olhava para Roarke. — Você poderia deixar-me a sós com o meu marido por alguns minutos?

— Claro, ahn... tudo bem. Vou esperar ali fora.

— Obrigada. — Eve esperou até ele fechar a porta e se virou para Roarke. — Ele está apenas fazendo o seu trabalho.

— E poderá fazê-lo de forma mais apropriada quando você estiver devidamente representada.

Franzindo o cenho, ela chegou mais perto dele e tomou-lhe a mão, avisando:

— Os nós dos seus dedos vão inchar. A cabeça de Baxter é dura como pedra.

— Valeu a pena. Seria melhor ainda se você não tivesse interferido.

— Eu ia acabar tendo que pagar fiança para você. — Intrigada, colocou a cabeça meio de lado. Ela já o vira furioso muitas vezes e reconhecia o brilho em seus olhos. — Menos de uma hora atrás você estava me dizendo para parar de reclamar, e agora eu entro aqui e vejo você agredir o investigador principal do caso que me colocou nessa situação. Afinal, qual é a sua posição nessa história, Roarke?

— Minha posição é ao seu lado, Eve. Sempre.

— E por que me tratou daquela maneira, então?

— Para deixar você pau da vida. — Sorrindo de leve, ele segurou o queixo dela. — Funcionou. Você vai precisar passar gelo nos nós dos dedos também.

— Acabei com o seu andróide de luta — avisou ela, entrelaçando os dedos com os dele.

— Sim, eu sei.

— Fingi que era você que eu estava socando.

— Sim — repetiu ele. — Sei disso, também. — Ele pegou a mão dela, fechou-a formando um punho e a trouxe até os lábios. — Quer bater em mim ao vivo, agora?

— Talvez. — Ela se chegou para mais perto dele e o abraçou com força. — Obrigada.

— Pelo quê...?

— Por me conhecer tanto a ponto de saber o que eu preciso. — Fechando os olhos, ela pressionou o rosto contra o seu pescoço. — Eu acho que também conheço você o bastante para saber que não deve ter sido fácil fazer isso.

— Não agüento ver você magoada dessa forma. — Seus braços a envolveram.

— Vou superar. Pode deixar que eu não vou ser menos do que você espera. Ou menos do que eu mesma espero de mim. Preciso de você ao meu lado. — Ela expirou com força e se afastou dele. — Agora eu vou deixar Baxter entrar aqui novamente. Não bata mais nele, certo?

— Posso ao menos ver você fazer isso? Você sabe o quanto me excita ver você socar alguém.

— Vamos ver o que rola.

Capítulo Dezesseis

uando Eve deixou Baxter entrar novamente no escritório, ele lançou um olhar comprido e desconfiado para Roarke.

— Acho que eu teria feito a mesma coisa — foi tudo o que disse, e em seguida se virou para Eve. — Preciso lhe dizer uma coisa antes de começarmos a gravar a conversa.

— Certo — disse Eve, enfiando as mãos nos bolsos. — Vá em frente.

— Fazer isso me machuca.

Eve sorriu de leve e seus ombros relaxaram. Ele parecia muito mais desconfortável e infeliz do que ela.

— Sim, machuca mesmo — concordou ela. — Vamos acabar logo com isso.

— Você chamou o advogado?

— Não. — Eve olhou para Roarke. — Ele vai me representar nessa pequena festa.

— Tudo bem. — Dando um suspiro, Baxter massageou o maxilar dolorido. — Se ele me agredir novamente, espero que você o derrube. — Pegou o gravador e ficou segurando-o com força. A tristeza estava estampada em seu rosto. — Droga. A gente já se conhece há muito tempo, Dallas.

— Sim, eu sei. Simplesmente faça o seu trabalho, Baxter. Vai ser mais fácil para todos.

— Não há nada de fácil nisso — balbuciou ele, e em seguida ligou o gravador e o colocou sobre a mesa. Declarou o dia, a hora e em seguida recitou o texto atualizado a respeito dos direitos e obrigações de Eve. — Você já sabe de tudo isso, certo?

— Sim, conheço todos os meus direitos e deveres — confirmou Eve. Como sentiu as pernas ligeiramente fracas, se sentou. Era diferente, pensou ela, com ar sombrio, completamente diferente estar do outro lado da linha. — Quero fazer uma declaração e depois você parte para os detalhes.

Era como um relatório, Eve disse a si mesma. Como centenas de relatórios que ela preenchera ao longo dos anos.

Rotina.

Ela precisava encarar a situação daquele jeito, tinha que pensar assim para manter a bola de gelo longe do estômago. Havia fatos a registrar. Havia observações a fazer.

Sua voz, porém, não estava muito firme quando ela começou.

— Quando atendi ao chamado na noite do assassinato de Samuel Petrinsky, eu não me lembrava da policial Ellen Bowers. Mais tarde, soube que freqüentamos a Academia da Polícia na mesma época. Não me lembro de tê-la visto por lá, nem de conversas ou outro tipo de interação, antes de encontrá-la na cena do crime. O seu trabalho no local foi ineficiente e a sua atitude deixou a desejar. Como oficial superior a ela e primeira investigadora a chegar ao local, eu a repreendi por suas deficiências. Este incidente está gravado.

— Sim, temos as gravações feitas no local pela policial Peabody. Elas estão sendo avaliadas — disse Baxter.

A bola de gelo dentro de Eve recomeçou a tomar forma, mas ela a afastou e, dessa vez, sua voz estava mais firme.

— O rapaz que estava sendo treinado pela policial Bowers — continuou Eve —, o recruta Trueheart, mostrou que era observador e também que conhecia os residentes da área em questão. Requisitei a sua assistência para interrogar uma testemunha que o conhecia e a sua ajuda foi de grande valia. Essa decisão minha não foi pessoal, e sim profissional. Logo depois, a policial Bowers apresentou uma queixa contra mim, alegando linguagem abusiva e outras infrações técnicas. A queixa foi devidamente respondida.

— Esses arquivos e relatórios também estão sendo avaliados. — O tom de voz de Baxter era neutro, mas seus olhos incentivavam Eve a ir em frente, de modo a apresentar os fatos pelo seu ângulo e contar a história de forma clara.

— A policial Bowers foi novamente a primeira a chegar ao local do crime quando eu fui chamada para averiguar a morte de Jilessa Brown. Esse incidente está igualmente registrado em vídeo e mostra o comportamento insubordinado e pouco profissional de Bowers. Sua acusação de que eu teria entrado em contato com ela para fazer ameaças não tem fundamento, e isso será provado quando os registros de voz forem comparados. A sua queixa seguinte foi apresentada sem base alguma. Para mim, ela era apenas irritante, nada mais.

Eve desejou beber um pouco d'água, um golinho que fosse, mas não queria parar o depoimento para isso.

— No instante em que ela foi assassinada eu estava vindo da Central de Polícia para este local, a minha residência. Pelo meu entendimento, este meio-tempo me daria pouca oportunidade para perseguir Bowers e em seguida matá-la da forma descrita. Meus registros de entrada e saída podem ser verificados e eu estou disposta, se for preciso, a me submeter a um teste no detector de mentiras, seguido de avaliação profissional, a fim de ajudar na investigação e encerramento desse caso.

— Você certamente está facilitando muito o meu trabalho — disse Baxter, olhando para Eve e concordando com a cabeça.

— Quero a minha vida de volta. — *E o meu distintivo*, pensou, mas não disse nada, pois não conseguiu. — Vou fazer o que for necessário para ter tudo de volta.

— Temos que abordar a questão do motivo aqui. Ahn... — Ele se desviou por um breve segundo para Roarke, lançando-lhe um olhar desconfiado. Ele não podia dizer que gostou ou confiou nos olhos muito azuis e frios que o encararam de volta. — Os registros e diários da policial Bowers tinham várias acusações com relação a você e a certos membros do Departamento da Polícia de Nova York. Ela afirmava que você... usava sexo para adquirir vantagens profissionais.

— E você já me viu usar sexo para conseguir alguma coisa, Baxter? — Seu tom de voz era seco, mas quase divertido. Ela estava fazendo um grande esforço para mantê-lo assim. — Afinal de contas, eu consegui resistir a todas a suas cantadas ao longo dos anos.

— Por favor, Dallas. — Ele ficou vermelho e pigarreou ao ver que Roarke enfiou as mãos nos bolsos e começou a balançar o corpo para a frente e para trás, apoiado sobre os calcanhares. — Você sabe que tudo aquilo sempre foram brincadeiras bobas.

— Sim, eu sei. — Ele às vezes era um pé no saco, pensou Eve, com uma pontada de afeto. Era também um bom policial e um homem decente. — Não acho que essas brincadeiras devam ser consideradas bobas, mas vamos direto aos fatos. Eu jamais ofereci, negociei ou me envolvi em qualquer tipo de transação sexual, a fim de receber tratamento especial durante o treinamento, nem durante o trabalho. Adquiri o meu distintivo por mérito próprio e quando o usava... eu o respeitava.

— Você vai consegui-lo de volta.

— Nós dois sabemos que não existem garantias quanto a isso. — O sentimento de tristeza voltou e tomou conta dos seus olhos quando ela olhou para ele. — No entanto, vou ter mais chances se você descobrir quem a matou e por quê. Você terá toda a minha cooperação.

— Certo. Você disse que não se lembrava de Bowers do tempo da academia, e no entanto ela relatou com detalhes vários incidentes ao longo dos últimos doze anos. Logicamente devia haver algum tipo de contato entre vocês.

— Não que eu me lembre. Não sei como explicar isso, seja por lógica ou por alguma outra forma.

— Ela afirma ter conhecimento de manipulação de provas e testemunhas, além de falsificação de relatórios, tudo isso feito por você, a fim de encerrar os casos mais depressa e melhorar a sua ficha profissional.

— Nenhuma dessas acusações tem base sólida. Eu queria ver as provas. — A raiva começou a se infiltrar em sua voz, colocando uma cor saudável em seu rosto e um brilho de aço em seus olhos. — Ela pode ter escrito o que lhe deu na telha... ela pode ter dito que tinha um caso ardente com Roarke, teve seis filhos com ele e criava cães golden retriever em Connecticut, mas onde estão as provas, Baxter? — Ela se inclinou na direção dele, com a tristeza substituída pelo ar de insulto. — Eu não posso fazer nada, a não ser negar, negar e negar. Não posso nem mesmo ficar cara a cara com ela, porque alguém a matou. Ela não pode ser interrogada oficialmente, nem punida ou repreendida. Será que alguém já se perguntou por que ela foi assassinada e eu fiquei com o traseiro na reta exatamente quando estava investigando uma série de homicídios que certas pessoas de alto nível não queriam que fossem investigados?

Ele abriu a boca para falar alguma coisa, mas desistiu e disse apenas:

— Não posso discutir assuntos do departamento com você, Dallas. Você sabe disso.

— Não, você não pode discutir porra nenhuma comigo, mas eu posso especular. — Empurrando a cadeira para trás, Eve começou a andar de um lado para outro no escritório. — Eles tiraram o meu distintivo, mas não tiraram o meu cérebro. Se alguém queria me causar problemas, não precisou procurar muito longe, porque

Bowers caiu do céu. Foi só forçar a obsessão ou sei lá que diabos ela nutria por mim, dar-lhe um pouco de corda e depois matá-la de forma brutal para que todos apontassem na minha direção. Eu não fiquei só fora do caso, fiquei fora de tudo, de vez. Fora — repetiu ela. — Agora temos uma nova investigação e o departamento está no meio de um circo armado pela mídia, onde rolam a corrupção, o sexo e os escândalos, coisas que só servem para atrasar os trabalhos e dar ao assassino que anda fatiando gente por aí bastante tempo para encobrir suas pegadas.

Ela girou o corpo e se virou de novo de frente para ele, completando:

— Se você quer fechar esse caso, Baxter, vá procurar no outro caso, aquele que eu fui obrigada a abandonar, e siga todas as pistas. Existe uma porcaria de ligação e a policial Bowers foi só uma ferramenta útil, facilmente descartada. Ela não significava nada para mim — afirmou Eve e, pela primeira vez, demonstrou um pouco de pena na voz. — E ela significava menos ainda para quem a matou, pois a finalidade da morte dela foi apenas me atingir.

— A outra investigação está prosseguindo — lembrou Baxter. — Foi Feeney quem assumiu o seu posto.

— É. — Considerando a informação, Eve concordou com a cabeça, lentamente. — Por essa eles não esperavam.

O resto eram formalidades, e ambos sabiam disso. Perguntas-padrão com respostas-padrão. Eve concordou em fazer o teste com o detector de mentiras na tarde do dia seguinte. Quando Baxter saiu, ela resolveu deixar a sensação desagradável que aquele acontecimento provocara em sua cabeça.

— Você lidou muito bem com o problema — comentou Roarke.

— Ele pegou leve comigo. Não estava me investigando de coração.

— Talvez eu devesse ter me desculpado pelo soco que dei na cara dele — sorriu Roarke —, mas o pedido de desculpas também não seria de coração.

— Ele é um bom tira — disse Eve, rindo um pouco —, e eu preciso de bons tiras, agora. — Pensando nisso, pegou o *tele-link* e ligou para o aparelho portátil de Peabody.

— Oi, Dallas! — O rosto quadrado de Peabody brilhou de alívio, mas na mesma hora uma pontada de preocupação escureceu-lhe os olhos. — Você está bem?

— Já tive dias melhores. Dá para encaixar um almoço comigo na sua agenda, Peabody?

— Almoço?

— Isso mesmo. Esta é uma ligação pessoal para o seu *tele-link* pessoal — disse Eve, com cautela, torcendo para que Peabody entendesse o que ela queria dizer. — É um convite para você me acompanhar em um almoço, aqui em minha casa, se o seu tempo e os seus horários permitirem. Fique à vontade para trazer alguns amigos também, se quiser. Se não puder, eu vou compreender.

Menos de três segundos se passaram e veio a resposta:

— Acontece que eu estou com fome exatamente agora. Vou chamar alguns amigos. Estaremos aí em menos de uma hora.

— Vai ser bom ver vocês.

— Digo o mesmo — murmurou Peabody e desligou.

Depois de um instante de hesitação, Eve se virou para Roarke.

— Preciso de todos os dados sobre Bowers que eu puder conseguir: informações pessoais, todos os registros profissionais e relatórios que fez. Preciso também ter acesso aos arquivos de Baxter, para fazer um levantamento de tudo o que ele descobriu até agora sobre o assassinato. Preciso também das descobertas do médico-legista, do relatório dos peritos no local do crime e de todas as gravações relacionadas com o caso.

Enquanto Roarke a observava sem falar nada, Eve caminhava de um lado para outro do escritório, a passos largos.

— Eles apagaram os meus arquivos sobre o caso, não só na Central como aqui também. Quero todos os dados de volta, além de tudo o mais que Feeney tiver conseguido desde que eu levei um pé na bunda. Não quero pedir a ele para tirar cópias de tudo para mim. Ele faria isso, mas eu já vou lhe pedir mais do que deveria. Preciso de tudo que puder descobrir sobre o suicídio de Westley Friend e quem eram os seus colaboradores mais próximos por ocasião da sua morte.

— Por acaso eu já tenho todas essas informações, ou quase todas, prontinhas para você. — Roarke sorriu para Eve quando ela virou o corpo e fixou os olhos nele. — Seja bem-vinda de volta, tenente. — Estendeu a mão para ela. — Sentimos muito a sua falta.

— É bom estar de volta. — Ela foi até onde ele estava e segurou a sua mão. — Roarke, eu não sei aonde isso vai dar, e pode ser que o departamento julgue mais eficaz me deixar de fora de vez.

Com os olhos nos dela, ele passou os dedos por dentro dos seus cabelos e em seguida massageou, com as pontas deles, a tensão que sentiu na base do pescoço.

— Se a deixarem de fora para sempre, vão sofrer uma grande perda.

— O que quer que aconteça, eu preciso fazer isso. Tenho que terminar o que comecei. Não posso abandonar os rostos que vejo em sonhos. Não posso dar as costas ao trabalho que me salvou. Se depois de tudo as portas continuarem fechadas para mim...

— Não pense dessa forma.

— Mas tenho que estar preparada para isso. — Seus olhos estavam firmes, mas ele sentiu um pouco de temor neles. — Roarke, quero que você saiba que eu vou conseguir superar tudo. Não vou tornar a me desmontar diante de você.

— Eve — ele emoldurou o seu rosto com as duas mãos —, vamos fazer com que dê tudo certo. Confie em mim.

— Eu confio, mas... Pelo amor de Deus, Roarke, eu vou fazer coisas erradas, e vou levar você comigo.

Ele colocou os lábios sobre os dela, com firmeza, e em seguida disse:

— Eu não aceitaria que fosse de outro modo.

— Sei, e provavelmente vai curtir muito cada segundo — resmungou ela. — Muito bem, é melhor começarmos logo. Você pode fazer alguma coisa no computador do meu escritório para que ele confunda o CompuGuard da polícia?

— E você tem dúvidas? — Rindo, ele a enlaçou pela cintura e seguiu em direção às portas de conexão entre os dois escritórios.

Tudo levou menos de dez minutos. Eve tentou não se mostrar impressionada, mas o fato é que era surpreendente a velocidade com que aqueles dedos espertos conseguiam seduzir os equipamentos eletrônicos e fazê-los ronronar.

— Pronto, você está limpa e bem oculta — comunicou ele.

— Tem certeza de que o CompuGuard não vai me pegar quando eu começar a rodar os dados do Departamento de Polícia em meu computador?

— Se você continuar com os insultos, vou brincar com meus próprios brinquedos e deixá-la sozinha.

— Não seja tão melindroso. Eu posso passar muito tempo na cadeia por fazer isso, sabia?

— Prometo visitar você toda semana.

— Sim, vai me visitar da cela ao lado da minha. — Ao vê-lo sorrir, ela chegou mais perto. — Como é que eu faço para acessar os dados? — começou ela, e levou um tapa na mão antes mesmo de tocar no teclado.

— Por favor, você é uma amadora. — Ele dançou com os dedos sobre as teclas. A máquina zumbiu satisfeita, cooperando de bom grado. Então, uma sedutora voz feminina criada por computação anunciou:

A transferência dos dados foi completada.

Eve ergueu as sobrancelhas e perguntou:

— O que aconteceu com a voz-padrão do meu computador?

— Já que eu vou trabalhar nele, quero escolher quem vai falar comigo.

— Às vezes você é tremendamente simples, Roarke. Agora, saia da minha cadeira. Tenho trabalho a fazer antes que eles cheguem.

— De nada — disse ele, ligeiramente irritado, mas, antes que conseguisse se levantar, ela o agarrou pela camisa e esmagou a boca de encontro à dele em um beijo longo e apaixonado.

— Obrigada.

— Foi um grande prazer ajudá-la. — Ele deu um tapinha no traseiro dela enquanto trocavam de lugar. — Quer café, tenente?

— Uns dois baldes seriam bem-vindos, para começar. — Eve conseguiu sorrir. — Computador, imprimir todas as fotos das cenas dos crimes e todos os arquivos relacionados a eles. Colocar na tela os resultados da autópsia da policial Ellen Bowers.

Pesquisando...

— Sim — disse Eve, baixinho. — Estamos pesquisando.

Em menos de trinta minutos ela já estava com os arquivos de todos os dados específicos guardados em uma gaveta e lera todos os relatórios para se atualizar. Estava pronta quando Feeney chegou em companhia de Peabody e McNab.

— Tenho algo a dizer — anunciou Feeney antes de Eve falar alguma coisa. — Não vamos deixar isso barato. Já fiz o meu discurso para Whitney, não só oficialmente como também em caráter pessoal.

— Feeney...

— Cale a boca. — Seu rosto normalmente enrugado estava tenso de raiva e sua voz era cortante. Quando ele apontou com o dedo para uma cadeira, Eve se sentou de forma automática, sem nem mesmo pensar em protestar. — Eu treinei você, droga, e tenho todo o direito de dizer tudo o que tiver vontade a respeito de uma das minhas pupilas. Se você deixar que eles a tratem a pontapés, eu juro que vou lhe dar pontapés ainda mais fortes. Você está num sufoco, não há dúvida, mas já está na hora de dar a volta por cima. Se ainda não preencheu os papéis legais de protesto, quero saber por que diabos ainda não o fez.

— Não pensei nisso. — Eve franziu o cenho.

— O quê? Qual é a sua, deu férias ao cérebro? — Esticou o dedo na direção de Roarke. — E qual é o problema com você, com todos os seus advogados bambambãs e suas pilhas de grana? Ficou de miolo mole também?

— Os papéis já ficaram prontos, falta apenas assiná-los, e isso vai ser feito agora que ela já acabou de... — sorriu de leve para Eve — choramingar.

— Isso, podem pegar no meu pé vocês dois — sugeriu ela.

— Mandei você calar a boca — lembrou Feeney. — Encaminhe a papelada ainda hoje — disse a Roarke. — Tem coisas que são muito lentas. Eu já fiz a minha declaração por escrito, na condição de instrutor dela e parceiro de ronda, e entreguei tudo. A apresentação do perfil de Dallas em um especial multimídia, preparado por Nadine, vai causar muito furor também.

— Que especial? — quis saber Eve, o que lhe valeu um olhar de censura vindo de Feeney.

— Você anda tão ocupada choramingando pelos cantos que nem assiste mais aos noticiários, não é? Nadine apresentou diversas entrevistas com sobreviventes dos casos que você resolveu. São relatos poderosos. Um dos depoimentos mais fortes foi o de Jamie Lingstrom. Ele garantiu que o avô dele considerava você uma grande tira, uma das melhores da cidade, e contou como você colocou a própria vida em risco para pegar o canalha que assassinara a irmã dele*. O rapaz apareceu na porta da minha casa ontem à noite para reclamar por eles terem tirado o seu distintivo.

Surpresa e quase sem fala, Eve só conseguiu ficar olhando para ele e depois protestou:

— Mas não havia nada que você pudesse ter feito para impedi-lo, Feeney.

— Pois tente explicar isso para um rapazinho que quer ser tira e acredita que o sistema pode funcionar. Aliás, talvez você pudesse

---

* Ver *Cerimônia Mortal*. (N.T.)

explicar a ele o que está fazendo aqui, sentada em cima do próprio traseiro, dentro dessa fortaleza e sem tomar providência alguma a respeito.

— Nossa, capitão — resmungou McNab, tentando não recuar quando Feeney lhe lançou um olhar assassino.

— Não pedi nenhum comentário seu, detetive. Será que eu não lhe ensinei nada, garota? — quis saber, olhando para Eve.

— Você me ensinou tudo. — Ela se levantou. — Só que normalmente você não é assim tão bom quando banca o tira mau, Feeney. Deve ter economizado munição, e hoje está com a corda toda, mas pode parar. Eu já decidi não ficar mais sem fazer nada.

— Já era tempo! — Feeney pegou um saquinho de amêndoas açucaradas e comeu algumas. — E então, de que ângulo você vai atacar?

— De todos. Quero que saiba que pretendo prosseguir com as investigações, tanto no caso que foi repassado para você quanto no homicídio da policial Bowers. Não por desconfiar da competência da equipe, e sim por não poder mais ficar parada.

— Já era tempo! — repetiu ele. — Deixe-me colocá-la a par das novidades.

— Não. — Ela disse isso com determinação, caminhando na direção dele. — Nada disso, Feeney. Não quero colocar o seu distintivo em risco.

— Mas o distintivo é meu.

— Não pedi para Peabody reunir todos aqui para vocês deixarem vazar informações para mim. Pedi que viessem com o intuito de lhes contar o que estou fazendo. Isso já é arriscado demais. Até que o departamento se convença oficialmente, eu sou suspeita de assassinato. Acredito que o caso Bowers tenha ligação com o que vocês estão investigando. Precisam de todos os dados que eu já consegui. Não apenas os que estão nos relatórios, mas também tudo o que está na minha cabeça.

— E você acha que eu não sei o que se passa na sua cabeça? — Riu Feeney, com desdém, mastigando outra amêndoa. — Imagino que não, já que você não percebeu o que se passa na minha. Entenda uma coisa, Dallas. Sou o investigador principal desse caso agora. Sou eu que tomo as decisões. No que me diz respeito, você é uma peça-chave, e se já acabou de girar os polegares sem resolver nada vamos cair dentro. Algum de vocês tem algum problema com isso? — perguntou a Peabody e a McNab, recebendo um uníssono "Não, senhor" como resposta. — Pronto, eu sou o seu superior e você perdeu na votação, Dallas. Agora, alguém poderia me servir uma porcaria de café? Não quero passar as informações que tenho com a garganta seca.

— Não preciso das informações — afirmou Eve. — Já tenho todos os dados.

— Ora, por que será que eu não fiquei surpreso? — Feeney ergueu uma sobrancelha e olhou para Roarke. — De qualquer modo, continuo querendo o café.

— Pode deixar que eu pego. — Com vontade de dançar de alegria, Peabody se levantou para ir até a cozinha.

— Ouvi dizer que íamos ter comida — comentou McNab.

— Pois vá você pegar comida, se quiser. — Fungando de leve, Peabody desapareceu na sala ao lado.

— Esse garoto só pensa em comer o tempo todo — murmurou Feeney, e então sorriu como um pai orgulhoso. — Nunca tive esse tipo de preocupação com você, Dallas. Por onde quer começar?

— Você é que é o investigador principal.

— E sou mesmo — confirmou ele, à vontade, e se sentou. — Você convocou esse irlandês almofadinha para participar do grupo? — quis saber, apontando o queixo na direção de Roarke.

— Ele veio incluído no pacote promocional.

— Pois então foi um bom pacote. — Sorriu Feeney, satisfeito.

Todos partiram para os procedimentos de rotina. Eve colocou um quadro na parede e pregou fotos dos mortos. Do outro lado, Peabody prendeu fotos dos suspeitos, enquanto Eve e Feeney dissecavam as informações de todas as entrevistas.

Ela se inclinou para a frente, analisando os vídeos da ala de órgãos do centro de pesquisas, do laboratório e das amostras.

— Você cruzou as informações de todos esses órgãos? Todas as amostras vieram de fontes limpas?

— Todas elas, até a última — confirmou Feeney. — Foram doados por particulares, vendidos legalmente ou conseguidos através de canais públicos.

— E o que conseguiu em seus relatórios de dados? Como eles usam as amostras?

— É complicado de descobrir — admitiu Feeney. — Parece que são unicamente para pesquisas e estudos sobre doenças e envelhecimento, mas esbarrei em um monte de termos técnicos e expressões médicas.

É, reconheceu Eve, os termos médicos eram mesmo difíceis de decifrar.

— O que acha de usar os serviços de Louise Dimatto?

— É complicado — admitiu Feeney. — Temos a ligação dela com Cagney e com a Clínica Canal Street, embora em todas as pesquisas o seu nome tenha saído limpo. Mas a moça parece ter dado conta do recado quando você utilizou a sua ajuda.

— Eu arriscaria, embora não dê para sabermos se ela vai achar alguma coisa estranha por lá. Eles são organizados, espertos e cuidadosos. De qualquer modo, ela vai fazer você economizar tempo. McNab, quero que você vá fundo e descubra que tipo de andróides o Drake Center usa para serviços de segurança, e em seguida quero que descubra as empresas que fabricam programas de autodestruição. Programas que funcionam através de explosões, e não queima de arquivos ou curto-circuitos.

— Isso dá para eu descobrir — garantiu ele, colocando uma garfada de macarrão na boca. — Pelo menos a última parte da missão. Fabricação particular de explosivos para autodestruição de máquinas é ilegal. Trata-se de um acordo entre o governo e os militares. Eles costumavam usar isso em andróides para espionagem e em eventos antiterrorismo. Oficialmente, a fabricação desses aparelhos foi desativada há cinco anos, mas ninguém acredita realmente nisso.

— Porque não é verdade. — Roarke se recostou na cadeira, pegou um cigarro e o acendeu. — Nós fabricamos esse aparelho autodestruidor e o fornecemos para vários governos, inclusive o dos Estados Unidos. Embora só possa ser usado uma vez, trata-se de um produto relativamente lucrativo. Novas unidades estão sempre sendo solicitadas, para reposição.

— E elas não são vendidas para nenhuma empresa particular?

— Ora, tenente, mas isso seria uma atividade ilegal. — Roarke fingiu que estava chocado. — Não — acrescentou ele, soprando um pouco de fumaça. Até onde eu sei, nenhum fabricante vende esse produto por trás das cortinas, para particulares.

— Bem, então isso deixa Washington um pouco mais apertado. — Eve se perguntou o que Nadine faria se ela deixasse vazar aquela informação. Levantando-se da cadeira, foi até o quadro e estudou mais uma vez a foto do que sobrara de Bowers.

— Isso me parece um crime exacerbado. Um frenesi, um ato passional. Se olharmos com mais atenção e pesquisarmos na autópsia com cuidado, porém, veremos que foi um ato limpo e sistemático. O ataque fatal aconteceu logo de cara, ainda no lado de fora do prédio. Foi usado um instrumento grosso, comprido e pesado, e um único golpe foi dado, precisamente na lateral do rosto e da cabeça. O médico-legista confirmou que essa foi a causa da morte. Ela não ocorreu na mesma hora, mas em menos de cinco minutos, e a vítima não chegou a voltar a si.

— Então por que não deixá-la ali e simplesmente ir embora? — quis saber Peabody.

— Boa pergunta. O trabalho já havia sido executado. O resto era encenação. Arrastá-la para dentro, levar a sua identidade. Ela foi facilmente reconhecida através das digitais, pois todos os policiais são registrados, mas o seu uniforme e a identidade foram achados uns dois quarteirões adiante, dentro de uma máquina de reciclagem quebrada. O material foi plantado ali, na minha opinião. Isso deu a falsa impressão, em um primeiro momento, de que levar o uniforme e a identidade foi uma manobra para atrasar ou impedir a identificação do corpo.

— Mas você seria esperta demais para agir assim depois de tê-la apagado — comentou Peabody, e enrubesceu quando Eve olhou para ela com cara feia. — Isto é, o detetive Baxter ia chegar a essa conclusão bem depressa.

— Certo. Foi só outra encenação — prosseguiu Eve. — Praticamente todos os ossos do corpo dela estavam quebrados, seus dedos foram esmagados e o massacre em seu rosto foi tão grande que ele ficou desfigurado. Embora tudo tenha sido feito para parecer cruel, como em um ataque furioso e impensado, tudo ocorreu com muita precisão, como que programado — disse ela, olhando para trás.

— Um andróide — concordou Feeney. — Isso encaixa.

— Não havia nenhum outro elemento humano. Os peritos e a equipe que examinaram o local do crime não encontraram sangue algum que não fosse o dela, nenhuma célula de pele, nenhum fio de cabelo, nada. Ninguém consegue usar os punhos daquela maneira sem arranhar ou machucar a própria pele. Quem ordenou essa missão se esqueceu desses detalhes, ou sabia que eles não precisariam disso para me acusar e retirar do caso por motivos técnicos. O assassino não é tira, mas provavelmente tem informações sobre a área.

— Rosswell — disse Peabody, arregalando os olhos.

— É um bom palpite — concordou Eve. — Ele conhecia Bowers e trabalhava na mesma delegacia. Tem ligação com outra das investigações e está envolvido com o caso, ou acobertando alguém. De qualquer modo, merece uma olhada mais de perto. Ele é viciado em jogo — acrescentou ela. — Vamos ver como é que ele anda de finanças.

— Vai ser um prazer pesquisar isso. Engraçado... — refletiu Feeney. — Ele estava na Central hoje de manhã. Ouvi quando Webster o mandou entrar para bater um papo sobre Bowers. Aliás, ele soltou a língua e falou muita coisa a respeito do crime por toda a sala de registros, para quem quisesse ouvir. Parece que andou falando coisas de você também, Eve. A policial Cartright lhe deu um empurrão tão bem dado que o colocou de bunda no chão.

— Foi mesmo? — Eve sorriu. — Eu sempre gostei de Cartright.

— Sim, ela é ótima. Primeiro ela lhe deu uma cotovelada violenta no estômago, depois o empurrou no chão e em seguida exibiu um sorriso imenso e um pedido de desculpas.

— Querida, precisamos enviar-lhe algumas flores — sugeriu Roarke.

— Isso não seria adequado — disse Eve, olhando para ele de lado. — Peabody, você cuida de Rosswell. McNab, encontre uma ligação entre Washington e o Drake Center, algo que possa explicar o uso do andróide. Feeney, entre em contato com Louise para ver se ela consegue achar algo estranho nos registros dos órgãos doados.

— Deve haver outros registros — avisou Roarke.

— Como assim? — Dessa vez ela se virou de frente para ele.

— Bem, se realmente existem atividades ilegais de natureza médica acontecendo no Drake Center, é altamente provável que existam registros disso com alguém. Logicamente eles não estariam nos arquivos da instituição, e sim escondidos em outro lugar.

— E como poderemos achá-los?

— Creio que posso ajudar vocês nisso. Porém, a não ser que tenham um alvo específico, vou levar muito tempo para rastrear toda a lista de suspeitos.

— Não vou lhe perguntar como vai conseguir fazer isso — decidiu Feeney —, mas comece com Tia Wo e Hans Vanderhaven. A dra. Wo devia se encontrar comigo hoje, trazendo o seu alfinete de ouro, mas não apareceu. Vanderhaven tirou uma licença que não havia sido programada. Tudo o que sabemos dele é que foi para a Europa. Peabody e eu estávamos tentando descobrir o paradeiro dos dois quando você ligou, Dallas.

— Se o alfinete encontrado na cena do crime pertence a um deles, quem o perdeu vai tentar substituí-lo.

— Já cobrimos essa frente — garantiu-lhe McNab. — Estou ligado com todos os fornecedores dessa peça específica aqui em Nova York. Já estou fazendo pesquisas em outros locais de fornecimento na Europa, já que foi para lá que o outro médico fugiu. Vamos ter o registro de todas as peças vendidas.

— Boa cobertura.

— É melhor começarmos logo. — Feeney se levantou, olhou para Eve e perguntou: — O que vai ficar fazendo, enquanto a gente rala na rua?

— Vou fazer uma viagem curta. Estarei de volta amanhã. Baxter marcou um teste com o detector de mentiras e também uma avaliação com a dra. Mira.

— Você podia adiar isso. Se nos der algum tempo, poderá sair limpa dessa história em poucos dias.

— Jamais sairei limpa por completo sem esses testes. — O sorriso fraco que ela tentou exibir desapareceu.

— Então insista em fazer apenas a primeira bateria. Eles não podem obrigá-la a ir mais adiante.

— Jamais vou conseguir limpar a minha barra se não encarar o exame completo. — Eve manteve os olhos nele. — Você sabe disso, Feeney.

— Droga.

— Eu consigo agüentar. — Percebendo que Roarke já se levantara, Eve lançou um olhar de advertência para Feeney. — Trata-se apenas de rotina, e Mira é a melhor avaliadora que existe.

— É. — Feeney sentiu uma espécie de enjôo ao se virar para pegar o casaco. — Então, pé na estrada, pessoal. Vamos manter contato, Dallas. E você pode achar qualquer um de nós, a qualquer hora, em nossos *tele-links* pessoais.

— Certo, assim que eu tiver mais alguma novidade.

— Senhora... — Peabody parou diante de Eve e trocou o peso do corpo de um pé para o outro. — Droga! — murmurou ela, agarrando Eve e dando-lhe um abraço forte.

— Peabody, isso não é hora de sentimentalismos. Deixe de causar embaraços para si mesma.

— Se Rosswell tiver ligação com tudo isso, eu acabo com ele.

— Isso mesmo, mantenha essa garra! — Em um gesto rápido, Eve retribuiu o abraço e se afastou de Peabody. — Agora dêem o fora daqui. Tenho outros lugares para ir.

— Ninguém me deu um abraço — reclamou McNab ao sair, o que provocou uma gargalhada que Eve tentou abafar.

— Bem... — Tentando equilibrar as emoções, ela se virou de volta para Roarke. — Parece que temos um plano.

Com os olhos colados nela, ele foi em sua direção.

— Eu não imaginava que existissem vários níveis e baterias de testes no detector de mentiras.

— Tudo bem. Não é uma coisa terrível.

— Feeney não parece pensar assim.

— É que ele se preocupa muito com as coisas — disse ela, encolhendo os ombros, mas, quando virou o corpo, Roarke a segurou pelo braço.

— Conte para mim o quanto é ruim.

— Bem, não é exatamente um passeio de skate, certo? Mas eu sei lidar com isso. Não quero pensar no assunto agora, Roarke, senão isso vai mexer com a minha cabeça. Em quanto tempo aquele seu carro aéreo metido a besta consegue nos levar até Chicago?

No dia seguinte, decidiu Roarke, eles iam lidar com o problema do exame. Naquele momento ele resolveu exibir o sorriso do qual ela precisava, e respondeu com outra pergunta:

— Em quanto tempo você consegue preparar a mala?

Capítulo Dezessete

O sol já estava se pondo no céu, a oeste, lançando sombras sobre a silhueta cheia de pontas formada pelos edifícios de Chicago. Eve observou os últimos reflexos que vinham do lago.

Será que eu me lembrarei do lago?, perguntou a si mesma.

Será que ela nascera ali ou estava apenas de passagem e ficou algumas noites no quarto gélido com a janela quebrada? Se ela pudesse rever aquele mesmo quarto agora, como se sentiria? Que imagens dançariam em sua cabeça? Será que teria coragem de se virar de frente e encará-las?

— Você não é mais uma criança. — Roarke cobriu a mão dela com a sua no instante em que o veículo começou a executar a lenta descida rumo ao Complexo Aeroespacial de Chicago. — Você não está sozinha e não é mais indefesa.

Eve continuou concentrada em respirar da forma mais compassada que conseguiu, para fora e para dentro.

— Nem sempre é agradável compreender que você consegue ver tudo o que passa pela minha cabeça, Roarke.

— E nem sempre é fácil ler o que se passa na sua cabeça ou no seu coração, mas eu não me importo de tentar quando a vejo perturbada, tentando esconder os sentimentos de mim.

— Não estou tentando escondê-los, estou tentando lidar com eles. — Como a descida sempre fazia o seu estômago se agitar, Eve desviou o olhar da pista. — Não vim até aqui em nenhuma odisséia pessoal, Roarke; vim apenas para recolher dados para um caso. Isso é prioritário.

— Mas você não deixou de pensar no assunto.

— Não. — Ela olhou para baixo, para as mãos unidas. Havia tanta coisa que poderia tê-los separado, pensou. Como era possível que nada conseguira? Nem nada conseguiria. — Quando você voltou à Irlanda, no outono do ano passado havia questões a resolver, muitas delas pessoais, e teve de enfrentá-las, Roarke. Em nenhum momento você deixou que elas impedissem o que tinha de ser feito*.

— Eu lembro do meu passado com muita clareza. Os fantasmas são mais fáceis de enfrentar quando você conhece os seus rostos. — Entrelaçando os dedos com os dela, ele levantou a mão de Eve e deu-lhe um beijo, repetindo um gesto que nunca deixava de comovê-la. — Você nunca me perguntou aonde eu fui no dia em que saí sozinho.

— Não, porque reparei, na sua volta, que você havia parado de sofrer.

Os lábios dele abriram um sorriso, ainda bem junto dos dedos dela.

— Então você também consegue ler o meu coração e a minha mente muito bem. Eu fui ao lugar onde morei quando era menino; fui até o beco onde encontraram o meu pai morto, e lembrei que muita gente pensou que fui eu que havia enfiado a faca nele. Eu vivia com o arrependimento de não ter sido a minha mão a acabar com a vida dele.

— Isso não é algo que alguém deva lamentar — disse ela baixi-

---

* Ver *Vingança Mortal*. (N.T.)

nho, no instante em que o veículo tocou o solo com pouco mais que um sussurro.

— Nesse ponto nós discordamos, tenente. — A voz dele, tão linda e com aquele suave sotaque irlandês, estava fria e definitiva. — Mesmo assim eu fiquei ali, naquele beco fétido, inspirando os aromas da minha juventude, sentindo o sangue borbulhar e um fogo arder na barriga. E compreendi, parado ali, que um pouco do que eu fora ainda estava dentro de mim, e sempre estará. Mas tem mais uma coisa. — Nesse momento o seu tom de voz se tornou cálido como uísque à luz de velas. — De certo modo, eu me tornei diferente de tudo aquilo. Outro homem, pode-se dizer. Eu me fiz outra pessoa, e foi você quem me fez ser mais do que antes.

Ele abriu outro sorriso quando um ar de surpresa invadiu o olhar de Eve.

— O que eu tenho com você, minha querida Eve, nunca pensei que pudesse conseguir com ninguém. E nunca pensei que fosse querer ou precisar tanto disso. Então eu percebi, quando estava ali no mesmo beco onde meu pai me surrou tantas vezes até eu desmaiar, no mesmo lugar onde ela caía bêbado e finalmente caíra morto, que o mais importante do meu passado foi ter me levado até onde eu estava. E compreendi que ele não vencera, afinal. Ele nunca conseguiu arrancar nada de mim.

Roarke abriu o cinto de segurança dela e depois o dele, mas Eve não disse nada.

— Quando caminhei para fora dali, através da chuva — continuou ele —, eu sabia que você estaria na saída me esperando. Agora, você precisa saber que o que quer que decida buscar em você mesma, e o que quer que encontre, ao sair eu estarei aqui fora, esperando você.

As emoções formaram redemoinhos dentro de Eve, quase fazendo-a explodir e levando-a a dizer:

— Não sei como consegui suportar um único dia da minha vida antes de você.

Foi a vez de Roarke demonstrar surpresa. Puxando-a pela mão, para colocá-la em pé, ele disse:

— De vez em quando você consegue dizer a frase perfeita. Está mais firme?

— Estou, e pretendo continuar assim.

Como o poder ajuda a liberar os caminhos e o dinheiro azeita as engrenagens, em poucos minutos eles já haviam se livrado do terminal lotado e já estavam na área VIP, onde um carro estava à espera.

Eve deu uma olhada para o veículo prateado em forma de foguete, com sua elaborada cabine para dois passageiros, e perguntou, com ar de deboche:

— Não dava para pegarmos um carro que chamasse menos atenção?

— Não vejo por que devemos nos preocupar com isso. Além do mais — acrescentou ele, quando entraram —, essa beleza corre mais que um foguete. — Dizendo isso, ele ligou o motor, acelerou e saiu disparado do estacionamento.

— Caramba! Minha nossa, diminua essa velocidade, seu alucinado! — Ela lutava para acabar de prender o cinto e ele ria. — Os tiras do aeroporto vão te enquadrar antes mesmo de chegarmos ao portão de saída.

— Mas vão ter que me pegar primeiro — disse ele alegremente. Apertando um botão no painel de controle, Roarke fez o carro subir verticalmente, de uma forma tão súbita que a fez misturar preces com xingamentos. — Pronto, pode abrir os olhos, querida, já nos livramos do controle de tráfego do aeroporto.

O estômago de Eve estava em algum lugar junto dos tornozelos.

— Por que você faz coisas como essa?

— Porque é divertido. Agora, por que não informa ao sistema o endereço do tira aposentado com quem você deseja conversar e deixa o programa nos indicar qual é o melhor caminho para lá?

Eve abriu os olhos, viu que eles estavam novamente na horizontal, serpenteando ao longo de uma rodovia de seis pistas. Ainda com a cara amarrada, ela procurou onde digitar o destino desejado no brilhante painel e tentou descobrir como solicitar um mapa.

— O sistema é controlado por voz, Eve. Simplesmente ligue o computador e informe a ele para onde deseja ir.

— Eu já sabia disso — garantiu ela, impaciente. — Estava só olhando o painel. Quero ter uma imagem clara do lugar onde vamos morrer, para quando você bater com o seu brinquedinho em algum lugar e nos mandar para o beleléu.

— O Stargrazer 5000X possui os mais avançados sistemas para segurança e proteção da vida dos passageiros — comentou ele, com a voz suave. — Como eu ajudei a projetá-lo, conheço bem todos esses recursos.

— É, eu já imaginava. Ligar computador.

Sistema ligado. Em que posso ajudá-la?

Reconhecendo a mesma voz rouca e sensual que ele instalara no seu computador pessoal em casa, Eve se sentiu compelida a lançar-lhe um olhar meio de lado ao perguntar:

— Quem é essa mulher?

— Você não a reconhece? Tem certeza?

— Devia reconhecer?

— É você, querida. Depois de fazer sexo.

— Ah, pára com isso!

Ele tornou a rir, soltando uma espécie de grunhido divertido.

— Informe logo o endereço, tenente, senão daqui a pouco chegaremos a Michigan.

— Aquela não é a minha voz — resmungou ela, mas começou a achar que talvez fosse, ao ler o endereço em voz alta.

Um mapa holográfico brilhou e apareceu no painel, com a rota mais direta marcada em vermelho.

— Ora, isso não é providencial? Essa é a nossa saída.

A curva fechada efetuada a quase cento e cinqüenta quilômetros por hora fez Eve sacudir no banco. Ela ia agredi-lo mais tarde, prometeu a si mesma quando eles começaram a inclinar de leve, descendo pela rampa de saída da rodovia.

Isso, é claro, se ainda estivessem vivos.

Wilson McRae morava em uma casinha branca impecável que ficava enfileirada junto a várias outras casinhas brancas impecáveis, todas em centro de terreno e com um gramado minúsculo diante delas. Cada entrada de garagem tinha o piso em asfalto muito preto e brilhante, e embora a grama estivesse meio sem vida, devido ao inverno, estava bem aparada e limpa.

A rua seguia reta como uma régua, e era cercada de árvores jovens de bordo, cada uma plantada a quatro metros de distância da seguinte.

— Parece até cenário de um filme de terror — comentou Eve.

— Querida, você é urbana demais.

— Não, estou falando sério. Tem um filme em que os extraterrestres invadem uma cidadezinha como esta aqui, se disfarçam de gente e começam a... como é que se diz... transformar as pessoas em zumbis. Todas elas passam a se vestir e andar igualzinho. Comem a mesma comida na mesma hora do dia.

Os olhos dela começaram a passar de casa em casa, com ar desconfiado, enquanto Roarke a observava com uma cara divertida.

— Eles formam uma espécie de... colméia, entende? — continuou ela. — Você não espera que todas essas portas absolutamente idênticas se abram exatamente no mesmo instante e que as pessoas que se parecem exatamente iguais umas às outras saiam por elas?

— Eve, você está começando a me assustar — disse Roarke, recostando-se no banco do carro sofisticado e olhando para ela com atenção.

— Viu só? — Ela riu ao saltar pelo seu lado. — Lugar aterrorizante, se quer a minha opinião. Aposto que as pessoas nem sabem que estão virando zumbis quando isso começa a acontecer.

— Provavelmente não. Você vai na frente.

Ela riu disfarçadamente e não se sentiu nem um pouco tola ao seguir de mãos dadas com ele enquanto caminhavam pela calçada perfeita até a porta branca.

— Pesquisei o passado dele — informou Eve. — Está tudo perfeito. Oito anos de casado, um filho e outro a caminho. A casa é financiada e está dentro do orçamento do casal. Não encontrei nenhum aporte súbito de dinheiro que possa indicar que ele tenha sido subornado.

— Então você imagina que ele seja um sujeito honrado.

— Espero que sim, e que possa me dar uma mãozinha. Não tenho autoridade nenhuma agora — acrescentou ela. — Na verdade, ele nem tem que conversar comigo. Eu não posso conversar com os tiras locais, nem usar pressão de espécie alguma.

— Tente o charme — sugeriu Roarke.

— Quem tem charme aqui é você.

— Isso é verdade. De qualquer modo, tente.

— Que tal isso? — ela deu um sorriso claramente forçado.

— Você está me assustando novamente.

— Espertinho — murmurou, e quando tocou a campainha e ouviu o eco de três sinos musicais, girou os olhos para cima. — Puxa, acho que eu ia me matar se fosse obrigada a morar em um lugar como esse. Aposto que toda a mobília é combinada e eles devem ter um monte de vaquinhas enfeitando os utensílios de cozinha.

— Gatinhos. Aposto cinqüenta paus como são gatinhos.

— Aposta aceita. Vaquinhas são mais tolas. Eles têm vaquinhas, você vai ver. — Ela repetiu o sorriso, um pouco menos forçado dessa vez, quando a porta se abriu. Uma linda mulher, precedida por uma barriga de nono mês de gravidez, atendeu.

— Olá. Desejam alguma coisa?

— Sim. Gostaríamos de falar com Wilson McRae.

— Bem, ele está lá atrás, na oficina. Posso saber do que se trata?

— É que nós viemos de Nova York. — Agora que estava ali, diante daqueles olhos castanhos grandes e curiosos, Eve já não sabia direito como começar. — É um assunto relacionado com um dos casos que o seu marido investigou, antes de se aposentar da polícia.

— Ah... — Os olhos dela ficaram mais sombrios. — Vocês são tiras? Podem entrar, desculpem. É que é muito raro Will se encontrar com algum dos seus antigos colegas. Acho que ele sente muita falta deles. Se não se importarem de esperar na sala de estar, eu posso ir até lá chamá-lo.

— Ela nem me pediu uma identificação — comentou Eve, balançando a cabeça enquanto circulava pela sala de estar. — Ela é casada com um policial e deixa estranhos entrarem em sua casa. O que há com essa gente?

— Eles deviam ser abatidos por confiarem tanto nas pessoas.

Eve lançou-lhe um olhar de lado e disse:

— E olhe que quem está dizendo isso é o mesmo cara que tem tantos aparatos de segurança em casa que até parece estar esperando um ataque de extraterrestres.

— Você está muito ligada em extraterrestres hoje.

— É por causa desse lugar. — Inquieta, ela flexionou os ombros. — Eu não falei? Tudo aqui dentro combina. — Ela enterrou a ponta do dedo na linda almofada sobre o sofá azul e branco que combinava com a cadeira estofada em azul e branco que, por sua vez, combinava com as cortinas brancas e o tapete azul.

— Suponho que isso sirva de conforto para algumas pessoas — afirmou Roarke, virando a cabeça meio de lado para observar Eve melhor. Ela precisava urgentemente ir ao cabeleireiro, e embora necessitasse desesperadamente de botas novas, ele sabia que ela nem notara isso. Seu corpo parecia esbelto, magro, impaciente e ligeiramente perigoso enquanto andava de um lado para outro dentro da sala tipicamente suburbana. — Você, por outro lado, ficaria louca aqui dentro.

— Ah, sem dúvida. — Ela balançou as fichas de crédito soltas que trazia no bolso. — E quanto a você?

— Eu fugiria daqui correndo em menos de duas horas. — Esticou o braço e acariciou o queixo dela. — Mas a levaria comigo, querida.

— Acho que isso quer dizer que nós dois combinamos. — Sorriu para ele. — Isso não me incomoda nem um pouco.

Eve se virou ao ouvir vozes. Não precisava nem mesmo ver Wilson McRae para perceber que ele não estava exatamente empolgado por receber visitas. Vinha à frente de sua esposa, que agora exibia um ar cansado, a boca apertada em uma expressão de insatisfação e os olhos cautelosos.

Ele tinha todo o aspecto de um tira, reconheceu Eve, na mesma hora, pelo jeito com que ele os avaliou de cima a baixo, em busca de alguma ameaça ou arma e já pronto para se defender.

Ela calculou a sua altura em cerca de um metro e oitenta e uns noventa quilos. Seus cabelos castanho-claros estavam cortados à escovinha e o rosto quadrado exibia robustez. Em um tom um pouco mais escuro do que os cabelos, os olhos pareceram frios ao olhar de Eve para Roarke, e em seguida novamente para ela.

— Minha esposa não guardou os seus nomes.

— Eve Dallas. — Ela não estendeu a mão para ele. — E este é Roarke.

— Roarke? — Escapou da boca da mulher sem querer, instantes antes de seu rosto ruborizar. — Bem que eu achei que estava reconhecendo o senhor. Já vi o seu rosto em muitos programas, dezenas de vezes. Por favor, sentem-se.

— Karen — ralhou o marido, e com essa única palavra a deteve, deixando-a obviamente preocupada e perplexa. — Você é tira? — perguntou a Roarke.

— Não, na verdade, não. — Colocou a mão sobre o ombro de Eve e garantiu: — A tira aqui é ela.

— Viemos de Nova York — informou Eve. — Preciso de um pouco do seu tempo. Um caso no qual estou trabalhando tem ligação com um outro no qual o senhor estava investigando antes de se aposentar.

— Bem, essa é a palavra-chave aqui. — Eve percebeu um pouco de ressentimento em sua voz, misturado com desconfiança. Eu estou *aposentado*.

— Sim. — Ela manteve os olhos firmes nele. — Recentemente alguém também tentou me aposentar. De um jeito ou de outro. Talvez seja um problema... médico.

Os olhos dele piscaram depressa e seus lábios se apertaram ainda mais. Antes de ter a chance de falar alguma coisa, Roarke deu um passo à frente e lançou um sorriso cheio de charme para Karen, dizendo:

— Sra. McRae, será que eu poderia lhe pedir um pouco de café? Minha esposa e eu dirigimos direto do aeroporto para cá.

— Ora, mas claro que sim, desculpe eu não ter oferecido. Suas mãos pousadas na barriga levantaram-se agitadas e foram para a garganta. — Vou preparar agora mesmo.

— Que tal se eu for até lá atrás para ajudá-la? — Com um sorriso que derreteria o coração de qualquer mulher em um raio de cinqüenta metros, ele colocou a mão com gentileza na base de suas costas, empurrando-a discretamente. — Vamos deixar a minha esposa e o seu marido conversando um pouco sobre trabalho. Vocês têm uma casa linda.

— Obrigada. Will e eu estamos decorando tudo aos poucos, já faz uns dois anos.

As vozes foram desaparecendo em direção à cozinha, mas Will não tirou os olhos de Eve nem por um instante.

— Creio que não vou poder ajudá-la — avisou ele.

— Você não sabe o que eu quero nem do que eu preciso. Ainda. Não posso lhe mostrar a minha identificação, McRae, porque eles tiraram o meu distintivo há poucos dias. — Ela viu os olhos dele se estreitarem. — Conseguiram arrumar um jeito de me jogar de lado, de me tirar do caso, e por isso concluí que estava chegando perto de algo. Acho que eles não gostaram do calor. Suponho que foi pelo mesmo motivo que conseguiram afastar você do caso e deixaram aquele idiota do Kimiki assumir a investigação.

Will exibiu um sorriso de deboche e um pouco da desconfiança desvaneceu.

— Kimiki mal consegue achar o próprio pau, mesmo procurando com as duas mãos.

— Sei, eu percebi isso. Sou uma boa policial, McRae, e o erro deles foi que dessa vez um outro bom policial assumiu o caso. Temos três corpos em Nova York com partes faltando. Vocês tiveram um aqui em Chicago, com o mesmo *modus operandi*. Há outro ainda em Paris e mais um em Londres. Continuamos em busca de outros crimes semelhantes.

— Não posso ajudar você, Dallas.

— O que eles fizeram com você?

— Eu tenho família — disse ele, com a voz baixa e enfurecida. — Uma esposa, um filho de cinco anos e um bebê a caminho. Não quero que nada aconteça a eles. Nada. Compreende isso?

— Sim. — Ela percebeu algo mais. Um medo que não era por ele mesmo. E frustração por se sentir impotente contra aquilo. — Ninguém sabe que eu estou aqui, e ninguém vai saber. Estou sozinha nesta luta e não vou deixar vazar nada.

Ele foi até a janela e alisou as cortinas lindas e brancas.

— Você tem filhos?

— Não.

— O meu menino está passando alguns dias com a mãe de Karen. Ela vai dar à luz a qualquer momento. O menino é fantástico. Lindo. — Ele se virou e apontou com o queixo para uma foto holográfica emoldurada na mesinha do canto.

De forma cortês, Eve foi até lá, levantou a foto e analisou o rosto alegre e sorridente. Olhos grandes e castanhos, cabelo louro-escuro e sardas. Para Eve, as crianças pareciam todas iguais. Eram bonitas, inocentes e incomensuráveis. Mas sabia a resposta que se esperava dela socialmente.

— Ele é mesmo uma criança linda.

— Eles disseram que o matariam primeiro.

Os dedos de Eve apertaram a moldura da foto antes de recolocá-la no lugar, com todo o cuidado.

— Eles entraram em contato com você?

— Enviaram um maldito andróide. Ele me pegou de surpresa e me deu uma surra. Eu não liguei a mínima para aquilo — garantiu ele, girando o corpo na direção de Eve. — Enviei um recado pelo robô, mandando para o inferno a pessoa que o tinha programado. Fiz o que devia, Dallas, aquele era o meu trabalho. Então o andróide me explicou com detalhes o que aconteceria com a minha família, com o meu menino, com a minha mulher e com o bebê que ela já estava esperando. Aquilo me deixou apavorado. Mesmo assim, eu achei que devia correr atrás deles, fazer o meu trabalho e agarrar os canalhas. Então comecei a receber fotos pelo correio, fotos de Karen e de Will saindo de uma loja de brinquedos, do supermercado, brincando no quintal da casa da minha mãe, para onde eu os mandara. E um daqueles malditos andróides estava em uma das fotos abraçando Will. Abraçando o meu filho! — repetiu ele, com a voz baixa vibrando com uma fúria terrível. — Ele estava com as mãos em meu filho. A mensagem que eu recebi foi a de que na próxima vez eles arrancariam o coração do menino. Ele tem só cinco anos.

Ele se sentou e enterrou a cabeça entre as mãos, completando:

— Às vezes o distintivo não pode vir na frente.

Eve agora compreendia o sentimento do amor e o terror da perda.

— Você contou tudo isso ao seu chefe?

— Não contei a ninguém. Isso está me consumindo há meses. — Ele se sentou, mas continuou inclinado para a frente, passando as mãos pelos cabelos cortados muito rente à cabeça. — Estou trabalhando como segurança particular à noite e tentando espairecer naquela oficina idiota lá atrás metade do dia, construindo casas para passarinhos. Estou ficando louco aqui.

Eve se sentou ao seu lado e inclinou o corpo ligeiramente na direção dele.

— Ajude-me a agarrá-los. Ajude-me a colocá-los longe de você, onde eles não possam alcançar a sua família.

— Nunca mais vou poder voltar ao trabalho. — Ele baixou as mãos. — Não posso nem mesmo reconquistar o meu distintivo. E não tenho certeza de quão longe eles podem nos alcançar.

— Nada do que você me disser vai entrar em nenhum relatório oficial ou extra-oficial. Fale-me um pouco do andróide. Dê algumas dicas sobre ele ao menos.

— Inferno! — Ele esfregou os olhos. Havia semanas que estava sem fazer nada, recuando e com medo. — Ele tem um metro e noventa e uns noventa e cinco quilos. Pele branca, bem moreno. Feições angulares e marcantes. Topo de linha e com treinamento em combate.

— Eu me encontrei com o irmão dele — disse Eve, com um sorriso leve. — Quem você estava investigando quando as ameaças começaram?

— Eu consegui algumas pistas no mercado negro, mas não estava chegando a parte alguma. Nada que encontrava nas vítimas indicava que pudesse ser um ataque pessoal. Andei em círculos por algum tempo, mas acabava sempre na forma com que a cirurgia era feita. Muito profissional, não é?

— Sim, muito limpo e profissional.

— Há uma clínica pública a alguns quarteirões da cena do crime. A vítima havia estado lá algumas vezes. Interroguei os médicos que se revezavam no plantão e os investiguei. Parecia um beco sem saída também. Só que o instinto me dizia uma coisa diferente — acrescentou ele, relaxando um pouco quando Eve concordou com a cabeça.

— Comecei a circular por ali e a pesquisar outros centros médicos, cruzando os nomes dos cirurgiões que trabalhavam em vários locais diferentes. Fui primeiro à Clínica Nordick, e logo depois o meu chefe me chamou, dizendo que um bundão chamado Waylan estava reclamando de assédio, pressão inconveniente, coerção, sabe

Deus mais o quê, e exigia que nós mostrássemos respeito pela comunidade médica. Merda.

— Waylan. Ele impediu a minha investigação também.

— Isso é uma vergonha para o governo — comentou Will. — Aqui em casa, quem entende de política é a Karen. Nem queira saber o que ela acha de Waylan. — Pela primeira vez ele sorriu e o seu rosto pareceu subitamente jovem. — Nessa casa nós o odiamos. Enfim, para encurtar a história, eu saquei que havia algo por trás daquilo. O que ele tinha a ver com aquela história, a não ser pelo fato de ter parentes na AMA? Comecei a investigá-los e de repente levei uma cacetada na orelha, caí de costas no chão meio desmaiado e o maldito andróide pulou em cima de mim com uma arma a laser encostada em minha garganta.

Ele suspirou e começou a andar de um lado para outro.

— Eu estava disposto a contar tudo para o meu superior — continuou ele. — Ia soltar o verbo no relatório, mas no turno seguinte fui chamado à sala do chefão. O comandante me contou que recebeu mais reclamações contra o rumo das minhas investigações. Disse que eu não ia mais ter apoio oficial; em vez disso, me avisou para olhar com cuidado por onde andava, para não pisar no calo das pessoas erradas. Mandou que eu pegasse mais leve e recuasse. Afinal, só algumas pessoas haviam sido eliminadas, e todas eram a escória da sociedade mesmo. Mandou que eu parasse de importunar gente boa, gente poderosa e rica. — Nesse momento, McRae tornou a se virar de frente para Eve. — Isso me deixou revoltado. Foi quando eu resolvi mandar minha família para longe e ir mais fundo. Até que comecei a receber as fotos e tirei o time de campo. Se tudo acontecesse novamente, teria feito a mesma coisa.

— Não posso criticá-lo por isso, Will. Não tenho tanto a perder quanto você. Pelo que me contou e pelo meu modo de ver as coisas, você foi até onde conseguiu ir, até onde poderia ter ido.

— Abri mão do meu distintivo. — Sua voz falhou, mas Eve notou que ele se controlou. — E o seu eles tomaram.

Ele precisava de algo, pensou Eve, e lhe ofereceu um sorriso, dizendo:

— Nós dois nos ferramos, cada um de um jeito, não foi?

— Sim, eles ferraram com a nossa vida, Dallas.

— Gostaria que você passasse para mim qualquer coisa que tenha conseguido, e talvez eu consiga lhe devolver o favor. Você tirou cópia de algum dos seus arquivos?

— Não, mas me lembro de muita coisa. Venho repassando os dados na cabeça há meses. Cheguei até a colocar alguma coisa no papel. — Olhou por sobre o ombro ao ouvir a voz de sua mulher. — Karen não sabe de nada a respeito dessa história. Não quero preocupá-la.

— Então me diga o nome de alguém que você prendeu e poderia ter escapado.

— Drury. Simon Drury.

— Então eu vim aqui para investigar Drury. — Ela olhou para a porta da cozinha e levantou uma sobrancelha ao ver Roarke entrar carregando uma bandeja cheia de xícaras e pratos. Café e biscoitos, refletiu ela, e quase fez uma careta ao notar que um potinho com creme tinha a forma de um gatinho branco sorridente.

Roarke nunca perdia uma maldita aposta.

— Parece delicioso — comentou ela, servindo-se de um biscoito, enquanto olhava, fascinada, o jeito com que Karen conseguia mover o corpo e manejar a sua espetacular barriga para poder sentar. Como era possível, perguntou-se Eve, intrigada, que uma mulher conseguisse funcionar no dia-a-dia quando era obrigada a carregar aquele peso absurdo por toda parte?

Percebendo onde o olhar de Eve estava focado, Karen sorriu, passou a mão de leve sobre o monte imenso e informou:

— Acho que vai nascer hoje.

Eve engasgou com o biscoito. Se Karen tivesse sacado uma arma a laser preparada para carga máxima e a apontasse em sua direção ela teria sentido menos pânico.

— Nascer hoje como? Você quer dizer agora?

— Bem, não exatamente neste minuto, eu acho. — Rindo, Karen lançou um olhar de adoração para Roarke, que lhe servia um pouco de chá. Obviamente eles haviam construído uma boa relação na cozinha, entre biscoitos e gatinhos. — Mas não creio que ela vá esperar muito tempo mais.

— Imagino que você vai ficar... sabe como é... satisfeita quando ela sair daí.

— Sim, mal posso esperar para vê-la... e pegá-la nos braços. Mas eu adoro ficar grávida.

— Por quê?

Karen tornou a rir diante do ar de perplexidade de Eve, e lançou um olhar terno para o marido.

— É como realizar um milagre.

— Bem... — Já que isso acabara com todo o estoque de assuntos de Eve sobre gravidez, ela se virou para Will. — Não queremos mais tomar o seu tempo. Agradeço muito a sua ajuda. Se você puder me repassar algumas das velhas anotações que fez a respeito do caso Drury, eu ficaria feliz.

— Posso procurá-las. — Ele se levantou, parou ao lado da esposa para colocar a mão sobre a dela, sentindo-se unido ao bebê também.

A pedido de Eve, Roarke circulou com o carro sem destino certo, pelas redondezas, enquanto ela lhe contava toda a conversa que tivera com Wilson McRae.

— Você o culpa?

Eve balançou a cabeça.

— Todo mundo tem um... como é mesmo que se chama...? Calcanhar-de-aquiles. Eles descobriram o dele e pressionaram no lugar certo. O rapaz tem um filho, um bebê a caminho, uma esposa dedicada e uma casa linda. Eles sabiam direitinho onde atingi-lo.

— Ela é professora. — Roarke entrou na rodovia por sob as luzes que piscavam, exigindo atenção do motorista, mas manteve a velocidade constante. — Vem dando aulas on-line nos últimos seis meses e planeja continuar nessa atividade por mais um ou dois anos. Mas ela me disse que sente falta do contato pessoal com os alunos. Pareceu-me uma mulher muito doce que anda preocupada com o marido.

— O quanto ela sabe?

— Não tudo, mas acho que sabe mais do que ele supõe. Ele vai voltar à ativa quando você encerrar esse caso?

Ele não disse *se*, notou Eve, mas *quando*. Seu coração acelerou um pouco só por saber que havia alguém com tanta fé nela. Mais fé, percebeu, do que ela mesma tinha em seu trabalho naquele momento.

— Não, ele não vai voltar. Nunca vai superar o trauma de ter abandonado o trabalho. Eles roubaram isso dele para sempre. Às vezes, não se consegue tudo de volta.

Eve fechou os olhos por um momento e pediu:

— Dá para você circular um pouco pelo centro da cidade? Queria dar uma olhada lá. Preciso saber se me lembro de alguma coisa.

— Não há necessidade de enfrentar mais isso agora, Eve.

— Às vezes não conseguimos nos livrar de tudo também. Eu preciso olhar.

Mais uma cidade como outra qualquer, pensou ela, com alguns dos antigos prédios de tijolinhos desesperadamente preservados e muitos outros destruídos para dar espaço às construções modernas, sofisticadas, em aço e módulos pré-fabricados.

Havia restaurantes e boates da moda, hotéis elegantíssimos e lojas reluzentes nas áreas urbanas em que a prefeitura queria reunir os turistas e o seu dinheiro de férias. E havia também espeluncas para encontros sexuais, buracos, apartamentos marcados por cicatrizes e becos sujos em outras áreas, onde apenas os condenados e os tolos se reuniam.

Foi para lá que Roarke seguiu, dirigindo o maravilhoso carro prateado através das ruas estreitas onde as luzes pulsavam em cores fortes e prometiam as delícias mais sombrias. Acompanhantes licenciadas tremiam de frio nas esquinas, esperando por um cliente que as tirasse do vento. Traficantes rondavam em busca de fregueses, dispostos a oferecer descontos nos negócios, pois o frio intenso mantinha todos os viciados em casa, com exceção dos mais desesperados.

Mendigos se apertavam em seus barracos de papelão e madeira tomando bebidas fortes enquanto esperavam pela manhã.

— Pare aqui — murmurou ela, olhando com os olhos apertados na direção de um prédio de esquina com tijolos esburacados e muitas pichações. As janelas que davam para a rua tinham grades e estavam fechadas com pedaços de madeira. O lugar tinha o nome de Hotel Zona Sul e anunciava isso em um cartaz com luz de néon azul-claro que piscava de forma inconstante.

Eve saltou do carro e olhou para as janelas. Algumas estavam quebradas e todas estavam protegidas por telas baratas, de privacidade.

— É tudo igual — disse ela, baixinho. — Todos esses lugares são muito parecidos. Eu não sei.

— Você quer entrar?

— Não sei. — Ao passar a mão pelo rosto e depois pelos cabelos, um sujeito muito alto e magro com olhos gélidos saiu das sombras.

— Vocês estão em busca de ação? Precisam de um estímulo? Se tiverem alguma grana, eu tenho o que procuram. Zeus de primeira qualidade, ecstasy, Zoner. Misturados ou puros.

Eve olhou para ele meio de lado e avisou:

— Sai pra lá, seu imundo, ou vou arrancar teus olhos da cabeça e te obrigar a comê-los.

— Ei, sua piranha, você está no meu território, tenha bons modos. — Ele analisara o carro e decidira que aqueles eram turistas ricos e burros. Exibiu um canivete e sorriu ao inclinar sua ponta mortífera. — Vamos passando as carteiras, as jóias e essa merda toda. Eu libero vocês e o jogo termina empatado.

Eve analisou por um segundo se devia dar um chute nos dentes dele ou imobilizá-lo até a chegada do patrulheiro mais próximo. Esse segundo de indecisão era tudo o que Roarke precisava. Com os lábios apertados, ela viu o punho dele se lançar para a frente em um movimento rápido que zuniu pelo ar e fez o canivete do agressor voar e deslizar pela calçada. Ela nem teve tempo de piscar e Roarke já estava com o traficante preso pela garganta e com a cara encostada no chão.

— Tenho a impressão que você xingou a minha mulher de piranha.

A única resposta foi um gemido gaguejado, enquanto o homem se debatia como uma truta recém-pescada. Simplesmente balançando a cabeça, Eve deu alguns passos, pegou o canivete e fechou a lâmina.

— Agora preste atenção — continuou Roarke em um tom de voz suave e quase agradável. — Se *eu* arrancar os seus olhos fora, *eu mesmo* vou querer comê-los. E se você ainda estiver aqui na minha frente, digamos, cinco segundos depois de eu ter jogado o seu traseiro patético para longe daqui, garanto que vou estar com um apetite de cão.

Ele rangeu os dentes com força e arremessou o homem longe. O traficante despencou na calçada fazendo um estranho barulho de ossos, levantou-se correndo e saiu dali mancando.

— Agora... — Com ar de tédio, Roarke bateu as mãos uma na outra para limpá-las. — Onde é mesmo que nós estávamos?

— Gostei da parte de você comer os olhos dele. Vou usá-la. — Guardando o canivete no bolso, ela continuou segurando-o. — Vamos entrar.

Havia uma única lâmpada amarela no saguão e um único andróide corpulento por trás do vidro de segurança manchado. Ele os olhou com ar de malícia e apontou com o dedo para a tabela de preços.

A um dólar por minuto dava para conseguir um quarto com cama. Por dois dólares havia o luxo adicional de um toalete.

— Terceiro andar — disse Eve, falando depressa. — Esquina leste.

— Vocês recebem o quarto que eu decido.

— Terceiro andar — repetiu ela. — Esquina leste.

O olhar dele baixou para a ficha de crédito de cem dólares que Roarke enfiou na bandeja sob o vidro.

— Isso não significa merda nenhuma para mim — avisou a Roarke, mas jogou o braço para trás e pegou uma chave em uma estante. Seus dedos recolheram a ficha e atiraram a chave. — Cinqüenta minutos. Se ultrapassarem o tempo, o preço é dobrado.

Eve pegou a chave do apartamento 3C, aliviada por ver que a sua mão continuava firme. Subiram pelas escadas.

Não reconheceu o ambiente e, no entanto, tudo lhe pareceu dolorosamente familiar. Degraus estreitos e paredes sujas e finas que o som distante de sexo e sofrimento atravessava. O frio trazido pelo vento que açoitava os tijolos e os vidros parecia penetrar e congelar os ossos.

Eve não disse nada quando enfiou a chave na fechadura e empurrou a porta.

O ar estava amargo, meio rançoso, com ecos de suor e sexo. Os lençóis da cama empilhados em um canto exibiam manchas de vários fluidos corporais, além de restos de sangue velho, em tom de ferrugem.

Com a respiração presa na garganta, ela entrou. Roarke fechou a porta atrás deles e esperou.

Havia uma única janela, quebrada. Mas tantas janelas ali estavam quebradas. O velho piso era arranhado e manchado, mas ela já vira centenas como aquele. Suas pernas tremeram de leve quando ela se obrigou a caminhar pelo quarto, parar diante da janela e olhar para fora.

Quantas vezes, refletiu Eve, ela ficara diante de janelas como aquela, em quartos imundos como aquele, e se imaginou pulando, deixando o corpo cair pelo ar, sentindo o instante em que ele era esmagado na rua lá embaixo? O que a impedira de saltar, a cada vez, e lhe dera coragem para enfrentar o dia seguinte e depois o próximo?

Por quantas vezes ela ouvira a porta se abrir e rezou para um Deus que não compreendia bem, pedindo ajuda? Pedindo que a poupasse? Pedindo que a salvasse?

— Eu não sei se o quarto era este. Há tantos quartos. Mas era parecido. Este aqui não é muito diferente do último quarto em Dallas, onde eu o matei. Só que eu era mais nova quando morávamos em Chicago. Isso é tudo o que eu me lembro com certeza. Tenho uma imagem meio desbotada de mim mesma, no fundo da mente. E dele também. De suas mãos em volta da minha garganta.

Com ar distante, ela levantou o braço e massageou a lembrança da dor.

— Eu o sinto na minha boca. Sinto o choque de vê-lo se empurrando para dentro de mim. Sem saber de nada, sem saber ao certo, a princípio, o que tudo aquilo significava, a não ser pela dor. Depois de um tempo a gente descobre o que aquilo quer dizer, e sabe que não consegue impedir de acontecer. E por mais que sinta a dor das surras que ele lhe dá, você espera, ao ouvir a porta se abrir, que uma surra seja tudo o que vai acontecer. E às vezes é apenas isso.

Com os olhos fechados, ela encostou a sobrancelha no vidro quebrado.

— Eu achava que poderia conseguir me lembrar de alguma coisa do que aconteceu primeiro. Antes de tudo realmente começar. Eu devo ter vindo de algum lugar. Alguma mulher me carregou na barriga por nove meses, como Karen está carregando aquele seu milagre. Pelo amor de Deus, como foi que a minha mãe pôde me deixar sozinha com ele?

Roarke se virou para ela, envolveu-a com os braços e a puxou para junto de si, dizendo:

— Talvez ela não tenha tido escolha.

Eve engoliu a dor, a raiva e, finalmente, as perguntas.

— As pessoas sempre têm uma escolha. — Deu um passo para trás, mas manteve as mãos sobre os ombros dele. — Nada disso importa agora. Vamos para casa.

Capítulo Dezoito

Não havia razão para fingir que estava mais relaxada. Nem motivos para pensar no que ela ia ter que enfrentar no dia seguinte. Trabalhar era a resposta para aquilo. Antes de pensar em contar a Roarke as suas intenções, ele já estava providenciando para que uma refeição fosse enviada ao escritório dele.

— Faz mais sentido usarmos o equipamento de lá — disse ele simplesmente. — É mais rápido, mais eficiente e mais protegido contra *hackers*. — Levantou uma sobrancelha. — É isso o que você quer, não é?

— Sim. Mas quero falar com Feeney antes — avisou ela, enquanto subiam as escadas. — Quero contar-lhe a respeito da minha conversa com McRae.

— Vou rodar o disco que ele lhe deu. Quero fazer uma rápida pesquisa cruzada enquanto você liga para Feeney.

— Você é um auxiliar quase tão bom quanto Peabody.

Ao chegar diante da porta, ele a agarrou e lhe deu um beijo ardente.

— Você não consegue isso quando trabalha com Peabody.

— Poderia, se quisesse. — Ela riu enquanto ele destrancava a porta. — Só que eu prefiro você para fazer sexo.

— É um alívio ouvir isso. Use o *tele-link* portátil. Ele é todo preparado e impossível de rastrear.

— O que é uma violação a mais, não é verdade? — murmurou ela.

— É o que eu sempre digo. — Ele se sentou diante do console em "U" e começou a trabalhar.

— Feeney, aqui é Dallas. Acabo de chegar de Chicago.

— Eu ia justamente ligar para você. Descobrimos uma pista no alfinete de lapela.

— Quando?

— Acabei de ser informado. Um caduceu de ouro foi comprado há menos de uma hora na Tiffany's, na conta da dra. Tia Wo. Convoquei Peabody para fazer umas horas extras. Vamos até lá bater um papo com a doutora.

— Muito bom. Ótimo. — Ela estava louca para poder participar da ação. — Já descobriu por onde anda Vanderhaven?

— Ele está pulando de galho em galho, na Europa, sem parar em um lugar só. Se quer saber, acho que está fugindo.

— Não pode fugir para sempre. Vou rodar uns dados que consegui em Chicago. Vamos ver o que mais aparece sobre a dra. Wo. Se pintar qualquer coisa importante, eu ligo para o *tele-link* pessoal de Peabody.

— Contamos tudo assim que acabarmos. Tenho que ir para lá agora.

— Boa sorte.

Ele já desligara. Eve ficou olhando por um instante para a tela escura e empurrou o corpo para trás, levantando-se.

— Droga! — reclamou ela. Em seguida bufou, cerrou os punhos e fez cara feia quando o AutoChef avisou que a comida estava pronta.

— Sim, é horrível não estar lá — murmurou Roarke.

— Isso é besteira. O importante é encerrar o caso, e não a pessoa que coloca as algemas.

— *Uma ova* que você acha isso — duvidou Roarke.

Ela olhou para ele, encolheu os ombros com força e caminhou em passos largos para pegar a comida.

— Bem, eu vou ter que superar isso. — Pegando um prato, ela o colocou com estardalhaço sobre a mesa. — *Vou conseguir* superar. E quando tudo acabar, vou aceitar que você me pague um salário milionário só para melhorar a sua segurança pessoal. Eles todos que vão para o inferno.

Roarke se levantou da cadeira junto ao computador em que trabalhava e se serviu de um pouco de vinho.

— Hum-hum... — foi o seu único comentário.

— Por que eu preciso ralar tanto do jeito que costumo fazer? Trabalhando em um equipamento que não serve nem para reciclagem, brincando de política o tempo todo, recebendo ordens, encarando jornadas de trabalho de dezoito horas... Tudo isso para depois eles cuspirem na minha cara?

— Sim, o porquê de você aceitar isso é um enigma. Tome um pouco de vinho.

— Certo. — Ela pegou a taça, tomou o vinho de seiscentos dólares a garrafa como se fosse água e continuou a circular pelo aposento. — Não preciso mais aturar aquelas normas e procedimentos fedorentos. Por que eu precisaria passar a vida andando no meio de sangue e merda? Fodam-se eles todos. Tem mais disso aqui? — quis saber ela, balançando a taça vazia.

Se ela planejava ficar de porre, avaliou Roarke, ele não podia culpá-la por isso. Só que depois ela mesma ia se culpar.

— Por que não comemos alguma coisa, para acompanhar? — propôs ele.

— Não estou com fome. — Ela girou pelo escritório. O cintilar que surgiu em seus olhos foi como um relâmpago forte e perigoso. Com um salto ela já estava em cima dele, com urgência e agressividade, as mãos agarrando-lhe o cabelo e a boca atacando-o de forma brutal.

— Pois me parece esfomeada — murmurou ele, passando as mãos ao longo do corpo dela, para acalmá-la. — Podemos comer depois. — Dizendo isso, Roarke acionou um mecanismo que fez uma cama embutida sair da parede segundos antes de os dois caírem sobre ela.

— Não, desse jeito não. — Ela corcoveou por baixo, enquanto a boca de Roarke subia até a sua garganta e começava a mordiscá-la. Ela ergueu o corpo e enterrou os dentes no ombro dele, rasgando-lhe a camisa. — Eu quero desse jeito.

Uma onda quente de luxúria o inundou e se localizou em sua garganta e em suas virilhas. Com um movimento ríspido, ele prendeu os pulsos dela com uma só mão e levantou-lhe os braços acima da cabeça.

Enquanto ela tentava se libertar do seu jugo, Roarke esmagou a boca contra a dela, engolindo gulosamente a sua respiração descompassada até transformá-la em gemidos.

— Largue as minhas mãos — exigiu ela.

— Você quer usá-las, mas agora vai apenas receber o que eu tenho para lhe dar. — Ele recuou um pouco e seus olhos pareceram selvagens, muito azuis, quase queimando os dela. — Você não vai conseguir pensar em mais nada, a não ser no que eu estou fazendo. — Com a mão livre, abriu os botões da blusa dela, um por um, deixando as pontas dos dedos arranharem-lhe a carne lentamente enquanto se moviam para o seguinte e expunham o seu corpo. — Se estiver com medo, peça para eu parar. — Sua mão cobriu-lhe um dos seios, moldando-o e possuindo-o.

— Não tenho medo. — Mas ela estremeceu mesmo assim, com a respiração em suspenso no instante em que ele circulou o polegar de leve, muito de leve sobre o seu mamilo, até ela ter a impressão de que cada nervo do seu corpo estava centralizado ali. — Quero tocar em você.

— Você precisa receber prazer. — Mergulhando a cabeça, ele lambeu-lhe o mamilo com delicadeza. — Você tem que ir aonde eu quiser. E eu quero você nua. — Ele abriu-lhe a calça jeans e enfiou a mão lá dentro, arranhando-a de leve até sentir-lhe o corpo arquear em sua direção, indefeso e trêmulo. — Quero que você se contorça embaixo de mim. — Tornando a baixar a cabeça, ele tomou o ponto sensível em seu seio com toda a gentileza entre os dentes e mordeu de leve com um controle admirável, o que fez o coração dela martelar de encontro àquela boca maravilhosa. — Depois eu quero que você... grite — disse ele, fazendo com que ela ultrapassasse os próprios limites com a ajuda dos dentes e dos dedos.

Chamas irromperam em seu corpo e incendiaram-lhe a mente, que ficou como um frasco vazio. Não havia nada em seu cérebro, a não ser as mãos e a boca de Roarke sobre ela, a glória violenta de ser levada lenta, completa e, por fim, brutalmente ao orgasmo, sem parar, enquanto suas mãos, aprisionadas, se flexionavam em vão, para finalmente se tornarem lassas e sem vida.

Não havia nada que ele não conseguisse arrancar dela. Nem nada que ela não estivesse disposta a dar. A sensação da pele dele se esfregando e escorregando sobre a dela fez sua respiração parar e o coração vacilar.

Ele a deslumbrava, deliciava e destruía.

Ele sabia que não existia nada mais excitante do que a rendição de uma mulher forte, um corpo rijo cujos ossos pareciam se derreter. E ele tomou todo aquele corpo de forma suave e paciente, até senti-la flutuar e ouvi-la suspirar. Então continuou, de modo cruel e implacável, até ela estremecer e gemer. O foco de tudo agora era dar prazer infinito a ela. Fazer com que aquele corpo magro e esbelto pulsasse e cintilasse. Alimentá-lo enquanto ele mesmo se alimentava.

Ele acabou de arrancar-lhe as roupas e as jogou longe, abrindo ainda mais as suas pernas. E se banqueteou.

A respiração dela sofreu um espasmo e se transformou no nome dele, que foi repetido várias vezes sem parar, até ela gozar em um jorro longo e quente. Suas mãos, finalmente libertas, agarravam e apertavam com força os lençóis, os cabelos e os ombros dele. O desejo de saboreá-lo era como uma dor desesperada. O sangue latejava em sua cabeça e fazia-lhe o coração martelar com tanta força que quase doía.

Ela ergueu o corpo, mas recuou em seguida quando a boca de Roarke começou a viajar por ela, enterrando os dentes em seu quadril e esfregando a língua em seu torso. Então ela se viu rolando com ele e sentiu seus dedos lhe apertarem a carne úmida, arranhando violentamente a musculatura rígida dos seus ombros, até a sua boca selvagem e desejosa encontrar a dele.

Com um empurrão violento, ele se enterrou dentro dela e a cada forte estocada pareceu ir mais fundo, golpeando-a com força e ferocidade. Mesmo assim, sua sede não era saciada.

Mais uma vez ela arqueou o tórax, formando uma ponte com músculos que se retesavam de tensão e prazer. Os dedos dele continuavam enterrados nos seus quadris e os olhos eram raios de um azul cruel que jamais se afastavam dos dela.

O corpo dela brilhava de suor. Sua cabeça tombou para trás em total abandono, enquanto absorvia cada golpe violento. Ele a viu crescer mais uma vez, sentiu a onda de poder que a inundava, e a ele também, como uma explosão de energia avassaladora e uma punhalada estremecida de medo que parecia a ponto de romper-se.

— Grite — implorou ele com a loucura que o invadiu ao sentir que ela o engolia por inteiro. — Grite agora!

E quando ela o fez, ele se sentiu cego e se esvaziou dentro dela.

Ele a machucara. Dava para ver as marcas dos seus dedos em sua pele, quando ela estava deitada de bruços sobre a cama desarrumada. A pele de Eve tinha uma delicadeza surpreendente, que ela desconhecia e ele às vezes esquecia, por haver tanta força por sob a superfície.

Quando ele começou a cobri-la, ela se mexeu.

— Não se preocupe, eu não estou dormindo.

— E por que não dorme?

Ela se virou, socou o travesseiro que colocara sob a cabeça e informou:

— Eu quis usar você.

— Puxa, agora eu me senti uma mercadoria barata — disse ele, sentando-se ao lado dela e suspirando com pesar.

— Acho que não tem problema, já que você curtiu de montão — disse ela, quase sorrindo quando virou a cabeça e olhou de frente para ele.

— Você é tão romântica, Eve... — Ele deu um tapa no traseiro dela, com força, e se levantou. — Quer comer na cama ou enquanto trabalha?

Roarke olhou para o AutoChef, pensando em esquentar a refeição para eles. Ao vê-la olhando para ele com os olhos semicerrados, levantou uma sobrancelha e perguntou:

— Quer fazer tudo outra vez?

— Eu não penso só em sexo toda vez que olho para você — garantiu ela, penteando os cabelos para trás com os dedos e procurando em volta, com olhar preguiçoso, alguma peça de roupa que ainda pudesse ser usada. — Mesmo quando você está nu na minha frente, com esse corpo bem-feito, logo depois de ter me deixado vesga com o sexo. Onde estão as minhas calças?

— Não faço idéia. Diga-me, então, em que está pensando?

— Em sexo — disse ela com descontração e, ao encontrar seu jeans do avesso e com as pernas emboladas, tentou desvirá-lo. — Mas é uma abordagem filosófica.

— É mesmo? — Ele deixou os pratos esquentando, voltou para pegar as próprias calças e ficou apenas com elas, já que ela confiscara a sua camisa. — E qual é a sua opinião filosófica sobre o sexo?

— Ele realmente funciona. — Eve enfiou o jeans. — Vamos comer.

* * *

Ela atacou um bife malpassado acompanhado de delicadas batatas enquanto analisava os dados na tela.

— A primeira coisa que a gente nota são as ligações. Cagney e Friend foram da mesma turma na faculdade de medicina em Harvard. Vanderhaven e Friend trabalharam como consultores no centro médico de Londres há dezesseis anos, e em Paris há quatro anos. — Ela mastigou, engoliu e cortou mais um pedaço do bife. — Wo e Friend trabalharam na mesma diretoria e também no mesmo andar do centro cirúrgico da Clínica Nordick, em 2055, sendo que ela continuou ligada à clínica até hoje. Waverly e Friend eram, ambos, administradores da AMA. E Friend dava consultas regularmente no Drake Center, ao qual Waverly é associado há quase dez anos.

— Além de tudo isso — continuou Roarke, completando suas taças de vinho —, é possível seguir a pista mais a fundo se unirmos os pontinhos. Cada um deles está, de algum modo, ligado aos outros. Ligações dentro de ligações. Aposto que se você expandir a pesquisa vai descobrir o mesmo tipo de relação incestuosa nos centros europeus.

— Vou pedir a McNab as devidas comparações, mas acho que vamos, sim, encontrar outros nomes interligados. — O vinho estava frio, era seco e perfeito para o seu estado de espírito. — Agora temos Tia Wo, que presta consultoria à Clínica Nordick. McRae estava pesquisando as listas de passageiros, para ver se ela viajou para Chicago no mesmo dia ou em outros próximos do assassinato que investigava. Não achou nada, mas isso não significa que ela não tenha ido até lá.

— Nesse ponto eu já fui mais adiante — disse-lhe Roarke, e ordenou que aparecessem novos dados. — Nenhum bilhete foi emitido no nome dela em transportes públicos ou particulares, mas isso não inclui a ponte aérea, com vôos que unem as duas cidades de hora em hora. Você precisa apenas de fichas de crédito para pagar a passagem. Verifiquei a agenda dela no Drake e vi que fez visitas a pacientes na tarde daquele dia. Deve ter acabado o plantão às quatro horas. Estou pegando os dados do computador da sua sala neste instante.

— Não vou poder usar esses dados. Isto é, Feeney não poderá usá-los. Será obrigado a solicitar um mandado.

— Pois eu não preciso. O nível de segurança do computador dela é patético — acrescentou Roarke, enquanto mexia nos controles. — Um *hacker* de cinco anos de idade pilotando um scanner de brinquedo é capaz de acessar esses dados. Colocar na tela — ordenou.

— Confirmado — verificou Eve. — Ela fez visitas até as quatro horas, depois tinha uma consulta marcada para as quatro e meia. Saiu do consultório às cinco e seguiu para jantar bem cedo, às seis horas, em companhia de Waverly e Cagney. Feeney poderá confirmar se ela foi a esse jantar, mas mesmo que tenha ido, haveria tempo de viajar depois. Não teve mais nenhum compromisso até as oito e meia da manhã seguinte, hora de um encontro no laboratório com Bradley Young. O que sabemos sobre ele?

— O que você quer saber? Computador, informar todos os dados disponíveis sobre o dr. Bradley Young.

Eve se afastou do prato vazio e se levantou enquanto o computador trabalhava.

— Ela jantou com Cagney e Waverly. Cagney fez pressão sobre Mira para atrasar o caso ou vê-lo arquivado. Waverly me parece deslocado aqui. Só sei que existe mais de uma pessoa envolvida nesse lance. Poderiam ser os três. Jantaram juntos e discutiram sobre quando e como. Um deles ou os três seguiram para Chicago, fizeram o trabalho e voltaram. No dia seguinte, Wo levou o órgão para Young, no laboratório.

— É uma teoria tão boa quanto qualquer outra. O que você precisa é encontrar os dados escondidos. Vamos trabalhar nisso.

— Vanderhaven fugiu para a Europa como um coelho assustado e escapou de um interrogatório de rotina. Então... Quantos deles estão envolvidos? — murmurou Eve. — E quando tudo começou? Por que razão começou? Esse é o ponto-chave. Qual foi o motivo? Um médico patife que ultrapassou os limites é uma coisa. Não é isso o que temos aqui. Temos uma equipe, um grupo, e esse grupo está ligado a Washington, e talvez ao Departamento de Polícia de Nova York. De qualquer modo, se há informantes em minha área de atuação, talvez também haja em outras. Em hospitais. Alguém está repassando os dados. Preciso descobrir o porquê e também o nome dessas pessoas.

— Órgãos humanos. Isso não dá dinheiro hoje em dia. E se não foi pelo lucro — refletiu Roarke —, talvez tenha sido pelo poder.

— Mas que tipo de poder alguém pode adquirir roubando órgãos doentes de moradores de rua?

— O poder do ego — disse Roarke, dando de ombros. — Eu posso fazer, então faço. E se não foi pelo poder, foi pela glória.

— Glória? Onde está a glória disso? — Impaciente, Eve começou a andar de um lado para outro novamente. — Os órgãos não servem para nada. Estão doentes, morrendo, são defeituosos. Onde está o fator de glória? — Antes de ele responder, ela levantou a mão e semicerrou os olhos, em concentração. — Espere, espere. E se eles não forem inúteis? E se alguém descobriu algo que se possa fazer com eles?

— Ou a eles — sugeriu Roarke.

— A eles. — Ela se virou para ele. — Os dados que eu coletei afirmam que todas as pesquisas apontam para a pouca praticidade ou impossibilidade de reconstruir ou reparar órgãos seriamente danificados. Os órgãos artificiais são mais baratos, mais eficientes e duram mais tempo que o próprio corpo. Os maiores centros médicos com os quais estamos lidando não têm conseguido verbas para pesquisa nessas áreas há anos. Desde que Friend desenvolveu seus implantes.

— Uma ratoeira melhor — sugeriu Roarke. — Tem sempre alguém buscando coisas melhores, mais rápidas, mais baratas e mais vistosas. E aquele que inventa a nova técnica — acrescentou, apontando para o vinho —, consegue toda a glória... e o lucro.

— Qual é o seu faturamento anual na NewLife?

— Vou ter que verificar. Espere um minuto. — Ele se virou na cadeira, abriu alguns dados no outro computador e ordenou um balanço financeiro. — Humm... Você quer saber o faturamento bruto ou o líquido?

— Sei lá. Líquido, eu acho.

— Três bilhões e pouco por ano.

— Bilhões? Bilhões? Minha nossa, Roarke, quanto dinheiro você tem?

Ele olhou para ela com ar divertido e disse:

— Bem, um pouco mais do que isso, embora esses três bilhões em particular não sejam todos para mim. É preciso colocar dinheiro na companhia, entende?

— Esqueça que eu perguntei, isso só serve para me deixar nervosa — disse ela, acenando com a mão e andando pelo escritório. — Muito bem, então você fatura três bilhões por ano com a fabricação de implantes. Quando Friend desenvolveu a técnica, ele obteve muita glória. Toneladas de mídia, muita badalação, prêmios, verbas, sei lá mais o que deixa esses caras empolgados. Ele conseguiu um monte de tudo isso. E uma fatia da torta também. Foi essa a sua... como foi que você chamou?... ratoeira. Então...

Ela parou de falar, raciocinando com calma enquanto Roarke a acompanhava. Era uma delícia, pensou ele, observar a sua mente funcionando. Estranhamente excitante, refletiu ele, bebendo o vinho, e decidiu que teria de seduzi-la novamente, de uma maneira completamente diferente, quando eles tivessem acabado ali e fossem dormir.

— Então alguém, ou um grupo de pessoas, topa com uma nova técnica, um novo ângulo, usando órgãos doentes. Eles descobrem, ou quase isso, um modo de recuperá-los ou reaproveitá-los. Mas onde encontrar esse material? Não dá para usar os órgãos que são propriedade dos hospitais. Eles estão registrados, marcados e reservados. Doadores e agentes iriam fazer objeções se descobrissem que seus órgãos estão sendo usados para outros fins que não os acertados. Isso trará grandes problemas e mídia desfavorável. Além de provavelmente haver restrições federais.

Ela parou e balançou a cabeça, continuando:

— Então você mata para obtê-los? Assassina pessoas para poder prosseguir com suas experiências? Isso é forçar um pouco a barra.

— Você acha? — Roarke levantou um brinde na direção dela. — Olhe só para a história. Aqueles que possuem o poder sempre encontraram utilidades horríveis para os que não o possuem. E muitas vezes, muitas vezes mesmo, argumentam que tudo é em prol do bem maior. Você poderia estar diante de um grupo de pessoas altamente qualificadas, inteligentes e instruídas que decidiram que sabem o que é melhor para a humanidade. Nada, na minha opinião, é mais perigoso do que isso.

— E quanto a Bowers?

— Uma simples vítima na luta contra as doenças, em busca da longevidade. A qualidade de vida para muitos através da destruição da vida de uns poucos.

— Se o motivo é esse — disse Eve, devagar —, a resposta está no laboratório. Preciso achar um meio de entrar no Drake Center.

— Talvez eu consiga trazer o Drake para você, bem aqui.

— Já seria um começo. — Eve expirou com força e tornou a se sentar. — Vamos dar uma olhada mais de perto em Young.

— Ele é um *geek* — sentenciou Roarke, minutos depois de analisar os dados.

— Um o quê?

— Você não anda familiarizada com as expressões atuais, Eve. O que temos aqui é o clássico *tecno-geek*... aquilo que McNab seria se não tivesse o seu charme, um grande interesse pelas mulheres e o singular conceito de moda.

— Ah, como a maioria dos caras da Divisão de Detecção Eletrônica. Já entendi. Aqueles que preferem passar o tempo em companhia de uma placa-mãe, em vez de ter uma vida normal. Trinta e seis anos, solteiro, mora com a mãe.

— Um *geek* clássico — confirmou Roarke. — Em termos de formação, foi sempre o melhor da turma, exceto nas áreas sociais. Foi presidente do clube de tecnologia, no ensino médio.

— Um clube voltado para *geeks*.

— Exato. Dirigiu uma associação de eletrônica e um jornalzinho da área na faculdade... Princeton, por sinal, onde ele se formou com a tenra idade de quatorze anos.

— Um *geek* que também é gênio.

— Precisamente. Em seguida ele se juntou a um laboratório médico, onde encontrou outro nicho. Eu dou emprego a um monte de caras desse tipo. Eles têm um valor inestimável. Ali ficou ele, trabalhando alegremente para desenvolver novas ratoeiras. Eu diria que se Mira montasse o seu perfil, ela o acharia socialmente inepto, um sujeito inteligente, mas terrivelmente introvertido, com fobias sexuais e um nível de arrogância agudo, além de uma predileção inerente por aceitar ordens de figuras com autoridade, embora as considere inferiores a si mesmo.

— Figuras femininas com autoridade devem encaixar nesse perfil. Ele ainda mora com a mamãe. Trabalha para a dra. Wo, e isso também combina. Trabalha para o Drake Center há oito anos e chefia as pesquisas do laboratório sobre órgãos. Mas ele não é um cirurgião — afirmou ela —, e sim um rato de laboratório.

— E provavelmente não interage muito bem com pessoas. Sente-se mais à vontade com máquinas e amostras.

— Vamos pesquisar as datas de todos os assassinatos para descobrir onde ele estava.

— Vou ter que entrar nos registros dele. Preciso de um minuto para isso.

Roarke começou a trabalhar, parou e franziu o cenho.

— Ora, ora — disse ele. — O rapaz tem um pouco mais de noção de segurança do que a nossa dra. Wo. Temos algumas camadas aqui para atravessar. — Ele se remexeu na cadeira, puxou um teclado e começou a trabalhar manualmente. — Isso é interessante. Ele colocou um bocado de proteção para uma agenda de compromissos. O que temos aqui? — Seu cenho se franziu enquanto ele analisava o que, para Eve, pareciam ser apenas símbolos aleatórios no monitor. — Garoto esperto — murmurou Roarke. — Ele instalou um dispositivo de alarme. O safado é engenhoso.

— Você não consegue entrar?

— Está complicado.

— Bem, se você vai deixar um simples *geek* derrotá-lo, acho que preciso de outro ajudante — provocou Eve, inclinando a cabeça.

Ele se recostou, estreitou os olhos e pareceu, aos olhos dela, incrivelmente sexy, sentado ali sem camisa diante dos controles, com um ar de poucos amigos no rosto magnífico.

— Como é mesmo aquela expressão que você gosta tanto de usar, querida? Ah, sim... *Pode pegar no meu pé*. Agora, deixe de fungar no meu cangote e me arranje um pouco de café. Isso vai levar algum tempo.

Prendendo uma gargalhada, Eve foi até o AutoChef. Na cadeira, Roarke flexionou os ombros, arregaçou mentalmente as mangas e se lançou em uma guerra particular contra o teclado.

Eve tomou duas xícaras enquanto o café dele esfriou sem ser tocado. Seus xingamentos, lançados em um tom de voz baixo e furioso, foram se tornando cada vez mais criativos. E também, observou Eve com certo fascínio, mais irlandeses.

— Que sacana filho-da-mãe. Como é que ele conseguiu fazer isso? — A frustração transparecia em seus olhos, enquanto ele tentava uma nova combinação de códigos. — Não, não, seu pequeno canalha, eu sei que tem uma armadilha aí, em algum lugar. Dá para sacar direitinho. Esse cara é bom. Sim, muito bom, mas eu estou quase chegando lá. Que foda! — Ele se lançou para trás e rugiu para o monitor.

Eve abriu a boca para dizer alguma coisa, mas pensou duas vezes, tornou a fechá-la e foi em busca de outra xícara de café. Era muito incomum vê-lo assim, fora de si, pensou ela.

Planejando novos rumos, levou uma cadeira para o outro lado do escritório e usou o *tele-link* para entrar em contato com Louise. Recebeu como saudação um "Aqui é a dra. Dimatto falando", emitido com a voz engrolada e o sinal de vídeo desligado.

— Aqui é Dallas. Tenho um trabalho para você.

— Você sabe que horas são?

— Não. Preciso verificar alguns registros do sistema principal da sua clínica, além de todas as ligações dadas e recebidas por um grupo de outras clínicas. Está prestando atenção?

— Eu odeio você, Dallas.

— Então tá... Drake Center, Clínica Nordick em Chicago... você está anotando?

O sinal de vídeo foi acionado e mostrou a imagem de Louise descabelada e com os olhos pesados.

— Dei plantão duplo hoje e ainda trabalhei na rua, na ambulância volante. Daqui a pouco vou voltar para lá, no turno da manhã. Por tudo isso você vai ter que me desculpar por mandá-la para o inferno.

— Não desligue na minha cara. Preciso desses dados.

— A última notícia que eu tive foi que você estava fora do caso. Concordar em servir como consultora para uma policial é uma coisa, mas repassar dados confidenciais para uma civil é outra.

Ouvir ser chamada de *civil* doeu muito mais do que Eve esperava.

— Escute, as pessoas continuam mortas, tanto faz se estou usando um distintivo ou não.

— Se o novo investigador do caso solicitar a minha ajuda eu posso cooperar com ele, dentro dos limites da lei, Eve. Mas se eu fizer o que você está me pedindo e for pega, posso perder o trabalho na clínica.

Eve cerrou os punhos, lutando contra a frustração.

— A sua clínica é um buraco decadente — atirou Eve. — Quanto dinheiro você precisa para trazê-la para o século XXI?

— Meio milhão, pelo menos, mas só quando eu conseguir contornar as exigências do meu fundo fiduciário vou conseguir esse dinheiro. Portanto, repito: vá para o inferno.

— Espere só um minuto. Um minutinho só, OK? — Eve colocou o aparelho na função *mute*. — Roarke! — Ela o chamou duas vezes, com mau humor, ao ver que ele a ignorou, e recebeu um grunhido irritado como resposta. — Preciso de meio milhão de dólares para oferecer como suborno.

— Ora, pegue na sua conta, tem mais do que isso lá. E não fale comigo até eu conseguir pegar esse filho-da-mãe.

— Na minha conta? — repetiu ela, mas soltou apenas um silvo raivoso para as costas dele, com medo de que Louise desligasse e se recusasse a atender se ela tornasse a ligar. — Muito bem, Louise, vou transferir meio milhão para você, é só me dar o número da conta, mas só depois que me fornecer os dados que eu pedi.

— Como disse?

— Se quiser o dinheiro para a clínica, você vai ter que me dar os dados que eu preciso. Aqui vão os nomes dos hospitais. — Eve enviou a lista e ficou grata ao ver que Louise se levantou e pegou um caderno de anotações.

— Se você estiver me enrolando, Dallas...

— Eu não minto. Pegue os dados, não se deixe apanhar e repasse tudo para mim. Vamos providenciar a transferência do dinheiro como doação. Só não quero que você me engane, Louise. Estamos combinadas ou não?

— Droga, você joga pesado, hein? Vou pegar os dados e entro em contato assim que conseguir. Você acaba de salvar centenas de vidas.

— Isso é trabalho seu. Eu salvo os mortos. — Eve desligou no instante em que Roarke soltou um empolgado "Ah-ah! Consegui entrar!". Flexionando os dedos para exercitá-los, pegou o café e tomou um gole.

— Caramba! — reclamou ele. — Você quer me envenenar?

— Servi esse café faz mais de uma hora. E que história é essa de sacar a grana da minha conta, porque tem mais do que isso lá?

— Tem mais o quê? Ah... — Ele se levantou para exercitar os ombros e trocar o café velho. — Você tem uma conta pessoal que foi aberta há meses. Nunca olha o seu saldo bancário?

— Eu tenho... isto é, *tinha* uma conta onde recebia o meu salário de policial, e isso significa que não há saldo bancário. Minha conta está só com duzentos dólares, porque gastei todo o resto no Natal.

— Não, querida, essa é a sua conta-salário. O seu salário é automaticamente depositado lá. Estou falando da sua conta pessoal.

— Como assim? Eu só tenho uma conta bancária.

Com toda a paciência, ele experimentou o café e girou o pescoço. Sentiu que ia precisar de um tempo na banheira de hidromassagem.

— Olhe — explicou ele. — Há duas contas, porque você tem aquela que eu abri para você no verão passado. Quer ver o extrato?

— Espere um minuto — reagiu ela, dando um tapa em seu peito nu. — Você abriu essa conta para mim? Por que diabos fez isso?

— Porque nós nos casamos. Pareceu-me a coisa lógica a fazer, algo normal.

— E que quantia parecia lógica ou normal para você?

Roarke passou a língua sobre os dentes da frente. Eve era, conforme ele bem sabia, uma mulher com temperamento forte, e tinha uma outra característica que ele muitas vezes via como senso de orgulho distorcido.

— Eu acho, se eu me lembro bem, que a conta foi aberta com cinco milhões... mas esse valor certamente deve ter aumentado devido aos juros e dividendos...

— Você... O que há de *errado* com você? — Ela não deu um soco nele. Ele já estava preparado para bloquear a ação do seu punho fechado. Em vez disso, ela passou as unhas pelo peito dele.

— Puxa vida! Você precisa ir à manicure.

— Cinco milhões de dólares. — Ela lançou as mãos para cima e os braços ficaram flanando em sinal de frustração. — O que é que eu vou fazer com cinco milhões de dólares? Enfie esse dinheiro no inferno e depois saque tudo de volta, Roarke. Eu não quero o seu dinheiro. Eu não preciso do seu dinheiro.

— Mas acabou de me pedir meio milhão — lembrou ele, com um sorriso charmoso que se ampliou ainda mais ao vê-la lançar um grito agudo de frustração. Por fim, ele completou: — Muito bem, o que vamos ter: briga de marido e mulher ou investigação criminal? A escolha é sua.

Eve fechou os olhos, lutando para lembrar as suas prioridades.

— Vamos tratar desse assunto mais tarde — avisou a ele. — Vamos *realmente* tratar desse assunto mais tarde.

— Mal posso esperar. Por ora, você não estará mais interessada no fato de que o nosso *geek* favorito andou visitando, por acaso, certas cidades específicas em certas datas específicas?

— O quê? — Ela girou o corpo a fim de olhar para a tela. — Caramba, está bem ali. Bem ali! Chicago, Paris, Londres. Tudo marcado em sua maldita agenda. Consegui pegar um deles. Filho-da-mãe! Quando eu o arrastar para interrogatório, ele vai entregar todo mundo, e bem depressa. Vou acabar com ele e depois...

Ela parou de falar, deu um passo atrás e sentiu as mãos de Roarke massageando-lhe os ombros.

— Por um momento eu me esqueci. Burra!

— Não faça isso — pediu ele, beijando-lhe o topo da cabeça.

— Não, tudo bem. Estou bem com relação a isso. — *Tenho que estar*, ordenou a si mesma. — Só que eu preciso descobrir um jeito de passar essa informação para Feeney sem comprometer a investigação. Podemos copiar isso em um disco e colocá-lo à noite na caixa de correios da polícia. O material tem que passar através dos devidos canais departamentais antes de chegar a ele. Precisamos que tudo fique documentado. Só então ele poderá investigar o material e usar a dica anônima para requerer um mandado, recolher os arquivos de Young e levá-lo para interrogatório. Fazer as coisas desse jeito vai levar quase um dia, mas o material não será desautorizado e Feeney não ficará sem saída.

— Então é o que devemos fazer. As coisas estão começando a se encaixar, Eve. Você vai ter o que precisa bem depressa e tudo isso ficará para trás.

— Sim. — O caso, pensou ela, e muito provavelmente o seu distintivo.

Capítulo Dezenove

Eve convenceu a si mesma de que estava completamente preparada quando entrou no consultório de Mira. Ela ia fazer o que precisava ser feito e depois seguiria em frente. Sabia muito bem que os resultados do que ela fizesse ou do que fosse feito com ela nas próximas horas iriam pesar muito na decisão do departamento. Sua suspensão poderia ser revogada ou transformada em dispensa definitiva.

Mira recebeu pessoalmente Eve e tocou em seus braços com as duas mãos.

— Estou terrivelmente sentida com tudo isso — disse a médica.

— A senhora não fez nada.

— Não, não fiz. Gostaria de poder ter feito. — A doutora conseguia sentir a tensão nos músculos retesados que segurava com as mãos. — Eve, você não precisa se submeter a esses testes e procedimentos, pelo menos até se sentir completamente preparada.

— Quero fazê-los.

Concordando com a cabeça, Mira deu um passo para trás, dizendo:

— Eu compreendo. Mas primeiro sente-se aqui. Vamos conversar.

Eve sentiu os nervos dançarem por sua espinha acima e reprimiu a sensação com vigor.

— Dra. Mira, não vim aqui para tomar chá e bater papo. Quanto mais cedo acabarmos, mais cedo eu vou saber em que pé estão as coisas.

— Considere a conversa como parte dos procedimentos. — A voz de Mira estava mais contundente do que o normal no momento em que ela apontou para uma cadeira. Queria tranqüilizar Eve, mas ia ter que afligi-la. — Sente-se, Eve. Já estou com todos os seus dados aqui — começou, enquanto Eve dava de ombros e se jogava em uma cadeira. De forma arrogante, pensou Mira. Aquilo era bom. Um pouco de arrogância ajudaria Eve a encarar o que tinha pela frente. — Sou obrigada a perguntar se você compreende os testes aos quais aceitou se submeter.

— Conheço o procedimento.

— Você vai se submeter a uma avaliação de personalidade, probabilidade de tendências à violência e um teste com o detector de mentiras. Este método inclui simulações virtuais da realidade, injeções com substâncias químicas e mapeamento de áreas cerebrais. Eu vou conduzir pessoalmente ou supervisionar todos os procedimentos. Estarei ao seu lado, Eve.

— A senhora não tem culpa de nada, doutora. Isso não tem nada a ver com a senhora.

— Se você está aqui porque um colega de profissão desempenhou um papel nas circunstâncias que a trouxeram até este ponto e a colocaram nessa posição, então eu tenho, sim, um pouco de culpa.

— O seu perfil do assassino indica um colega da mesma profissão que a senhora? — Os olhos de Eve se aguçaram.

— Não posso discutir o perfil com você. — Mira pegou um disco em sua mesa, deu uma batidinha de leve com os dedos sobre ele, sem tirar os olhos de Eve. — Não posso lhe contar os dados e conclusões que estão nos meus relatórios. Uma cópia deles já foi enviada a todas as partes interessadas. Ela deixou o disco sobre a mesa, com ar descuidado. — Preciso verificar o equipamento na sala ao lado. Espere aqui um momento.

Ora, pensou Eve ao ver a porta se fechar, *o convite fora muito claro. Bem, que seja então*, decidiu, pegando o disco em cima da mesa e enfiando-o no bolso de trás da calça jeans.

Queria circular pela sala de um lado para outro para conseguir se manter tranqüila antes que a coisa piorasse. Mas se forçou a sentar novamente, esperar com serenidade e esvaziar a mente.

Eles querem que você pense no assunto, lembrou a si mesma. Querem que você se preocupe e sue muito. Quanto mais o fizer, mais aberta e vulnerável vai ficar diante de tudo o que está atrás da porta.

Eles iam usar os equipamentos, os scanners e as injeções para privá-la do autocontrole e mergulhar em sua mente. Em seus medos.

Quanto menos ela carregasse lá para dentro, menos eles teriam para explorar.

Mira tornou a abrir a porta. Não voltou à sala e nem mesmo olhou para a mesa. Simplesmente assentiu com a cabeça para Eve e informou:

— Estamos prontas para começar.

Sem dizer nada, Eve se levantou e seguiu Mira por um dos corredores que formavam o labirinto do Departamento de Testes. Aquele ali era pintado de verde-claro, a cor dos hospitais. Em outros haveria paredes de vidro e por trás delas os técnicos e máquinas se esconderiam, furtivos como fumaça.

A partir desse ponto, todos os seus gestos, expressões, palavras e pensamentos seriam documentados, avaliados e analisados.

— Esta bateria de testes do Nível Um não deve levar mais de duas horas — informou Mira. Eve parou de caminhar e agarrou o braço da médica.

— Nível Um?

— Sim, você foi solicitada a fazer apenas os exames do Nível Um.

— Mas eu preciso do Nível Três.

— Não há necessidade disso, nem é aconselhável. Os riscos e efeitos colaterais do Nível Três são extremos demais para essas circunstâncias. O Nível Um é o recomendado.

— Meu distintivo está em jogo aqui. — Os dedos de Eve queriam tremer, mas ela não permitiria isso. — Nós duas sabemos disso, do mesmo modo que sabemos que ser aprovada no Nível Um não me oferece garantia de que vou recebê-lo de volta.

— Resultados positivos do Nível Um e uma recomendação minha vão pesar muito em seu favor.

— Mas não o bastante. Nível Três, dra. Mira. É direito meu exigir isso.

— Droga, Eve. O Nível Três é apenas para suspeitos com problemas mentais, tendências extremamente violentas, assassinos comprovados, esquartejadores e pessoas com desvios comportamentais graves.

— Eu já me livrei de todas as suspeitas com relação ao assassinato da policial Ellen Bowers? — quis saber Eve, respirando fundo.

— Você não é a principal suspeita e a investigação não está apontando na sua direção.

— Mas não estou livre dessa suspeita e pretendo ficar. — Eve inspirou com força e soltou o ar. — Nível Três. É um direito meu.

— Você está tornando isso mais difícil do que precisaria ser.

— Não pode ser mais difícil do que já está — garantiu Eve, surpreendendo a ambas com um sorriso suave. — Isso machuca.

Elas passaram através de um conjunto de portas lisas e reforçadas. Eve não tinha arma alguma para entregar. O computador solicitou educadamente que Eve entrasse pela porta à esquerda e tirasse todas as roupas e jóias.

Mira viu Eve fechar os dedos em torno da aliança de casada e seu coração se condoeu.

— Sinto muito, Eve. Você não pode usar a sua aliança lá dentro. Quer que eu a guarde para você?

"Eles tiraram apenas os seus símbolos."

Eve ouviu a voz de Roarke dizendo isso enquanto tirava a aliança.

— Obrigada. — Ela entrou na sala e fechou a porta. Despiu as roupas de forma mecânica, mantendo o rosto impassível diante dos técnicos e das máquinas que a monitoravam naquele momento.

Ela detestava ficar nua na frente de estranhos. Odiava a sensação de vulnerabilidade e de não ter controle da situação.

Recusou-se a pensar naquilo.

Uma luz piscou sobre a porta do outro lado do aposento e uma voz eletrônica ordenou-lhe que entrasse ali para o exame físico.

Ela entrou, ficou sobre a marca no centro da sala e olhou direto em frente enquanto as luzes piscavam, zumbiam e o seu corpo era todo examinado, em busca de falhas.

A inspeção médica foi rápida e indolor. Depois de liberada, ela vestiu um macacão azul que havia ali e seguiu as instruções, dirigindo-se à sala adjacente, onde ficava o scanner de cérebro.

Deitou-se de costas sobre a maca acolchoada, ignorando os rostos que via por trás dos vidros, e deixou que os olhos se fechassem lentamente enquanto um capacete era baixado sobre a sua cabeça.

Que jogo eles iriam usar?, perguntou-se ela, preparando-se enquanto a maca se dobrava para a posição de sentado.

O cenário em realidade virtual apareceu de repente em meio à escuridão, deixando-a tão desorientada que ela apertou os lados da maca para manter o equilíbrio.

Foi atacada por trás. Mãos imensas saíram do escuro, colocaram-na em pé e em seguida a levantaram do chão, atirando-a para o alto. Ela atingiu o chão duro do que agora reconheceu como um beco e deslizou sobre algo gosmento. Seus ossos se sacudiram e sua pele ardeu ao ser arranhada. Ela se levantou rápido e levou a mão à arma.

Antes mesmo de conseguir pegar a pistola no coldre, ele já estava indo na direção dela. Girando o corpo de lado, ela soltou um grito de ataque e lançou o pé para trás com força, atingindo-o em cheio na barriga.

— Aqui é a polícia, seu filho-da-mãe idiota. Não se mova!

Ela se agachou segurando a arma com as duas mãos, já preparada para lançar uma descarga de raio atordoante, mas nesse momento o programa jogou sobre o seu rosto uma luz forte demais, quase ofuscante. A arma continuava em suas mãos e seus dedos coçavam no gatilho, mas agora ela apontava para uma mulher que segurava uma criança em prantos no colo.

Com o coração martelando o peito, ela levantou a arma depressa, apontando-a para cima. Dava para ouvir a própria respiração ofegante quando tornou a abaixá-la.

Elas estavam em um telhado. O sol estava muito forte e o calor era enorme. A mulher estava em pé, mas cambaleava sobre uma borda estreita. Olhou para Eve com olhos que pareciam mortos. A criança se debateu em seu colo e soltou um grito.

— Não chegue mais perto — avisou a mulher.

— Certo. Escute, veja só, estou guardando a arma. Olhe. — Mantendo os movimentos em ritmo lento, Eve colocou a arma no coldre. — Quero apenas falar com você. Qual é o seu nome?

— Você não pode me impedir.

— Não, não posso. — Onde estava o apoio? Onde estava a equipe especial para pessoas que queriam pular de prédios e os psiquiatras, por Deus? — Qual é o nome do menino?

— Não posso mais cuidar dele. Estou cansada.

— Ele está apavorado. — O suor descia pelas costas de Eve, enquanto ela dava um passo à frente. O calor era brutal e parecia subir em vapores ondulantes do piche pegajoso que revestia o piso. — Ele está com muito calor. Você também. Você não quer ir ali para a sombra um instantinho?

— Ele chora o tempo todo. A noite toda. Eu não consigo nem pegar no sono. Já não agüento mais.

— É melhor você me deixar segurá-lo um pouco. Ele é pesado. Qual o nome dele?

— Pete. — O suor escorria do rosto da mulher, fazendo com que o seu cabelo escuro, cortado bem curto, ficasse com as pontas coladas em suas bochechas.

— Ele está doente. Nós dois estamos doentes; então, o que importa?

A criança continuava a gritar sem parar, soltava um guincho agudo atrás do outro. O som de seus lamentos parecia cortar a cabeça de Eve e o seu coração.

— Conheço algumas pessoas que podem ajudar você — ofereceu ela.

— Você é só a porra de uma tira. Não pode fazer merda nenhuma.

— Se você pular, aí é mesmo que ninguém poderá fazer. Nossa, como está quente aqui. Vamos entrar um pouco e tentar resolver as coisas.

A mulher soltou um suspiro fatigado e gritou:

— Vá para o inferno.

Eve deu um pulo e agarrou o menino pela cintura no instante em que a mulher se lançava para frente. Os gritos dele eram como lâminas cortantes penetrando em seu cérebro enquanto ela agarrava com força e desespero. Ela enganchou a mulher pela axila enquanto projetava o corpo para a frente, e seus músculos tremeram e ameaçaram se rasgar. As pontas das botas se apoiavam com força contra a parede junto à borda, para manter o equilíbrio e impedir que todos três fossem parar na calçada lá embaixo.

— Agüente firme. Droga. — O suor gotejava e lhe escorria pelos olhos, ardendo e deixando-a cega enquanto Eve lutava para conseguir segurá-la com mais firmeza. O menino se retorcia como um peixe no anzol. — Agarre-se em mim! — gritou ela, reparando que a mulher olhava para ela com os olhos completamente vazios.

— Às vezes é melhor morrer. Você devia saber disso, Dallas. — A mulher sorriu ao pronunciar o nome de Eve. E riu quando a mão de Eve, que a segurava, começou a escorregar.

Então, de repente, Eve se viu em outro beco, tremendo, com o corpo curvado em uma bola de dor e choque.

Ela era uma criança surrada e machucada, sem nome e sem passado.

Eles estavam usando as suas próprias lembranças agora e encaixavam imagens de sua memória mais antiga. Ela os odiou por isso, com tanta intensidade que a raiva lhe pareceu arder em fogo brando sob uma escorregadia camada de pânico.

Um beco em Dallas, uma menininha com o rosto ensangüentado, um braço quebrado e sem ter para onde fugir.

Malditos sejam vocês todos, ela não é parte disso. Eve queria gritar, se livrar da influência das imagens que estavam sendo colocadas em seu cérebro e lançar o corpo contra a parede de vidro diante de si.

Sua pulsação começou a acelerar e sua raiva foi aumentando ainda mais. Em um piscar de olhos, o programa a remeteu para as ruínas da parte baixa de Manhattan, em uma noite gelada. Bowers estava diante de Eve e a olhava com cara de poucos amigos.

— Sua piranha idiota, vou enterrar você sob uma pilha de queixas. Todo mundo vai saber quem você é. Nada mais que uma puta que trepou com todo mundo para conseguir subir na carreira.

— Você tem problemas mentais sérios, Bowers. Depois que eu fizer meu relatório, descrevendo as suas insubordinações, contando as suas ameaças a uma oficial superior e provando o quanto você é uma idiota completa, quem sabe o departamento cria coragem e expulsa você da força?

— Vamos ver quem eles vão expulsar. — Bowers empurrou Eve com força, fazendo-a recuar dois passos.

A fúria estava ali, bem perto da superfície, fazendo o coração de Eve quase saltar pela boca; as pontas dos seus dedos estavam trêmulas.

— Não ponha as mãos em mim — avisou ela.

— Por quê? O que vai fazer? Não há mais ninguém aqui, só nós duas. Você acha que pode invadir o meu território para me fazer ameaças?

— Não estou ameaçando, estou só avisando. Tire as mãos de mim, saia da minha frente e não se meta nos meus assuntos ou vai pagar por isso.

— Vou acabar com você. Vou desmascará-la e não tem nada que você possa fazer para me impedir.

— Tem sim, ora se tem.

De repente, Eve viu o cano de metal em sua mão. Sentiu os dedos se apertarem com força em volta dele e os músculos se retesarem, prontos para atacar. Mais irritada com aquilo do que surpresa, ela atirou o cano longe, se lançou para a frente e agarrou Bowers pela lapela.

— Se você tornar a colocar a mão em cima de mim, eu vou derrubá-la com um soco só. Faça todas as queixas que quiser, porque a minha reputação vai continuar inabalada. Só lhe prometo que vou fazer tudo para que você perca o direito ao uso da farda e esteja longe do patrulhamento das ruas antes de tudo isso acabar. Você é uma vergonha para a polícia.

Eve a largou, com repugnância, e começou a se afastar. Com o canto dos olhos percebeu o movimento de algo que vinha em sua direção. Abaixou o corpo, deu meia-volta e sentiu o cano assobiar junto de sua cabeça, agitando-lhe os cabelos.

— Estava enganada — disse, com a voz perigosamente fria. — Você não é uma vergonha para a polícia. É apenas louca.

Bowers rangeu os dentes e tornou a balançar o cano. Eve pulou para fora do seu alcance e então atacou com força. Recebeu um golpe forte no ombro, mas usou a dor e o impulso que tomara para investir contra Bowers. As duas caíram no chão em um emaranhado de braços e pernas.

Viu sua mão novamente em volta do cano, mas simplesmente o puxou, torceu e mais uma vez o atirou longe. Tirou a arma, com os olhos brilhando, e a usou para atingir o queixo de Bowers.

— A festa acabou para você. — Com a respiração ofegante, empurrou Bowers e prendeu-lhe os braços nas costas, enquanto apalpava os bolsos em busca das algemas. — Você está presa por atacar uma policial com sua arma, sua louca desvairada com cara de bunda.

Quando já se preparava para sorrir, Eve se viu novamente no escuro, sentada sobre uma poça vermelha e com as mãos cobertas por uma grossa camada de sangue coagulado.

Choque, horror e uma imensa sensação de medo a inundaram e a fizeram recuar, dizendo:

— Meu Deus, não. Eu não fiz isso. Não poderia ter feito isso.

Quando cobriu o rosto com as mãos ensangüentadas, Mira fechou os olhos e ordenou:

— Já chega! Encerrar programa! — Com o coração apertado, viu Eve sacudindo o corpo com força enquanto a sessão acabava. E quando o capacete foi retirado de sua cabeça, os olhos das duas se encontraram através do vidro.

— Esta fase do teste está encerrada. Por favor, Eve, saia pela porta indicada. Vou me encontrar com você do outro lado.

Os joelhos de Eve se dobraram quando ela saiu da maca e tentou ficar em pé, mas ela os controlou, esperou alguns instantes para a respiração se acalmar e foi andando para a sala ao lado.

Diante dela havia uma poltrona acolchoada, uma cadeira e uma mesa comprida onde vários instrumentos já estavam ordenados com cuidado. Mais máquinas e monitores. Paredes completamente brancas.

Mira entrou e a avisou:

— Você tem direito a trinta minutos de descanso. Sugiro que os aproveite.

— Vamos acabar logo com isso.

— Sente-se, Eve.

Ela se sentou na poltrona, fazendo o possível para afastar da mente a última cena, a fim de se preparar para a seguinte.

Mira se sentou na cadeira e colocou as mãos cruzadas sobre o colo.

— Tenho filhos que eu amo muito — começou a falar, causando um vinco de estranheza entre as sobrancelhas de Eve. — Tenho amigos que são vitais para mim, e também conhecidos e colegas a quem admiro e respeito. — Ao dizer isso, Mira soltou um leve suspiro. — Sinto também tudo isso por você, Eve. — Inclinando-se de leve, ela colocou a mão sobre a de Eve, com carinho, e a apertou com força.

— Se fosse minha filha e eu tivesse algum tipo de autoridade sobre você, não permitiria que se submetesse ao Nível Três, Eve. Estou lhe pedindo, como amiga, que reconsidere a sua posição.

— Sinto muito por estar tornando isso difícil para a senhora — disse Eve, olhando para a mão de Mira.

— Por Deus, Eve! — Mira se levantou de repente, deu meia-volta e lutou para manter as próprias emoções sob controle. — Este é um procedimento muito invasivo. Você vai se sentir desprotegida, incapaz de se defender, não apenas fisicamente, mas também mental e emocionalmente. Se você reagir e lutar, como fará por instinto, isso vai deixar uma marca em seu coração. Eu posso me opor a isso, e vou fazê-lo.

Ela se virou, já sabendo que era inútil.

— A combinação de drogas e exames cerebrais que vou ter que usar para esse nível certamente vai fazer com que você se sinta enjoada. Você vai ter náuseas, dor de cabeça, fadiga, desorientação, tonteiras e possivelmente perda temporária de tônus muscular.

— Parece que a festa vai ser ótima. Escute, a senhora sabe que eu não vou mudar de idéia. Já esteve em minha mente tantas vezes que sabe como ela funciona. Portanto, de que adianta apavorar a nós duas? Simplesmente vá em frente e comece o teste.

Resignada, Mira foi até a mesa e pegou uma seringa de pressão que ela mesma preparara.

— Recoste-se, Eve, e tente relaxar.

— Claro, talvez eu aproveite essa oportunidade para dar um cochilo. — Recostando-se, olhou para a luz azulada e fria no teto. — Para que é aquilo?

— Mantenha-se focada na luz. Simplesmente olhe para ela, tente ver através dela, imagine-se dentro daquela luz azul tranqüila e suave. Isso não vai doer. Preciso desabotoar a parte de cima do seu macacão.

— É por isso que você tem poltronas azuis em seu consultório? Para as pessoas poderem afundar no azul?

— É como se fosse água. — Mira trabalhou depressa, mas com cuidado, desnudando o ombro e o braço de Eve. — Você pode se deixar deslizar para dentro da água. Vai sentir uma leve pressão agora — murmurou, enquanto injetava a primeira droga. — Isso é apenas um calmante.

— Eu detesto drogas.

— Eu sei. Procure respirar normalmente. Vou prender os scanners e os monitores. Você não sentirá incômodo algum.

— Não estou preocupada com isso. A senhora ainda está com a minha aliança? — Sua cabeça já parecia mais leve e a língua mais grossa. — Já pode devolvê-la para mim?

— Sim, eu estou com ela. Assim que acabarmos aqui eu devolvo. — Com a habilidade desenvolvida por anos de prática, Mira prendeu os fios dos scanners nas têmporas de Eve, nos pulsos e no coração. — Sua aliança está bem guardada comigo. Relaxe, Eve. Deixe que o azul a envolva.

Ela já se sentia flutuando, e uma parte da sua mente se perguntava o porquê de Mira tê-la assustado tanto. Aquilo era como um passeio tranquilo e indolor.

Com cautela, Mira analisava os monitores. Batimentos cardíacos, pressão sanguínea, ondas cerebrais, todos os dados físicos estavam normais. Por enquanto. Olhou para baixo e viu que os olhos de Eve estavam fechados, seu semblante relaxado e o corpo leve. Ela se permitiu passar a mão sobre a face de Eve; então, depois de prender correias em seus pulsos e tornozelos, pegou a segunda seringa.

— Eve, você pode me ouvir?

— Humm. Sim. Sinto-me bem.

— Você confia em mim?

— Sim.

— Então lembre-se de que eu estou aqui com você. Conte de cem para trás, lentamente.

— Cem, noventa e nove, noventa e oito, noventa e sete. — Quando a segunda droga entrou em sua corrente sanguínea, o pulso disparou e a respiração acelerou. — Noventa e seis; puxa vida! — Seu corpo se arqueou e os membros tentaram se soltar das correias que os prendiam enquanto uma onda de choque abalava o seu organismo.

— Não, não tente lutar. Respire fundo. Escute a minha voz. Respire, Eve, não tente resistir.

Havia milhares de insetos formigando e esfomeados, se arrastando sobre a sua pele e por baixo dela. Alguém a estrangulava, e as mãos em torno de sua garganta pareciam feitas de gelo. Seu coração estava pronto para explodir a qualquer momento, em marteladas furiosas e descompassadas. Uma onda de terror vermelha e forte pareceu cegá-la no instante em que abriu os olhos e se sentiu presa.

— Não me amarre, por favor. Não faça isso.

— Preciso fazê-lo, pois você pode se ferir. Mas pode deixar que eu estou aqui. Sinta a minha mão. — Ela a apertou de encontro à bola formada pelos punhos fechados de Eve. — Estou bem aqui. Respire fundo e devagar, Eve. Ouça a minha voz. Respire fundo e devagar. Tenente Dallas — disse ela, com mais vigor, quando viu que Eve continuava a ofegar e lutar. — Eu lhe dei uma ordem. Pare de lutar e respire normalmente.

Eve engoliu o ar e o soltou com um silvo agudo. Seus braços tremiam, mas ela parou de resistir.

— Olhe para a luz — continuou Mira, ajustando a dosagem e acompanhando os monitores. — Ouça apenas a minha voz. Você não precisa ouvir mais nada, a não ser a minha voz. Estou bem aqui. Você sabe quem sou eu?

— Mira. A dra. Mira. Isso dói.

— Só mais um momento. Seu organismo precisa se ajustar. Respire fundo e bem devagar. Olhe para a luz. Respire fundo e cada vez mais devagar. — Ela repetiu as mesmas instruções sem parar, em um tom monótono, até que viu o nível de atividade baixar, pelos monitores, e notou que o rosto de Eve ficara novamente relaxado.

— Agora você está completamente relaxada e tudo o que escuta é a minha voz. Ainda sente dor?
— Não, não sinto nada.
— Diga-me qual é o seu nome.
— Tenente Eve Dallas.
— Data de nascimento...?
— Não sei.
— Local de nascimento...?
— Não sei.
— Cidade onde mora...?
— Nova York.
— Estado civil...?
— Casada. Roarke.
— Local de trabalho...?
— Departamento de Polícia de Nova York. Central de Polícia. Identidade número... — Os monitores começaram a apitar, indicando agitação e confusão. — Eu era policial. Fui suspensa. Tiraram o meu distintivo. Estou com frio.

— Isso vai passar. — Mesmo assim, Mira se recostou e ordenou que a temperatura da sala aumentasse três graus. Nos minutos seguintes, Mira fez perguntas simples e inócuas até a pressão voltar ao normal, bem como o padrão das ondas cerebrais, respiração e batimentos cardíacos.

— Sua suspensão foi justa?
— Foi uma questão de regulamento. Estou sob investigação e não posso prestar serviço neste estado.
— Mas ela foi justa?
— Era o regulamento — repetiu Eve. Franziu o cenho, parecendo confusa.
— Você é uma policial até a raiz dos cabelos — murmurou Mira.
— Sim.

A resposta dada em um tom de voz simples quase fez Mira sorrir.

— Eve, você já foi obrigada a usar força máxima no cumprimento do dever? Responda sim ou não.

— Sim.

Aquele era terreno perigoso, pensou Mira. Ela sabia que, no passado, uma menininha aterrorizada matara uma pessoa.

— Você já tirou a vida de alguém sem ser para defender a sua própria vida ou a de outra pessoa?

A imagem surgiu. O quarto horrível, as poças de sangue, a faca ensangüentada até o cabo de onde pingava um líquido grosso e vermelho. Dor, tão brutal que a lembrança dela a atingiu como um raio e a fez gemer baixinho.

— Tive que fazer isso. Tive que fazer.

A voz era a de uma criança e isso fez Mira se mexer com rapidez.

— Eve, fique aqui e responda apenas sim ou não. Apenas sim ou não. Tenente, alguma vez você já tirou a vida de alguém sem ser para defender a sua própria ou a de outra pessoa?

— Não. — A resposta saiu em uma explosão ofegante. — Não, não, não. Ele está me machucando. Ele não vai parar.

— Não vá lá, Eve. Ouça a minha voz e olhe para a luz. Você não vai a lugar algum, a não ser que eu mande. Você compreendeu?

— Está sempre lá.

Ela temia exatamente isso.

— Não está lá neste momento, Eve. Ninguém está lá, a não ser eu. Qual é o meu nome?

— Ele está voltando. — Ela começou a se agitar e lutar. — Está meio bêbado.

— Tenente Dallas, este é um procedimento médico autorizado pelo Departamento de Polícia de Nova York. Você está suspensa do seu cargo, mas não foi dispensada do serviço. Portanto, é obrigada a seguir as normas deste procedimento. Você compreende as suas obrigações?

— Sim. Sim. Meu Deus, eu não quero ficar aqui.

— Qual é o meu nome?

— Mira. Meu Deus... dra. Charlotte Mira.

Fique aqui, me acompanhando, pensou Mira. *Fique bem aqui comigo.*

— Qual era a natureza do caso que você estava investigando quando foi suspensa da força policial?

— Homicídio. — Os tremores pararam e os dados nos monitores começaram a se normalizar. — Homicídio múltiplo.

— Você conhecia a policial Ellen Bowers?

— Sim. Ela e um recruta em treinamento foram os primeiros a chegar ao local do crime em dois dos assassinatos, o de Samuel Petrinsky e o de Jilessa Brown.

— Você discutiu com a policial Bowers nessas ocasiões?

— Sim.

— Conte a sua versão dessas brigas.

Novas imagens entraram e saíram da sua mente. Ela reviveu tudo enquanto as descrevia. O ar de disputa, o clima de competição que a deixara irritada e atônita, as palavras frias e as respostas cruéis.

— Você foi informada das queixas que a policial Bowers apresentou?

— Sim.

— Tais queixas eram válidas?

— Usei palavras de baixo calão ao lidar com ela. — Mesmo sentindo-se cansada pelo efeito das drogas, ela lançou um sorriso de desdém. Isso animou o coração preocupado de Mira. — Tecnicamente, isso foi uma violação dos regulamentos.

Se não estivesse morrendo de preocupação, Mira teria dado uma gargalhada ao ouvir isso, mas limitou-se a perguntar:

— Você ameaçou fisicamente a policial Bowers?

— Não me lembro. Talvez tenha dito que ia lhe dar uma surra se ela continuasse a estragar as coisas. Pelo menos pensei nisso.

— Nos seus registros pessoais, a policial Bowers afirmou que você ofereceu favores sexuais em troca de promoções pessoais no Departamento de Polícia. Isso é verdade?

— Não.

— Você já teve algum relacionamento sexual ou encontro íntimo com o comandante Whitney?

— Não.

— Você já teve algum relacionamento sexual ou encontro íntimo com o capitão Feeney?

— Puxa vida, não. Eu não ando por aí trepando com os meus amigos.

— Alguma vez na sua vida você aceitou algum tipo de suborno?

— Não.

— Alguma vez na sua vida você falsificou um relatório?

— Não.

— Você atacou fisicamente a policial Ellen Bowers?

— Não.

— Você provocou a morte dela?

— Não sei.

Mira se virou de repente, abalada, e refez a pergunta:

— Você assassinou a policial Ellen Bowers?

— Não.

— E como poderia ter provocado a sua morte?

— Alguém a usou para me tirar da força, para me tirar do caminho. Eles queriam me pegar, mas pegá-la foi mais fácil.

— Quer dizer que você acredita que uma pessoa ou pessoas ainda não identificadas assassinaram a policial Bowers a fim de afastar você, tenente, da investigação que estava realizando?

— Sim.

— E de que forma isso a torna responsável pelo assassinato da policial?

— Eu fui a responsável porque tinha um distintivo. Porque o caso investigado estava sob a minha responsabilidade. Porque eu deixei que o assunto se tornasse pessoal, em vez de prever de que forma eles poderiam usá-la. Isso me torna responsável por ela.

Mira suspirou, tornou a ajustar a dosagem e informou:

— Continue focada na luz, Eve. Estamos quase acabando.

Roarke andava de um lado para outro na sala de espera do lado de fora do consultório de Mira. Por que diabos aquilo estava demorando tanto? Ele devia ter percebido que Eve o enganara ao dizer que o exame ia levar apenas duas horas e que não era nada de mais. Do mesmo modo que devia ter percebido, ao ver que ela saíra de casa sem se despedir, de manhã, que ela não o queria ali.

Pois bem, ele estava ali e ela ia ter que aturá-lo.

Quatro horas, pensou, olhando novamente para o relógio de pulso. Como é que uns exames de rotina e alguns testes podiam levar quatro horas? Ele devia tê-la pressionado, até ela explicar exatamente em que consistia o procedimento.

Ele já sabia algumas coisas a respeito daqueles testes e de como um tira era obrigado a passar por eles quando empregava força máxima que resultava em morte. Não era nada agradável, mas Eve já passara por aquilo antes. Ele compreendia o estresse imenso provocado pelos testes do Nível Um e o fardo adicional do detector de mentiras.

Era igualmente desagradável e muitas vezes deixava o paciente extremamente abalado por várias horas.

Eve já passara por aquilo também.

Por que diabos eles ainda não haviam acabado os exames?

Sua cabeça se levantou e seus olhos se transformaram em lanças de gelo quando Whitney entrou na sala de espera.

— Olá, Roarke. Espero que ela já tenha terminado de fazer os testes.

— Não há necessidade de ela vê-lo aqui quando sair lá de dentro. O senhor já fez mais do que o suficiente por ela, comandante.

Os olhos de Whitney não demonstraram emoção, mas as olheiras que trazia se acentuaram.

— Todos nós seguimos determinações, Roarke, e cumprimos o regulamento. Sem isso não haveria ordem.

— Por que não me permite dizer-lhe o que eu acho dos seus regulamentos? — reagiu Roarke, dando um passo à frente com os olhos injetados de ódio.

A porta se abriu. Ele se virou para trás depressa e sentiu uma onda de choque atravessar-lhe o coração ao vê-la.

Eve estava com uma palidez mortal. Seus olhos pareciam entalhados no crânio e as íris eram vidros dourados com pupilas imensas. Mira a apoiava com o braço, mas mesmo assim ela cambaleava.

— Você ainda não está bem o suficiente para caminhar. Seu organismo precisa de um pouco mais de tempo para se recuperar.

— Quero ir embora daqui. — Eve teve vontade de empurrar Mira para longe dela, mas temia que se fizesse isso poderia cair de cara no chão. Roarke foi a primeira pessoa que ela viu, e isso a fez sentir fisgadas de frustração e alívio ao mesmo tempo. — O que está fazendo aqui? Eu lhe disse para não vir.

— Cale essa boca. — Ele sentiu uma única emoção bombeando-o por dentro, e essa emoção era fúria. Atravessou a sala em três passadas largas e a tirou dos braços de Mira. — Que diabos você fez com ela?

— Ela fez o que era necessário — defendeu-a Eve, fazendo um esforço imenso para se manter em pé, embora sentisse uma onda de náusea voltando e o suor frio pipocando pelos poros. Ela não ia vomitar novamente, jurou para si mesma. Já vomitara violentamente duas vezes lá dentro e *não ia* deixar isso tornar a acontecer.

— Ela precisa se deitar. — O rosto de Mira estava quase tão pálido quanto o de Eve e vincos de tensão apareciam em seu semblante. — Seu organismo ainda não teve tempo de se recuperar. Por favor, Roarke, convença-a a voltar e se deitar um pouco, para que eu possa monitorar os seus órgãos vitais.

— Quero dar o fora daqui. — Eve olhou direto nos olhos de Roarke. — Não posso mais ficar aqui.

— Tudo bem. Nós vamos embora.

Ela se deixou apoiar nele até ver Whitney. Então, tanto por instinto quanto por orgulho, forçou o corpo dolorido a se colocar em posição de sentido, cumprimentando-o:

— Senhor.

— Olá, Dallas. Lamento muito a necessidade de termos efetuado esse procedimento. A dra. Mira precisa que você fique sob observação até se certificar de que seu estado é satisfatório, para só então poder dispensá-la.

— Com todo o respeito, comandante, mas eu sou livre para ir aonde bem entender.

— Jack — Mira cruzou os dedos, aflita, mas se sentiu inútil. — Ela exigiu o Nível Três.

Os olhos dele se acenderam e ele os desviou para o rosto de Eve.

— O Nível Três não era necessário, tenente. Droga, Dallas, isso não era necessário.

— O senhor tirou o meu distintivo — disse Eve, baixinho. — Era necessário sim. — Forçando o corpo para se manter ereta, Eve torceu para que Roarke compreendesse a sua necessidade de sair dali caminhando com as próprias pernas. Conseguiu chegar à porta antes que os tremores voltassem, mas balançou a cabeça com força quando ele se virou para ela.

— Não, não quero que você me carregue no colo — pediu ela. — Por favor, deixe-me mostrar um pouco de dignidade.

— Tudo bem, então agüente firme. — Ele colocou um braço em torno da cintura dela, puxando para si a maior parte do peso. Dispensando a passarela rolante, ele a encaminhou para o elevador.

— O que é Nível Três?

— É uma coisa ruim. — Sua cabeça latejava sem parar. — Muito ruim mesmo. E não venha reclamar comigo. Era o único modo.

— Para você — murmurou, entrando com ela no elevador lotado assim que as portas se abriram.

Os olhos de Eve pareciam estar enevoados nos cantos. O som das vozes das pessoas que entraram junto com eles, se acotovelando, ecoou em sua cabeça e em seguida desapareceu, como as ondas do mar. Ela perdeu a coordenação e a consciência de si mesma, percebendo apenas um leve movimento em volta e a voz de Roarke junto do seu ouvido, dizendo-lhe que eles já estavam quase na rua.

— Tudo bem, tudo bem. — A névoa se espalhou ainda mais e foi ficando mais densa enquanto ele a guiava através do estacionamento. — Mira me disse que esse era apenas um dos efeitos colaterais. Sem problemas.

— O que é um dos efeitos colaterais?

— Merda, Roarke. Desculpe. Acho que eu vou apagar.

Ela nem o ouviu praguejar quando ele a tomou nos braços.

Capítulo Vinte

Ela ficou fora do ar, inconsciente ou dormindo, por quatro horas. Não se lembrava de ter chegado em casa, nem de ter sido colocada na cama. Felizmente, para todos os envolvidos, também não se lembrava de Roarke ter convocado Summerset, nem do mordomo ter utilizado o seu treinamento médico para examiná-la e prescrever-lhe repouso.

Quando Eve acordou, a dor de cabeça continuava, mas o enjôo e os tremores haviam passado.

— Você pode tomar um analgésico.

Ainda desorientada, ela piscou depressa para clarear a visão e olhou para a pequena pílula azul que Roarke lhe mostrava.

— O que é isso?

— Já tem várias horas que você saiu do exame e agora pode tomar um analgésico. Engula.

— Chega de drogas, Roarke, eu...

Foi só o que ela conseguiu dizer antes de ele abrir-lhe a boca à força, colocar a pílula sobre a sua língua e ordenar:

— Engula.

Com a cara amarrada, ela obedeceu, mais por reflexo do que por submissão.

— Eu estou bem. Estou ótima.

— Claro que está. Vamos dançar.

Ela se mexeu com dificuldade, tentando se colocar sentada na cama, torcendo para que a cabeça permanecesse no lugar, sobre os ombros.

— Alguém me viu apagar?

— Não. — A mão em seu queixo a acariciou. — Sua reputação de durona continua intacta.

— Bem, pelo menos isso. Puxa, estou morrendo de fome.

— Não é de surpreender. Mira disse que você colocou para fora tudo o que comeu nas últimas vinte e quatro horas. Eu liguei para ela — explicou ele ao vê-la franzir o cenho. — Queria saber tudo o que ela havia feito com você.

Ela notou a raiva em seus olhos e a preocupação. Por instinto, levou a mão até o rosto dele e o acariciou.

— Agora você vai me encher o saco por causa disso?

— Não. Sei que você não conseguiria agir de forma diferente.

Ela sorriu, deixou a mão pousada em seu ombro e explicou:

— Eu fiquei pau da vida, principalmente ao perceber que me senti feliz ao ver você lá.

— Quanto tempo vai levar para saírem os resultados?

— Um dia, talvez dois. Não posso nem pensar nisso. Já estou com um monte de coisas na cabeça e... Droga, onde estão as minhas roupas? Meu jeans? Tem um disco no bolso de trás.

— Isso aqui? — Ele pegou o disco que colocara na mesinha-de-cabeceira.

— Esse mesmo. Mira me deixou roubá-lo do consultório. É o perfil do assassino. Preciso analisá-lo. — Ela empurrou as cobertas para a frente. — A essa hora, Feeney também já deve ter recebido o disco que lhe enviamos. Já deve ter visitado a dra. Wo, ou então está a caminho de lá. Se ele já a interrogou, Peabody talvez já possa me contar como as coisas correram.

Ela já estava em pé, vestindo as roupas. Continuava muito pálida, com olheiras escuras sob os olhos. Percebeu que a dor de cabeça deixara de ser insuportável e se tornara apenas incômoda.

Não havia como impedi-la.

— No seu escritório ou no meu? — perguntou Roarke.

— No meu — disse ela, remexendo no fundo de uma gaveta até achar uma barra de chocolate que deixara escondida. — Ei! — reagiu quando Roarke arrancou-lhe o chocolate da mão e o levantou, para deixá-lo fora de alcance.

— Depois do jantar.

— Você é muito certinho. — Como estava com água na boca, louca por um chocolate, tentou um olhar suave. — Eu estive doente. Você devia me paparicar.

— Você odeia quando eu faço isso.

— Acho que já estou ficando acostumada — afirmou ela, enquanto ele a empurrava para fora do quarto.

— Nada de doces antes do jantar. Vamos tomar canja — decidiu. — É a cura milenar para todas as doenças. E já que você está se sentindo tão melhor — continuou, enquanto eles passavam direto pelo escritório dela —, pode tomar a canja enquanto eu vou buscar a análise em disco de Mira.

Eve pensou em se irritar com aquilo. Afinal, a sua cabeça doía, o estômago ardia e a mente estava ligeiramente desconectada. Em qualquer outro dia, refletiu, de cara amarrada, ela teria ficado absolutamente revoltada por ele tê-la obrigado a ficar na cama, vigiando-a como uma porcaria de cão de guarda. O fato, porém, é que ela estava curtindo, pelo menos um pouquinho, toda aquela atenção, ainda mais que ele estava lhe oferecendo um serviço completo. Além do mais, se ela reclamasse, ele ia apenas lançar-lhe um daqueles sorrisos convencidos.

Então não havia como escapar, admitiu, enquanto via diante de si a tigela de canja que espalhava no ar um cheirinho absolutamente irresistível e que acabara de ser retirada do AutoChef. Quando a primeira colherada escorreu pela sua garganta de forma gloriosa e lhe atingiu o estômago maltratado, ela quase gemeu de gratidão. Tomou mais uma colherada, ignorando o gato que já aparecera, atraído pelo cheiro, e que começou a serpentear por entre as suas pernas como uma fita peluda.

Sem conseguir evitar, tomou a tigela toda. Sua cabeça estava mais clara e seu organismo começava a trabalhar de forma competente, agora que o seu astral se elevara maravilhosamente. Lambendo a colher, olhou para o gato.

— Por que será que ele sempre tem razão?

— Esse é apenas um dos meus talentos — disse Roarke, da porta. E para piorar, lançou um dos sorrisos convencidos. Foi até onde Eve estava sentada e colocou um dedo em sua bochecha. — Vejo que a sua cor voltou, tenente, e pela sua cara a dor de cabeça foi embora e seu apetite está em ótima forma. — Olhando para a tigela vazia, perguntou: — Onde está a minha canja?

Roarke não era o único que sabia dar sorrisos convencidos. Ela colocou a tigela vazia de lado, pegou outra cheia no AutoChef e a atacou com voracidade.

— Sei lá onde está a sua. Talvez o gato tenha comido.

Ele simplesmente riu. Se agachou e pegou o gato que miava, esfomeado.

— Bem, meu chapa, já que ela é tão fominha, acho que estamos por nossa conta. — Ele mesmo programou o AutoChef enquanto Eve continuou onde estava, sorvendo a canja com ar preguiçoso.

— Onde está o meu chocolate?

— Sei lá. — Roarke tirou a outra tigela cheia e a colocou no chão, o que fez o gato praticamente pular. — Talvez o gato tenha comido. — Servindo-se de uma tigela para si mesmo, pegou uma colher e se virou para voltar à mesa.

— Você tem uma bunda linda, garotão — comentou ela, seguindo-o com o olhar. — Mas pode sair da minha cadeira.

— Por que não vem sentar no meu colo? — Sorriu ele.

— Não tenho tempo para os seus joguinhos pervertidos. — Como Roarke, pelo jeito, não ia sair dali, ela puxou uma cadeira e se sentou ao lado dele para estudar o monitor. — Vamos ter que peneirar os termos técnicos de psiquiatra — avisou Roarke. — Tem um monte de palavras daquelas que custam cinqüenta fichas de crédito cada. Maduro, controlado, inteligente, organizado.

— Nada do que você já não soubesse.

— Não, mas os perfis dela valem ouro no tribunal e servem para confirmar o rumo a seguir na investigação. Complexo de Deus. Alto nível de conhecimento médico e habilidades cirúrgicas. Provável dualidade de natureza. Curador/destruidor. — Eve franziu o cenho ao ler isso, inclinando-se para a frente, enquanto continuava a rolar o texto pela tela.

Ao romper o juramento de não fazer mal a ninguém, ele se colocou acima dos dogmas da sua profissão. Certamente é ou foi médico. Pelo nível de destreza exibido nos assassinatos, é provável que ainda esteja praticando a sua arte neste momento, salvando as pessoas e melhorando a qualidade de vida dos seus pacientes, todos os dias. É curador.

Entretanto, ao tirar vidas, desprezando os direitos das pessoas que assassinou, ele renegou as responsabilidades da sua arte. É destruidor. Não há remorso nem hesitação. Ele está plenamente consciente de seus atos. Justifica-os conectando-os, de algum modo, à medicina. Ele escolhe os doentes, os velhos e os moribundos. Não são vidas para ele, apenas recipientes. O cuidado que ele demonstra ao remover o material indica que é o trabalho em si e os órgãos propriamente ditos que têm importância. Os recipientes são tão vitais para ele quanto os tubos de ensaio em um laboratório, facilmente descartados e substituídos.

Ainda franzindo o cenho, Eve se recostou.

— Duas naturezas.

— O próprio caso do dr. Jekyll e Mr. Hyde... O médico e o monstro. Um médico com uma missão — comentou Roarke —, e o mal dentro dele que extravasou e destruiu.

— Destruiu quem?

— Os condenados, os inocentes. E, por fim, ele mesmo.

— Ótimo. — Os olhos dela mostravam uma ferocidade gélida. — Pelo menos a parte do fim. Duas naturezas — repetiu ela. — Nada de dupla personalidade. Não é isso que ela está dizendo.

— Não, ela fala de duas faces da mesma moeda. As trevas e a luz. Todos nós as temos.

— Não me venha com filosofia. — Ela se levantou, pois precisava se movimentar enquanto a mente funcionava.

— No fim, é com isso que estamos lidando. A filosofia dele, ou dela. Ele toma porque pode, porque precisa, porque quer. Pelo seu ponto de vista os recipientes, na falta de palavra melhor, não são importantes, em termos médicos.

Eve se virou.

— Então voltamos aos órgãos propriamente ditos. O uso para eles. E a glória. Reconstrução, rejuvenescimento, cura do que a ciência atual considera sem salvação. O que mais poderia ser? Ele descobriu um meio, ou acredita ter descoberto, de pegar a parte de alguém que está morrendo e dar vida a ela.

— Dr. Frankenstein. Outro gênio louco e falho que foi destruído pela própria mente. Se enveredarmos por essa área, veremos que ele não é apenas um cirurgião, mas também um cientista, um pesquisador. Um buscador.

— E um político. Droga, preciso saber mais a respeito de Friend, e preciso saber o que Feeney conseguiu na entrevista com a dra. Wo.

— Por que não disse logo? Você quer a versão impressa ou prefere assistir à gravação completa?

Ela parou de andar de repente, como se tivesse colidido com uma parede.

— Você não pode fazer isso. Não consegue invadir os arquivos com as gravações dos interrogatórios da polícia.

— Não sei por que eu tolero os seus insultos constantes. — Ele suspirou com força. — É claro que seria bem mais fácil se você me informasse o número do arquivo e a data, mas dá para trabalhar sem isso.

— Meu Deus. Não quero nem saber como é que você faz essas coisas. Aliás, nem acredito que estou aqui parada, deixando você fazê-las.

— Fins e meios, querida. Tudo se resume em fins e meios.

— Vou pegar café — murmurou ela.

— Chá. Seu organismo já foi muito massacrado para um dia só. E eu também quero uma xícara. Os dados sobre o suicídio de Friend estarão na parte de cima da tela.

Ela se encaminhou em direção à cozinha, deu meia-volta e tornou a ir. O que estou fazendo?, perguntou a si mesma. Até que ponto ela estava disposta a ultrapassar os limites?

Até onde fosse necessário, decidiu, e, ao se virar novamente, o *tele-link* tocou.

— Aqui é Dallas falando.

— Vou ter que falar depressa. — O rosto de Peabody estava fechado e sua voz era direta: — Louise Dimatto foi atacada na clínica hoje de manhã cedo. Não havíamos recebido a comunicação até agora há pouco. Ela está no Drake Center. Ainda não tenho detalhes, mas o seu estado é crítico.

— Estou indo para lá.

— Dallas... A dra. Wo está internada no Drake também. Tentativa de suicídio, segundo nos informaram. Eles acham que ela não vai sobreviver.

— Droga. Vocês conseguiram interrogá-la?

— Não. Sinto muito. E Vanderhaven ainda está à solta. Mas conseguimos pegar Young. Já está na carceragem, esperando pela nossa chegada.

— Estou a caminho.

— Eles não vão deixar você ver Wo nem Louise.

— Mesmo assim eu estou indo para lá — repetiu Eve, desligando.

Ela não conseguiu passar do balcão da enfermagem junto à UTI, pois foi barrada.

— Preciso saber de Louise Dimatto. Quero saber a sua localização e condição clínica.

— Você é da família? — perguntou a enfermeira, encarando-a.

— Não.

— Sinto muito. Só posso fornecer essas informações a parentes próximos ou pessoas autorizadas.

Eve colocou as mãos nos bolsos, pela força do hábito, e então fechou os dedos com força, frustrada, ao lembrar que não tinha mais um distintivo para fazer estalar sobre o balcão.

— E quanto à dra. Tia Wo? Quero saber as mesmas coisas.

— As respostas também são as mesmas.

Eve respirou fundo, pensando em colocar para fora o monte de pragas e xingamentos irritados que lhe dançavam na língua, quando Roarke deu um passo à frente, cheio de sorrisos.

— Enfermeira Simmons... A dra. Wo e eu fazemos parte da diretoria desta instituição. Será que você poderia localizar o médico que a está acompanhando e pedir para ele vir aqui falar comigo? Meu nome é Roarke.

— Roarke. — Os olhos dela quase saltaram para fora das órbitas de tanto que se arregalaram. — Sim, senhor. Agora mesmo. A sala de espera fica bem ali, à sua esquerda. Vou bipar o dr. Waverly imediatamente.

— Entre em contato também com a policial Peabody, para aproveitar a viagem — exigiu Eve, e foi recebida com um olhar destrutivo.

— Eu não tenho tempo para...

— Se você tiver a gentileza de atender a esse pedido — interrompeu Roarke, e Eve pensou, com um certo ressentimento, que ele devia mandar engarrafar o charme que exsudava pelos poros e doar para os menos afortunados —, nós gostaríamos muito de falar com a policial Peabody. Minha esposa... — Colocou a mão sobre o ombro de Eve, que vibrava de raiva. — Nós dois estamos realmente ansiosos por isso.

— Oh. — A enfermeira lançou um olhar de consideração para Eve, obviamente atônita ao perceber que a mulher descabelada à sua frente era esposa de Roarke. — Certamente. Vou cuidar disso agora mesmo.

— Por que não aproveitou e pediu à enfermeira para beijar os seus pés, já que ela estava bem aqui? — resmungou Eve.

— Porque pensei que você estivesse com pressa.

A sala de espera estava vazia, a não ser por um telão que exibia a mais recente série cômica. Eve ignorou o programa, bem como o bule que provavelmente tinha apenas uma lama escura para oferecer.

— Fui eu que coloquei Louise nessa cama de hospital ao suborná-la, Roarke. Usei o seu dinheiro para fazer com que ela conseguisse para mim os dados que eu mesma não fui capaz de descobrir.

— Se isso é verdade, ela fez a própria escolha, como todos fazemos. A responsável por ela estar nessa cama de hospital é a pessoa que a atacou.

— Ela faria qualquer coisa para melhorar aquela clínica. — Eve cobriu os olhos com as pontas dos dedos e os pressionou com força. — Era isso o que mais importava para ela. Eu tive a idéia de usá-la, a fim de encerrar um caso que nem está mais comigo. Se ela morrer, vou ter que viver com isso pelo resto da vida.

— Não posso dizer que você está enganada, mas posso lhe assegurar o seguinte: não foi você que a colocou aqui. Se continuar pensando assim, vai acabar ficando molenga. — Ele confirmou com a cabeça o que disse ao ver que ela deixou as mãos caírem ao longo do corpo. — Você está perto demais de encerrar o que começou para amolecer agora. Sacuda a poeira, Eve, e faça o que você sabe fazer melhor. Encontre as respostas.

— Será que essas respostas têm a ver com o fato de a minha sobrinha estar em coma? — Com o rosto muito abatido e sombrio, Cagney entrou na sala. — O que está fazendo aqui, Dallas? — ele perguntou. — Você envolveu Louise em um assunto que não tinha nada a ver com ela e a colocou em risco para alcançar os seus próprios objetivos. Agora, por estar fazendo um trabalho para você, ela foi violentamente atacada e está lutando para manter a vida.

— Como ela está? — perguntou Eve.

— Você não tem autoridade nenhuma aqui. Até onde eu sei, você é uma assassina, uma policial corrupta e depravada. Não importa o que a sua amiga repórter está tentando fazer, desviando a opinião pública em seu favor, porque eu sei quem você é.

— Cagney. — A voz de Roarke era suave como a névoa irlandesa. — Você está muito abalado e conta com a minha simpatia, mas tenha cuidado onde pisa.

— Ele pode dizer o que bem quiser. — Eve se colocou deliberadamente entre eles. — E eu também. Admiro Louise por sua dedicação e sua coragem. Ela jogou a posição privilegiada que tinha em um centro médico endinheirado na sua cara e seguiu o caminho dela. Eu consigo encarar a minha parcela de culpa por tê-la colocado aqui. Você consegue isso?

— Ela não tinha nada que estar naquele lugar. — Seu rosto bonito e bem cuidado estava enfurecido, seus olhos pareciam encovados em sombras profundas. — Ainda mais com a sua mente, o seu talento e o seu currículo. Ela não devia desperdiçar os seus dons com gente que é a escória da sociedade, gente que pessoas como você recolhem das ruas todas as noites.

— O tipo de escória que pode ser destruída para aproveitamento de qualquer parte útil para, em seguida, ser descartada?

Os olhos dele lançaram fagulhas contra os dela.

— O tipo de gente que seria capaz de matar uma mulher linda pelas fichas de crédito em sua bolsa e pelas drogas que ela usava para tentar manter suas vidas patéticas. O tipo de classe social de onde você veio. De onde vocês dois vieram.

— Eu achava que, para um médico, toda vida fosse sagrada.

— E é mesmo. — Era a voz de Waverly, que entrava na sala naquele instante, com o guarda-pó esvoaçando atrás dele. — Colin, você está fora de si. Vá descansar um pouco. Estamos fazendo tudo o que é possível.

— Vou ficar com ela.

— Agora não. — Waverly colocou a mão no braço de Cagney e seus olhos se encheram de solidariedade. — Vá espairecer um pouco na sala de repouso pelo menos. Prometo mandar chamá-lo, se o quadro se alterar. Ela vai precisar de você quando acordar.

— Sim, você tem razão. Está bem. — Ele levou a mão trêmula até a testa. — Minha irmã e o seu marido... eu os mandei para a minha casa. Acho que vou ficar com eles por algum tempo.

— Isso! É o melhor a fazer. Eu ligo para você.

— Sim, obrigado. Sei que vou deixá-la nas melhores mãos que existem.

Waverly o acompanhou até a porta, murmurou algo e o observou saindo, antes de se virar para Eve e Roarke.

— Ele está muito abalado. Não há experiência médica suficiente que prepare um médico para enfrentar algo desse tipo, quando acontece com alguém próximo a ele.

— Foi tão mal assim? — perguntou Eve.

— Ela teve fratura do crânio. Houve uma hemorragia muito forte e inchaço. A cirurgia correu bem, considerando o caso. Estamos monitorando as suas funções encefálicas a intervalos regulares, para evitar danos cerebrais. Ainda não temos certeza dos resultados, mas estamos esperançosos.

— Ela já recobrou a consciência?

— Não.

— Pode nos contar o que aconteceu?

— Vocês vão ter que conseguir esses detalhes com a polícia. Posso lhes fornecer apenas os dados médicos, e nem isso eu devia estar fazendo. Agora vocês vão me desculpar, mas preciso ficar monitorando a paciente o tempo todo.

— E quanto à dra. Wo?

— Perdemos Wo há pouco. — Seu rosto cansado pareceu se afundar em dor. — Vim dar a notícia a Colin, mas não tive coragem de aumentar o seu fardo. Espero que tenham um pouco de consideração com ele.

— Preciso ver os registros dela — Eve murmurou para Roarke, assim que se viu sozinha com ele. — Como ela morreu, o que tomou ou fez consigo mesma? Quem a encontrou e quando? Droga, eu nem mesmo sei quem tratou do seu caso.

— Procure a sua fonte.

— Mas como é que eu posso... — Ela parou de falar. — Droga, me empreste o seu *tele-link* portátil.

Roarke o entregou para Eve e sorriu, dizendo:

— Mande lembranças a Nadine por mim. Vou ver se eles conseguiram entrar em contato com Peabody.

— Espertinho! — resmungou ela, e ligou para Nadine, no Canal 75.

— Dallas, pelo amor de Deus, você anda fugindo de mim há dias. O que está havendo? Você está bem? Aqueles canalhas estúpidos! Você viu o meu especial? Recebemos zilhões de ligações de apoio a você.

— Não tenho tempo para responder às suas perguntas, Nadine, preciso de dados. Entre em contato com a pessoa que você costuma subornar no Instituto Médico Legal e veja tudo o que consegue descobrir a respeito de Tia Wo, que cometeu suicídio. Ela vai dar entrada lá em menos de uma hora. Preciso saber de que forma ela tentou se matar, a hora da morte, quem a encontrou e deu o alarme, quem está cuidando do caso e quem foi o médico que a atendeu. Quero saber tudo.

— Fico sem notícias de você durante dias e, de repente, você aparece e quer tudo. E quem disse que eu suborno alguém? — Ela bufou, parecendo insultada. — Subornar funcionários públicos é ilegal.

— Não sou policial no momento, lembra? Quanto mais cedo melhor, Nadine. E espere um instantinho... dá para desencavar alguma sujeira sobre o senador Brian Waylan, do estado de Illinois?

— Você está me perguntando se dá para desencavar algo sujo sobre um senador dos Estados Unidos? — Ela deu uma gargalhada baixa e cavernosa. — Quer um caminhão ou um petroleiro?

— Quero tudo o que houver, com ênfase em sua posição sobre a questão dos órgãos artificiais. Você pode me encontrar em casa ou no *tele-link* pessoal de Roarke.

— Acontece que eu não possuo o número do *tele-link* pessoal de Roarke. Até mesmo *eu* tenho minhas limitações.

— Summerset pode transferir a ligação. Obrigada.

— Espere um instante, Dallas, você está bem? Eu queria...

— Desculpe, estou sem tempo. — Ela desligou e correu para a porta no exato momento em que Peabody vinha pelo corredor. — Onde você se enfiou, Peabody? Liguei para você duas vezes.

— Estamos meio atolados; Feeney me mandou aqui para verificar o estado de Wo, que bateu as botas há quinze minutos. A companheira dela estava lá e ficou histérica. Precisei de dois ajudantes para segurá-la, a fim de conseguirem sedá-la.

— Eu pensei que ela morasse sozinha.

— Pois é, descobrimos que a doutora tinha uma amante, muito discreta. Ela chegou em casa e achou Wo na cama, com overdose de barbitúricos.

— Quando?

— Acho que faz umas duas horas. Soubemos disso ao vir aqui para saber de Louise. Cartright registrou a morte da médica como suspeita, mas parece um caso claro de suicídio. Acho que vou me arriscar a tomar esse café.

Ela atravessou a sala, cheirou o líquido no bule, esgasgou de leve e se serviu de uma xícara mesmo assim.

— A dra. Wo não apareceu para a entrevista — continuou Peabody. — Feeney e eu fomos até a casa dela e conseguimos um mandado para entrar lá. Ela não estava. Viemos procurar por ela aqui e voltamos de mãos abanando. Tivemos algumas confirmações de que ela havia estado em seu consultório e também na ala de órgãos. Achamos Young, mas ele arrumou um advogado em tempo recorde. Estamos com ele sob custódia para um interrogatório formal, amanhã de manhã, mas ele vai conseguir fiança para passar a noite fora. Estávamos voltando para a casa de Wo quando soubemos de Louise; viemos para cá a fim de ver como ela estava.

Engolindo o café com uma careta, Peabody estremeceu e perguntou:

— E você, como foi o seu dia, Dallas?

— Podre. O que sabe sobre Louise?

Peabody viu as horas de relance no relógio de pulso e focou os olhos em algum ponto atrás de Eve, que apertou os olhos em sinal de estranheza.

— Desculpe, Dallas, é que... Droga.

— Não esquente a cabeça. Você está de serviço e parece atrasada para alguma coisa.

— É que eu devia estar curtindo um jantar francês muito sofisticado, seguido pelo que poderia ser uma noite de sexo glamouroso. — Tentou sorrir. — Mas vamos em frente. Louise foi atingida quando estava na clínica. Golpe na cabeça. O pulso direito foi fraturado e isso indica que ela tentou se defender. Achamos que ela chegou a ver quem a golpeou. Eles usaram o console do *tele-link* do consultório como arma.

— Nossa, foi alguém muito forte, então.

— Sim, e simularam um assalto. Ela estava no consultório. Quem a atacou a deixou lá. Há um pequeno armário na sala, para guardar amostras de medicamentos. O armário foi arrombado e mexido. Tudo aconteceu entre três e quatro horas da tarde. Ela encerrava o turno às três horas, mas acabou de atender o último paciente às três e dez. Um médico do turno seguinte a encontrou pouco depois das quatro. Ele mesmo deu o alarme e começaram o atendimento na própria clínica.

— Quais você acha que são as chances dela?

— Bem, o centro médico é excelente. Alguns dos equipamentos parecem pertencer à NASA II. Um monte de médicos está entrando e saindo do seu quarto. Colocamos um guarda na porta, vinte e quatro horas por dia. — Peabody terminou de tomar o café. — Ouvi as enfermeiras comentando que ela é jovem e forte. Seu coração e seus pulmões estão em ótimas condições. Os exames cerebrais não mostraram nada de preocupante, mas dá para notar que eles querem que ela recupere logo a consciência. Quanto mais tempo ela fica desacordada, mais preocupados eles parecem.

— Vou ter que lhe pedir que me avise se houver alguma mudança. Preciso saber.

— Nem precisava pedir. Agora eu tenho que voltar.

— Certo. Diga a Feeney que estou analisando a coisa por vários ângulos. Vou repassar para ele tudo o que achar que vale a pena.

— Certo, Dallas. — Ela começou a sair, mas hesitou. — Acho que você deve saber: estão dizendo por aí que o comandante está sendo pressionado pelo secretário de Segurança. Parece que ele deu umas indiretas na Divisão de Assuntos Internos, forçando a barra para que Baxter resolva logo o caso Bowers. Esteve em pessoa na centésima sexagésima segunda DP para averiguar algumas coisas sobre Bowers por si mesmo. Em resumo, ele está colocando o dele na reta para conseguir reincorporar você.

— Obrigada por me contar isso — disse Eve, sem saber ao certo como se sentir diante daquilo.

— Tem mais uma coisa: a conta pessoal de Rosswell mostra depósitos regulares nos últimos dois meses, no valor de dez mil dólares cada. Feitos por transferência eletrônica. — Sorriu de leve ao ver que Eve ficou com os olhos estreitos e brilhantes. — Sim, ele está sujo. Feeney já mandou Webster atrás dele.

— O intervalo de tempo bate com o do assassinato de Erin Spindler. Bom trabalho.

Roarke esperou até Eve ficar novamente sozinha e tornou a entrar na sala. Encontrou-a sentada no braço do sofá, olhando para as mãos.

— Você teve um longo dia, tenente.

— Tive mesmo. — Eve esfregou as mãos nos joelhos, sacudiu a cabeça para se animar e olhou para ele. — Estava pensando em encerrar o dia com algo especial.

— É mesmo?

— Que tal um pequeno arrombamento?

— Querida — disse ele, sorrindo. — Achei que você nunca fosse pedir isso.

Capítulo Vinte e Um

— Deixe que eu dirijo.
— O carro é meu. — A mão de Roarke parou ao alcançar a porta do carro e sua sobrancelha se ergueu.

— Mas o assunto é meu.

Os dois se avaliaram por alguns instantes, apertando-se junto à porta do lado do motorista.

— Por que você quer dirigir? — quis saber Roarke.

— Porque sim. — Vagamente embaraçada, Eve enfiou as mãos nos bolsos. — Não dê um daqueles sorrisos convencidos.

— Vou tentar resistir. Por quê?

— Porque sim — repetiu ela. — Sou eu que dirijo quando estou investigando um caso, então vou me sentir como... vou me sentir como se ainda fosse a investigadora oficial.

— Entendo. Bem, isso faz sentido para mim. Você dirige.

Ela entrou no carro enquanto ele dava a volta para entrar pela porta do carona.

— Você está dando o sorriso convencido nas minhas costas?

— Claro que estou. — Ele se sentou e esticou as pernas. — Só que para tornar a coisa realmente oficial eu devia estar usando uma farda. Até aceitaria vestir um uniforme, mas me recuso a calçar aqueles sapatos espantosamente medonhos que os tiras usam.

— Você é realmente um comediante — resmungou ela, engatando a ré, fazendo uma manobra rápida e saindo da garagem cantando os pneus.

— É uma pena que esse carro não tenha sirene — comentou Roarke. — Mas podemos fingir que nada nele funciona, e assim você vai poder se sentir em uma viatura da polícia.

— Isso, vá zoando...

— Eu poderia chamar você de "senhora". Ficaria sexy. — Ele sorriu docemente ao sentir o olhar de fúria dela. — Tudo bem, acabaram as piadas. O que você planeja fazer?

— Pretendo ir até a clínica e tentar pegar os dados que mandei Louise procurar, e talvez o que houver mais de interessante por lá, e depois dar o fora. Sem ser pega por algum andróide agressivo, é claro. Suponho que, com os seus dedos leves e ágeis, fazer tudo isso vai ser uma moleza.

— Obrigado, querida.

— É "senhora", garotão.

Eve passou direto em meio à fumaça de uma carroça de churrasquinho em uma esquina e seguiu para o sul.

— Não consigo acreditar que estou fazendo isso — continuou ela. — Devo ter pirado. Só posso ter enlouquecido de vez. Estou ultrapassando todos os limites.

— Pense em tudo isso de outro modo. Os limites estão se ampliando e você está acompanhando o processo.

— Se eu continuar acompanhando esse processo, vou acabar é sendo processada, vou andar por aí com um bracelete de localização. Eu costumava seguir as regras, acreditava nelas. Agora eu estou reescrevendo-as.

— Você tem que escolher: ou isso ou voltar para debaixo das cobertas.

— É... Bem, nós temos que fazer escolhas. Eu fiz a minha.

Eve achou uma vaga elevada a quatro quarteirões da Clínica Canal Street e colocou o carro entre uma moto aérea e uma caminhonete amassada. Se alguém se desse ao trabalho de olhar com atenção, refletiu, o elegante carro prateado de dois lugares ia chamar mais a atenção do que um cisne no meio de sapos, mas não era ilegal dirigir um carrão como aquele pelas ruas.

— Não quero estacionar mais perto. Este carro tem um monte de alarmes e sistemas antivândalos, não tem?

— Claro que sim. Ative o botão de "segurança total" — ordenou ele ao saltar. — Ah, mais uma coisa — acrescentou ele, pegando algo no bolso. — A sua arma... senhora.

— Que diabo você está fazendo? — perguntou Eve, agarrando a arma da mão dele.

— Entregando a arma para você.

— Você não tem autorização para portar arma, nem eu. — Eve bufou baixinho ao ver que ele deu mais um sorriso convencido ao ouvir isso. — Ora, cale a boca — resmungou, enfiando a arma no bolso de trás da calça.

— Quando nós chegarmos em casa — propôs ele, quando começaram a descer para o nível da calçada —, você pode me passar um sabão.

— Pare de pensar em sexo.

— Por quê? Tenho idéias tão felizes. — Ele colocou a mão sobre o ombro dela enquanto caminhavam casualmente pela calçada. As poucas pessoas que espiavam pelas portas desapareciam de volta para dentro de casa, intimidados pelo olhar duro de Eve ou pelo ar de advertência de Roarke.

— O lugar é um buraco — avisou ela. — Não há placa para identificação palmar, nem câmeras. Só as fechaduras são decentes. Eles têm que seguir o padrão de segurança, por causa das drogas. Devem ter trancas do tipo padrão, talvez com timer e alarmes antiroubo. Cartright foi a responsável pelo isolamento do local, e ela é uma policial competente. Vamos encontrar um lacre eletrônico, eu não tenho mais a minha chave mestra.

— Você tem algo muito melhor — garantiu ele, apertando-lhe o ombro. — Tem a mim.

— É... — Eve lhe lançou um olhar e notou no rosto fabuloso um brilho especial que lhe dizia que ele estava se divertindo com tudo aquilo. — Parece que sim.

— Eu poderia ensinar você a arrombar fechaduras e trancas sem deixar vestígio.

Era tentador, pensou Eve, tentador demais. Nossa, como ela sentia falta do peso da sua arma e do distintivo.

— Prefiro ficar de olho para evitar os andróides agressivos e outras chateações. Se o alarme disparar, nós vamos ter que sair correndo.

— Ora, por favor. Eu não faço um alarme disparar sem querer desde que tinha dez anos de idade. — Insultado, ele se virou para a porta da clínica, enquanto Eve dava uma volta no quarteirão.

Acabou dando duas voltas, perdida em pensamentos. Um evento, avaliou ela, levara a outro. O velho ressentimento de uma colega dos tempos de academia, um mendigo morto, uma conspiração de morte e ali estava ela, depois de perder o distintivo, como uma recruta de vigia enquanto o homem com quem se casara arrombava um prédio com a maior calma do mundo.

Como é que ela poderia recuar? Como poderia voltar atrás se não tinha coragem nem para começar? Ela se virou, disposta a mandá-lo parar. Quando viu, lá estava Roarke, olhando para ela com os olhos muito calmos e azuis e a porta aberta atrás dele.

— Vamos entrar ou sair, tenente?

— Ah, eles que se fodam. — Ela passou por ele e entrou.

Ele tornou a trancar a porta e ligou uma lanterna especial que lançava um facho de luz estreito.

— Onde fica o consultório?

— Lá atrás. Aquela porta ali só abre por dentro, eletronicamente.

— Segure isso para mim. — Ele lhe passou a lanterna e mandou que ela a apontasse para a fechadura. Agachando-se, deu uma olhada rápida. — Puxa, não via uma dessas há anos. A sua amiga Louise deve ter ficado muito empolgada com o suborno de meio milhão de dólares.

Roarke pegou o que parecia ser uma caneta, desenroscou a tampa e pinçou com as pontas de dois dedos uma espécie de arame fino e comprido.

Eve já o conhecia há quase um ano, tinha com ele o máximo de intimidade que era possível haver entre duas pessoas, e mesmo assim ele ainda conseguia surpreendê-la.

— Você anda por aí carregando ferramentas de arrombador o tempo todo?

— Bem... — Apertando os olhos para ver melhor, ele enfiou o arame no buraco da fechadura. — Nunca se sabe quando elas vão ser úteis, não é mesmo? Pronto, estou conseguindo, agüente mais um pouco. — Ele mexeu o arame com todo o cuidado lá dentro, colocando a cabeça de lado para ouvir o clique sedutor das pequenas engrenagens. Ouviu-se um zumbido suave e o trinco se abriu. — Depois de você, tenente — convidou ele.

— Você é apenas o máximo. — Ela entrou, iluminando o caminho com a lanterna. — Aqui não há janelas — explicou. — Podemos usar as luzes da sala. O interruptor é manual. — Ela o acionou e piscou para se acostumar à claridade.

Uma rápida olhada lhe mostrou que os peritos haviam terminado o trabalho, deixando para trás a bagunça habitual. O toque especial da equipe que cuidara da cena do crime era evidente na leve camada de pó grudento que havia sobre todas as superfícies.

— Eles já recolheram todas as impressões digitais, pegaram fibras, cabelos, sangue e fluidos diversos. Nada disso vai ajudar muito. Só Deus sabe quantas pessoas da equipe do ambulatório entraram e saíram desta sala em um determinado dia. Eles já guardaram e lacraram todas as provas, mas eu não queria tocar em coisa alguma, nem tirar do lugar nada que não precise ser tirado.

— O que você procura está no computador.

— Sim, ou em um disco, se Louise já tivesse encontrado o que buscava. Você começa pelo sistema que eu procuro nos discos.

Quando Roarke se sentou diante da mesa, ligando o computador e passando pela senha sem problemas, Eve foi até os discos colocados sobre a prateleira e os levantou pelas pontas, olhando as etiquetas. Cada uma delas exibia o nome de um paciente. Erin Spindler estava faltando.

Com ar de estranheza, Eve passou para a prateleira seguinte, olhando tudo com atenção. Aqueles discos pareciam ser dados sobre doenças, condições e lesões. Basicamente material de pesquisa médica, pensou, e então parou de repente, estreitando os olhos ao ler.

A etiqueta de um dos discos dizia simplesmente "Síndrome de Dallas".

— Eu sabia que ela era esperta — elogiou Eve, pegando o disco. — Muito esperta mesmo. Achei!

— Mas eu ainda não acabei de brincar — reclamou Roarke.

— Rode isto aqui — pediu Eve, mas parou de falar e atendeu o *tele-link* pessoal de Roarke. — Bloquear sinal de vídeo. Aqui é Dallas falando.

— Tenente, aqui é Peabody. Louise acordou e perguntou por você. Podemos colocá-la dentro do quarto, Dallas, mas tem que ser rápido.

— Já estou indo.

— Entre pelas escadas do lado leste que eu abro a porta. Venha depressa.

— Feche tudo — disse Eve, colocando o *tele-link* de volta no bolso. — Temos que ir embora.

— Já acabei. Dessa vez eu dirijo.

Foi melhor ele dirigir mesmo, pensou ela, rangendo os dentes e se segurando no banco. Eve tinha fama de ter sangue-frio e de ser temerária ao volante, mas comparada com Roarke ela era uma matrona dirigindo uma banheira.

Ela simplesmente soltou um sibilo quando ele freou de repente em uma vaga na garagem do centro médico e não disse nada, para economizar saliva. Apenas saltou correndo e seguiu em direção às escadas do lado leste.

Fiel como um cão, Peabody já estava ali e abriu-lhe a porta.

— Waverly deve voltar para vê-la em poucos minutos. Quero só um minutinho para tirar o guarda de perto da porta e ficar no lugar dele. Feeney já está lá dentro, mas ela não quer falar com ninguém a não ser você.

— Qual é o prognóstico para o caso dela?

— Ainda não sei. Os médicos não dizem nada. — Ela olhou para Roarke. — Não vou poder deixá-lo entrar no quarto.

— Eu espero do lado de fora.

— Vou ser rápida — prometeu Peabody. — Fique esperta.

Ela foi andando na frente, levantando os ombros para transmitir autoridade. Eve foi rapidamente para o fundo do corredor e se encostou na parede, procurando manter a porta do quarto de Louise à vista.

Viu Peabody olhar para o relógio de pulso, encolher os ombros e apontar para o guarda com o dedo, indicando que ela tomaria o seu lugar por alguns minutos para ele poder descansar um pouco. Ele nem hesitou. Com ar animado, seguiu pelo corredor em busca de um lanche, café e uma cadeira.

— Não demoro — prometeu Eve, caminhando com decisão e entrando pela porta que Peabody abrira.

O quarto era maior do que parecia por fora e estava na penumbra. Feeney acenou para ela com a cabeça e fechou a tela de privacidade da janela larga, impedindo a visão de fora para dentro.

Louise estava quase sentada na cama do hospital e a bandagem em volta de sua cabeça parecia tão branca quanto o seu rosto. Sensores e cabos a ligavam a máquinas e monitores que zumbiam e apitavam entre luzes que piscavam.

Ela se agitou um pouco quando Eve se aproximou da cama e abriu os olhos muito roxos e opacos. A sombra de um sorriso apareceu nos cantos de seus lábios.

— Eu mereci cada centavo daquele meio milhão.

— Sinto muito. — Eve agarrou com força a grade da cama.

— *Você* sente muito? — Com uma risada fraca, Louise levantou a mão direita. O pulso estava imobilizado. — Tudo bem, mas da próxima vez *você* racha o crânio e *eu* fico de fora sentindo muito.

— Combinado.

— Consegui os dados. Gravei tudo em um disco. Ele está...

— Eu também já consegui os dados. — Sentindo-se impotente, Eve se inclinou e segurou a mão esquerda de Louise. — Não se preocupe.

— Você também conseguiu? Então para que diabos precisava de mim?

— Para garantir.

Louise suspirou e fechou os olhos.

— Não sei se o que eu consegui vai ajudar. Acho que tem muita coisa ali. É assustador. Nossa, eles me deram drogas fortes mesmo, estou quase levantando vôo.

— Diga-me quem a atacou. Você viu, não viu?

— Vi. Foi burrice. Eu estava pau da vida. Escondi o disco e achei que podia lidar com o caso eu mesma. Sabe como é, enfrentar o inimigo em meu próprio território. Nossa, estou quase apagando, Dallas.

— Conte-me quem a atacou, Louise.

— Eu a chamei e lhe dei uma esculhambação. De repente... ela me pegou distraída. Nunca pensei... Foi a Jan. A enfermeira fiel. Vá pegá-la por mim, Dallas. Só posso revidar quando me levantar daqui.

— Pode deixar que eu a pego para você.

— Pegue todos aqueles canalhas — murmurou, e então caiu no sono.

— Ela estava falando coerentemente — disse Eve a Feeney, sem perceber que continuava a segurar a mão de Louise. — Acho que ela não estaria assim tão coerente se estivesse com algum dano cerebral.

— Acho que a moça tem cabeça dura. Quem é essa Jan? — Ele pegou o caderninho de anotações. — É enfermeira da clínica? Vou pegá-la.

Eve retirou a mão e a colocou no bolso, lutando para não se sentir inútil.

— Você me avisa?

— Assim que eu agarrá-la. — Os olhos dele se encontraram com os de Eve por sobre a cama.

— Bom. Ótimo. Agora é melhor eu cair fora antes que alguém me pegue aqui. — Parou com a mão na porta. — Feeney?

— Sim.

— Peabody é uma boa policial.

— Sim, é mesmo.

— Se eu não voltar para a força, peça a Cartright para treiná-la.

— Você vai voltar, Dallas — afirmou ele, com a garganta tão embargada que teve que engolir em seco.

— Se eu não voltar — repetiu Eve, olhando novamente para ele e mantendo o mesmo tom de voz —, peça a Cartright para ficar com ela. Peabody pretende permanecer na Divisão de Homicídios, quer se tornar detetive. Cartright pode ajudá-la. Faça isso por mim.

— Sim. — Os ombros dele se curvaram. — Sim, sim, tá legal. Droga — murmurou ele assim que ela saiu do quarto. — Droga!

Roarke ofereceu a Eve o silêncio que sentiu que ela precisava ao voltar para casa. Tinha certeza de que, mentalmente, ela estava em companhia de Feeney e Peabody, do lado de fora do apartamento de Jan, avisando que era a polícia e mandando-a abrir a porta.

E, por precisar de um pouco de ação, metendo o pé na porta para arrombá-la.

— Você podia dormir um pouco — disse Roarke, quando eles já estavam dentro de casa —, mas imagino que precise trabalhar.

— Tenho que fazer isso.

— Eu sei. — A mágoa estava de volta nos seus olhos e o cansaço em seu rosto. — E eu tenho que fazer isso. — Ele a puxou para junto de si, abraçando-a com força.

— Eu estou bem. — Mas ela se deixou recostar nele, só por um momento. — Consigo lidar com o que pode acontecer comigo, contanto que encerre este caso. Não vou conseguir aceitar o que é preciso se não conseguir desvendar esses crimes.

— E vai desvendar. — Ele acariciou os cabelos dela. — Nós vamos.

— E se eu ficar pra baixo, fazendo biquinho de criança mimada novamente, você pode me dar uns tapas.

— Sim, eu adoro bater na minha mulher. — Ele fechou as mãos sobre a dela e começou a subir as escadas. — É melhor usarmos o equipamento que não tem registro. Deixei um dos computadores procurando os registros que estão ocultos no sistema do laboratório. Talvez já tenhamos alguma resposta.

— Estou com o disco que Louise gravou. Não o entreguei a Feeney. — Ela esperou enquanto ele digitava a senha para abrir a porta. — Ele não pediu.

— Você escolheu bem os seus amigos. Ah, o trabalho está a todo vapor. — Ele olhou para o console, sorrindo enquanto olhava rapidamente os resultados da varredura que fizera nos arquivos do laboratório do Drake Center. — Parece que encontramos alguma coisa. Estou vendo alguns interessantes megabites de informações não disponibilizadas nem registradas. Vou ter que trabalhar nelas. O assassino deve ter escondido isso muito bem e fez seu próprio *log* de dados, mas agora eu já sei como a sua mente funciona.

— Você pode colocar isto aqui em outra tela? — Eve entregou-lhe o disco. Quando ele o colocou em um computador auxiliar e sentou diante dos controles do principal, ela franziu o cenho. —

Coloque as informações sobre Friend em uma das telas. E aposto que você quer café, acertei?

— Na verdade, prefiro um conhaque. Obrigado.

Eve girou os olhos com irritação e foi buscar a bebida.

— Sabe de uma coisa...? — provocou ela. — Se você colocasse alguns andróides para trabalhar aqui, em vez de deixar tudo nas mãos daquele seboso de bunda murcha que é o Summerset...

— Você está perigosamente perto de fazer biquinho de criança mimada.

Ela calou a boca na mesma hora, serviu conhaque, um pouco de café para si mesma e se sentou para trabalhar de costas para ele.

Analisou os dados sobre a morte de Westley Friend primeiro. Ele não deixou nenhum bilhete suicida. De acordo com sua família e amigos mais chegados ele andava deprimido, distraído e mal-humorado nos dias que antecederam a sua morte. Todos acharam que aquilo era devido ao estresse causado pelo seu trabalho, as viagens para dar palestras, a agenda cheia de contatos com a mídia, para divulgação e apoio aos produtos NewLife.

Ele fora achado morto em sua sala na Clínica Nordick, com a cabeça sobre a mesa e a seringa de pressão no chão, ao seu lado.

Barbitúricos, refletiu Eve, com os olhos semicerrados. O mesmo método usado por Wo.

Não havia coincidências, lembrou Eve a si mesma. Mas havia padrões. Havia rotinas.

Na época da sua morte, conforme Eve leu no arquivo, ele chefiava uma equipe de médicos proeminentes e vários pesquisadores. Estavam envolvidos em um projeto secreto.

Ela percebeu com certa satisfação que os nomes de Cagney, Wo e Vanderhaven estavam no topo da lista desse pequeno grupo.

Padrões, pensou novamente. *Conspirações.*

Qual era o seu projeto secreto, Friend, e por que isso o matou?

— A coisa vai fundo — murmurou Eve. — Vai longe também, e todos estavam envolvidos.

Virou-se para Roarke e comentou:

— É difícil encontrar um assassino quando eles vêm em bando. Quantos deles tomaram parte na ação ou simplesmente sabiam de tudo e fizeram vista grossa? As fileiras estavam bem cerradas — ela balançou a cabeça —, e a coisa não termina nos médicos. Vamos encontrar tiras, políticos, executivos e investidores.

— Estou certo que sim. E não vai ajudar em nada, Eve, levar a coisa para o lado pessoal.

— Não há outro modo de encarar isso. — Ela se encostou na mesa. — Pode colocar o disco de Louise, por favor?

A voz de Louise surgiu:

Dallas, parece que você me deve quinhentos mil paus. Não sei se tenho certeza quanto ao que descobri...

— Tire o som — ordenou Roarke, pegando o conhaque e trabalhando no teclado com apenas uma das mãos. — Isso me distrai.

Eve rangeu os dentes de irritação e apertou a tecla de tirar o som. *Aquela história de ficar o tempo todo recebendo ordens tinha que acabar.* Esse pensamento subitamente a fez lembrar que talvez eles a reintegrassem à força, mas a rebaixassem para detetive ou guarda. Ela quase não resistiu à idéia de baixar a cabeça para o console e gritar.

Respirou fundo, tornou a respirar e se focou no monitor.

Não sei se tenho certeza quanto ao que descobri, ou o que isso representa, mas tenho algumas teorias e não gosto de nenhuma delas. Você vai ver pelos registros a seguir que ligações regulares foram feitas do tele-link *principal aqui da clínica para o Drake Center. Apesar de eventualmente ligarmos para algum departamento de lá para alguma consulta, as ligações que descobri são em grande quantidade, foram feitas com freqüência constante e todas do* tele-link *principal, na recepção. Os médicos de plantão usariam o* tele-link

do consultório. Só as enfermeiras e os escriturários usam o tele-link principal. Há várias ligações para a Clínica Nordick, em Chicago. A não ser no caso de um paciente que tivesse usado essa clínica e cuja ficha estivesse lá, não há motivos para falar com um ambulatório de outro estado. Raramente fazemos isso, a não ser para consultar um especialista. O mesmo se aplica para os centros de Londres e Paris. Encontrei algumas ligações para lá também.
 Verifiquei tudo e as ligações foram feitas para números da ala de órgãos de cada uma dessas instituições. Verifiquei também os nossos registros para saber quem estava de serviço aqui quando essas ligações foram feitas. Há apenas uma pessoa da equipe cujos plantões batem com as ligações. Vou ter uma conversinha séria com ela assim que arquivar isto. Não consigo imaginar uma explicação que ela possa me dar e que me satisfaça, mas vou dar essa chance a ela antes de ligar para a polícia.
 Imagino que, quando o fizer, deva deixar o seu nome fora disso. Que tal um bônus? Prometo não chamar isso de chantagem. Rá-rá...
 Pegue esses canalhas assassinos, Dallas.
Louise

— Eu não mandei você simplesmente pegar os dados para mim? — murmurou Eve. — Quem mandou brincar de detetive, espertinha?

Olhou para o seu relógio de pulso e calculou que, pela hora, Feeney e Peabody já deviam estar carregando Jan para a sala de interrogatório. Eve daria alguns anos de sua vida em troca de poder estar naquela sala, à frente de tudo.

Nada de fazer biquinho, lembrou a si mesma, e começou a analisar as ligações do *tele-link* da clínica quando o aparelho ao lado dela tocou.

— Dallas falando. — Ela estranhou ao ver o rosto de Feeney. — Vocês já levaram Jan para interrogatório?

— Não.

— Já a pegaram?

— Mais ou menos. Ela está sendo etiquetada e ensacada. Encontramos o seu corpo no apartamento, mortinha e ainda quente. Quem a matou fez um trabalho rápido e eficiente. Um golpe forte na cabeça. O exame preliminar indica que o ataque ocorreu menos de trinta minutos antes de chegarmos lá.

— Droga! — Eve fechou os olhos por um minuto e idéias começaram a surgir. — Isso bate mais ou menos com a hora em que Louise recobrou a consciência. A ferida defensiva em seu braço indicava que Louise conseguira ver quem a atacou e poderia identificá-la, se acordasse.

— Alguém não queria que Jan abrisse o bico. — Feeney apertou os lábios, concordando. — Faz sentido.

— Isso nos leva de volta ao Drake, Feeney. Wo é carta fora do baralho. Precisamos descobrir onde os outros médicos de nossa curta lista estavam na hora de sua morte. Você pegou os discos das câmeras de segurança do prédio de Jan?

— Peabody está fazendo isso neste exato momento.

— Ele não a teria assassinado pessoalmente, porque não é burro. Você vai ver na gravação um andróide de um metro e noventa e cem quilos, branco, mas com a pele morena. E alguém teve que programá-lo e ativá-lo.

— Um andróide — concordou Feeney. — McNab tropeçou em uma coisa interessante quando pesquisava dados relacionados com unidades robóticas de autodestruição. O senador Waylan chefiou a subcomissão que estudava o seu uso militar.

— Desconfio que ele não vai concorrer a outro mandato. — Eve esfregou os dedos sobre os olhos. — Verifique os registros dos andróides de segurança do Drake Center. Acorde McNab. Ele pode rodar um programa de verificação dos sistemas de cada um desses andróides, se você conseguir um mandado. Mesmo que o programa tenha sido apagado, ele vai conseguir descobrir isso pelo intervalo de tempo. E depois que você...

Eve parou de falar de repente.

— Desculpe-me, Feeney — pediu ela, com voz cuidadosa. — Eu estava só raciocinando em voz alta.

— E você raciocina bem, garota. Sempre raciocinou. Vá em frente.

— Eu ia dizer que em uma das pesquisas que fiz descobri que Westley Friend se matou usando o mesmo método da dra. Wo, e também que eles dois, bem como alguns outros astros do nosso elenco, estavam envolvidos em um projeto secreto quando ele morreu. Isso está certinho demais para o meu gosto. Alguém poderia sugerir a Morris que ele considerasse a possibilidade de que a dose que eles ingeriram foi administrada à força.

— O alfinete encontrado na cena do crime era o dela.

— Sim, e esse foi o único erro deles nessa história toda. Aliás, isso também está certinho demais.

— Você está desconfiando que ela foi um bode expiatório, Dallas?

— Sim, exatamente. Seria interessante descobrir o quanto ela sabia de tudo isso. Se eu tivesse acesso aos seus registros pessoais...

— Acho que vou acordar McNab e manter o garoto ocupado por algum tempo. Fique ligada.

— Vou ficar por aqui mesmo.

Quando desligou, Eve pegou o café e se levantou para andar de um lado para outro. Tudo começara com Friend, decidiu. Um novo e revolucionário implante que tornaria certas áreas importantes na pesquisa de órgãos totalmente obsoletas. Isso significaria o fim das verbas e o fim da glória para os envolvidos nessa área de atuação.

— E se um grupo de médicos e pessoas interessadas continuassem o trabalho e reiniciassem as pesquisas sem ninguém saber? — Ela se virou para Roarke e fez uma careta ao ver que ele estava concentrado no teclado. — Desculpe.

— Tudo bem — disse ele. — Já descobri o padrão. Daqui para a frente é quase rotina. Ao levantar a cabeça e olhar para ela, ficou satisfeito ao vê-la focada, agitada e irritada. Aquela, reconheceu Roarke, era a sua tira. — Qual é a sua teoria?

— Não é apenas um médico safado — começou ela. — Olhe só para a nossa pequena operação aqui. Eu não consigo fazer tudo isso sozinha. Tenho a sua ajuda, e conto com as suas questionáveis habilidades. Temos Feeney, Peabody e McNab fugindo às normas e regulamentos a fim de me repassar dados. Ainda convoquei uma médica como consultora. E tenho Nadine desencavando coisas. É uma operação grande demais para uma tira só... ainda mais uma tira que está oficialmente fora do sistema. Não daria para eu dar conta disso tudo sozinha. São necessários contatos, informantes, assistentes, especialistas. É uma equipe, Roarke. E ele tem uma equipe também. Sabemos que usou a enfermeira. Meu palpite é de que era ela quem lhe informava tudo a respeito dos pacientes que usavam os serviços da clínica e das ambulâncias volantes. Mendigos, acompanhantes licenciadas, traficantes, viciados. Escória social — concluiu. — Recipientes.

— Ela contatou alguém e apresentou os possíveis doadores, por assim dizer — concordou Roarke. — Todo negócio precisa ser acompanhado por alguém de dentro. E isso me parece ser um negócio.

— Ela passava os dados diretamente para o laboratório. Seu contato com os centros de fora poderia ser, provavelmente, para verificar um caso específico. Ela seria o que chamamos de gerente de importância média.

— Está bem perto do que ela era.

— Aposto que ela tinha um bom pé-de-meia. Eles lhe pagavam bem. Sabemos que o homem deles no laboratório era Young. Afinal, todo negócio precisa de um *geek*, certo?

— Não dá para ser de outro jeito.

— O Drake Center é enorme e o nosso *geek* estava convenientemente à frente da ala de órgãos. Ele saberia onde encaixar as amostras externas. E tinha licença para exercer a medicina. Era o candidato mais provável para trabalhar como assistente do cirurgião, preservar a amostra e transportá-la até o laboratório. Já temos dois.

Eve foi até o AutoChef e pegou mais café.

— Dra. Wo. Política e cargos administrativos. Uma cirurgiã muito capaz que apreciava o poder. Ex-presidente da AMA. Sabia como participar do jogo político. Devia ter ligações de alto nível. Porém, obviamente, também foi considerada descartável. Talvez estivesse com peso na consciência, talvez estivesse ficando nervosa com a operação, ou talvez eles a tenham sacrificado apenas para desviar o faro dos investigadores. Funcionou no caso de Friend — refletiu. — Ele não teria ficado nem um pouco satisfeito se descobrisse essa conspiração e essa pesquisa safada. Isso acabaria com seus lucros e sua glória. Ia acabar com os rendimentos das palestras, os grandes banquetes em sua honra, a agitação da mídia.

— Mas só se o que eles estivessem fazendo, ou planejando fazer, desse certo.

— Sim. Estavam dispostos a matar para fazer com que a coisa funcionasse; então por que não eliminar a competição? O lance básico era construção de órgãos. Louise explicou tudo no primeiro relatório que me apresentou. Eles pegavam tecidos de um órgão danificado ou deficiente e construíam um órgão novo no laboratório. Cultivavam os tecidos em uma espécie de molde, para que o órgão adquirisse a forma certa. Com isso, resolviam o problema da rejeição. Os tecidos do próprio paciente eram usados e, com isso, o corpo os aceitava e seguia em frente. Só que isso levava tempo. Não se cultiva um órgão novo e perfeito da noite para o dia.

Eve caminhou de volta até o console e encostou o quadril na quina, observando Roarke trabalhar enquanto transmitia suas idéias.

— Eles fazem esse tipo de coisa *in vitro* — continuou ela. — Leva mais ou menos nove meses para ficar pronto. Resumindo, você pode cultivar a parte ruim ou consertá-la. Logo depois apareceu Friend. Construir e vender órgãos era um grande lance. Só que é difícil construí-los para alguém com mais de noventa anos, devido ao tempo hábil e à idade do tecido. Leva muitas semanas para fazer crescer uma nova bexiga, e ela ainda precisa ser moldada, criar várias camadas de tecido e coisas desse tipo. É necessário muita grana e leva muito tempo para encomendar uma. Mas Friend aparece com esse material artificial que o corpo aceita. É barato, durável e pode ser modelado à vontade do freguês. Produzido em massa. Aplausos, aplausos, vamos todos viver para sempre.

— Você não quer isso? — reagiu Roarke, levantando os olhos e sorrindo.

— Não por meio de um monte de peças extras intercambiáveis. De qualquer modo, ele é carregado em triunfo pelas ruas, as multidões o aclamam e o cobrem com toneladas de dinheiro e adulação. Os caras que estão trabalhando em construção de órgãos e pesquisas de reconstrução de tecidos são deixados de lado. Quem vai se interessar em ficar mijando em uma fralda enquanto espera sua nova bexiga crescer no laboratório quando se pode entrar em uma sala de cirurgia, ganhar uma bexiga novinha em folha e sair por aí mijando como um campeão em menos de uma semana?

— Concordo. E o ramo das Indústrias Roarke que fabrica esses produtos agradece pelas bexigas cheias em toda parte. Só que, se todos estão felizes assim, o que poderá provar um grupinho de cientistas loucos que continua com o seu trabalho?

— As pessoas mantêm os próprios conceitos — disse ela, com simplicidade. — Em termos médicos, a regeneração é, provavelmente, um milagre maior, como aconteceu com Frankenstein. Aqui temos um coração meio morto e todo ferrado. Não vai bater por muito tempo mais. Mas e se ele puder ser consertado por completo e ficar como se fosse novo? Você recebe o órgão com o qual nasceu, e não um troço feito de matéria estranha. O Partido Conservador, que inclui o senador Waylan, ia dançar de alegria pelas ruas. Muitos desses políticos possuem implantes artificiais, porém, de tempos em tempos, adoram sair apregoando por aí que prolongar a vida por meios artificiais é contra as leis de Deus e dos homens.

— Querida, você anda lendo os jornais. Estou impressionado.

— Não enche! — Era bom rir um pouco. — Aposto que quando Nadine entrar em contato comigo ela vai me contar que o senado Waylan tem posição contrária a manter a vida por meios artificiais. Sabe como é, o velho discurso do gênero "se Deus não quer, é imoral fazer".

— A NewLife vive recebendo protestos de grupos a favor da vida natural. Suponho que nós vamos descobrir que o senador os apóia.

— Sim, e se ele conseguir lucrar alguma coisa ao usar a sua influência a favor de um grupo que promete um novo milagre médico absolutamente natural, melhor ainda. Só que a novidade tem de ser um procedimento rápido. Não pode oferecer riscos ao paciente — acrescentou ela. — Eles jamais superariam os implantes, a menos que o que oferecessem fosse mais conveniente e bem-sucedido. Negócios — repetiu. — Lucro. Glória. Votos.

— Concordo novamente. Creio que eles estavam trabalhando com órgãos de animais até recentemente, e devem ter alcançado um bom nível de sucesso com esse material.

— E então resolveram subir na escala evolutiva, mas usando material de gente inferior, pelo ponto de vista deles. Escória, como disse Cagney.

— Consegui entrar — anunciou ele, e a fez piscar depressa.

— Conseguiu entrar *onde*? O que tem aí? Deixe-me ver.

Enquanto ela dava a volta no console, ele mandou que os dados aparecessem na tela. Quando ele a puxou com jeitinho e a colocou sentada em seu colo, ela estava tão distraída que nem mesmo ensaiou um protesto.

— Organização total — murmurou ela. — Nomes, data, procedimentos. Minha nossa, Roarke, está tudo aí.

Jasper Mott, 15 de outubro de 2058, coração removido com êxito. A avaliação estava de acordo com o diagnóstico prévio. Órgão seriamente danificado e muito edemaciado. Período estimado para a morte do dono original: um ano.
Registrado como órgão doado K-489.
O procedimento para regeneração começou em 16 de outubro.

Eve pulou o resto e se focou no seu caso, a sua primeira vítima, Snooks:

Samuel M. Petrinsky, 12 de janeiro de 2059, coração removido com êxito. A avaliação estava de acordo com o diagnóstico prévio. Órgão seriamente danificado, artérias frágeis e obstruídas, e presença de células cancerosas em estágio 2. Amostra edemaciada, período estimado para a morte do dono original: três meses.
Registrado como órgão comprado S-351.
O procedimento para regeneração começou em 13 de janeiro.

Ela olhou por alto o resto das observações, especialmente os termos médicos. A última linha, porém, era de fácil compreensão:

Procedimento sem êxito. Amostra recusada e descartada em 15 de janeiro.

— Roubaram três meses de vida dele, e quando a coisa não deu certo, simplesmente jogaram o coração fora.
— Olhe só a última entrada, Eve.
Ela notou o nome... Jilessa Brown..., a data e as observações sobre a remoção do órgão.

25 de janeiro. A regeneração preliminar teve êxito. A Etapa 2 teve início. A amostra responde à injeção e aos estímulos. Crescimento notável de novas células saudáveis. Etapa 3 iniciada em 26 de janeiro. Exame a olho nu mostra que os tecidos estão mais rosados. A amostra se regenerou por completo trinta e seis horas depois da primeira injeção. Todos os exames e avaliações concluem que a amostra está saudável. Não há vestígios da doença. Processo de envelhecimento revertido com sucesso. Órgão totalmente funcional.

— Ora. — Eve respirou fundo. — Aplausos, aplausos. Agora, vamos acabar com a raça deles.

Eu consegui. Através da minha habilidade, paciência e poder, através do uso perspicaz de mentes fabulosas e corações gananciosos eu obtive sucesso. A vida essencialmente infinita está ao meu alcance.

Só é preciso agora repetir o processo e continuar a documentá-lo.

Meu coração vibra, mas minhas mãos estão firmes. Sempre estiveram firmes. Posso olhar para elas e ver o quanto são perfeitas. Elegantes, firmes, obras de arte entalhadas por mãos divinas. Já estive com corações pulsantes nessas mãos e já os coloquei de volta, com delicadeza, em um corpo humano, a fim de reparar, melhorar e prolongar a vida.

Agora, finalmente, eu venci a morte.

Algumas daquelas mentes fabulosas demonstrarão arrependimento e farão perguntas; talvez até questionem os passos que tiveram que ser dados, agora que o objetivo foi alcançado. Eu não farei isso. Para dar grandes passos, às vezes é preciso esmagar inocentes.

Se vidas foram perdidas, podemos considerá-las mártires do bem maior. Nada mais, nada menos.

Alguns daqueles corações gananciosos vão me chantagear, reclamar, exigir mais e calcular como obter isso. Deixemos que o façam. Haverá bastante até mesmo para o mais desejoso de poder entre eles.

E existirão alguns que vão questionar o significado do que eu fiz, os meios pelos quais consegui fazê-lo e o processo que usei. No fim, vão todos se acotovelar em busca de um lugar na fila, desesperados pelo que eu posso lhes oferecer.

E pagar o que for cobrado.

Dentro de um ano o meu nome estará na boca de reis e presidentes. Glória, fama, riqueza e poder. Tudo isso está ao alcance da minha mão. O que o destino uma vez roubou de mim eu peguei de volta multiplicado por dez. Grandes hospitais, verdadeiras catedrais em homenagem à arte da medicina serão erguidos para mim em todas as cidades e países deste planeta e em toda parte onde a raça humana estiver tentando derrotar a morte.

A humanidade vai me canonizar. Serei o santo da sobrevivência.

Deus está morto e eu sou o Seu substituto.

Capítulo Vinte e Dois

Fazer aquilo era complicado. Ela podia copiar os dados e enviá-los para Feeney usando a mesma rota das outras informações. Ele teria tudo em mãos no dia seguinte. Seria o suficiente para conseguir um mandado para busca e apreensão, e também para arrastar os figurões da equipe até a sala de interrogatório.

Era um modo, mas um modo completamente insatisfatório.

Ela poderia também ir ao Drake Center pessoalmente, forçar a barra para chegar ao laboratório, gravar os dados, as amostras e golpear os figurões da equipe até eles soltarem a língua.

Não era o caminho mais adequado, mas seria muito mais gratificante.

Eve bateu na palma da mão com o disco que copiara.

— Feeney vai conseguir fechar o caso em quarenta e oito horas, depois que receber isto. Talvez leve mais tempo para reunir todos os envolvidos de pelo menos dois continentes, mas o fato é que a operação vai acabar.

— Podemos deixar isso para amanhã. — Ele colocou as mãos sobre os ombros dela e massageou a tensão e a fadiga que encontrou ali. — Sei que é duro não estar lá na hora da resolução final, mas você pode se consolar sabendo que a operação não acabaria assim, em dois dias, se você não tivesse encontrado as respostas. Você é uma tremenda policial, Eve.

— Eu era.

— Você é. Os resultados dos exames e a avaliação de Mira vão colocar você de volta no lugar em que merece estar. Do outro lado da linha. — Ele se inclinou e a beijou. — Vou sentir saudades.

— Você sempre consegue entrar no meu trabalho, não importa de que lado da linha eu esteja. — Aquilo a fez sorrir. — Vamos entregar logo esses dados. Depois vamos assistir à operação limpeza através da mídia, como qualquer cidadão normal.

— Não se esqueça de vestir o casaco dessa vez.

— Meu casaco foi para o lixo — lembrou a ele, enquanto desciam as escadas.

— Você tem outro. — Ele abriu uma porta e pegou um casacão de caxemira cor de bronze. — Lá fora está frio demais para o seu casaco de couro.

Olhando para ele, Eve alisou a manga.

— Qual é a sua? Você tem andróides escondidos em alguma sala fabricando casacos como esse?

— De certo modo, sim. As luvas estão no bolso — lembrou ele, enquanto vestia o próprio casaco.

Eve tinha que admitir que era gostoso estar envolta em algo quente e macio, em contraste com o ar gelado.

— Depois que entregarmos esses dados, vamos voltar para casa, tirar toda a roupa e engatinhar um em cima do outro.

— Esse é um bom plano.

— E amanhã você volta a trabalhar e pára de me paparicar.

— Não creio que a esteja paparicando. Acho que estou bancando o Nick, enquanto você é a Nora, aliás, uma Nora excelente.

— Nick quem...?

— Nick Charles, querida. Vamos ter que passar algum tempo ensinando a você o imenso valor de entretenimento que existe no cinema do início do século XX.

— Não sei onde você arruma tempo para essas coisas. Deve ser pelo fato de não dormir as mesmas horas de um ser humano normal. Em vez de dormir, você fica por aí amealhando bilhões e comprando pequenos mundos... o que, aliás, me faz lembrar que precisamos discutir essa sua idéia idiota de enfiar dinheiro em uma conta para mim. Quero que pegue tudo de volta.

— Pego todos os cinco milhões mais os juros ou esqueço o meio milhão que você doou para a Clínica Canal Street?

— Não se faça de esperto comigo, meu chapa. Eu me casei com você pelo seu corpo, não pela sua grana.

— Querida Eve, isso é comovente. E todo esse tempo eu achando que foi por causa do meu café.

— Bem, isso não foi muito difícil de aturar. — O amor tinha o poder de inundá-la nos momentos mais estranhos, percebeu Eve. — Amanhã faça o que for preciso para pegar tudo de volta e fechar a conta. E da próxima vez que você e... Louise! Minha nossa. Vamos direto para o Drake! Vá direto para lá! Droga, como é que deixamos escapar isso?

— Você acha que eles vão atrás dela? — Ele acelerou mais e tirou um fino do meio-fio.

— Eles acabaram com Jan. Não podem deixar que Louise fale. — Ignorando as restrições de freqüência e a privacidade, Eve usou o *tele-link* do carro para ligar direto para o comunicador de Feeney.

— Vá direto para o Drake — disse assim que ele atendeu. — Vá até Louise. Eu estou a caminho. O tempo estimado de chegada é de cinco minutos. Eles vão pegá-la, Feeney. Eles vão ter que fazer isso. Ela conseguiu os dados.

— Vamos já para lá, mas ela está sob vigilância, Dallas.

— Não importa. O guarda não vai questionar um médico. Entre em contato com ele, Feeney, e avise-o para não deixar ninguém entrar naquele quarto.

— Positivo! Nosso tempo estimado de chegada é de quinze minutos.

— Estaremos lá em dois — prometeu Roarke, voando através da cidade. — Acha que é Waverly?

— Atual presidente da AMA, chefe da cirurgia, especialista em órgãos, membro da diretoria. Associado a vários centros de alto nível em todo o mundo. — Ela colocou a mão sobre o painel para manter o equilíbrio quando ele fez uma curva fechada para entrar na garagem. — Quanto a Cagney... ele é tio dela, mas é chefe da equipe, presidente do comitê e um dos mais respeitados cirurgiões do país. Hans Vanderhaven tem conexões internacionais. Só Deus sabe onde ele está agora. Se não é nenhum deles, há dezenas de outros que podem entrar lá e chegar nela sem dar tempo a ninguém de piscar. Deve haver um monte de maneiras de apagar um paciente e depois encobrir as evidências.

Ela saltou do carro e foi correndo até o elevador.

— Eles não sabem que ela conversou comigo, e ela é esperta o bastante para ficar na dela e se fingir de desentendida, se alguém pressioná-la. Só que eles podem ter arrancado alguma coisa de Jan antes de matá-la. A essa altura eles já devem estar sabendo que Louise pegou os dados sobre as ligações, fez perguntas e acusações.

Eve observou os números que piscavam acima da porta do elevador e torceu para eles passarem mais depressa.

— Eles iriam esperar até o andar estar mais calmo ou até a mudança de turnos, o que é mais provável.

— Não chegaremos tarde demais — garantiu ela, como uma promessa a si mesma, saindo do elevador no instante em que as portas se abriram.

— Senhorita! — Uma enfermeira rodeou a mesa ao ver Eve passar direto por ela. — Ei, a senhorita precisa se apresentar no balcão. Não está autorizada a entrar. — Correndo atrás deles, pegou o comunicador e chamou a segurança.

— Onde está o policial designado para guardar esta porta? — quis saber Eve ao tentar abri-la e perceber que estava trancada.

— Não sei. — Com o rosto sombrio, a enfermeira se colocou na frente dela, bloqueando-lhe a passagem. — Esta é uma área restrita a familiares ou pessoas autorizadas.

— Destranque esta porta.

— Não. Já chamei a segurança. A paciente deste quarto não deve ser incomodada, por ordens médicas. Vou ter que lhe pedir para se retirar.

— Então vá em frente e peça. — Dando um passo para trás, a fim de pegar impulso, Eve arrombou a porta com dois chutes violentos. A arma pareceu se materializar em sua mão quando ela empurrou a porta. — Puxa vida, droga!

A cama estava vazia.

A enfermeira começou a gaguejar quando Eve se virou, enfurecida, e a agarrou pela lapela do uniforme claro de cor pêssego.

— Onde está Louise?

— Eu... eu não sei. Ela devia estar aqui. Quando eu comecei o meu turno, vinte minutos atrás, já estava marcado na sua ficha que ela não devia ser incomodada.

— Veja, Eve, aqui está o guarda.

Roarke estava agachado do outro lado da cama, sentindo o pulso do guarda inconsciente.

— Ele está vivo, mas fortemente sedado, eu diria.

— Qual foi o médico que determinou que ela não devia ser incomodada?

— O responsável por ela, dr. Waverly.

— Faça alguma coisa pelo guarda — ordenou Eve à enfermeira. — A polícia vai estar aqui em dez minutos. Quero que você mande fechar todas as saídas deste prédio.

— Não tenho autoridade para isso.

— Faça isso já! — repetiu Eve, girando o corpo. — Meu palpite é a ala de órgãos. Vamos ter que nos separar ao chegar lá. Não conseguiremos verificar em todo o departamento a tempo, a não ser que nos separemos.

— Nós vamos encontrá-la — garantiu Roarke no instante em que alcançaram o elevador. Ele abriu o painel e mexeu em alguns controles. — Vamos subir em estilo expresso. Segure-se.

Ela nem teve tempo de praguejar. A velocidade foi tanta que a deixou colada no canto, com os olhos lacrimejando e o coração martelando. Teve apenas um instante para rezar, pedindo que ele se lembrasse de apertar os freios daquela coisa, quando a cabine parou subitamente, fazendo-a cair por cima dele.

— Que viagem, hein? Tome, pegue a minha arma.

— Obrigado, tenente, mas eu trouxe a minha. — O rosto dele parecia frio e determinado quando pegou uma reluzente nove milímetros. Uma pistola que, como todas as armas de fogo, fora banida do planeta há várias décadas.

— Merda — foi tudo o que Eve teve tempo de dizer.

— Eu vou pelo lado leste, você vai pelo oeste.

— Não use essa arma, a não ser que... — começou Eve, mas ele já havia sumido.

Ela se recompôs e seguiu ao longo do corredor, balançando a arma sempre que chegava em um canto ou uma porta. Lutou contra a vontade de sair correndo, pois cada área tinha de ser cuidadosamente verificada antes de ela ir para a seguinte.

Olhou para cima e viu as câmeras. Seria um milagre se conseguisse alcançar o seu alvo sem ser esperada. E sentiu que estava sendo dirigida quando as portas que deveriam estar fechadas foram se abrindo à sua passagem.

— Muito bem, seu filho-da-mãe — murmurou ela. — Você quer um encontro cara a cara? Pois eu também.

Dobrou mais um corredor e se viu diante de portas duplas feitas de vidro opaco muito pesado. Havia uma placa de identificação palmar, um scanner de córnea e fechaduras com timer. Uma voz eletrônica foi ativada assim que ela parou diante das portas.

Aviso. Esta é uma área protegida. É permitida apenas a entrada a pessoas com autorização de Código 5. Perigo de contaminação por material biológico. Aviso. Trajes anticontaminação devem ser usados nesta área. É proibido entrar sem autorização.

As portas se abriram suavemente.

— Acho que eu acabo de ser autorizada.

— Sua tenacidade é admirável, tenente. Por favor, entre.

Waverly tirara o guarda-pó. Estava vestido como se fosse participar de um compromisso elegante, com um terno escuro impecavelmente talhado e uma gravata de seda.

Sorria com muito charme, ao mesmo tempo que segurava uma seringa de pressão contra a jugular de Louise. O coração de Eve bateu uma vez com força contra as costelas. Então ela percebeu o suave elevar e abaixar do peito de Louise.

Ela ainda respirava, conforme Eve percebeu, decidindo manter as coisas assim.

— Você ficou negligente no final, doutor.

— Não creio. Deixei apenas algumas pontas soltas que precisaram ser atadas e cortadas. Sugiro que largue a sua arma, tenente, a não ser que queira que eu administre esta medicação de ação rápida e muito letal em sua amiga aqui.

— É o mesmo medicamento que você usou no dr. Friend e na dra. Wo?

— Por acaso, foi Hans quem cuidou de Tia. Mas, sim, a substância é a mesma. É indolor e eficiente. A droga escolhida pelos suicidas distintos. Ela estará morta em menos de três minutos. Agora vamos, largue a sua arma.

— Se a matar, você perderá o seu escudo.

— Você não deixará que eu a mate — disse ele, tornando a sorrir. — Não consegue fazer isso. Uma mulher que arrisca a própria vida por destroços humanos mortos certamente engolirá o orgulho em prol da vida de uma inocente. Fiz um estudo completo a seu respeito nas últimas duas semanas, tenente... ou devo chamá-la de *ex-tenente?*

— Você armou isso também. — Ela só podia contar com a sua esperteza a partir daquele momento, pensou Eve, ao largar a arma no balcão ao seu lado. E com Roarke.

— Você tornou fácil essa parte, afinal. Ou melhor, a policial Bowers o fez. Fechar as portas e ligar os sistemas de segurança! — ordenou ele, e Eve ouviu as portas estalando às suas costas e trancando-se em seguida, deixando-a do lado de dentro com ele. E deixando o seu apoio de fora.

— Ela trabalhou nisso com você?

— Indiretamente, apenas. Saia de perto da arma bem devagar e vá para a esquerda. Muito bem. Você tem uma cabeça muito boa e não seremos interrompidos aqui, pelo menos por algum tempo. Estou feliz em cooperar com você e completar os espaços em branco nessa história. Parece justo, sob as circunstâncias.

Exibição, ela compreendeu. Ele precisava se exibir. Arrogância, complexo de Deus.

— Não tenho muitos espaços em branco para preencher. Mas gostaria de saber como você atraiu Bowers.

— Foi ela que se atraiu. Ou você, no caso. Ela se mostrou uma ferramenta útil para eu me livrar de você, uma vez que ameaças não funcionaram e suborno me pareceu uma idéia absurda, considerando o seu histórico e a sua situação financeira. Por sua causa, esta ala do Drake perdeu um andróide muito caro.

— Ora, mas você tem outros como ele.

— Vários. Um deles está neste exato momento cuidando do seu marido. — O brilho que viu nos olhos dela o deixou deliciado. — Ah, vejo que isso a deixa preocupada. Eu nunca acreditei muito em amor verdadeiro, mas vocês dois fazem um casal adorável. Faziam.

Eve lembrou a si mesma que Roarke estava armado e era bom.

— Roarke não é fácil de pegar.

— Ele não me preocupa muito. — A arrogância pareceu transbordar quando Waverly encolheu os ombros. — Agora vocês dois juntos foram uma coisa irritante, mas... bem, você estava me perguntando a respeito de Bowers. As coisas se encaixaram. Ela era uma paranóica com tendências violentas que passou pela peneira do sistema e conseguiu uma farda. Há outros assim, como você bem sabe.

— É. Isso acontece...

— Todos os dias. Você foi designada para investigar a morte de... qual era mesmo o nome dele?

— Samuel Petrinsky. Snooks.

— Sim, sim, esse mesmo. Rosswell é que deveria ter investigado esse caso, mas houve um erro no chamado da emergência.

— Há quanto tempo ele trabalha para você?

— Alguns meses apenas. Se tudo tivesse corrido de acordo com os planos, toda aquela história seria arquivada e esquecida.

— Quem era o seu contato no Instituto Médico Legal?

— Um funcionário de nível intermediário com queda por medicamentos. — Sorriu lentamente, com ar de vitória. — É sempre uma questão de achar a pessoa certa com a fraqueza certa.

— Você matou Snooks por nada. Falhou com ele.

— Sim, aquilo foi um desapontamento para nós. Seu coração não respondeu. Sempre há insucessos em qualquer busca pelo progresso, bem como obstáculos que devem ser superados. Você foi um tremendo obstáculo, Dallas. Logo no início ficou claro que você ia pesquisar tudo a fundo, com determinação, e começou a chegar desconfortavelmente perto. Tivemos um problema em Chicago, mas cuidamos daquilo com certa facilidade. Você não foi tão fácil de descartar e tivemos que usar outros meios. Com uma pequena cooperação de Rosswell e uma leve sacudidela nos brios de Bowers, plantamos alguns dados falsos, e então, é claro, armamos tudo para que vocês duas se encontrassem na cena de outro crime. A reação dela foi como havíamos previsto, e apesar de você ter se mostrado admiravelmente controlada, foi o bastante.

— Então você a matou, sabendo que o regulamento iria exigir a minha suspensão e uma investigação.

— Aquilo parecia ter resolvido o nosso probleminha, e com o senador Waylan pressionando o prefeito nós teríamos tempo para terminar tudo. Estivemos muito perto do sucesso total.

— Regeneração de órgãos.

— Exato. — Ele sorriu abertamente para ela. — Você conseguiu preencher todas as lacunas. Eu disse a todos que você conseguiria isso.

— Sim, preenchi todas. Friend acabou com o seu esquema confortável quando apareceu com implantes artificiais e acabou com as suas verbas também. — Eve enfiou os polegares nos bolsos e chegou um pouco mais perto dele. — Você devia ser muito jovem nessa época, talvez estivesse começando a armar o seu circo. Aquilo deve tê-lo deixado pau da vida.

— Sim, deixou mesmo. Levei anos para me estabelecer, para conseguir recursos, uma boa equipe e o equipamento para ir em frente com o trabalho quando Friend chegou e destruiu tudo. Eu ainda não havia conseguido alcançar proeminência na minha área quando ele e alguns colegas começaram a fazer experiências com uma combinação de tecido vivo e material artificial. Tia, porém, acreditava em mim e nas minhas paixões. Ela me mantinha informado.

— E o ajudou a matá-lo?

— Não, isso eu fiz sem assistência. Friend soubera a respeito dos meus interesses e experiências. Não ligava para eles. Pretendia utilizar a sua influência a fim de cancelar as minhas verbas para pesquisa sobre regeneração de órgãos em animais, que já eram ínfimas. Pois eu o cancelei antes, bem como o seu pequeno projeto.

— Mas nesse ponto você foi obrigado a sair de cena — disse Eve, dando mais um passo com os olhos fixos nele. — Planejava passar a usar órgãos humanos em suas experiências, então tratou de esconder suas pistas.

— E as escondi bem. Convoquei alguns dos maiores nomes, e também as melhores mãos da área médica. Tudo vai bem quando acaba bem. Fique parada onde está.

Ela parou ao lado da maca e colocou a mão, de forma casual, sobre a proteção lateral.

— Você sabe que eles pegaram Young. Ele vai dar com a língua nos dentes contra você.

— Ele prefere morrer a estragar tudo. — Riu Waverly. — Aquele sujeito é obcecado pelo projeto. Vê o seu nome brilhando nos anais da medicina para sempre. Acredita que eu sou um deus. Cortaria o próprio pulso antes de me trair.

— Pode ser. Creio que você não conseguiu esse tipo de lealdade no caso de Wo.

— Não. Ela sempre foi um risco, estava sempre com reservas sobre o projeto. Uma médica muito habilidosa, mas uma mulher volúvel. Começou a reclamar quando descobriu que as nossas amostras de órgãos humanos tinham sido... utilizadas sem permissão.

— Ela não esperava que você matasse pessoas.

— Não se pode chamá-las de pessoas.

— E quanto aos outros?

— Os outros da equipe? Hans pensa como eu. Colin? — Ele encolheu os ombros elegantes. — Prefere usar antolhos e fingir não saber de toda a extensão do projeto. Há outros, é claro. Uma operação desse calibre exige uma equipe grande e seleta.

— Você mandou o andróide matar Jan?

— Vocês já a encontraram? — Ele balançou a cabeça, com admiração, e seus cabelos brilharam como ouro sob as luzes brilhantes do laboratório. — Puxa, isso foi rápido. É claro. Ela era uma das pontas soltas.

— E o que Cagney vai dizer quando você lhe contar que Louise era outra ponta solta?

— Ele não saberá. É muito fácil, para quem sabe, se livrar de um corpo em um centro médico. O crematório é eficiente e nunca fecha. O que aconteceu com ela continuará sendo um mistério.

Em um gesto casual, Waverly passou a mão sobre os cabelos de Louise. Eve quis provar do seu sangue só por causa desse gesto.

— A morte dela provavelmente vai deixá-lo arrasado — refletiu Waverly. — Sinto muito por isso. Sinto muito por ter que sacrificar duas mentes fabulosas, duas médicas excelentes, mas o progresso, o progresso em grande escala, exige sacrifícios pesados.

— Cagney vai saber.

— Bem, em certo nível, certamente que sim. E vai negar. Ele é ótimo quando se trata de negação. Mas vai se considerar pessoalmente responsável. Culpado, imagino, de omissão. Ele sabe que experiências e pesquisas estão sendo conduzidas nessas e em outras instalações, sem autorização oficial, mas tem a tendência de fazer vista grossa com facilidade, para demonstrar sua lealdade ao clube. Um médico nunca se vira contra outro.

— Mas você sim.

— A minha lealdade é com o projeto.

— E o que espera ganhar?

— Essa é a lacuna que você não consegue preencher? Meu Deus, nós já ganhamos. — Nesse momento seus olhos brilharam como duas esmeraldas, cheios de poder. — Podemos rejuvenescer um órgão humano. Agora um coração terminal pode ser tratado e voltar a ser saudável. Readquire não apenas saúde, mas força, juventude, vigor. — A empolgação fez a sua voz aumentar de volume e ficar mais grave. — Em alguns casos, ele ficará melhor do que antes de ser danificado. Podemos fazer tudo, exceto ressuscitá-lo, e isso eu acredito que será possível depois de mais estudos.

— Trazer os mortos de volta à vida?

— Isso é coisa de obras de ficção, você deve estar pensando. Aconteceu o mesmo com os transplantes, com a substituição de córneas e com a reparação de tecidos *in vitro*. Isso não só pode como será feito, e bem depressa. Estamos quase indo a público com a nossa descoberta. Um soro que, quando injetado diretamente no órgão danificado através de um simples procedimento cirúrgico, irá regenerar todas as células e erradicar qualquer doença. O paciente poderá sair andando em poucas horas e receberá alta, completamente curado, em menos de dois dias. Com seu próprio coração, pulmões ou rins, e não um molde artificial.

Ele se inclinou para ela com os olhos cintilando.

— Tenente, você ainda não está compreendendo o alcance da técnica. Podemos fazer isso repetidamente em todos os órgãos. A partir daí estaremos a um passo de regenerar músculos, ossos, tecidos. Só com esse começo promissor nós conseguiremos mais verbas do que jamais seremos capazes de utilizar para completarmos o trabalho. Em menos de dois anos, seremos capazes de refazer um ser humano por completo, usando o seu próprio corpo. A expectativa de vida poderá dobrar, e isso acontecerá. Talvez até mais. A morte se tornará, essencialmente, um conceito ultrapassado

— Jamais será algo ultrapassado, Waverly. Não enquanto existirem pessoas como você. Quem você vai escolher para reconstruir? — quis saber ela. — Não há espaço suficiente nem recursos para todo mundo viver para sempre. — Eve viu o sorriso dele se tornar cauteloso. — No fim, tudo vai se resumir em dinheiro e em uma seleção.

— Quem precisa de prostitutas velhas ou mendigos? Já estamos com Waylan no bolso e ele vai usar a sua influência para pressionar Washington. Os políticos vão abraçar a idéia. Encontramos um jeito de limpar todas as ruas em uma geração, através de uma espécie de seleção natural, com a sobrevivência do mais adequado.

— Uma seleção feita por escolha sua.

— E por que não? Quem melhor para decidir do que aqueles que já estiveram com um coração pulsando em suas mãos ou já mergulharam em cérebros e entranhas? Quem pode entender melhor?

— Essa é a missão — disse ela, baixinho. — Criar, moldar e selecionar.

— Admita, Dallas, o mundo seria muito melhor sem a escória que o torna mais pesado.

— Você tem razão. A única diferença é o nosso conceito de escória.

Ela empurrou a maca com força para a direita e saltou por cima dela.

Roarke estava agachado diante da porta trancada. Todo o seu mundo se resumia naquele pequeno painel de controle. Havia uma marca roxa em sua maçã do rosto e um arranhão profundo em seu ombro.

O andróide de segurança perdera o braço direito e a cabeça, mas Roarke gastara muito tempo na luta.

Forçou a mente a permanecer focada, com a visão clara e as mãos firmes. Nem piscou ao ouvir passos vindo pelo corredor, atrás dele. Sabia reconhecer o som dos sapatos baratos que um tira usava a um quilômetro de distância.

— Nossa, Roarke, esse andróide arrebentado foi obra sua?

— Eve está lá dentro. — Ele nem se voltou para Feeney e continuou a busca pelo código seguinte. — Sei que está. Preciso de espaço para trabalhar, não fique na frente da luz.

Peabody pigarreou ao ouvir o sistema recitar mais uma vez o aviso.

— Se você estiver enganado, Roarke... — disse ela.

— Eu não estou enganado.

Ela deu-lhe um murro na cara e adorou o choque do seu punho na carne dele. Algo despencou quando ela se atracou com ele, atirando ambos no chão.

Ele não era frágil e estava desesperado. Eve sentiu o gosto do próprio sangue, sentiu uma dor nos ossos e viu estrelas quando sua cabeça se chocou contra as rodas da maca.

Ela não usou a dor como impulso, não precisava disso. Usou a raiva. Meio cega de fúria, ela se sentou em cima da barriga dele e pressionou o cotovelo com firmeza contra a sua traquéia. Ele engasgou, lutando por um pouco de ar. E ela torceu-lhe o pulso até obrigá-lo a largar a seringa que tentou lançar contra ela.

Gemendo e com os olhos esbugalhados, ele ficou imóvel quando ela apertou a seringa em sua garganta.

— Está apavorado agora, canalha? É diferente quando é a gente que está do outro lado, não é? Mexa um músculo e você morre. Quanto tempo você disse que levava? Três minutos? Vou ficar aqui sentada só para ver você morrer, como fez com todas aquelas pessoas.

— Não. — Ele soltou um grasnido rouco. — Estou sufocando. Preciso de ar.

— Eu poderia acabar com o seu sofrimento — ofereceu ela, sorrindo, enquanto os olhos dele exibiam a parte branca. — Mas isso seria fácil demais. Quer viver para sempre, Waverly? Você pode viver para sempre em uma cela.

Eve se preparou para sair de cima dele e deu um suspiro.

— Tenho que fazer isso — murmurou e deu um soco forte e curto no rosto dele.

Estava acabando de se levantar quando as portas se escancararam.

— Ora, ora — reagiu ela, passando as costas da mão sobre a boca inchada. — A gangue está toda aqui. — Com cuidado, ergueu a seringa com a ponta para cima. — É melhor lacrar isso aqui, Peabody, e tenha máxima cautela, porque é letal. Oi, Roarke, você está sangrando.

— Você também — disse ele, chegando perto dela e usando o polegar para limpar os lábios dela, com carinho.

— Ainda bem que estamos dentro de um hospital, hein? O seu casaco chique está destruído.

— O seu também — informou ele, rindo.

— Eu bem que avisei. Feeney, você pode me interrogar quando acabar de limpar essa bagunça. Alguém precisa dar uma olhada em Louise. Ele deve tê-la sedado, porque ela dormiu o tempo todo. E prenda Rosswell, está bem? Waverly o entregou.

— Será um prazer. Mais alguém?

— Cagney e também Vanderhaven, que está na cidade, segundo o nosso Dr. Morte. Há outros envolvidos soltos por aí. — Ela olhou para o chão, onde Waverly continuava desacordado. — Ele vai entregar todos, porque não tem peito de pagar sozinho. — Pegou a arma e a enfiou no bolso de trás da calça. — Vamos para casa.

— Bom trabalho, Dallas.

Por um instante os seus olhos ficaram absolutamente sem expressão, mas então ela sorriu e encolheu os ombros.

— Sim, pois é... — Enlaçando a cintura de Roarke, saiu devagar.

— Peabody — chamou Feeney.

— Sim, capitão.

— Tire o comandante Whitney da cama.

— Como, senhor?

— Diga-lhe que o capitão Feeney exige que ele arraste a sua bunda administrativa até a cena do crime, imediatamente, com todo o respeito.

— Tudo bem se eu modificar um pouco o recado? — Peabody pigarreou.

— Sim, mas eu o quero aqui. — Dizendo isso, Feeney foi dar uma olhada no bom trabalho de Dallas.

Eve estava dormindo como uma pedra quando o *tele-link* tocou. Talvez pela primeira vez em toda a sua vida ela simplesmente virou para o outro lado e o ignorou. Quando Roarke a sacudiu pelo ombro, ela grunhiu alguma coisa e cobriu a cabeça com as cobertas.

— Estou dormindo.

— Whitney acabou de ligar. Quer você na sala dele em uma hora.

— Merda. Boa coisa não deve ser. — Resignada, empurrou as cobertas e se sentou na cama. — Os resultados dos testes e da avaliação ainda não podem estar prontos. É muito cedo. Droga, Roarke. Estou ferrada.

— Vamos até lá para descobrir.

Ela balançou a cabeça e se arrastou para fora da cama.

— Isso não tem nada a ver com você.

— Você não vai até lá sozinha. Vá se arrumar, Eve.

Ela mordeu a ponta do lábio, de desespero, fez alongamento com os ombros e olhou para ele. Roarke já estava de terno e com os cabelos lisos e brilhantes. A marca roxa em seu rosto quase desaparecera depois de tratada, mas a pequena sombra que ainda se via dava um ar perigoso ao seu rosto.

— Como é que pode você já estar todo arrumado?

— Ficar na cama a manhã toda é perda de tempo, a não ser que isso envolva sexo. Já que você não cooperou muito nessa área, resolvi começar o dia com café. Pare de enrolar e vá para o chuveiro.

— Certo, muito bom, ótimo. — Ela foi se arrastando até o banheiro, para eles poderem curtir suas preocupações em separado.

Ela recusou o desjejum. Ele não forçou. Ao seguir dirigindo para o centro da cidade, porém, ela colocou a mão sobre a dele. Ele manteve as mãos juntas até estacionar na Central de Polícia, quando então se virou para ela.

— Eve — disse ele, emoldurando o rosto dela com as mãos e aliviado ao ver que, embora estivesse pálida, ela não estava tremendo. — Lembre-se de quem você é.

— Estou tentando. Vou ficar bem. Você pode esperar aqui.

— Nem pensar.

— Certo. — Ela respirou fundo. — Vamos resolver isso.

Eles seguiram em silêncio no elevador. À medida que diversos policiais saíam da cabine e entravam, os olhares se voltavam para ela para, em seguida, se desviarem. Não havia nada a ser dito, nem como dizê-lo.

Eve sentiu o estômago apertar ao sair do elevador, mas suas pernas estavam firmes quando se aproximaram da sala do comandante.

A porta estava aberta. Whitney estava em pé atrás de sua mesa e mandou que ela entrasse. Seu olhar se desviou por um instante para Roarke.

— Sente-se, Dallas.

— Prefiro ficar em pé, senhor.

Eles não estavam sozinhos. Como antes, o secretário Tibble estava junto da janela. Os outros estavam sentados em silêncio: Feeney, com seu rosto rabugento; Peabody, com os lábios apertados; Webster olhando com ar especulativo para Roarke. Antes de Whitney ter a chance de falar, Mira entrou correndo.

— Sinto muito pelo atraso, eu estava com um paciente. — Ela se sentou ao lado de Peabody e cruzou as mãos.

Whitney assentiu com a cabeça e então abriu a gaveta do meio da sua mesa. Pegou o distintivo dela, a sua arma e os colocou sobre o tampo. Os olhos dela baixaram até os objetos, ficaram ali por alguns segundos e em seguida tornaram a se elevar, sem expressão.

— Tenente Webster.

— Sim, senhor. — Ele se levantou. — A Divisão de Assuntos Internos não vê motivo para sanções, censuras ou outras investigações sobre a conduta da tenente Dallas.

— Obrigado, tenente. O detetive Baxter está em uma nova missão, mas o relatório da sua investigação sobre o homicídio da policial Ellen Bowers foi preenchido e entregue. O caso foi fechado e a tenente Dallas está livre de qualquer suspeita de envolvimento com o crime. Isso confirma a sua avaliação, dra. Mira?

— Confirma sim. Os resultados dos testes e da avaliação liberam a tenente em todas as áreas e confirmam a sua aptidão para o posto. Meus relatórios foram arquivados em sua pasta.

— Anotado — disse Whitney, virando-se novamente para Eve. Ela não se movera nem piscara. — O Departamento de Polícia e a Secretaria de Segurança da cidade de Nova York pedem desculpas a uma de suas melhores oficiais pela injustiça cometida contra ela. Eu acrescento o meu pedido pessoal de desculpas. Seguir o regulamento é necessário, mas nem sempre justo.

O secretário Tibble deu um passo à frente.

— A suspensão foi cancelada e será expurgada de sua ficha. Você não será penalizada de forma alguma pelo tempo em que foi obrigada a se afastar do trabalho. A secretaria vai emitir um comunicado à imprensa detalhando os fatos que julgar pertinentes e necessários. Comandante?

— Sim, senhor. — O rosto de Whitney continuou sem expressão quando ele pegou o distintivo, a arma e os entregou com a mão estendida. A emoção cintilou nos olhos de Eve quando ela olhou para eles. — Tenente Dallas, este departamento e eu mesmo sofreremos uma grande perda se você se recusar a recebê-los de volta.

Eve se lembrou de respirar, levantou o olhar, encontrou o dele e por fim esticou o braço para pegar o que lhe pertencia. Do outro lado da sala, Peabody fungou alto.

— Tenente. — Whitney lhe estendeu a mão atrás da mesa. Um raro sorriso surgiu em seu rosto quando ela o cumprimentou. — Você está de serviço.

— Sim, senhor. — Ela se virou e olhou direto para Roarke. — Deixe que eu me livre deste civil, senhor. — Com os olhos nele, ela guardou o distintivo e colocou a arma no coldre. — Posso falar com você ali fora, um instantinho?

— Claro.

Roarke lançou uma piscada para Peabody, que continuava fungando, e saiu logo atrás de sua mulher. No instante em que se viram fora da vista dos outros, ele a pegou no colo, girou-a e a beijou apaixonadamente. — É bom tê-la de volta, tenente.

— Puxa vida... — Ela ficou ofegante. — Preciso sair logo daqui antes que eu comece a... você sabe.

— Sim. — Ele enxugou uma das lágrimas que apareceram em seus cílios. — Eu sei.

— Você tem de ir, antes que eu perca a pose. Mas você podia aparecer mais tarde, para eu poder desmontar.

— Volte ao trabalho — aconselhou ele, colocando o dedo em seu queixo. — Você já ficou tempo demais vagabundeando.

Ela riu e passou as costas da mão embaixo do nariz, de forma pouco elegante, enquanto ele saía.

— Ei, Roarke — chamou ela.

— Sim, tenente?

Ela riu, correu até onde ele estava, pulou e lhe deu um beijo forte e estalado.

— A gente se vê mais tarde.

— Certamente que sim. — Ele lhe lançou um daqueles sorrisos devastadores antes de as portas do elevador se fecharem.

— Tenente Dallas... senhora — chamou Peabody, exibindo um sorriso tolo quando Eve se virou. — Não queria interromper, mas me mandaram lhe devolver o seu comunicador. — Ela foi até onde Eve estava, colocou-o em suas mãos e a sacudiu para cima e para baixo, em um abraço apertado. — Puxa vida!

— Vamos manter um pouco de dignidade aqui, Peabody.

— Certo. Mas podemos sair mais tarde, a fim de celebrar, ficar bêbadas e falar bobagens?

— Tenho planos para hoje à noite — disse Eve, apertando os lábios, pensativa, enquanto lembrava o sorriso que acabara de ver no rosto de Roarke e seguia para a passarela aérea. — Mas amanhã está ótimo para mim.

— Ótimo. Escute, Feeney me pediu para contar a você que nós ainda temos alguns detalhes para resolver, antes de encerrarmos este caso. Temos a conexão internacional, o envolvimento de Washington, um monte de gente da equipe do Drake, além de investigações coordenadas com a polícia de Chicago.

— Vai levar algum tempo, mas a gente limpa tudo. E Vanderhaven?

— Continua foragido. — Ela olhou meio de lado para Eve. — Waverly já saiu do hospital e está liberado para ser interrogado quando você quiser. Já está entregando um monte de nomes em troca de indulgências. Estamos achando que ele vai contar onde é o esconderijo de Vanderhaven a qualquer momento. Feeney achou que você ia querer assumir o interrogatório dele.

— E achou certo. — Eve saltou da passarela e mudou de direção. — Vamos botar pra quebrar, Peabody.

— Adoro quando a ouço falar isso... Senhora.